Bertr. MILLANVOYE & Alfr. ÉTIÉVANT

LES

COQUINES

PARIS
TRESSE, ÉDITEUR
8, 9, 10, 11, GALERIE DU THÉATRE-FRANÇAIS
PALAIS-ROYAL

—

1883

LES COQUINES

IMPRIMERIE GÉNÉRALE DE CHATILLON-SUR-SEINE. — JEANNE ROBERT.

LES
COQUINES

PAR

B. MILLANVOYE & A. ÉTIÉVANT

PARIS
TRESSE, ÉDITEUR
8, 9, 10, 11, GALERIE DU THÉATRE-FRANÇAIS
PALAIS-ROYAL

—

1883

A notre vénéré maître

J. MIRMAN

Témoignage d'affectueuse reconnaissance

BERTRAND MILLANVOYE, ALFRED ÉTIÉVANT

LES COQUINES

PREMIÈRE PARTIE

UNE TROUPE D'ACTEURS

I

Tout à coup, le sifflet strident et douloureux de la loco-
motive se fit entendre dans le lointain : le train de Paris
était à une minute de Clermont-Ferrand.

Malgré l'heure matinale, une foule nombreuse se pressait
sur le quai et aux abords de la gare. A en juger par l'impatience qui se manifestait dans les groupes, les voyageurs
qu'on attendait devaient être des personnages.

Le bataillon des curieux grossissait d'instant en instant
et recevait constamment de nouveaux renforts. Les badauds
débouchaient par escouades de toutes les rues avoisinantes.
La cour était trop petite pour contenir tout le monde qui
s'y trouvait. On se bousculait, surtout devant la porte de
sortie, comme si on eût voulu la prendre d'assaut. On jouait

des coudes pour empêcher les derniers arrivés de se placer au premier rang,

A l'intérieur, sur le quai de la gare, des gens à la mine importante et renfrognée se promenaient agités, fiévreux, ou se tenaient à l'écart, en proie à de visibles préoccupations.

Redoutaient-ils une absence de mémoire et se répétaient-ils pour la centième et dernière fois le discours qu'ils allaient improviser tout à l'heure? Nous ne le saurions dire. Ce qui est certain, c'est qu'ils étaient cravatés de blanc et habillés de noir comme de parfaits croque-morts. Un coup d'œil suffisait pour s'assurer que ces hommes graves, habitués à exercer des métiers tristes, allaient remplir dans un instant de pénibles et officielles fonctions.

Un bruit de tonnerre fit brusquement dresser toutes les têtes : le train, franchissant les tambours, entrait en gare.

La phalange officielle serra les rangs; le préfet, le général, le maire et ses adjoints, les conseillers municipaux, toutes les autorités enfin se placèrent, à la queue leu-leu, suivant l'ordre des préséances. Subitement, les figures assombries se déridèrent et l'on vit des sourires de commande égayer ces visages de circonstance.

Au même instant, une immense clameur, des cris de vive le ministre ! venant du dehors, retentirent jusque dans la gare, et presque aussitôt éclata un *tutti* formidable de cuivres avec accompagnement de grosse caisse et de cymbales.

C'était la Société philharmonique de la ville qui, sous l'habile direction de son chef, M. Legras, attaquait dans la cour l'ouverture de la *Muette*.

Une portière s'ouvrit et l'on vit un petit homme à cheveux plats, au visage entièrement rasé, à l'air clérical et cabotin tout à la fois, descendre de wagon, suivi d'un jeune blondin. C'étaient M. le ministre et son secrétaire.

Le préfet s'avança en toute hâte, entraînant à sa suite le cortège des fonctionnaires.

Les discours commencèrent aussitôt et se succédèrent,

alternant avec les réponses ministérielles. Puis, ce furent des effusions et des poignées de main à n'en plus finir, tandis que les employés du chemin de fer, stimulés par leurs chefs, accouraient de tous côtés pour acclamer M. le ministre.

Les autres voyageurs que cette fête de famille paraissait préoccuper beaucoup moins que leurs bagages, descendaient du train, traversaient rapidement la voie et sortaient un à un de la gare, défilant entre une double haie de curieux.

La foule criait toujours : Vive le ministre !

Certains voyageurs, ahuris par ces vociférations, semblaient s'interroger, comme s'ils craignaient qu'on ne leur eût mis par surprise et à leur insu un portefeuille sous le bras.

Soudain, les cris cessèrent ; un mouvement de curiosité porta toutes les têtes en avant, suivi bientôt d'un murmure de réception.

Une bande étrange débouchait à ce moment de la porte de sortie.

Des hommes et des femmes, poudreux, ébouriffés, les vêtements en désordre, surchargés de paquets, de valises, de cartons à chapeaux, de cages à serins, de boîtes invraisemblables, riant, gouaillant, élevant la voix s'appelant, par des ohé ! et par des hip ! faubouriens, apparurent au nombre d'une vingtaine environ, à la manière de comparses faisant une entrée bruyante en scène.

Les hommes étaient pour la plupart coiffés de casquettes ou de chapeaux de paille déformés, chaussés de pantoufles brodées ou de bottines en toile à bandes de cuir jaune, vêtus de pardessus trop larges ou de vestons trop étroits, la chemise émergeant en bourrelet dans l'interstice du gilet au pantalon, la pipe aux dents, le menton uniformément bleu, l'œil voyou.

Quant aux femmes, jeunes ou vieilles, elles étalaient prétentieusement des toilettes fripées ou se drapaient, avec des airs de théâtre, dans des manteaux ridicules ; d'inénarrables

chapeaux surmontaient leurs chignons dont certains affec-
taient des tons jaune de Naples tout à fait extraordinaires.
Quelques-unes tenaient en laisse ou serraient dans leurs
bras des griffons bâtards, d'autres portaient des cages dans
lesquelles voletaient des serins effarés.

Ce monde bizarre s'arrêta au milieu de la cour et ne
tarda pas à manifester, par des signes non équivoques, une
surprise mêlée de satisfaction.

— Hein ! mes enfants, s'écria l'un de ces étranges
voyageurs, quelle entrée ! On nous dépêche la musique de
la ville pour nous recevoir. Rien que ça de luxe ! Il est de
notre devoir d'adresser un discours à ces braves gens.

Un murmure d'impatience courut dans la foule.

— Sac à papier, dit un grand diable d'homme qui
paraissait fort agité, ces gaillards-là n'ont pas des têtes
officielles ! On dirait plutôt les acteurs de la nouvelle
troupe.

— Ils en ont bien l'air, fit un autre.

— Eh bien ! et le ministre ! s'écria un troisième. Il ne
vient pas. Est-ce qu'il se fiche de nous ?

Au même moment, le bruit de plusieurs voitures s'ébran-
lant simultanément retentit à l'autre extrémité de la
cour.

Toutes les têtes se tournèrent de ce côté.

Malédiction ! C'était le ministre et les autorités qui s'éloi-
gnaient au galop de leurs chevaux d'équipage.

La société philharmonique, sur un signe de son chef,
s'arrêta net au beau milieu d'une mesure et, rengaînant ses
cuivres et ses clarinettes, quitta la place d'un pas accé-
léré.

— Ils sont sortis par la lampisterie, grommela un gros
homme à face rubiconde, ils nous paieront ça !

La foule se dispersa, visiblement contrariée.

Les acteurs de la nouvelle troupe, car c'étaient eux en effet,
manifestèrent un certain désappointement.

— Paraît que ce n'était pas pour nous, dit l'un d'eux,
en tirant sa pipe qu'il avait dissimulée un instant.

— Faut que tu soies rudement *gnole* pour avoir coupé dans le pont, lui répondit, en riant, un de ses camarades.

— Ah ça ! s'écria tout à coup avec l'accent de Paulin-Ménier, un type d'énergumène qui depuis quelques instants donnait les marques de la plus vive impatience, il ne viendra donc pas, ce sultan, ce grand lama, ce pignouf de directeur, qui doit, rien qu'en se montrant, changer en louis d'or les sous que je n'ai pas ?

— Tu veux déjà le taper ? demanda le comique de la troupe en empruntant la voix de Fouinard.

— Je vas me gêner, reprit l'autre. Est-ce qu'il ne m'a pas fallu dégager mes effets du clou ? Mes avances y ont passé et je n'ai plus que trois ronds dans ma poche. C'est-y avec ça que je me paierai des beefteacks en attendant la fin du mois ?

— Le fait est...

— Faut qu'il se fende de vingt balles, autrement, je résilie.

— Déjà ?

— Et je reprends le train. Voilà mon caractère.

— Mais tu n'as pas le sou.

— Eh bien ! je ferai la route à pattes.

— En attendant, interrompit la soubrette, nous ne savons pas où aller percher ! Et cet animal de garçon de théâtre qui ne vient pas !

— Sans compter, ajouta l'ingénuité en désignant les curieux attardés dans la cour, que ces idiots-là nous déshabillent des yeux. Nous avons l'air de grues.

— Parle donc au singulier, fit le troisième rôle d'une voix de basse profonde.

— Soit, tu n'es qu'un daim.

— Vous n'avez pas fini de répéter le *Demi-Monde* ? s'écria le premier rôle, en prenant une pose à la Dumaine. Nous avons autre chose à faire. Il me semble qu'il y a assez longtemps que nous donnons aux populations le spectacle d'un plant de poireaux. Ce mufle de directeur ronfle peut-être à l'heure qu'il est, tandis que nous nous morfondons à l'attendre. Assez posé comme ça, levons le siège et, puisque le Puy-de-Dôme ne vient pas à nous, allons à lui. Suivez-moi ; j'ai un flair étonnant. Je ne sais pas où est le théâtre, mais je parie l'absinthe qu'avant dix minutes, je vous y aurai menés tout droit. Ça va-t-il ?

— Ça va ! répondirent toutes les voix.

— C'est égal, fit la duègne, en reprenant sa cage qu'elle avait déposée à terre, je peux dire que je n'ai jamais vu chose pareille. Laisser ainsi des artistes sur la voie publique, c'est simplement dégoûtant. Je commence à me repentir d'avoir signé ; d'abord, il ne m'est jamais revenu ce directeur, il a une sale tête...

— Allons, interrompit le troisième rôle, assez de jérémiades comme ça et suivez-nous, la mère...

La duègne eut un soubresaut.

— La mère, s'écria-t-elle, indignée. Dites donc, je ne vous en ai jamais servi, espèce de...

L'épithète plus que salée dont la matrone assaisonna la fin de sa phrase se perdit dans le vaste éclat de rire qui accueillit unanimement cette sortie virulente.

— Allons, houste ! en route ! fit le premier rôle.

La colonne s'ébranla.

Une minute après, on la voyait serpenter, houleuse et disloquée dans la vapeur bleue du matin, le long des trottoirs de la rue Charras.

On était au mois de septembre. Un soleil sans vigueur éclairait toutes choses : les contours indécis semblaient se dissoudre dans une atmosphère vague et trouble. A l'horizon, au-dessus des maisons, le Puy-de-Dôme émergeait grandiose, estompant sur l'azur pâle du ciel sa bosse monstrueuse.

Les acteurs marchaient, insensibles au charme mélancolique de ce tableau matinal.

Le comique, le nez au vent, sifflait des airs variés, le premier rôle faisait des moulinets avec sa canne, le jeune premier chantonnait en lorgnant les fenêtres, l'amoureux offrait à la jeune première des cigarettes, le troisième rôle, prenant des allures de Croquemitaine, s'amusait à faire des peurs bleues aux enfants qui jouaient dans la rue. Le grime, homme de famille, donnait le bras à sa femme et à sa fille.

A l'arrière-garde, le groupe compacte des dames *seules*.

La duègne, chaperonnant l'ingénuité, marchait à l'écart avec celle-ci.

— Vois-tu, ma petite lui disait-elle, faut soigner sa réputation dès le premier jour et ne pas se compromettre avec tous ces galvaudeux. Tu n'as qu'une robe d'alpaga. Pour te requinquer des pieds à la tête, faut de la tenue. Si tu m'en crois, nous allons les lâcher.

Les deux femmes étaient arrivées à l'encoignure d'une rue. Elles tournèrent brusquement et disparurent.

La tête de la bande était arrivée au sommet de la rue Charras, à l'angle de la place Delille. Une immense affiche verte placardée sur un mur attira soudain tous les regards.

— Le tableau de la troupe ! s'écrièrent en chœur les cabotins.

Les retardataires hâtèrent le pas et se rangèrent en demicercle autour de l'affiche.

— Attention, mes enfants, fit le premier rôle en se campant devant la muraille. Je vais vous lire ça. Un peu de recueillement s. v. p. Et d'une voix dérisoirement emphatique, il lut tout haut ce qui suit :

THÉATRE DE CLERMONT-FERRAND

Mesdames et Messieurs,

Appelé par la haute confiance de la municipalité à la direction du théâtre de Clermont-Ferrand, j'ai accepté cette périlleuse mission avec la conscience d'un devoir à remplir. Ce devoir, celui qui s'impose à tout homme d'honneur, c'est de se montrer digne de la confiance des autorités et de l'estime de ses concitoyens. C'est pour n'avoir jamais failli à cette noble tâche que le succès a partout couronné mes efforts. Je m'adresse à un public d'élite, je le sais.

Le choix de mes spectacles et la conformation de ma troupe dont j'ai l'honneur de vous présenter le tableau ci-dessous ne tarderont pas à prouver le soin que j'ai apporté à satisfaire les personnes de goût qui honorent cette ville. C'est au pied du mur qu'on connaît le maçon, dit la sagesse des nations : ce n'est point d'après mes paroles, vous dirai-je, que je veux être jugé, mais d'après mes actes.

Veuillez agréer, Mesdames et Messieurs, les très sincères, très respectueuses et très humbles salutations de

Votre très dévoué serviteur,

HERBELOT,
Directeur du théâtre de
Clermont-Ferrand.

TABLEAU DE LA TROUPE

ADMINISTRATION.

MM. HERBELOT.......... Directeur.
JACQUIN............. Régisseur de la scène, parlant au public.
PAUMIER............. Deuxième régisseur.
MORAND............. Archiviste.
DUPONT............. Costumier.
LOUIS............. Gazier.
BONNEL............. Contrôleur.
ALPHONSE.......... Coiffeur.

Comédie, Drame, Vaudeville, Opérette.

MM. CHRISTIANY......... Premier rôle en tous genres.
DESROCHES......... Premier rôle marqué, père noble.
LAUNAY............. Jeune premier rôle, des jeunes premiers.
FRÉDÉRIC.......... Amoureux, second ténor d'opérette.
MARDOCHE......... Troisième rôle, basse d'opérette.
JACQUIN............ Des deuxième et premier rôles, rôles de tenue, baryton d'opérette.
MICHÁL............ Premier comique en tous genres (des Bouffé, des Vernet, des Coquelin, des Got), ténor d'opérette.

MM. Jacob............... Premier comique marqué, grime, la-
ruette.
Pichon............. Deuxième comique, trial d'opérette.
Paumier .... Troisième comique, utilités.
Mmes Esther Florval.... (du théâtre de Nîmes), premier rôle,
grande coquette.
C. Verneuil........ (engagée spécialement), premier rôle
des premiers rôles marqués.
Angèle Bertin..... Jeune premier rôle.
Miette............. Première ingénuité.
Lucie............. Deuxième ingénuité, amoureuse.
Michal .... Deuxième amoureuse.
Rosita............ Première soubrette, première chan-
teuse.
Léa Jacob .... Deuxième soubrette, deuxième chan-
teuse.
Salomon........... Duègne, mère noble.
Marie Jacob........ Utilités.

Chœurs, hommes et dames.

Chef d'orchestre, M. Tripaine.
Souffleuse, Mme Denis.

Pièces de débuts : *La Closerie des Genêts*, *La Fiammina*, *Le Chapeau de paille d'Italie*, *Les Brigands*, *Les Amours de Cléopâtre*.

Au répertoire: *Le Sonneur de Saint-Paul*, *Le Courrier de Lyon*, *La Nonne sanglante*, *Lazare le pâtre*, *La Tour de Nesle*, *Bataille de Dames*, *Par droit de conquête*, *Les petites mains*, *Les Noces de Bois-Joli*, *Le Carnaval d'un Merle blanc*, *les Diables roses*, *Cadet Roussel*, *Les Trois Epiciers*, etc., etc.

— Ouf! quelle tartine! s'écria Christiany, le premier rôle, quand il eut achevé la lecture de l'affiche.

— Et quel style? ajouta Michal, le comique en tous genres. Est-ce que nous allons jouer à la foire? C'est un boniment de parade. En voilà un pître! Il veut qu'on le juge d'après ses actes. Ce n'est pas un directeur, c'est un marchand de calembours.

— Et puis, fit mademoiselle Rosita, la première soubrette, qu'est-ce qu'il entend par la conformation de sa troupe? Faudrait voir.

— Ça concerne les dames, opina l'amoureux.

1.

— C'est indécent ! exclama madame Verneuil, femme déjà mûre.

— Bast ! conclut le troisième rôle, pourvu qu'il ne fasse pas faillite, je me fiche du reste.

— Bonjour, mesdames, bonjour, messieurs, fit une voix en arrière du groupe.

Les artistes tournèrent brusquement la tête et aperçurent un homme entre deux âges qui souriait, le menton enfoncé dans le col de son pardessus.

— Jacquin ! s'écria Launay.

Et se tournant aussitôt vers ses camarades :

— Mesdames et Messieurs, ajouta-t-il, permettez-moi de vous présenter Monsieur notre premier régisseur. Nous étions ensemble à Agen l'année dernière. Un cœur d'or. Ne rate jamais l'occasion de coller des amendes aux camarades. Le directeur lui faisait d'ailleurs une remise de 25 0/0. Très aimable à part ça et pas rosse du tout, au contraire. Ne tutoie jamais les dames, sous prétexte que c'est mauvais genre.

— Toujours blagueur ! fit Jacquin avec une grimace. Mesdames et Messieurs, ajouta-t-il, j'ai à vous demander pardon de vous avoir fait attendre.

— Pas la peine, interrompit Mardoche. Vous voyez bien que nous ne vous avons pas attendu puisque nous allions au théâtre.

— Vous connaissez le chemin ?

— Jamais de la vie.

— Prenez la rue en face, tournez à gauche par la rue Pascal, puis tout au bout à droite, par la rue Massillon ; dans cinq minutes, vous serez à destination. Le garçon de théâtre a l'ordre de vous attendre. Vous irez avec lui pour les logements. Donnez-moi vos bulletins de bagage. Je descends à la gare ; dans une heure, vous aurez vos colis.

— Colonel, vous parlez comme un ange, dit Christiany. Voici mon bulletin.

Le régisseur tendit son chapeau et chacun y jeta son récépissé, après quoi M. Jacquin salua les comédiens d'un :

A tout à l'heure, mes enfants ! et se dirigea prestement vers la gare.

La troupe reprit sa marche en colonne, traversa la place Delille et s'engagea dans la rue du Port.

Partout, sur le passage des acteurs, les boutiquiers, quittant précipitamment leurs comptoirs, accouraient sur le seuil de leurs portes ; des têtes saillaient aux fenêtres ; les piétons s'arrêtaient sur les trottoirs, regardant avec des yeux ronds cet étrange défilé d'oripeaux fripés et d'accoutrements hybrides.

— Mince d'épatement ! dit le second comique, en désignant à Tripaine, le chef d'orchestre, un groupe d'ouvriers dont les yeux s'écarquillaient à ce spectacle inattendu. Regarde-les donc, crois-tu qu'ils *riboulent des calots !*

— Ils te prennent peut-être pour le ministre, insinua Tripaine.

— Je ne m'y oppose pas, répondit le comédien en bourrant sa pipe.

Christiany, la tête rejetée en arrière, le chapeau sur l'oreille, sa canne sous le bras et les mains plongées dans les poches de derrière de son pardessus, se livrait à des effets de torse au milieu de la chaussée.

Michal, le pouce dans les entournures de son gilet, fredonnait un air d'opérette, tandis que sa femme, serrant maternellement un affreux roquet entre ses bras, s'enquérait du prix des denrées dans les diverses boutiques de la rue du Port.

Launay interrogeait toujours du regard les persiennes.

Les passants arrêtés sur le trottoir échangeaient des sourires gouailleurs, ricanaient ou haussaient les épaules en reprenant leur chemin. Bourgeois, commerçants, domestiques chuchotaient ensemble en étouffant des rires. Dans certains groupes on jacassait :

— Qu'est-ce que c'est que ces *gensses* ? demandait un épicier à ses voisins.

— Des bohémiens.

— Des saltimbanques.

— Des acteurs.

— Quel mauvais genre !

— Quel vilain chic !

— Et ces femmes ! de vraies gourgandines !

— Regardez donc celle-là avec ses bottines éculées.

— Et c't'autre avec son manchon galeux.

— Un manchon, au mois de septembre, si ça ne fait pas suer !

— D'où qu'ça sort tout ce monde-là ?

— Est-ce qu'on sait ? Ça n'a jamais eu ni père ni mère.

— Ça vit dans les dettes et les mauvaises mœurs.

— C'est de la *bohame,* quoi !

— De la ripopée.

— Et ça fait du tort au commerce, conclut l'épicier.

Il était évident que les comédiens soulevaient tout autre chose que l'enthousiasme sur leur passage. La défiance qu'ils lisaient dans les regards, les sourires malveillants dont ils étaient l'objet, tout cela n'augurait rien de bon.

— Mes enfants, dit Tripaine, il y aura du tirage. Les indigènes ne nous ont pas à la bonne. Méfions-nous, j'ai idée que les propriétaires nous feront payer d'avance.

— Faudra voir, dit Mardoche d'une voix caverneuse.

— Voilà la boîte ! s'écria tout à coup mademoiselle Rosita en désignant du doigt une lourde et sale bâtisse, isolée par quatre rues.

La troupe pressa le pas et s'arrêta devant une vaste façade jadis blanchie à la chaux, percée de deux étages de fenêtres et portant cette inscription en lettres noires peintes à la colle : *Théâtre.*

Cette façade, s'ouvrant sur le trottoir par trois larges portes cintrées, était flanquée d'une sorte de pavillon soudé en retour d'équerre à une série de masures accolées à la muraille latérale de droite, et d'une terrasse en pierre courant à hauteur du premier étage le long de la muraille parallèle de gauche.

Cette terrasse aboutissait elle-même à une cahute peinte en jaune et rapportée à la muraille, percée comme la façade principale, d'une double rangée de fenêtres.

Disons, toutefois, par respect pour la vérité, que nombre de fenêtres n'étaient que simulées. L'ingénieux artiste qui présida à la décoration extérieure de l'édifice, avait voulu sans doute témoigner de toutes les ressources de son génie inventif. Grâce à cette profusion de fausses croisées, le théâtre de Clermont-Ferrand peut passer pour un des spécimens les plus curieux de l'architecture auvergnate.

— En voilà une cassine ! s'écria Christiany. Ce n'est pas un théâtre, c'est une prison.

— Je ne vois pas l'entrée des artistes, observa l'amoureux.

— Tu veux dire la porte du greffe, reprit Christiany.

— Tiens, la cathédrale ! s'exclama la petite Lucie, elle est chouette !

Mademoiselle Lucie, deuxième ingénuité, ne se trompait pas. C'était bien la cathédrale qu'elle venait d'apercevoir à deux pas du théâtre.

— C'est très commode, fit Launay, le soir, après la répétition, ces dames n'auront que la rue à traverser pour faire leurs dévotions.

— A la chapelle de la Vierge ! ajouta Christiany.

— Voilà le singe, fit soudain Pichon, le second comique.

Le singe, c'est-à-dire le directeur, accourait, en effet, au-devant de ses pensionnaires.

C'était un petit homme gras et rond, si bas sur jambes qu'il semblait ne pas marcher, mais plutôt rouler sur son ventre. Il avait l'air fort affairé.

— Mes enfants, dit-il, en venant s'échouer auprès des comédiens, enchanté de vous voir.

Il souffla et s'essuya le front.

— Je vous attendais, poursuivit-il avec un fort accent méridional. Pas d'accident ? Tous en bonne santé ? Allons tant mieux ! Et madame Florval ? Je ne la vois pas. Ah ! c'est juste. Elle arrive ce soir : elle vient d'Arcachon avec la souffleuse. Son engagement au Casino n'est expiré que d'hier. Quant à Desroches, il m'a prévenu, il n'arrivera que demain... Mais, j'y pense, si nous entrions au théâtre ? Nous restons là dans la rue... Venez donc, je vous montre le chemin.

Il ouvrit une porte et disparut dans un corridor sombre et humide où la troupe s'engagea après lui.

On entendit la voix d'Herbelot dans l'obscurité :

— Tournez à droite, puis à gauche. Prenez garde, il y a un pas... Montez deux marches. Vous y êtes.

— En voilà une entrée, grommelait Mardoche.

— Et il appelle ça nous montrer le chemin, maugréait un autre en trébuchant.

— Mes enfants, dit Herbelot, quand tout le monde fut réuni sur la scène, vous voici chez vous.

Les artistes jetèrent les yeux dans la pénombre de la salle.

Une forte odeur de moisi s'en exhalait comme d'un lieu où pénètre rarement la lumière du jour.

— On peut faire là-dedans douze cents francs, les jours de grande recette, continua le cicerone directorial ; seulement, ça ne s'est jamais vu.

— Miââ ! fit tout à coup Michal à gorge déployée.

Les femmes poussèrent un cri.

— Qu'y a-t-il ? demanda Herbelot.

— Ne faites pas attention, répondit Michal, j'essaye l'acoustique.

— Vous devez être fatigués, reprit le directeur, aussi ne vous retiendrai-je pas longtemps. Je vais vous montrer vos loges et vous y désigner vos places respectives, après quoi le garçon de théâtre vous fera visiter les logements qu'il a retenus dans la ville.

La troupe envahit à sa suite le petit escalier qui se trouvait au fond de la scène.

Les loges, pour employer l'expression pompeuse d'Herbelot, étaient d'étroits compartiments bas et enfumés, séparés les uns des autres par de simples cloisons en planches. Des tablettes fixées aux cloisons, quelques tabourets, un pot à eau et une cuvette en constituaient tout l'ameublement.

— Ça des loges ! s'exclama Christiany, ce sont des cabines de bains à quatre sous.

— Dis donc des cabanes à lapins, grogna Mardoche. En voilà une sale boîte !

Les femmes surtout étaient furieuses et se gênaient peu pour manifester leur mauvaise humeur.

— Nous allons joliment arranger nos toilettes dans cette bagnole, maugréait la jeune première.

— C'est dégoûtant, enchérissait la Verneuil, il y a des toiles d'araignées partout.

— Sans compter qu'on est trois dans chaque loge, observa la soubrette. On ne pourra recevoir personne. Comme c'est commode !

— Mes enfants, dit Herbelot grave et solennel, quand tout le monde fut redescendu sur le théâtre, j'ai une importante recommandation à vous faire. Vous êtes ici dans une ville où l'habit fait le moine ; vous m'entendez bien. On y juge les gens sur la mine et non d'après le mérite. Je ne saurais donc trop vous engager (sans calembour) à soigner votre mise. Ne vous promenez pas dans les rues en pantoufles ou en casquette. Ça ne ferait pas bon effet. Je vous prie surtout de réserver votre pipe pour les loisirs de l'intimité. Dehors, pas de pipe à la bouche, ni même à la boutonnière, c'est essentiel. De la tenue, de la tenue, encore de la tenue et des gants si c'est possible : ça posera la troupe. Vous, mesdames, ne craignez pas d'exhiber vos plus fraîches toilettes, vous n'en serez que plus appréciées. Les dames sont bien vues ici, mais on aime les falbalas. Je ne juge pas, je constate. A bon entendeur, salut. Sur ce, mes enfants, je vais à la mairie annoncer votre arrivée. Nous répéterons demain matin, à dix heures pour le quart. Le garçon de théâtre vous portera le billet de service à domicile.

Et, satisfait de sa petite allocution, Herbelot se retira en se frottant les mains. Ce verbeux personnage avait des prétentions oratoires, aussi ne manquait-il jamais l'occasion de placer à propos un speech ou une tirade.

Ancien comédien, il avait toujours l'air d'être en scène. Il vibrait en parlant, scandait ses phrases et semblait faire un sort à chacun des mots qui tombaient de ses lèvres intarissables.

Avec lui, rien de perdu ; il ne vous faisait grâce d'aucune voyelle ni d'aucune consonne ; il mordait à pleines dents les syllabes et les déchiquetait au passage : tout cela sous prétexte d'articulation nette et correcte. Son accent méridional, son débit emphatique, le tour sentencieux de ses périodes et le parfait contentement de lui-même qui crevait sous chacune de ses paroles achevaient de le rendre insupportable et ridicule.

Il avait des mots qui faisaient rapidement fortune dans le monde des théâtres.

Un jour, au milieu d'une répétition, il dit à l'artiste chargé d'annoncer : M. *le comte*, à la porte du fond :

— Mon cher, n'oubliez pas que vous êtes à Dieppe. Il faut que votre voix ondule comme la mer.

Ses confrères l'avaient surnommé le Barbier de Clermont-Ferrand. Ce maître raseur n'était pas cependant le premier imbécile venu. A force d'ennuyer les gens par sa pluvieuse faconde, il tirait d'eux tout ce qu'il voulait.

Pour échapper à ses torrents d'éloquence, il n'était pas de sacrifice dont on ne fût capable. Grâce à ce don précieux d'exaspérer son prochain qu'il possédait à un haut degré, il voyait la fortune lui sourire et le succès couronner chacune de ses entreprises. On lui accordait tout plutôt que de le contredire.

Les méchantes langues prétendaient, il est vrai, que sa femme n'était pas étrangère aux faveurs dont le sort l'accablait.

Mais que lui importait ? Il se souciait peu des commérages de province et opposait un front serein aux traits de l'envie.

— En voilà un type ! s'écria Michal. Est-ce qu'il s'imagine qu'avec les appointements qu'il me donne, je vais m'habiller chez Dusautoy et m'offrir des cigares de la Havane ?

— Ah ça ! et ce garçon de théâtre ! vociféra Christiany. A-t-on jamais vu administration pareille ! Voilà plus d'une heure que nous sommes arrivés et pas de garçon !

— Le garçon ! le garçon ! hurlèrent en chœur toutes les voix sur l'air des *Lampions*.

Le concierge accourut.

— Tas de braillards ! s'écria ce fonctionnaire, aurez-vous bientôt fini de faire du chahut ?

Ce *Quos ego* peu olympien rétablit le silence comme par enchantement. Il y eut un temps — un temps froid, comme on dit au théâtre. — Christiany, son chapeau de paille à la main, s'avança gravement, respectueusement :

— A qui ai-je l'honneur de parler ? demanda-t-il.

Le fonctionnaire se redressa :

— Au conservateur du monument, répondit-il avec hauteur.

— C'est-à-dire au concierge !

— Je n'osais pas me donner ce titre.

Tout le monde salua avec empressement.

— Vous êtes vif avec vos nouveaux amis, reprit le porte-paroles de la troupe.

— Possible, fit le concierge en ajustant son bonnet grec sur son chef ; mais à titre de conservateur de l'immeuble, j'ai le droit de m'opposer à des exercices vocaux qui sont de nature à compromettre la solidité de l'édifice. Mes compliments, d'ailleurs : vous avez des larynx à dégoter les trompettes de Jéricho.

— Je crois qu'il nous bêche, fit Launay à Christiany.

— A part ça, mes lapins, poursuivit le concierge, je ne vous en veux pas et je vous autorise à m'offrir un verre.

— A la bonne heure ! s'écria Michal. C'est un zig, je m'en doutais. Vieux frère, dis-moi ton petit nom ?

— Casimir.

— Casimir quoi ?

— Casimir Delplantados.

— Tu es Espagnol ?

— Parbleu ! Je suis né en pleine Espagne, aux Batignolles, pendant une représentation du *Barbier de Séville*.

— Enfant de la balle, bravo ! Tope là, Casimir. Tu me bottes. Viens siroter. *Nunc est bibendum*, comme nous disions à Henri IV.

— *Nunc pede libero pulsanda tellus*, acheva le concierge. Traduction libre : Levons le pied et le coude.

— Tu as du latin ?

— Plein le dos. Allons, mes enfants, nous ne sommes pas ici pour nous amuser. Suivez-moi au café de la Comédie.

— En route ! firent en chœur les comédiens.

— Et le garçon de théâtre ? se récrièrent les femmes.

— Sont-elles rasantes avec leur garçon de théâtre ! s'exclama le troisième rôle... Il va venir, cet homme. Après tout, il n'est que dix heures du matin.

Tous se précipitèrent au dehors, au moment où la duègne et l'ingénuité montaient les degrés de l'entrée des artistes.

— Tiens ! vous voilà, fit Launay. D'où venez-vous donc ?

— Pas votre affaire ! répliqua la duègne d'un ton rogue.

— Sans le sou, et cet animal d'Herbelot qui ne revient pas ! soliloqua Mardoche. Bast ! je me ferai ouvrir l'œil au café.

II

La nouvelle de l'arrivée des acteurs s'était promptement répandue dans la ville. Des groupes commençaient à se former dans la rue Royale, non loin de l'entrée [des artistes. Au café de la Comédie, situé en face du théâtre, l'émotion était grande.

Les amateurs de beaux arts, hôtes assidus de cet établissement, se pressaient sur le trottoir et se prodiguaient en commentaires sur les nouveaux venus.

Aussitôt qu'on vit messieurs les comédiens se diriger vers le café, on se rangea en toute hâte de chaque côté de la porte pour leur ouvrir un chemin. C'était à qui montrerait le plus d'empressement ; pour un peu, chacun se fût découvert. Les pensionnaires de M. Herbelot, en gens habitués à ces sortes de manifestations, défilèrent insensibles et superbes.

A peine entrés, ils se précipitèrent autour des tables, et apostrophèrent le garçon qui était en train d'astiquer les vases en plaqué du comptoir.

— Une absinthe !
— Un bitter !
— Un vermouth !
— Un mêlé-cass !
— Un pompier !

— Et les billes, garçon !

Le patron, attiré par ce bruit, accourut du fond de son office.

— Messieurs, fit-il d'un ton doucereux, si vous voulez passer dans le salon rouge... on vous attend.

— Suivez-moi, s'écria le concierge, je vais vous présenter.

Le salon rouge du limonadier était une salle quelconque tapissée de papier couleur sang de bœuf et située à l'une des extrémités du café. Deux baies pratiquées dans la muraille de chaque côté du comptoir et garnies de rideaux en étoffe algérienne y donnaient accès. Ce « retiro » discret et demi intime était réservé aux habitués qui ne voulaient pas être vus ou qui aimaient *à se trouver entre eux.*

En entrant, les comédiens aperçurent une demi-douzaine de consommateurs installés autour d'une table de marbre.

— Messieurs, fit Casimir en s'adressant à ces derniers, je vous présente la plus laide moitié de la troupe, mais non la moins altérée. Inutile d'insister, n'est-ce pas ? Qu'est-ce qu'on boit ?

— Garçon ! dit un des consommateurs, servez ces messieurs.

Les comédiens s'assirent sans plus de cérémonie.

— Mes enfants, reprit Casimir en s'adressant cette fois aux artistes, permettez-moi de vous présenter nos honorables amphitryons. Ces messieurs se sont donné depuis longtemps la noble mission de protéger les arts en général, et les artistes en particulier. Ils ont droit, en conséquence, à tous nos égards.

Les comédiens sourirent avec ensemble.

— A tout seigneur, tout honneur ! continua le facétieux concierge en se tournant vers un petit vieux qui lissait sa moustache teinte et cirée au cosmétique. Je vous présente M. Désiré Vertbois, doyen d'âge. Pas de perruque, pas de corset, pas de râtelier, jouit de toutes ses facultés, paye le champagne et chante la romance au dessert.

Le petit vieux toussota un rire aigrelet.

— M. Ernest Bardin, poursuivit Casimir, en désignant un gros homme barbu qui allumait un cigare ; négociant, quarante étés, trente-deux dents, vingt-sept cheveux et demi et des illusions. Une âme de poète dans une enveloppe de marchand de vins de Bordeaux.

— Est-il bête ! fit le gros homme en riant à gorge déployée.

— M. Justin Marjavel, reprit l'imperturbable concierge, un cœur d'or avec des cheveux et des favoris de la même couleur. A fait ses études à Paris, mais n'a jamais passé d'examens de peur d'être reçu avocat. A de grandes dispositions pour hériter de son oncle. Bon garçon, mais finira mal, sera député un jour ou l'autre ; M. Honoré Boussac, photographe...

— Tu nous ennuies, interrompit celui-ci d'un ton bourru, fiche-nous la paix avec tes portraits.

— Tu crains la concurrence, fort bien, répliqua Casimir, j'allais faire l'éloge de ton collodion, tu m'en dispenses, je me tais. Ces messieurs sauront que tu es photographe et que tu as peur de la lumière.

Un éclat de rire unanime accueillit ce mauvais jeu de mots.

— MM. Pailloux et Desplanchettes, reprit le concierge, en désignant les deux autres Clermontois, heureux jeunes gens qui n'ont pas d'histoire. Quant à moi, messieurs, ajouta-t-il, pas besoin de faire ma biographie, n'est-ce pas ? vous me connaissez.

— Certes, répondit Boussac, on voit de reste à ton nez que tu cultives peu le protoxyde d'hydrogène.

— Tu as raison, ma trogne, c'est mon histoire. Elevé au biberon de la bohême, j'ai fini par comprendre que la gloire n'était que de l'eau claire. J'ai noyé mes rêves artistiques dans le bleu des chopines, je me suis abreuvé à la coupe des mastroquets et de petits verres en grands verres j'en suis arrivé à l'état florissant où vous me voyez. Saluez en moi, messieurs, un philosophe des temps modernes.

— Tais-toi donc, phénomène, dit Boussac.

— Bravo ! s'écria Michal, bravo ! la tirade. Tous ! tous !

— Vous n'êtes pas difficile, repartit le photographe.

— Bast ! dit Mardoche, le matin, à jeun...

— Et quand on n'a rien d'autre à se mettre sous la dent, insinua Michal...

— On ne peut pas se montrer exigeant, reprit le second comique. Ah ! si nous avions déjeuné...

— Oui, insista l'amoureux, si nous avions déjeuné...

— Mais voilà, reprirent en chœur les comédiens, nous n'avons pas déjeuné.

— Qu'à cela ne tienne, messieurs, dit le marchand de vins de Bordeaux, nous allons déjeuner ensemble, si vous le voulez bien. Mes amis et moi, nous nous faisons un plaisir de vous inviter.

— Trop bons, en vérité, fit Michal, mais je ne sais si nous devons...

— Vous ne pouvez nous refuser cela, articula le petit vieux en voix de fausset. On n'apprend à se bien connaître qu'à table, et puisque nous devons passer l'hiver ensemble...

— C'est juste, conclut Christiany, en vidant son verre d'absinthe, monsieur a parfaitement raison. On n'apprend à se bien connaître qu'à table, et puisque nous devons passer l'hiver ensemble...

— Vous acceptez ! s'écria le marchand de vins, en se levant. Bravo ! Je vais commander.

A ce moment, un nouveau personnage apparut dans l'entrebâillement des rideaux

— Messieurs, dit Casimir, en s'adressant aux artistes, le garçon de théâtre !

— Qu'est-ce qu'il veut ? demandèrent les comédiens.

— Il vient se mettre à votre disposition pour les logements.

— Les logements ! fit Launay. Revenez dans l'après-midi, mon brave. On ne dérange pas des gens qui vont déjeuner.

Le garçon de théâtre pivota sur ses talons.

Le négociant en vins qui était allé à l'office revint avec le patron.

— Combien sommes-nous ? dit-il en comptant les convives. Onze, douze, treize. Vous entendez, Monod, vous mettrez treize couverts.

— Treize ! grogna le petit vieux. Diable ! voilà un mauvais nombre.

— Ne me comptez pas, fit le concierge. J'ai du monde à la maison et je file.

Le petit vieux poussa un soupir de satisfaction.

— Sapristi ! et ma femme que j'oubliais ! s'écria Michal en se frappant le front.

— Allons, bon ! gémit de nouveau le superstitieux vieillard, nous voilà revenus à treize.

— Invitons une autre de ces dames, proposa M. Justin Marjavel, qui jusque-là n'avait rien dit.

— C'est vrai, mais laquelle ? demanda le photographe.

— La jeune première, par exemple, hasarda l'amoureux.

— Ou la première soubrette, ajouta Christiany.

— Ou l'amoureuse, fit à son tour Launay.

— Invitons-les toutes, c'est bien simple, conclut le marchand de vins.

— Parfait ! s'écria M. Marjavel, mais ces dames voudront-elles accepter ?

— J'en réponds, affirma Launay.

— Vous vous chargez de les inviter ?

— J'y vais de ce pas.

— Alors, combien de couverts ? demanda le patron.

— Vingt couverts ! Allez-y ! commanda Launay en sortant.

— En attendant ces dames, dit le photographe, si nous reprenions une tournée ?...

Cinq minutes après, Launay était de retour.

— Eh bien ! lui cria-t-on.

— Eh bien ! c'est fait. A midi, ces dames seront ici. Il

leur faut le temps de prendre possession de leurs logements
et de changer de toilette.

— Accordé !

— Ah! j'oubliais....

— Quoi donc?

— Je n'ai pu me dispenser d'inviter le père Jacob avec sa
fille et sa femme....

— Hagne! la famille! fit le petit vieux avec une grimace.

— Nous les mettrons à la petite table. Ça ne fait, d'ailleurs, qu'un couvert de plus, la duègne et l'ingénue ayant
refusé de venir, sous prétexte qu'elles ont déjà déjeuné.

— C'est invraisemblable, opina M. Marjavel.

— Cette vieille coquine de Salomon aura monté le coup
à la petite, dit Christiany en échangeant un regard d'intelligence avec Launay.

— Ah ! vraiment? interrogea le petit vieux, est-ce
que ?...

— Je ne sais pas ce que vous voulez dire, répondit Christiany, mais vous y êtes.

Avec une ponctualité qui les honorait, ces dames arrivèrent à midi sonnant.

Leur entrée provoqua dans le café une vive sensation.

Les consommateurs, surpris par cette invasion inattendue
de toilettes tapageuses, semblèrent se réveiller de leur léthargie.

Il y eut comme un brouhaha admiratif autour des tables.

De fait, ces dames étaient vraiment charmantes, comme
on dit dans les opéras comiques. Ceux qui les avaient vues
dans leurs costumes sales et poudreux, le matin même,
auraient eu peine à les reconnaître. Elles s'étaient mises
sur leur trente-et-un.

Ainsi rafistolées et requinquées elles avaient certainement
fort bon œil. Sans doute la coupe des robes n'était pas d'une
actualité palpitante et les tons criards des étoffes ainsi que
l'arrangement des costumes décelaient plutôt la main de la

marchande à la toilette que celle de la bonne faiseuse, mais tout est relatif et ces falbalas, pour démodés qu'ils eussent été à Paris, n'en parurent pas moins pourris de chic à messieurs les Auvergnats du café de la Comédie.

Le père Jacob, faisant le panier à deux anses entre sa femme et sa fille, fermait la marche.

Le limonadier, à la vue de ces dames, avait lâché net un de ses clients qui lui exposait le nouveau projet de distribution des eaux de la ville et s'était empressé d'introduire le gracieux essaim dans le « salon rouge. »

Après les compliments d'usage et les échanges de politesse que commandait la circonstance, tout le monde se mit à table.

Nous ne relaterons pas les diverses péripéties du déjeuner, qui fut fort gai.

Seul, le père Jacob, qu'on avait relégué à une table à part avec sa femme et sa fille, maugréait en famille et se plaignait sans cesse que le garçon oubliât de rapporter les plats.

On fit des mots, on rit, on chanta même quelques couplets d'opérette ; entre temps, on cassa du sucre sur le dos des camarades absents.

Les comédiens, tout entiers aux délices de la table, s'occupaient assez peu de ces dames, laissant à la galanterie de leurs amphitryons le soin de les suppléer. Le petit vieux mangeait peu, mais dévorait des yeux sa voisine ; M. Marjavel, un peu raîde et pincé au début, s'humanisait et fondait à vue d'œil sous les regards incandescents de la jeune première ; le négociant en vins commettait des calembours et racontait des histoires de commis-voyageur qui divertissaient fort la soubrette ; Boussac, le photographe, marivaudait avec l'amoureuse ; les deux autres Clermontois, apprentis viveurs sans importance, s'évertuaient de leur mieux à donner la réplique à leurs partenaires, sans réussir toutefois à jouer avec brio leur rôle de don Juan d'estaminet.

Au dessert, il y eut un incident.

Le bruit d'une voiture s'arrêtant devant le théâtre venait de se faire entendre.

Tout le monde se précipita aux carreaux de la vitrine en bordure sur la rue.

Deux femmes descendaient à ce moment de la voiture.

L'une sèche, petite, vieillotte et ratatinée, couverte d'une sorte de waterproof usé et flasque ; l'autre grande et belle, vêtue d'une superbe pelisse de voyage. De ces deux femmes, il suffisait d'entrevoir la seconde pour reconnaître en elle une de ces créatures inquiétantes qui n'ont qu'à se montrer pour vaincre, charmeresses pour qui l'amour est une guerre sans trêve ni merci, tacticiennes consommées, toujours prêtes à livrer bataille.

— C'est Esther Florval ! s'écria la soubrette.

— Avec la souffleuse, ajouta i'amoureuse.

— Crebleu ! la belle fille ! dit Boussac.

— Qui ça ? la souffleuse ? fit le second comique.

— Mais non, l'autre.

— Si nous les invitions, proposa aussitôt l'homme aux vins de Bordeaux.

— Vous n'y pensez pas ! se récrièrent en chœur toutes les dames.

— Pourquoi ça ?

— Une poseuse comme il n'y en a pas ! dit la soubrette avec dédain.

— Le fait est qu'elle a des airs de conquérante, ajouta Boussac.

— Et puis nous avons déjeuné, acheva le troisième rôle.

Au même moment, un cavalier dont la redingote correctement boutonnée jusqu'au col trahissait des habitudes d'uniforme, traversait la rue Royale au pas de son cheval.

Un mouvement de surprise parut échapper au cavalier à la vue des deux femmes qui venaient de descendre de voiture, puis on le vit porter la main à son chapeau et saluer celle que la soubrette avait appelée Esther Florval et dont les yeux venaient de se tourner vers lui.

Celle-ci répondit par un petit signe de tête au salut qui lui était adressé.

Le cavalier s'éloigna, suivi du regard par la voyageuse, tandis que le concierge du théâtre, accouru en toute hâte, aidait le cocher à descendre plusieurs malles qui se trouvaient sur la voiture.

Cette scène imprévue et aussi rapide que muette n'avait pas échappé aux comédiens embusqués derrière les vitres du café de la Comédie.

— Tiens, tiens, dit Launay, il paraît qu'elle se trouve en pays de connaissances.

— Aurait-elle déjà un amant dans la ville ? demanda l'amoureuse.

— Ne dis donc pas de bêtises, fit Christiany.

— Avec ça qu'elle se gênerait ?

— Vous la connaissez ? interrogea M. Marjavel.

— Moi, pas du tout... Tiens, la voilà qui remonte en voiture avec la souffleuse.

— Qui vous dit que cette femme qui l'accompagne est la souffleuse ?

— Parbleu ! je la connais bien : elle était avec moi à Bourges l'année dernière.

— On dirait plutôt sa femme de chambre.

— Elle est peut-être l'une et l'autre.

— Où se sont-elles connues ? fit la jeune première.

— Sans doute à Arcachon, puisqu'elles en arrivent, répondit Michal. Il est probable qu'elles sont été engagées toutes deux au Casino pour la saison d'été.

— Où diable vont-elles comme cela, en voiture ? dit à son tour le second comique.

— Elles vont à l'hôtel, parbleu ! ronchonna le père Jacob, qui, la serviette nouée derrière le cou, grignotait des biscuits, tandis que sa femme lui versait à boire.

— Jacob a raison, fit l'amoureux, en roulant une cigarette. Elle a dû se faire retenir une chambre en attendant qu'elle ait trouvé un appartement.

— Un appartement ! s'exclamèrent la soubrette et l'amoureuse en chœur.

— Elle gagne donc dix mille francs par mois ?

— Avec des feux ?

— Sans compter des représentations à bénéfice ?

— Elle gagne cinq cents francs par mois, dit la chanteuse d'opérette.

— Qu'en sais-tu ? reprit le chœur.

Le garçon servait le café. Chacun regagna sa place à table.

— Ce que j'en sais ? continua la chanteuse. J'ai vu son engagement à Paris.

— Elle te l'a montré ?

— Pas du tout. Il traînait chez elle sur une table, j'y ai jeté les yeux par hasard et j'ai lu, voilà tout.

— Vous la connaissez donc ? s'écria le photographe en humant un verre de fine.

— J'ai passé une saison avec elle.

— Où ça ?

— Au Havre, il y a deux ans.

— Est-ce qu'elle fait la noce ? demanda vivement la jeune première.

— Elle est mariée, répondit la chanteuse. Seulement son mari...

Elle compléta le sens de sa phrase par un geste significatif.

— Compris, fit le négociant en vins, il rendrait des points à Ménélas.

— Comment se fait-il qu'il ne soit pas avec elle ? dit le petit vieux.

— Il viendra, rassurez-vous... Il vient toujours d'abord, seulement...

— Seulement, quoi ?

— Seulement, acheva la soubrette en éclatant de rire, il a dû servir dans les carabiniers, cet homme-là..... il arrive toujours trop tard.

Cette plaisanterie eut le don d'exciter une hilarité générale.

M. Désiré Vertbois surtout s'agitait d'une façon insolite pour son âge.

— Nom d'un chien ! clama tout à coup Michal en jetant sur lui un furieux regard, faites donc attention ! Vous m'écrasez un orteil.

Le petit vieux s'empressa de s'excuser tandis que madame Michal, qui se trouvait en face de lui, dissimulait son trouble en plongeant son nez dans sa demi-tasse.....

Le déjeuner s'acheva au milieu d'une série de toasts portés aux succès futurs de la nouvelle troupe, après quoi les six Mécènes de restaurant voulurent compléter leur œuvre en offrant aux dames une partie de promenade à Royat. Cette proposition acceptée d'enthousiasme, on fit avancer des voitures de louage ; les dames y montèrent avec leurs sigisbées improvisés, et le cortège disparut bientôt dans la direction de la place de Jaude.

Les comédiens et la famille Jacob étaient restés au café.

— A-t-on idée de ça ! s'écria Launay, nous plaquer de cette façon-là !

— Bast ! répliqua Christiany, le homard était exquis, les vins étaient excellents ; au même prix, je leur permets de m'offrir à déjeuner tous les jours. Je te fais un frottin.

— Ce sont des mufles ! grogna le père Jacob. On n'invite pas les gens pour les lâcher comme ça. Suivez-moi, vous autres, ajouta-t-il, en entraînant sa femme et sa fille, je vous emmène à Royat.... à pied.

— Attention, dit Mardoche, voici le moment de se faire ouvrir l'œil.

Puis, appelant le garçon :

— Garçon, des bocks pour tout le monde ! c'est moi qui paie.

A onze heures du soir, messieurs les comédiens étaient encore au café. Ils ne l'avaient pas quitté de la journée, ayant trouvé force gens de bonne volonté pour leur « rincer la dalle et caler les joues à l'œil » comme disait Mardoche.

Le limonadier les avait présentés à plusieurs abonnés du théâtre et à messieurs les rédacteurs de la *Gazette du Puy-de-*

Dôme et du *Vendredi des familles*. Ces diverses présentations avaient donné lieu à des libations répétées.

Cependant l'heure de la fermeture des cafés avait sonné. Le patron de l'établissement dépensait des trésors d'éloquence, s'efforçant de rappeler au respect des règlements de police les consommateurs tenaces, parmi lesquels brillaient au premier rang les comédiens. Inutiles efforts. Entre tous, Mardoche, qui jouait au piquet avec Pichon, se distinguait par une résistance opiniâtre aux objurgations du limonadier.

— Nous mettre à la porte ! s'écriait-il, au moment où je suis en train de rattraper mes consommations !

— Vous les rattraperez demain.

— Vous êtes bon, vous. Je viens de m'apercevoir que j'ai perdu mon porte-monnaie, et il me reste huit bocks à régler.

— Vous les réglerez demain.

— Jamais. Je n'ai pas l'habitude de demander crédit.

— Puisque c'est moi qui vous l'offre...

— Possible, mais je ne veux rien devoir à personne.

— Allons donc !

— C'est comme ça.

— Je ne dis pas non, mais j'aime mieux vous faire crédit de quarante-huit sous que de payer seize francs d'amende.

— C'est autre chose, fit Mardoche en se levant vivement et en pressant la main du limonadier ; je n'insiste plus. Je serais désolé de vous coûter seize francs. C'est plus que je ne vaux d'abord.

Il prit son chapeau, bourra sa pipe, et se disposa à sortir.

— Sacrebleu ! s'écria tout à coup Launay, nous n'avons pas de logement. Où allons-nous coucher ?

— Diable ! fit l'amoureux dont les jambes flageolaient, c'est juste, nous avons négligé ce détail.

— Sont-ils bêtes ! fit Christiany en haussant les épaules. Dirait-on pas que cette ville renommée pour sa garnison manque d'établissements hospitaliers ? Eh ! qui m'aime me suive.

Les pensionnaires de M. Herbelot se retrouvèrent dans la rue. Deux ou trois suivirent Christiany, tandis que les autres se dispersèrent à la recherche, qui, d'un hôtel, qui, d'une auberge.

Mardoche et Pichon, tanguant et roulant sous l'influence d'une tempête intérieure, firent route ensemble.

— Un ange, ce cafetier, disait Mardoche, en titubant. C'est plaisir de nouer des relations avec un homme comme celui-là. Il sera mon ami.

Quelques minutes après, ils se trouvèrent dans la rue Blatin, qui, vu l'heure avancée, était complètement déserte.

— Ah çà ! dit Pichon, est-ce que nous allons à la campagne ? Les becs de gaz sont sortis, il fait noir comme dans une trappe. Je ne vois rien du tout au bout de cette rue.

— Viens toujours, répliqua Mardoche. Nous finirons par trouver un Ecossais qui nous offrira l'hospitalité.

A ce moment, il trébucha sur un tas de pierres et s'étendit de son long sur le bord d'une tranchée creusée en travers de la rue.

— Tonnerre de Dieu ! vociféra-t-il, en se relevant.

— Tu n'as donc pas vu la lanterne ? dit Pichon qui riait à se tenir les côtes.

— La lanterne ? où ça la lanterne ? hurla Mardoche, en proie à une colère bleue. Ce lampion-là, une lanterne !

Et d'un coup de pied, il envoya rouler le lumignon municipal dans le trou béant ainsi que le léger garde-fou qui en défendait les approches.

— Tableau ! fit Pichon, en riant de plus belle. Dis donc, Mardoche, il ne manque plus qu'Herbelot, à la petite fête, lui qui nous a recommandé de la tenue !

— Je me fiche d'Herbelot, clama l'irascible Mardoche, un animal qui me laisse sans le sou toute la journée et qui m'a fait venir dans une ville pavée avec des trous ! Je lui revaudrai ça.

Il fut interrompu par un grand fracas de voitures qui retentissait au bout de la rue.

— Qu'est-ce que c'est que ça ? s'écria Pichon, en apercevant le feu des lanternes traçant leur sillage rouge dans l'ombre de la nuit.

— Ça, dit Mardoche, avec un rire cynique, ce sont des carrioles qui vont faire une jolie culbute tout à l'heure. Restons-nous pour voir ?

— Tu n'es pas canaille quand tu as bu, toi. Mes compliments ! Bonsoir ! Je file.

Et sans attendre la réponse de son acolyte, l'honnête Pichon se jeta dans une rue adjacente.

Le troisième rôle, avec l'obstination du pochard, était resté rivé au trottoir.

A cet instant, deux consommateurs, qui venaient de sortir d'un café voisin, s'apprêtaient à traverser la chaussée.

— Père, dit tout à coup l'un d'eux, prends garde, il y a là un trou devant toi.

Celui à qui s'adressait cet avertissement frotta une allumette sur une pierre et se pencha sur la tranchée.

— En effet, dit-il, un pas de plus et je me cassais les reins. On a enlevé le garde-fou et brisé la lanterne. Quelque farce d'ivrogne...

Le bruit des voitures qui roulaient à fond de train dans l'axe de la chaussée se rapprochait. On entendait des exclamations avinées, des voix de femmes chantant des refrains d'opérette et des éclats de rire coupés de claquements de fouet.

A la lueur des lanternes de la première voiture, les deux inconnus distinguèrent un homme monté en postillon sur un des chevaux de l'attelage.

— Ces gens-là sont ivres, fit le plus âgé des deux, ils vont se briser dans ce fossé.

— Crions-leur d'arrêter !

Ils firent quelques pas, mais leur voix se perdit dans le crépitement des rires mêlé au fracas des voitures qui brûlaient le pavé.

Encore quelques tours de roue et la culbute prédite par le cabotin devenait inévitable.

Les deux hommes s'élancèrent.

On entendit un bruit de chevaux qui se cabraient, des jurons de cochers et des cris de femmes affolées.

Les deux inconnus s'étaient jetés à la tête des chevaux qui vinrent s'abattre au bord de l'excavation.

— Mille tonnerres ! cria l'homme qui était monté en postillon, qu'est-ce que c'est que ça ? une agression nocturne !

— Eh non ! répliqua en riant, celui des deux inconnus qui avait arrêté la première voiture, ne voyez-vous pas que vous alliez verser dans cette tranchée ?

Tout le monde avait sauté à terre.

Du café qui se trouvait à quelques pas de là et à la devanture duquel les garçons accrochaient les derniers volets, ainsi que des maisons voisines dont on entendait les fenêtres et les portes s'ouvrir successivement, on voyait accourir nombre de gens attirés par le bruit de cette bagarre imprévue.

Mardoche s'était approché.

Il reconnut dans les femmes qui venaient de mettre pied à terre ses camarades de théâtre.

L'homme qui, tout à l'heure, était monté en postillon et qui n'était autre que Boussac le photographe, jurait comme un vrai charretier en rajustant les traits de l'attelage.

— Sacrebleu, grommelait-il, nous l'avons échappé belle tout de même, et sans ces deux passants... Ah çà, ajouta-t-il en regardant autour de lui, où sont-ils donc ?

Les deux hommes avaient disparu dans les groupes.

Le troisième rôle ne jugea pas utile de se montrer et s'esquiva.

— En voilà un fait-divers ! dit-il, en s'éloignant... Heureusement qu'il y a une Providence pour les grues... sans ça, quelle chute avant les débuts !

Et content de son mot, l'ivrogne que le grand air grisait de plus en plus se mit à entonner dans la nuit un refrain bachique.

III

Le lendemain matin, la plupart des artistes se trouvaient réunis au foyer du théâtre, salle assez vaste, fort nue et fort malpropre, située à proximité des coulisses, meublée de quelques banquettes éventrées et boiteuses et ornée d'une grande glace au cadre dédoré.

La répétition n'était pas encore commencée. En attendant le coup de cloche du régisseur, les artistes devisaient entre eux. Quelques-uns formaient un groupe où l'on s'entretenait de l'incident de la rue Blatin.

— C'est égal, disait la soubrette, une rude chance tout de même. Nous revenions de Royat où nous avions fait un dîner... je ne vous dis que ça, mes enfants..,

— Vous aviez un plumet à rallonges, interrompit Launay.

— Les cochers eux-mêmes étaient tellement en verve que c'est un miracle que nous n'ayons pas versé dix fois en route.

— Il y a un dieu pour...

— Tout juste, mon petit. Nous roulions avec une vitesse d'un tas de kilomètres à l'heure quand, tout à coup, nous nous trouvions alors dans une diablesse de rue qui n'en finit pas, une secousse épouvantable, — les brancards se brisent et nos chevaux s'abattent sur le sol... Nous poussons

un cri et nous apercevons deux hommes qui venaient de se
jeter à la tête des attelages.

— Quel drame ! fit l'amoureux.

— Ne blaguez pas, mes enfants, ces deux hommes venaient tout simplement de nous sauver la vie.

— Ah çà ! dit Christiany, c'est un prologue de Bouchardy
que tu nous racontes là.

— Nous étions sur le bord d'un grand trou. Il paraît que
la ville fait par là des réparations aux tuyaux à gaz... Bref,
un pas de plus, et nous faisions une de ces culbutes...

— Comme on n'en fait qu'en province, ajouta l'amoureux.

— Nous étions sauvées...

— Merci, mon Dieu ! acheva Christiany.

— Avec tout ça, reprit l'amoureux, tu ne nous dis pas ce
que sont devenus vos sauveurs...

— Est-ce que je sais? Ils ont disparu...

— A la bonne heure, voilà des amateurs modestes et qui
travaillent pour l'amour de l'art !

— Tout ce que je peux dire, fit la jeune première, c'est
qu'ils étaient fort bien tous deux, le jeune homme surtout.

A ce moment, la porte du foyer s'ouvrit : un homme, au
visage sévère et doux à la fois, encadré de longs cheveux
grisonnants parut sur le seuil.

La jeune première poussa un cri de surprise :

— Qu'est-ce qui te prend ? firent les comédiens.

— On dirait que c'est lui ! dit-elle à voix basse.

Tous portèrent les yeux sur le nouveau venu.

— Certainement que c'est lui, s'écria la soubrette, mais
se reprenant aussitôt, n'est-ce pas, monsieur, ajouta-t-elle,
en allant vivement à lui, que c'est vous ?

L'interpellé s'inclina.

— De quoi est-il question ? demanda-t-il en souriant.

— N'est-ce pas vous qui, hier soir, dans la grande rue,
avez arrêté avec une autre personne deux voitures ?

— Fort bien, dit le nouveau venu, en riant cette fois tout

à fait, j'y suis. Vous ne vous trompez pas, mademoiselle, c'est bien moi, en effet, qui...

— Ah! monsieur, que de remerciements !... firent en chœur toutes les dames en l'entourant.

— Ne parlons pas de cela. C'était la chose la plus simple, et tout le monde en eût fait autant à ma place.

— Oh! non, pas tout le monde, fit la jeune première en jetant un regard sur les comédiens, mais vous n'étiez pas seul. Ne verrons-nous pas la personne qui vous accompagnait, car nous lui devons aussi des remerciements ?

Herbelot, ouvrant la porte avec fracas, fit tout à coup irruption dans le foyer.

— Messieurs, s'écria-t-il l'œil enflammé...

Il s'arrêta à la vue du nouvel arrivé.

— Tiens, fit-il, en changeant subitement de ton, c'est vous, Desroches. Je ne vous savais pas au théâtre. Depuis quand à Clermont ?

— Depuis hier soir.

Les comédiens se regardèrent surpris.

— A la bonne heure! reprit Herbelot. Je ne doutais pas de votre exactitude. Vous êtes un homme sérieux, vous... Je n'en dirai pas autant, de ce misérable Mardoche, par exemple... En voilà un que j'aurais bien fait de ne pas engager... On m'avait pourtant prévenu à Paris ; mais je suis toujours dupe de mon cœur...

— Qu'y a-t-il donc? demanda Desroches.

— Ce qu'il y a? Il y a, messieurs, reprit Herbelot d'une voix tonnante, que M. Mardoche est à l'heure présente au poste, où il s'est fait fourrer cette nuit comme un vulgaire vagabond, comme un ignoble pochard. Le commissaire de police vient de me le faire savoir.

Et, ce disant, Herbelot, brandissait une feuille de papier marquée du timbre de l'administration.

— Oui, messieurs, continua Herbelot sur un ton de réquisitoire, à deux heures du matin, cet être répugnant chantait à tue-tête dans les rues de Clermont. C'est en vain que des agents ont voulu le faire taire. Ils durent l'arrêter sous l'inculpation de tapage nocturne. Et voilà comment ce cynique personnage pose la troupe dès le premier jour, je devrais dire dès la première nuit, voilà comment il débute : par un horrible scandale qui va rejaillir sur nous tous !

L'entrée de Jacquin, le régisseur, interrompit Herbelot dans sa tirade, tandis qu'un bruit de cloche fêlée retentissait dans les couloirs du théâtre.

— Ah ! ah ! fit Herbelot, nous y sommes ? Allons, tout le monde en scène pour la *Closerie des Genêts*.

On se rendit sur le théâtre et la répétition commença.

C'est toujours un spectacle curieux que celui d'une répétition en province.

Dans la demi-obscurité qui règne sur la scène, tremblote la lueur d'un lumignon accroché à un support près du trou du souffleur. Tout à côté se ⌊trouve une table devant laquelle se tient assis le régisseur, prenant des notes, suivant la pièce sur une brochure et consignant en marge et au fur et à mesure les *passades* et les indications de mise en scène. Les acteurs lisent ou récitent leurs rôles, rompant de temps en temps la monotonie de leur débit par de grands éclats de voix ou par des coups de talon à défoncer le plancher. A l'autre extrémité du théâtre, assis en rang d'oignons près de la toile de fond, les camarades inoccupés se livrent aux douceurs d'une conversation qui, quoique chuchotée, n'en est pas moins vive et animée. On rit, on blague, on s'égaie surtout aux dépens des pauvres diables qui « sont sur le tremplin ». Le jeune premier parodie à mi-voix le premier rôle et ses trémolos à la Dumaine, la soubrette, tout en faisant du crochet, raconte une histoire graveleuse dont l'ingénue a été l'héroïne à Carcassonne, le comique fait une déclaration d'amour à la duègne qui tricote gravement, le grime évoque ses souvenirs de cabotinage et rappelle ses nombreux succès à Péronne, la jeune première « casse du sucre » sur tout le monde, sur le directeur, sur le troisième rôle, sur le concierge du théâtre, sur sa propriétaire et sur le préfet qu'on lui a montré le matin même et qui a une verrue sur le nez.

— Taisez-vous donc là-bas dans le fond, s'écrie parfois le régisseur, on ne s'entend pas, ma parole d'honneur !

— Zut ! répond une voix.

— Qui est-ce qui a dit zut ? Je lui colle vingt sous d'amende.

Cris, protestations, tumulte.

La répétition est interrompue.

— Messieurs, tonitrue le régisseur, je vais prévenir le directeur.

Cette menace a généralement le don de ramener le calme dans les esprits. La répétition continue, mais il est rare qu'elle s'achève sans de nouveaux accrocs. Il arrive quelquefois que deux de « ces dames » se prennent au chignon et s'administrent une maîtresse volée, mais les incidents de ce genre sont de moindre importance.

La répétition n'était commencée que depuis un quart d'heure et déjà les pensionnaires de M. Herbelot donnaient les marques d'un esprit d'indiscipline remarquable.

— C'est insensé ! vociférait Michal, voilà dix ans que je joue Dominique, et jamais je ne me suis trouvé à droite dans cette scène.

— Tu t'y trouveras, cette année, voilà tout, répliqua Jacquin, qu'est-ce que ça te fait ?

— Ça me fait que ça me gêne d'avoir Madeleine à ma gauche.

— Pourquoi donc ça ? reprit à son tour la seconde soubrette chargée du rôle de Madeleine. Est-ce que je louche ?

— En voilà assez ! intervint Herbelot. Pas d'observations à l'avant-scène. Enchaînons, enchaînons.

— Moi, je veux bien, maugréa Michal, à droite ou à gauche, je m'en fiche. C'est le même prix. Seulement c'est idiot.

Un instant après, c'était l'acteur chargé du rôle d'Ali, qui voulait occuper le milieu du théâtre.

— Pas du tout, dit Jacquin, tu dois être à gauche.

— Jamais de la vie ! la scène est à moi. D'abord a Lyon, on ne joue pas la pièce autrement.

— Nous ne sommes pas à Lyon. Et puis Léona va faire son entrée. Il faut dégager la scène.

— C'est bien, je dégage, mais c'est absurde !

— Monsieur, éclata Herbelot, j'ai déjà dit que je ne voulais pas d'observations à l'avant-scène. Ne m'obligez pas à sévir. Enchaînons, enchaînons.

— Léona ! appela le régisseur.

Personne ne répondit.

— Est-ce que madame Florval n'est pas là? reprit le régisseur.

— Pas vue, dit un des acteurs dans le fond.

— Ni moi, fit un autre; elle attend peut-être qu'on lui envoie une voiture.

— En voilà une poseuse !

— Dame ! dit aigrement la duègne, quand on est du grand théâtre de Nîmes !...

— Où est le garçon d'accessoires? s'écria Jacquin. Qu'il aille chercher madame Florval.

A ce moment, Esther Florval émergeant de l'ombre des coulisses apparut sur la scène.

— Me voici, monsieur, dit-elle simplement. Désolée de vous avoir fait attendre.

Herbelot courut à elle et lui prit les mains :

— Il n'y a pas de mal, ma chère enfant, il n'y a pas de mal, lui dit-il avec empressement. Vous arrivez à temps. Allons, messieurs, ajouta-t-il en frappant dans ses mains, voilà Léona, enchaînons.

Et, couvant de l'œil celle qui dans ses prévisions, devait être la poule aux œufs d'or de son théâtre, Herbelot se campa à l'avant-scène, attentif et souriant.

La répétition reprit son cours.

Esther Florval fit son entrée.

Aux premiers mots qu'elle prononça, chacun comprit qu'il se trouvait en présence d'une artiste, sinon complète,

tout au moins hors de pair avec les autres pensionnaires de
M. Herbelot. Celui-ci joyeux se frottait les mains et s'adressait mentalement les plus vives félicitations pour le flair
dont il avait fait preuve en traitant avec la Florval. C'était
à première vue et sans audition qu'il l'avait engagée. Quoique ignorant et imbécile, si l'on veut, Herbelot possédait un
sens très juste et très sûr du théâtre. Son instinct le trompait rarement.

— Elle a l'œil et la ligne, avait-il dit à l'agent dramatique qui lui avait présenté Esther, ça me suffit.

Ce n'est pas sans une certaine satisfaction d'amour-propre
qu'il constatait une fois de plus la justesse de ses pro-
nostics.

La Florval brillait du reste autrement que par ces qualités
physiques qui avaient séduit Herbelot tout d'abord. A un
organe chaud et vibrant, fait pour traduire tous les cris de
la passion, elle joignait, chose rare en province, une diction
correcte et savante. Il était évident qu'à l'encontre de bon
nombre de ses camarades, elle avait sérieusement étudié
son art. Herbelot avait pris la pie au nid. Il tenait son
« étoile. »

La joie de ce fortuné directeur devait s'accroître encore.
Dès que Desroches, qui jouait Kérouan, eut paru à son
tour et qu'il eut donné ses premières répliques, l'enthousiasme d'Herbelot ne connut plus de bornes. Incapable de
maîtriser plus longtemps les sentiments qui l'agitaient, il
s'oublia, — chose grave pour un entrepreneur de spectacles,
— jusqu'à décerner à son pensionnaire un témoignage
public de son admiration.

— Bravo ! s'écria-t-il, comme c'est ça !

Puis, se penchant à l'oreille de son régisseur :

— On ne jouerait pas mieux la *Closerie des Genêts* à la
Comédie-Française.

Un murmure se fit entendre au fond du théâtre.

— Mes enfants, dit Christiany aux cabotins qui l'entou-
raient, nous aurons du fil à retordre avec le Desroches et

la Florval. Le patron les gobe, ça ne sera pas tout rose
pour nous cet hiver.

— Laissons pisser le mérinos, fit sentencieusement l'a-
moureux.

Lorsque Desroches revint à sa place, chacun s'éloigna de
manière à faire le vide autour de lui.

— Diable ! se dit-il en souriant, on me met en quaran-
taine. Cela promet.

Il aperçut Esther Florval qui, assise sur une chaise près
d'un portant, se trouvait isolée comme lui.

Il s'approcha d'elle.

— Voulez-vous me permettre de vous tenir compagnie ?
lui dit-il.

— Volontiers, répondit la Florval.

Ils causèrent.

— Il paraît que nous déplaisons fort à ces messieurs et à
ces dames, dit Desroches, puisqu'ils affectent de nous tenir
à l'écart.

— Qu'importe ? fit la Florval.

— Vous avez parfaitement raison. C'est sans conséquence
et, pour ma part, je me soucie assez peu de frayer avec
ces gentilshommes. Ils ont prévenu mon désir en s'éloignant de ma personne ; je leur sais gré de cette attention
délicate.

— Vraiment ? dit Esther, en le regardant en face. Cela
ne m'étonne pas, ajouta-t-elle, après un moment de silence,
vous êtes un artiste, un véritable artiste et vous devez vous
sentir déplacé au milieu de ces cabotins.

— Mais vous-même ?

— Oh ! moi... répondit-elle, avec un accent indéfinissable... Bah ! laissons cela. Je n'ai pas le droit d'être exigeante d'ailleurs. J'ai quelques qualités pour le théâtre, je
le sais, mais je ne m'illusionne pas, et il y a loin de mon
mince mérite au véritable talent.

— Vous êtes modeste. Bravo ! Voilà qui est rare... surtout
parmi nous. La modestie n'est pas le talent, mais elle y con-
tribue. Au demeurant, laissez-moi vous dire que je vous

trouve sévère et injuste envers vous-même ; la façon dont vous jouez Léona...

— Ne me faites pas de compliments immérités. Je n'aime ni la flatterie, ni les flatteurs. Si vous m'accordez un peu d'estime, si vous pensez qu'une femme comme moi peut croire à la sincérité d'un artiste comme vous, dites-moi la vérité, rien que la vérité. J'ai souvent et beaucoup entendu parler de vous en province comme d'un homme de mérite, je serai donc heureuse d'être jugée par vous. Ce n'est pas de l'indulgence que je vous demande, ce sont des conseils et je vous promets de les suivre. Voulez-vous, ajouta-t-elle, en lui tendant la main, me rendre ce service d'artiste et d'ami ?

— Savez-vous que vous êtes une femme point banale et tout à fait exceptionnelle ? Je me disposais à vous adresser les éloges qui vous sont dus et voilà que vous exigez que je commence par des critiques ! Je connais peu d'hommes qui seraient capables d'en faire autant.

— C'est bien possible, mais il ne me déplaît pas d'être, comme vous dites, une femme exceptionnelle.

— Je vous obéis donc, mais je ne vous garantis que ma sincérité et nullement l'infaillibilité de mes opinions.

— Je vous écoute.

— Eh bien ! dit Desroches, il est visible que vous avez souvent joué le rôle de Léona. Vous y avez eu du succès et vous en aurez certainement encore. Ce rôle est bien dans vos cordes et vous y faites preuve d'un réel talent. Laissez-moi vous dire cependant que vous n'obtiendrez pas, dans certaines scènes, tout l'effet désirable. Et cela tient à un rien, mais à un rien qui est tout dans notre art.

— Voyons !

— Au théâtre, où tout est convention, la vérité qu'on doit s'attacher à rendre ne peut jamais être que relative. Dans ce royaume de la fiction, l'illusion seule est souveraine. Voulez-vous des preuves ? Regardez ce décor. De quelle couleur sont les arbres ? Ils sont bleus, n'est-ce pas ? Eh bien ! le soir, à la lumière de la rampe, ils seront verts ou du moins ils paraîtront tels aux spectateurs. Le peintre, vous le voyez, ne s'est préoccupé que de l'effet à obtenir. Est-ce que les personnages que je coudoie dans la rue et que j'incarne souvent sur le théâtre mettent du rouge et du blanc ? Assurément non. Je suis cependant obligé de me grimer pour jouer mon personnage. C'est donc par un artifice, par un mensonge de toutes les minutes que nous parvenons à faire croire au public que nous lui représentons la réalité, alors que nous ne lui en offrons que l'apparence.

— Eh bien ?...

— Eh bien, ce que je vous reproche, c'est d'être trop vraie, dans le sens absolu du mot. Vous êtes la Léona que tout le monde reconnaîtrait, s'il la rencontrait dans la vie réelle ; vous n'êtes pas, à proprement parler, la Léona du théâtre. Votre personnage ne se trouve pas suffisamment mis au point pour l'optique de la scène. Il semble que vous jouiez le rôle trop avec votre nature, et pas assez au moyen des artifices de composition indispensables au théâtre. Sans doute, les créations de l'artiste doivent porter l'empreinte de [son tempérament, mais il est nécessaire que l'art vienne corriger à propos les brutalités de l'expression.

— Vous avez peut-être raison, répondit la Florval. Je réfléchirai à cette observation qui me paraît très juste et je vous promets d'en faire mon profit.

— En scène pour le troisième tableau ! cria Paumier, le second régisseur.

A ce moment une certaine rumeur se fit entendre dans un groupe de cabotins qui se trouvaient à l'avant-scène.

— Qui est-ce qui est poète ici ? clamait Michal en brandissant un papier. Mes enfants, avant qu'on commence, laissez-moi vous lire ces vers que je viens de trouver sur le théâtre.

Et il se mit à déclamer avec emphase au milieu de tous les artistes qui s'étaient rangés en cercle autour de lui :

Ne me parlez plus de ces beaux mensonges
Que vous appelez la gloire et l'amour.
Les châteaux que j'ai bâtis sur ces songes
Se sont écroulés en moins d'un seul jour.

Ne me parlez plus de la Célimène
Qui, comme un comparse, a traité mon cœur.
La femme s'agite, un diable la mène,
Et Dieu bat des mains ainsi qu'un claqueur.

Ne me parlez plus des feux de la rampe,
Pauvre papillon, je m'y suis roussi.
Aussi nu qu'un ver, maintenant je rampe
N'ayant du succès gardé nul souci.

Ne me parlez plus des astres de flamme
Emaillant l'azur des immenses cieux.
Je vis dans la nuit blanche de mon âme
Et c'est en moi seul que s'ouvrent mes yeux.

Ne me parlez plus de soleil, d'étoile,
Ni des bois qui vont reverdir encor :
Je rendrai mon rôle avant que la toile
Ne se lève sur un nouveau décor.

— L'auteur ! l'auteur ! crièrent les cabotins en chœur.

— Pas de signature, dit Michal, l'auteur désire garder l'anonyme. Cependant la mère Salomon prétend avoir vu tomber ce papier de la poche de M. Desroches.

— C'est parfaitement exact, dit froidement Desroches qui s'était approché : Cette pièce de vers m'appartient, veuillez me la rendre.

Et il l'arracha des mains de Michal.

— Allons, en scène pour le troisième, tonna Herbelot, nous ne sommes pas ici pour nous amuser...

La répétition touchait à sa fin quand on vit apparaître sur le théâtre une superbe et plantureuse créature. Son air imposant et l'énorme quantité de bijoux et de verroterie dont elle était surchargée des doigts à la tête, révélaient à n'en pas douter madame Herbelot, la femme du directeur. C'était bien elle, en effet. Cette majestueuse dondon, alors dans tout l'épanouissement d'une beauté parvenue à son été, eût fait pâlir un Rubens par l'éclat de son opulente carnation et l'efflorescence de ses joues. C'était, à vrai dire, un réjouissant spectacle que la contemplation de ce pur chef-d'œuvre de la chair d'où s'exhalaient nous ne savons quels effluves, quels parfums enivrants de volupté amoureuse et sensuelle. Et quel regard ! quelle prunelle ! Avec quelle virtuosité, elle en jouait ! Comme ses yeux connaissaient bien le chemin du ciel ! Hélas ! il était permis de présumer que cette terrestre créature se vautrait plus volontiers dans des proses indignes qu'elle ne s'égarait dans le bleu des extases ou dans le firmament des rêves.

Les comédiens s'étaient précipités au-devant de leur directrice pour la saluer et lui présenter leurs hommages, mais Herbelot les écarta brusquement.

— C'est bon, plus tard... ce soir, leur dit-il d'un ton rogue. Madame n'a pas le temps en ce moment.

Les comédiens se replièrent en bon ordre, tandis que les femmes, enchantées d'éluder la présentation, prenaient en toute hâte leurs chapeaux et leurs manteaux et s'esquivaient dans les couloirs du théâtre.

Desroches et Esther Florval sortirent les derniers.

En apercevant celle-ci, madame Herbelot ne put s'empêcher de la toiser du regard. Prenait-elle déjà de l'ombrage de la beauté de sa pensionnaire ? Il était permis de le croire, à en juger par la moue de dépit qui plissa légèrement sa lèvre.

Elle était fort coquette, madame Herbelot, et fort jalouse des prérogatives que lui assurait le prestige de ses charmes.

— As-tu vu le maire ? lui demanda Herbelot, quand ils furent seuls sur la scène.

— Je le quitte à l'instant. Il a été très gentil. Nous aurons tout ce que nous voudrons.

— L'augmentation de la subvention ?

— Il me l'a promise.

— Bon, ça... Mais comme tu es rouge, Hortense !

3.

— Ce n'est rien, le grand air, et puis j'ai marché vite.

— Allons, tant mieux, tu n'es pas malade, tout va bien... Desroches et Florval ont répété comme des anges. La *Closerie* sera sûrement un succès.

Il offrit le bras à sa femme et appela le garçon de théâtre. Celui-ci accourut.

— Eteignez la servante, dit Herbelot.

I V

Il était six heures du soir. Les abords du théâtre de Cler-mont-Ferrand, d'ordinaire plongés dans un calme reli-gieux, sans doute à cause du voisinage de la cathédrale, présentaient le spectacle d'une animation tout à fait insolite. Pour s'expliquer cette anomalie, il suffisait de jeter les yeux sur les affiches apposées aux angles de l'édifice.

Ce soir-là, en effet, la troupe d'Herbelot devait effectuer ses débuts. C'était un dimanche, quelques jours après les événements que nous venons de raconter.

La représentation annoncée se composait de la *Closerie des Genêts*, précédée d'un à-propos en vers dû à l'inspiration d'un poète du cru et suivie d'une comédie-vaudeville en trois actes : Les *Amours de Cléopâtre*. Un spectacle à coucher dehors, comme on dit, mais en province le public en veut pour son argent. A défaut de la qualité, il se rabat sur la quantité. Si la soirée ne comporte pas au moins une dizaine d'entr'actes, le directeur s'expose à être traité de vulgaire filou, et, chose plus grave, à perdre l'estime et la confiance du propriétaire du café de la Comédie.

La queue commençait à se former. Une trentaine de pioupious et d'artilleurs amalgamés d'autant d'ouvriers et de gamins, dont les blouses blanches et bleues se mariaient patriotiquement au rouge garance des uniformes de l'armée française, formaient un groupe compacte qui semblait soudé aux deux battants de la porte centrale. Il se mit à pleuvoir.

— Bon temps de théâtre, pensait Herbelot, qui rôdait sur le trottoir d'en face, le nez au vent, l'œil perdu dans la nue. Le nombre des gens qui attendaient l'ouverture des bureaux, s'augmentait d'instant en instant. Des rues voisines, on voyait converger des hommes, des femmes, bras dessus, bras dessous, des jeunes gens, les mains dans leurs poches et le chapeau sur l'oreille, des petites ouvrières dont quelques-unes ramenaient sans façon leur robe sur leur tête, puis d'honnêtes familles abritées sous de graves parapluies et encore des soldats chantant et gouaillant, avec l'évidente préoccupation d'épater le bourgeois. Certes, cette queue n'avait ni la gaieté, ni l'entrain des foules qui font le siège des théâtres de Paris. — Gavroche, l'immortel titi, ne voyage pas ; — mais, à défaut de bonne humeur, elle avait la résignation.

La pluie tombait maintenant drue et serrée ; cependant, pas un de ces braves ne bronchait, pas un ne désertait. L'élément militaire se distinguait particulièrement par sa solidité sous l'averse.

Herbelot, fiché sur le seuil du café de la Comédie, interrogeait toujours le firmament.

— Diable ! dit-il, si la pluie continue, ils sont capables de décamper. Faisons ouvrir les portes.

Il traversa la rue et pénétra dans le théâtre par l'entrée des artistes.

Cinq minutes après, les portes s'ouvrirent.

La foule se précipita dans un vestibule aux murs blanchis à la chaux au fond duquel, abritées derrière une vitrine, se tenaient deux femmes, la contrôleuse et l'exubérante madame Herbelot. Un étroit vasistas leur permettait de communiquer avec le public et d'échanger les cartons. On se pressait, on se bousculait pour entrer. La force publique, représentée par deux agents de police, avait toutes les peines du monde à contenir le flot qui menaçait de submerger madame Herbelot et son employée.

— Ça promet, disait celle-ci à la directrice. Nous aurons chambrée complète ce soir, et puis, avez-vous remarqué, madame? c'est une *drôle* qui nous a étrennées. Ça porte bonheur.

Le gazier et ses aides allaient et venaient dans les couloirs, allumant à la hâte les becs de gaz.

Les escaliers étaient déjà envahis. Les petites places, c'est-à-dire le paradis, cet enfer des salles de spectacles, s'emplissaient rapidement. Le public escaladait les banquettes, prenant les stalles d'assaut. Une demi-obscurité régnait partout aussi bien au parquet qu'au poulailler. Par une mesure de sage économie, les becs de gaz étaient à bleu, donnant tout juste assez de lumière pour permettre aux spectateurs de ne pas s'asseoir sur les genoux de leurs voisins. Le rideau d'avant-scène, noyé dans l'ombre épaisse du cintre, ne montrait à la lueur trouble de la rampe que la partie inférieure de ses plis grossièrement peints. Le fracas des portes qui s'ouvraient et se fermaient de tous côtés ne cessait de retentir, au milieu du bruit des petits bancs renversés et du brouhaha qui allait grandissant au fur et à mesure que la salle se garnissait.

Herbelot jugea nécessaire de faire donner un tour de clef au compteur.

Une clarté subite, suivie d'une immense acclamation, jaillit du lustre. Le parterre regorgeait déjà de gens qui tapageaient des pieds; aux étages supérieurs, le ventre rebondi des galeries semblait sur le point d'éclater sous la pression du public qui s'y trouvait entassé. Une indescriptible cacophonie se dégageait de cette foule grouillante qui riait, chantait à tue-tête et s'apostrophait d'un bout de la salle à l'autre, en attendant le lever du rideau. Seules les grandes places, c'est-à-dire les fauteuils d'orchestre et les loges étaient encore à peu près vides.

Pendant ce temps, la plus grande animation régnait sur le théâtre.

Haletant et s'essuyant à tout moment le front avec son mouchoir, Herbelot se multipliait, courant du gazier au garçon d'accessoires, du chef machiniste au costumier, de la loge où s'habillaient les figurants aux loges d'artistes, jurant, sacrant, stimulant les uns, malmenant les autres et n'interrompant ses imprécations que pour mettre l'œil au trou du rideau.

Dans les loges d'artistes, c'était un vacarme d'enfer.

— Coiffeur, ma perruque ! criait l'un.

— Costumier, mon gilet breton ! clamait un autre.

— Garçon d'accessoires, ma cravache !

Puis c'étaient des voix de femmes :

— Habilleuse, ma mantille !

— Coiffeur, mes frisures !

— Costumier, reprenait une voix furieuse, voilà quatorze cents fois que je demande mon gilet breton ! Me le donnerez-vous à la fin ?

— Mille tonnerres ! aurez-vous bientôt fini de gueuler ? hurlait à son tour Herbelot qui accourait écumant. On vous entend dans la salle !

Cependant le public des *grandes* places commençait à arriver. Herbelot, qui venait d'apercevoir le général dans une avant-scène, fit donner un nouveau tour de clef au compteur.

Cette fois, la salle se trouva en pleine lumière et chacun put se rendre compte de la munificence du conseil municipal qui avait mis à profit les vacances pour faire restaurer les loges et les fauteuils. Les tons rouge-brique de la toile cirée éclataient partout, s'harmonisant on ne peut plus heureusement avec le vermillon du papier de tenture qui revêtait les murs et l'intérieur des loges. Les parements des trois galeries elles-mêmes avaient été gratifiés d'une belle couche de blanc à la colle et ornés d'Amours joufflus en pâtisserie peinte à l'ocre jaune. Seul, le plafond, plus noir et plus enfumé que jamais, n'avait pas eu sa part des bienfaits du badigeon, mais les gens bien informés prétendaient qu'on ne perdrait rien pour attendre et que ce serait pour l'année prochaine.

Les spectateurs ne purent se défendre d'un certain mouvement admiratif.

A ce moment, quatre personnages entrèrent dans une loge du rez-de-chaussée.

— Tiens, dit le photographe Boussac qui se trouvait avec Bardin aux fauteuils d'orchestre, voilà Cornu, l'imprimeur, et ses amis. C'est lui qui a loué, cette année la loge infernale.

— La troupe n'a qu'à se bien tenir, répondit Bardin. Depuis qu'il est à la tête d'un journal dont le tirage atteint presque trois cents exemplaires, Cornu est une puissance. Malheur aux actrices qui l'oublieront dans leurs sourires !

Boussac se leva en tournant le dos à la scène et jeta un coup d'œil circulaire dans la salle.

— Vois donc, dit-il, en poussant le coude à Bardin, cette grande femme blonde qui vient de s'asseoir à la première galerie à côté d'un petit homme à lunettes bleues et à cravate blanche.

— Son mari.

— Tu le connais ?

— Cette blague ! C'est moi qui lui ai monté sa cave. M. Groslambert, le nouveau professeur de botanique de la Faculté des sciences, auteur d'ouvrages considérables sur la flore du Puy-de-Dôme, vise l'Institut. Son front n'attend plus que les lauriers, il a de quoi les accrocher.

— Ah bah ! est-ce que sa femme ?..

— Parbleu ! elle est au mieux avec le secrétaire général de la préfecture.

— Comment le sais-tu ?

— C'est la fable de toute la ville. L'autre soir, chez le président du tribunal de commerce, on ne parlait que de ça.

— Le docteur Ancelin ! fit tout à coup Boussac, en apercevant un jeune homme qui entrait dans une loge.

— Et son ami, de Vandannes, ajouta Bardin.

— Qui est-ce que ce de Vandannes ?

— Tu ne le reconnais pas ? C'est le cavalier qui, il y a huit jours, a salué la Florval, au moment où elle arrivait au théâtre.

— Parfaitement. J'y suis. Un ancien amant, sans doute ?

— Possible. On ne sait pas. J'ai appris qu'il l'avait connue, cet été, à Arcachon où il se trouvait avec sa femme.

— Il est marié ?

— Très marié. Il a épousé la fille du père Pasdieu,
d'Issoire, il y a deux ans, après avoir donné sa démission
de lieutenant au 7me dragons. .

— Comment se fait-il qu'il ne soit pas avec sa femme ?
Est-ce qu'il la délaisse ?

— Tu m'en demandes trop long. On prétend que le docteur
Ancelin, en fidèle ami du mari, prodigue des consolations à
sa femme ; mais je n'ai pas vérifié.

— Allons donc ! Ancelin ? Il passe pour être l'amant de
la petite Miette, depuis trois jours.

— Ça ne serait pas une raison. Mais comment sais-tu
qu'Ancelin..... ?

— Dame ! on les a vus ensemble au restaurant de la
mère Fournier à Royat.

— Il va bien, le docteur... Si jamais il se fait une clientèle
sérieuse dans la ville, celui-là...

— Comment vraiment, cette petite sainte-nitouche de
Miette... Fiez-vous donc aux ingénuités !

— Des ingénuités comme ça... Tiens, le fils de Desroches...

— Où ça le fils de Desroches ?

— Là, aux premières à droite, ce beau brun, avec des
moustaches...

— Comment, Desroches a un fils comme ça ?... Il paraît
très bien, ce gaillard-là...

— Il est peintre. On dit même qu'il a du talent... Il vient
faire des études de paysage en Auvergne.

Tandis que Boussac et Bardin poursuivaient leur dialogue au milieu du tintamarre de la salle, le public continuait d'affluer. Les loges semblaient être autant d'écrins radieux où, sous les feux du lustre, s'allumaient les velours,
les soies, les dentelles et les strass des luxueuses bourgeoises
de Clermont-Ferrand. Dans ce tournoi de la coquetterie pro-

vinciale, dans ce chatoiement de lumières et de toilettes multicolores, les yeux des femmes brillaient comme des chry-
soprases, la neige des épaules nues tranchait éblouissante
sur le noir brutal des habits masculins.

Des parfums lourds descendaient des loges dans l'atmosphère surchauffée de la salle, tandis que de vagues odeurs
d'ail montaient du parterre.

En province, tout le monde se connaît ou à peu près ; le
théâtre est un terrain neutre où chacun se retrouve à certains jours de la semaine. De toutes parts on échangeait des
saluts et des sourires. Les éventails ondulaient aux mains
des femmes, tandis que, détournant légèrement la tête, elles
souriaient aux hommes qui, debout derrière elles, dans de
gauches attitudes, chuchotaient à leurs oreilles de fades
madrigaux ou de banales épigrammes.

Cependant le public des petites places commençait à se
fâcher. L'heure du lever du rideau était passée depuis dix
minutes. Les cannes et les pieds protestaient unanimement,
exécutant en cadence des roulements fébriles sur le parquet.

Herbelot comprit le danger, aussi ordonna-t-il aux musiciens de se rendre à leurs pupitres.

L'apparition des musiciens à l'orchestre coïncidant avec
l'éclat soudain des flammes de la rampe qui jetait des
lueurs d'incendie sur le rideau, souleva une tempête d'applaudissements. En même temps, la cloche de l'avertisseur
tinta ses notes assourdies dans l'éloignement des coulisses.
On entendit, à travers la cacophonie des instruments que
les musiciens accordaient, la voix d'Herbelot, criant sur le
théâtre :

— Tout le monde en scène ! on commence.

Les acteurs étaient à leur poste, anxieux, agités, en proie
à cette émotion qui prend au ventre et qu'en argot de comédiens, on appelle le *trac*. Ils allaient, venaient de la scène au
foyer, silencieux, inquiets, ruminant leurs tirades à effet, se
disputant les glaces pour effacer un pli de leur costume, ra-
juster leur perruque ou donner le dernier coup de *patte* à
leur maquillage.

Les femmes surtout se montraient nerveuses, surexcitées : un ruban mal attaché, une épingle de travers, une malencontreuse draperie leur arrachaient des cris désespérés.

Effarées, hors d'haleine, les habilleuses ne savaient où donner de la tête.

— Place au théâtre ! cria Herbelot. Jacquin, y êtes-vous pour le prologue ? Je frappe. Au rideau !

Les trois coups retentirent sourdement sur le plancher, derrière le manteau d'Arlequin.

Un grand mouvement se produisit aussitôt dans la salle : chacun reprit sa place, s'installa, se casa comme il put, celui-ci ajustant sa lorgnette, celui-là rengaînant son journal ou tirant son mouchoir ; un concert de chut ! se répercuta en une seconde du parterre au poulailler ; quelques cris : « Assis ! A bas le chapeau ! » piquèrent leurs notes brutales dans le *decrescendo* des susurrements, puis les derniers frissons de houle s'éteignirent dans un silence recueilli, profond. La salle, tout à l'heure déchaînée et pleine de remous, semblait s'être figée dans une immobilité attentive et muette.

Soudain la fanfare des cuivres éclata, l'orchestre attaquait l'ouverture. Le chef, battant la mesure avec son pied, s'escrimait sur le clavier d'un piano placé devant lui. Cela faisait beaucoup de bruit : il faut croire que c'était l'essentiel.

Le rideau se leva sur un décor représentant de majestueux nuages et l'on vit apparaître, grave et solennel, Jacquin, en habit noir, un papier à la main. Le contraste de ce tableau éthéré avec le costume fort peu olympien de Jacquin provoqua quelques sourires aussitôt réprimés. Celui-ci s'avança jusqu'à la rampe et d'une voix ampoulée, lut une pièce de vers qui débutait par cette mirifique strophe :

> Le soleil avait fui, la Nuit, belle à l'œil noir,
> Jetait un doux regard sur Clermont-Ferrand triste ;
> Déjà, dans le ciel gris, on commençait à voir
> Les célestes flambeaux brûlant le divin schiste...

La fin de la pièce fut accueillie par les bravos de la salle entière. On demanda l'auteur. C'était un excellent employé de la mairie, qui passait son temps à faire des vers dans son bureau et de la comptabilité chez lui. Ce doux poète qui, à l'encontre de nombre de ses confrères d'aujourd'hui, était totalement dépourvu de cheveux, se laissa traîner sans trop de résistance sur le théâtre et vint saluer avec une modestie émue les spectateurs dont les applaudissements redoublèrent.

Trois coups frappés immédiatement après que la toile fut retombée annoncèrent au public que la grande pièce allait commencer de suite.

En effet, trois minutes s'étaient à peine écoulées que le rideau se relevait sur le décor du premier acte de la *Closerie des Genêts*.

Ce décor était dû à la brosse de Casimir Delplantados, qui cumulait les fonctions de concierge avec celles de machiniste et de peintre décorateur. A dire vrai, ces peinturlurades ne rappelaient que de fort loin les toiles célèbres des Ciceri et des Cheret. Le fond ressemblait vaguement à une forêt, à moins qu'il ne représentât les flots de la mer en courroux. L'espèce de pavillon qui s'élevait à droite de la scène simulait tant bien que mal une auberge, grâce à cette enseigne : *Hôtel du Chariot d'or*. Avant de porter cette inscription, ledit pavillon avait dû, cela se voyait de reste, jouer, selon les circonstances, le rôle de chapelle, de chaumière ou de château. C'était une maison à tout faire. Ce décor-omnibus, tout en laissant un large champ à l'imagination du public, n'en était pas moins à l'honneur de Casimir qui avait su tirer parti de tout, c'est-à-dire de rien.

La première scène, à peine écoutée, se joua au milieu de l'indifférence générale. Soudain, un frisson suivi d'un long chuchotement parcourut le parterre et les galeries. La Florval venait de faire son entrée. Un tonnerre d'applaudissements éclata dans toute la salle. La débutante n'avait eu qu'à paraître pour vaincre. Il lui avait suffi d'un regard pour conquérir le public et d'un geste pour le subjuguer. Les spectateurs subissaient, presque hypnotisés, le charme fascinateur et la grâce souveraine de cette magicienne.

Quel âge avait-elle ? L'âge qu'elle paraissait : c'est-à-dire vingt-cinq ans au plus, bien que les bonnes petites camarades prétendissent qu'elle en avait trente-cinq bien comptés. Sa beauté, revue et corrigée dans ses légères imperfections par un crayon savant en retouches, empruntait au rayonnement des lumières un éclat irrésistible. Ses chairs émergeaient splendides des soies et des dentelles de son corsage|; son front d'une courbe hardie étincelait sous l'ébène fluide de sa chevelure ; les fauves lueurs qui s'échappaient de ses yeux sombres donnaient à son pâle visage une intensité de vie et un flamboiement si extraordinaires que ses paupières étroites aux longs cils soyeux ne semblaient s'abaisser que pour atténuer sous un nuage de langueur et de lassitude la lumière aveuglante de son regard. Son nez droit, aux ailes roses frémissantes de passion, sa bouche sensuelle, qu'estompait un léger duvet brun, son menton, sous lequel venait mourir, comme un flot léger sur la grève, un voluptueux pli de chair, formaient un ensemble de lignes d'une harmonie étrange. Assez grande, la Florval avait dans chacun de ses mouvements des ondulations serpentines qui faisaient valoir les souplesses exquises de sa taille et de son torse. Il se dégageait de tout son être quelque chose d'indéfinissable et de troublant qui portait à la tête et donnait le vertige. C'était bien la créature, pétrie d'idéal et d'argile, la vestale de l'amour et la terrestre pécheresse, l'ange du désir et le démon de la volupté.

Aux premiers mots qu'elle prononça, les bravos retentirent de nouveau. Au dire des connaisseurs qui se penchaient à l'oreille de leurs voisins, jamais on n'avait entendu au théâtre de Clermont-Ferrand une voix aussi mélodieuse, aussi pure.

Bientôt Desroches entra en scène. A partir de ce moment, le succès de l'acte fut définitivement assuré. Le jeu sobre et en même temps plein de rondeur du comédien changea en triomphe la victoire qu'avait décidée la beauté de la Florval.

Le baisser du rideau fut salué d'unanimes acclamations. Ensuite le public, au milieu d'un inexprimable tohu-bohu, se répandit dans les couloirs, proclamant Herbelot un grand directeur, et la Florval ainsi que Desroches deux artistes incomparables.

Les maîtres de la critique locale et la foule des gens altérés se portèrent au café de la Comédie, qui ne tarda pas à présenter un spectacle des plus pittoresques. On se tassait sur les banquettes, on se bousculait autour des tables, on s'empilait partout ; on buvait sur le comptoir, sur le billard, sur le pouce, dans le tumulte des conversations et des cris des consommateurs appelant les garçons. Dans tous les groupes on gesticulait, on discutait, on s'animait, on s'échauffait.

Le nom de la Florval courait de bouche en bouche.

« Quel galbe ! quels yeux ! quelle taille ! quel chien ! quelle femme épatante ! » telles étaient les formules admiratives qui frappaient le plus les oreilles. Quant à son talent, personne n'en soufflait mot.

— Mon cher, disait l'aristarque de la *Gazette du Puy-de Dôme* à l'un de ses confrères, cette femme-là a trop de chic. Elle ne restera pas à Clermont-Ferrand.

— Vous croyez ?

— J'en suis sûr. Avant-hier, je suis allé la voir ; elle ne m'a pas caché qu'elle craignait fort de s'ennuyer ici.

— Déjà ? Ce ne sont pourtant pas les visites qui lui ont manqué. Le président du tribunal s'est fait présenter chez elle hier...

— Par qui ?

— Par Fouret, l'avoué.

— Ah bah ! Fouret la connaît donc ?

— Pas du tout, mais il lui avait été présenté par le commissaire central.

— Que me dites-vous là ? Le commissaire central...

— Sans doute. C'est à Grenoble, où il se trouvait il y a

trois ans, que cet estimable fonctionnaire a fait la connaissance de la Florval qui, à cette époque, faisait partie de la
troupe de la ville.

— Vous êtes joliment renseigné. Comment savez-vous
tout cela ?

— Par la Florval elle-même, à qui j'ai rendu visite hier soir.

— Ah çà ! mais elle reçoit donc tout le monde, cette
femme-là ?

— Ne soyez pas jaloux, mon cher. J'ai voulu lui faire la
cour. Elle m'a fermé la bouche par un : « Taisez-vous, si
vous voulez que nous restions bons amis » qui ne souffrait
pas de réplique.

Le bruit redoublait dans le café.

— Ohé ! pingouin ! criait un consommateur avisant un
client qui venait d'entrer, par ici, le coin des amis ! Qu'est-
ce que tu prends ?

— Emile ! clamait un autre, passe-moi mon bock !

On s'apostrophait de tous côtés :

— Adrien ! et ta sœur !

— Va donc ! eh ! cireux !

— Ernest, viens-tu souper ce soir ?

— Où ça ?

— Au *Mulet*.

— Y aura-t-il des femmes ?

— Je te crois. Toute la troupe de l'Alcazar...

Pendant ce temps-là, le patron et ses aides ahuris,
éperdus, se multipliaient, au milieu des bourrades, fendant
la foule des clients, ne sachant auquel entendre, servant,
desservant, renversant les chaises, jurant, sacrant et riant
tout à la fois.

A ce moment, les deux spectateurs que Bardin avait
désignés à Boussac sous les noms de de Vandannes et d'Ancelin parurent à la porte du café.

— Sacrebleu ! dit le premier, impossible d'entrer là-dedans. C'est une cohue folle.

— Achevons notre cigare sur le trottoir, repartit le
second, c'est plus simple. Tu disais donc, ajouta-t-il, en

prenant le bras de de Vandannes, que tu as connu cette femme à Arcachon ?

— Oui, je la voyais souvent au Casino où elle était engagée. De plus, ma villa touchait à la sienne. Un soir, je la rencontrai. Elle venait de jouer une pièce en lever de rideau et rentrait chez elle. Je lui offris mon bras et l'accompagnai. Arrivée à la porte de sa demeure, elle me tendit la main, en me jetant un « bonsoir, voisin », d'une espièglerie charmante. Ma foi, je l'avoue, j'aurais peut-être insisté sans l'arrivée de sa femme de chambre.

— Y songeais-tu ? Si ta femme...

— Ma femme était chez elle, il est vrai, et sans doute, je ne me serais jamais pardonné cet oubli des convenances les plus élémentaires ; mais à ce moment, je ne te le cache pas, j'étais bien loin de penser à ma femme...

— Tu as au moins le mérite de la franchise.... Et tu l'as revue ?...

— Je l'ai revue, mais rassure-toi, implacable sermonneur, la morale a été sauvée. Cette femme est vraiment une énigme pour moi. Je ne lui connais pas d'amant, et, cependant, je n'ai pu réussir à me faire écouter d'elle. Le plus bizarre, c'est qu'elle ne prend point de ces airs de prude effarée, qui dissimulent peu l'hypocrisie des sentiments ; c'est en souriant, et comme en se jouant qu'elle se plaît à décourager ma passion.

— Ta passion ?...

— J'ai dit le mot, je ne le retire pas. Oui, j'ai pour cette femme une passion que je voudrais me cacher à moi-même, que je maudis chaque jour et que pourtant je ne puis vaincre. Est-ce là ce qu'on est convenu d'appeler l'amour ? Je n'en sais rien ; je n'ai jamais aimé ; — toujours est-il que cette femme exerce sur moi un pouvoir absolu et que je sens, en dépit de mes efforts pour lui échapper, que je la suivrais partout où il lui plairait de m'entraîner, résigné comme un valet, soumis comme un chien.

— J'espère, fit Ancelin en lâchant le bras de son ami, qu'il en sera de cette belle passion comme de celle que tu as eue pour la luxuriante madame Herbelot, dont tu fis le bonheur pendant trois semaines... Tout cela n'est pas sérieux.

De Vandannes s'arrêta.

— Mon cher, dit-il en jetant son cigare, cela est sérieux, et sérieux à ce point, ajouta-t-il avec une sorte de gravité froide, que si je savais un homme qui fût son amant, cet homme, entends-tu, fût-il mon meilleur ami, je crois que je l'étranglerais...

— Tu es fou... Ne m'a-t-on pas dit que cette femme est mariée ?

— Elle est mariée, je le sais, mais elle n'aime pas son mari, qui, du reste, la délaisse.

— Tu sais cela ?... Diable ! il paraît qu'elle t'a fait des confidences.

— Je l'ai deviné.

— Elle ne t'a rien dit ? En ce cas, elle est encore plus forte que je ne le craignais.

— Tu ne la connais pas... abstiens-toi de la juger...

— C'est bien, je me tais... Un seul mot encore... Quand tu as quitté Arcachon, avait-elle signé son engagement pour Clermont-Ferrand ?

— Non.

— Savait-elle que tu habites Clermont-Ferrand ?

— Sans doute. Pourquoi cette question ?

— Pour rien.

La cloche de l'entr'acte sonnant à toute volée interrompit la conversation des deux promeneurs.

La foule rentrait confuse et pressée dans le théâtre.

De Vandannes et Ancelin laissèrent passer le flot avant d'entrer. Quand ils arrivèrent au couloir des premières qui, en l'absence de foyer pour le public servait de promenoir aux spectateurs des loges et leur permettait de profiter de l'entr'acte pour s'entretenir des nouvelles de la ville ou pour causer affaires, les groupes se dispersaient; on échangeait des poignées de mains et des saluts à quarante-cinq degrés.

Les hommes s'effaçaient pour laisser le chemin libre aux femmes qui, raides et guindées dans leurs toilettes à ra-mages, réintégraient leurs loges en se rengorgeant avec des airs d'autruches. Chacun regagnait sa place en pres-sant le pas ; aussi de Vandannes et Ancelin passèrent-ils inaperçus. Quelques minutes plus tôt il n'en eût pas été ainsi, car le nom de de Vandannes avait été plusieurs fois prononcé, et l'arrivée inopinée de ce dernier dans le couloir eût certainement produit, au milieu de ce monde bourgeois, une émotion dont l'effet n'aurait pu lui échap-per.

La médisance, ce chardon qui pousse dans tous les ter-rains, mais qui fleurit surtout en province, s'était accrochée à ce mari viveur dont la présence au théâtre, alors que sa femme dépérissait dans l'isolement, constituait aux yeux de tous les gens bien élevés un abominable scandale.

— C'est un homme sans principes, n'avait pas craint d'af-firmer maître Bargoton, le doyen des notaires de la localité.

— Pauvre petite femme ! avait soupiré madame Lampezat, dont le mari, s'il fallait en croire les mauvaises langues, devait être heureux au jeu.

— Et dire, avait repris le digne officier ministériel, que c'est moi qui ai fait ce mariage-là. Je ne m'en consolerai jamais.

Cependant l'orchestre venait d'éternuer ses dernières notes. Le rideau se leva lent et solennel sur le second acte du drame.

La pièce reprit son cours. Tout à coup un incident péni-ble vint interrompre la représentation.

Léona-Florval, dont on attendait avec impatience l'entrée à l'avant-dernière scène, allait paraître, quand le rideau se baissa brusquement pour se relever presque aussitôt. Les artistes étaient rentrés dans les coulisses, laissant le théâtre vide.

Jacquin, en habit noir, ganté et cravaté de blanc, surgit du fond de la scène et s'avança gravement jusqu'à la rampe, au milieu d'un silence plein d'anxiété.

4

Jacquin, premier régisseur parlant au public, fit les trois saluts réglementaires :

— Mesdames et messieurs, dit-il, une indisposition subite de madame Florval, indisposition qui, nous l'espérons, sera sans gravité, nous oblige à interrompre momentanément la représentation.

Un murmure atterré se produisit dans la salle.

Le rideau retomba, tandis que Jacquin reculait jusqu'à la toile du fond, en saluant à se rompre l'échine.

De nombreux spectateurs quittèrent leur place pour aller aux informations.

De Vandannes entraîna Ancelin.

— Tu es médecin, dit-il, accompagne-moi.

Ils arrivèrent sur la scène au milieu d'un affolement général. Les employés couraient dans tous les sens, comme si le feu était au théâtre. Herbelot s'arrachait les cheveux, tandis que sa femme survenant, essoufflée, demandait ce qu'il y avait.

— Est-ce que je sais ? criait Herbelot. On lui a apporté une dépêche de Paris, elle l'a lue et, patratras ! une attaque de nerfs !... Le diable emporte le télégraphe et les femmes qui ont des nerfs !... Une représentation qui marchait si bien !

De Vandannes et Ancelin étaient déjà dans la loge de la Florval où vingt personnes se pressaient, inutiles, autour de la malade.

Pâle sous son fard, les paupières mi-closes et les lèvres entr'ouvertes, la comédienne reposait étendue sur un canapé emprunté au magasin des accessoires. De légers spasmes soulevaient par intermittences son corsage dégrafé qui laissait entrevoir sous les dentelles la splendeur de ses seins. Ses cheveux dénoués roulaient en flots de jais sur le marbre de ses épaules. Vue ainsi dans le désarroi de la souffrance, elle paraissait plus belle encore qu'au milieu des rayonnements de son orgueilleux triomphe.

Un jeune homme lui soutenait la tête, tandis que Desroches humectait ses tempes.

Le médecin de service lui frappait dans les mains de petits coups secs.

Ancelin s'approcha.

— Est-ce grave? demanda-t-il.

— Non, mon cher confrère, répondit le médecin en reconnaissant Ancelin. Elle est calme maintenant. Voyez vous-même. C'est une simple attaque de nerfs, à la suite d'une mauvaise nouvelle, sans doute.

Et, du doigt, il désignait un télégramme froissé sur la tablette de la loge.

Ancelin prit une des mains de la comédienne qui tressaillit et rouvrit les yeux. Elle regarda autour d'elle, comme si elle sortait d'un pénible sommeil et fit un effort pour dresser la tête.

Le jeune homme, qui ne l'avait pas quittée, la souleva légèrement par la taille et l'aida à s'asseoir. Elle lui tendit la main, et, muette, d'un sourire éteint, sembla le remercier.

A ce moment, elle aperçut de Vandannes qui se trouvait devant elle.

— Souffrez-vous encore? lui demanda celui-ci d'une voix émue.

— Non, répondit-elle faiblement. Ce n'est rien. C'est passé.

Ses yeux se portèrent alors sur son corsage. Une pudique rougeur lui monta au front et, faisant un signe à l'habilleuse qui se tenait près d'elle, elle demanda qu'on la laissât seule.

De Vandannes lui prit main en s'inclinant :

— Me permettrez-vous d'aller prendre de vos nouvelles demain matin? lui dit-il à mi-voix.

Elle acquiesça d'un petit signe de tête, tandis que le docteur lui remettait une potion qu'on venait d'apporter.

Tout le monde se retira, sauf Herbelot qui attendait à la porte.

— Eh bien, voyons, ma chère amie, fit-il d'un ton fébrile, êtes-vous remise, pourrez-vous continuer?

— Oui, mon cher Herbelot, répondit-elle en se levant tout à fait. Je me sens forte maintenant... Soyez sans crainte... Dans dix minutes, vous pourrez frapper.

— Et vous irez jusqu'au bout ?

— J'irai jusqu'au bout.

— Bravo !... je vais sonner pour faire rentrer le public.

Herbelot radieux s'éclipsa.

Quand la Florval reparut en scène, la salle entière éclata en applaudissements. Ce n'était plus de l'enthousiasme, c'était du délire. Les trépignements du parterre et des galeries supérieures se mirent de la partie et, pendant plus d'une minute, la comédienne, pâle et tremblante d'émotion, fut l'objet d'un triomphe tel que les annales du théâtre de Clermont-Ferrand n'en eurent jamais de semblable à enregistrer. Une pluie de bouquets tomba aux pieds de l'idole, avec un redoublement de bravos. Enfin le calme se rétablit peu à peu et la représentation put continuer.

Pendant ce temps-là, les artistes qui « n'étaient pas de l'acte » se répandaient, au foyer, en invectives contre l'imbécillité du public.

— Mince de succès ! disait Christiany. Pas besoin de talent, dans ce pays-ci. Il suffit de se trouver mal pour qu'on vous trouve bien.

La soirée s'acheva, comme elle avait commencé, par des ovations répétées.

— Quel veinard, cet Herbelot ! disait-on dans les groupes à la sortie. Jusqu'aux attaques de nerfs qui se mettent dans son jeu !

De Vandannes et Ancelin descendaient l'escalier des premières, lorsque le jeune homme qu'ils avaient remarqué dans la loge de la Florval passa à côté d'eux.

— Connais-tu ce quidam ? demanda de Vandannes à Ancelin.

— Je l'ai vu hier soir au cercle avec Chenest le peintre, répondit Ancelin. Il paraît que c'est le fils de Desroches.

— Ah !

— Est-ce qu'il te porterait ombrage, par hasard ?

— Quelle plaisanterie !

— Tu iras demain chez la Florval ?

— Sans doute.

— Grand bien te fasse. Bonsoir.

— Tu ne viens pas souper ?

— Impossible, la petite Miette m'attend.

Ils se serrèrent la main et de Vandannes s'éloigna, tandis qu'Ancelin se dirigeait vers la porte des artistes.

V

Il était une heure de l'après-midi lorsque de Vandannes se présenta chez la Florval.

Madame Denis qui cumulait les fonctions de souffleuse au théâtre avec celles de camériste chez la Florval, vint lui ouvrir et l'introduisit.

— Madame achève de s'habiller, dit-elle. Veuillez attendre, je vais la prévenir.

De Vandannes resta fiché sur le parquet du salon, étonné, ahuri du spectacle qui s'offrait à ses yeux.

Dans la pénombre des persiennes mi-closes, il apercevait de vagues entassements : un fouillis de robes, de costumes, de rubans, de dentelles, un chaos de fourrures, de tapisseries, de corsages, de livres et de brochures, gisant pêle-mêle sur les fauteuils, sur le guéridon, sur le piano, puis des malles, des coffres entr'ouverts ; l'aspect d'un déballage incohérent, d'un bric-à-brac de marchande à la toilette surprise en plein inventaire. De grands paniers en osier semblaient défendre les portes ; un placard ouvert montrait la nudité de ses rayons. Des cadres, renfermant des gravures ou des photographies, avaient été décrochés et s'empilaient dans des coins au milieu de paquets de cordes, de liasses de papier et de bibelots de toutes sortes. Seules, d'immenses couronnes en paillon doré, miroitant à la muraille, au-dessus du piano, n'avaient pas été déplacées.

De Vandannes regardait sans comprendre.

Il s'était assis, le coude appuyé à une console sur laquelle un papier bleu, en forme de télégramme, se trouvait déplié. Machinalement, il y porta les yeux et lut ces mots :

« Liquidation désastreuse. Dix mille francs indispensables. Reviens de suite. THÉODORE. »

Un éclair passa dans l'esprit de de Vandannes. Ce télégramme n'était-il pas celui qu'il avait aperçu, la veille, dans la loge de la Florval et qui, sans aucun doute, avait causé la crise nerveuse de la comédienne ? Il venait à peine de s'arrêter à cette pensée qu'une porte s'ouvrit, jetant brusquement dans le salon un flot de lumière blonde, et la Florval, très pâle dans son peignoir de dentelles, parut sur le seuil, à la manière d'une reine de féerie surgissant dans un nimbe lumineux.

De Vandannes se leva.

— Cher monsieur, dit-elle en avançant d'un pas, pardonnez-moi de vous avoir fait attendre et surtout au milieu de ce capharnaüm. Je vous en prie, veuillez passer par ici... je suis vraiment confuse de vous recevoir ainsi...

De Vandannes se disposa à enjamber un coffre qui lui barrait le passage.

— Donnez-moi votre main, reprit-elle en riant, vous allez faire un faux pas...

La pièce dans laquelle de Vandannes entra était une sorte de petit boudoir dont les murs disparaissaient sous les tulles et les mousselines. On y respirait un air tiède et alourdi par des odeurs de poudre de riz et de verveine. Un épais tapis qui s'écrasait sous les pas recouvrait le parquet. Au-dessus d'une cheminée vêtue de velours bleu et sur laquelle s'ébattaient de délicieuses figurines en Saxe, s'inclinait, appendue à la muraille, une glace de Venise entre deux girandoles en cristal. En face, dans un cadre d'ébène fileté d'or, un portrait de la Florval signé Beyle.

Dans l'embrasure de la fenêtre dont les rideaux en gui-
pure tamisaient la lumière qui venait du dehors, quelques
plantes grasses au milieu de palmiers nains émergeaient
d'une jardinière en thuya. Dans un coin, un chiffonnier
japonais ; une causeuse en reps bleuté, deux crapauds et
quelques chaises de bambou doré complétaient l'ameublement de ce délicieux sanctuaire plein d'une mystérieuse
volupté.

La Florval s'était assise sur la causeuse. De Vandannes,
sur un signe qu'elle lui fit, prit place sur une chaise à côté
d'elle.

— Je suis heureux de voir, commença-t-il, que vous ne
vous ressentez plus de votre indisposition d'hier soir...

— Je vais mieux, en effet, interrompit la Florval, et je
vous remercie de votre aimable sollicitude Une émotion
subite, au moment d'entrer en scène.... mais c'est fini,
n'en parlons plus.

— Parlons-en au contraire... Vous avez éprouvé, dites-
vous, une émotion subite,.... me permettrez-vous d'insister
et de vous demander ?

— La cause de cette émotion ?... Que vous importe ?...
Laissons cela, mon cher comte, et causons d'autre chose...
Vous ne m'avez pas encore dit si vous êtes content de moi,
ô mon juge, car vous êtes de mes juges — et de ceux que
je redoute le plus, vous ne l'ignorez pas... Là, franchement,
comment m'avez-vous trouvée, hier soir ?...

— Les applaudissements du public...

— Oh ! de grâce, faites-moi l'honneur de m'estimer un
peu plus qu'une vulgaire cabotine pour qui le succès est
la suprême loi et la raison dernière... Ne parlons point
des applaudissements de la foule. Vous savez que mon ambition vise plus haut et que l'assentiment d'un homme de
goût a pour moi plus de prix que toutes les ovations du
parterre.

— Ma chère Esther, vous voulez que je vous dise franchement, nettement mon opinion ?...

— Je vous en prie.

— Eh bien, vous avez été adorable, divine...

— Là ! j'en étais sûre, encore des lieux communs... Eh quoi ! pas la moindre critique, pas une ombre au tableau !... Savez-vous que si j'étais sensible à la flatterie...

— Je ne vous flatte pas, vous le savez bien, interrompit vivement de Vandannes. Il se peut que d'autres trouvent en vous des défauts, quant à moi, je ne les vois pas. Est-ce ma faute, si vous me semblez parfaite ?

— Ayez donc des amis !... fit la Florval avec un petit rire.. On n'en peut rien tirer... Mais, si vous êtes sincère, ne vous paraît-il pas étrange qu'avec le talent que vous voulez bien me reconnaître, je ne sois en somme qu'une cabotine de province, alors que la logique voudrait que je fusse à Paris, et classée au rang des étoiles de notre firmament théâtral ?

— Je vous l'avoue, en effet, cela me paraît étrange. Nos théâtres de province sont indignes de vous et je ne m'explique pas que les directeurs parisiens..

— Cela tient peut-être à ce que je n'ai jamais rendu visite à aucun d'eux, dit la Florval en riant.., Mais, ajouta-t-elle, s'il ne faut que cela, soyez satisfait, mon cher comte, l'occasion et le temps ne me manqueront plus désormais... Je retourne à Paris.

— Vous retournez à Paris ? répéta de Vandannes atterré.

— Hélas ! oui.

— Et quand partez-vous ?

-- Ce soir même.

— Eh quoi ! ces malles que j'ai vues tout à l'heure dans votre salon...

— Voilà, mon cher comte, l'explication et l'excuse du désordre au milieu duquel je vous ai reçu.

— Et... vous ne reviendrez pas à Clermont ?

— Hélas ! non, fit la Florval avec un soupir. Il m'en coûte, croyez-le bien, au lendemain d'un succès, de quitter une ville où je comptais déjà des amis, mais des raisons majeures... Je paierai à Herbelot le dédit de deux mille

francs qui est stipulé dans mon engagement. A ce prix-là,
cet excellent homme sera trop heureux de me rendre la
liberté.

— Soit, dit Vandannes, je vous suivrai à Paris.

La Florval eut un geste d'effroi.

— Y songez-vous? s'écria-t-elle. Vous oubliez que je suis
mariée? Et d'ailleurs, ne vous ai-je pas dit que je ne saurais accepter de vous autre chose que l'amitié que vous
m'avez loyalement offerte?

De Vandannes lui prit les mains.

— Je vous suivrai, lui dit-il, avec un accent d'âpre
résolution, et, à moins que vous ne me repoussiez comme
un chien, à moins que vous ne me crachiez au visage...

— Vous me faites mal, dit la Florval en se dégageant
doucement... Mon cher Henri, reprit-elle d'un ton attristé,
je paie cruellement les libertés que je vous ai laissé
prendre.... Je vous croyais plus généreux... Je suis mariée,
je vous le répète; je suis et je veux être fidèle à mon
mari...

— Mais vous ne l'aimez pas?

— Il se peut, et je vois combien j'ai eu tort de laisser surprendre ce secret de mon cœur, puisque vous en abusez...
D'ailleurs, n'êtes-vous pas marié vous-même?

— Vous savez bien que je n'aime pas ma femme, répondit
brusquement de Vandannes.

— A merveille. Quoi qu'il en soit, il ne me convient pas
plus de tromper mon mari qu'il ne me convient de vous
aider à tromper votre femme. Un pareil langage dans la
bouche d'une femme de théâtre vous surprend peut-être.
Que voulez-vous? Il en est parmi nous qui valent mieux
que leur réputation. Je me flatte d'être du nombre de ces
dernières... Ah! si j'avais su...

— Que voulez-vous dire?

— Rien... Tout ceci arrive par ma faute, et je ne puis
accuser que moi. J'aurais dû refuser l'engagement qui
m'était offert dans cette ville, sachant que je devais vous y
retrouver, j'aurais dû...

— Je vous en conjure, Esther, ne parlez pas ainsi. Vous me rendez fou. Je vous aime, est-ce ma faute, à moi ? d'un amour contre lequel il m'est impossible de lutter. Je n'ai rien d'autre à dire pour ma défense... Vous voulez que je maudisse le jour où je vous vis pour la première fois ? Soit, mais sachez aussi que le jour où il me faudra vous quitter pour ne plus vous revoir, ce jour-là, je me tuerai.

— Vous dites des folies, mon cher Henri, restons-en là, je vous en prie.

Elle fit mine de se lever. De Vandannes la retint.

— Encore un mot, dit-il. Vous ne m'avez pas fait connaître le motif de votre brusque départ pour Paris. Vous m'avez parlé tout à l'heure de raisons sérieuses...

— Que je ne puis confier à personne, dit gravement la Florval. De grâce, mon cher Henri, n'insistez pas, ce serait peine perdue.

— C'est donc un secret ?

— Vous l'avez dit.

— Eh bien ! ce secret, je le connais.

La Florval fit un mouvement.

— Vous ? dit-elle.

— Ne cherchez pas à nier. C'est au reçu d'un télégramme qu'hier soir vous vous êtes évanouie... Ce télégramme était de votre mari. Il vous annonçait des pertes d'argent, une spéculation malheureuse, que sais-je ? Il faut à votre mari dix mille francs que vous seule, paraît-il, pouvez lui procurer...

— Mais comment savez-vous ?... fit la Florval comme frappée de stupeur.

— Tout à l'heure, dans votre salon, j'ai vu ce télégramme sur une console. Il était déplié... Le hasard m'y a fait jeter les yeux et j'ai lu...

— Vous avez lu ? reprit la Florval. Avouez, mon cher comte, continua-t-elle en se mordant les lèvres, que voilà une indiscrétion...

— Vous ne me répondez pas ? interrompit de Vandannes.

— Puisque vous savez tout, fit la Florval avec un sourire légèrement ironique, j'aurais mauvaise grâce à vous rien cacher. Eh bien! il est vrai que mon mari a perdu à la Bourse des sommes importantes. il est vrai que dix mille francs lui sont nécessaires pour le sauver, qui sait? du déshonneur peut-être, et comme moi seule, je peux les lui trouver en m'adressant à ma famille...

— Voilà donc le motif de votre départ! C'est pour une misérable somme de dix mille francs dont votre mari a besoin sans retard...

— Vous en parlez bien à votre aise, mon cher comte, dit la Florval, avec un sourire singulier et en jouant de son pied mignon avec sa mule qui venait de glisser sur le tapis. Dix mille francs sont pour vous peu de chose sans doute, pour moi c'est différent.

— Le ciel soit loué! ma chère Esther, s'écria de Vandannes, si votre voyage à Paris n'a pas d'autre but, vous ne partirez pas. Vous me défendez de vous parler d'amour. Soit! Je vous obéis. Mais vous ne refuserez pas d'entendre le langage d'un ami. Il vous faut dix mille francs. Enchanté de vous rendre ce léger service. Ce soir même, vous les aurez.

— Je n'attendais pas moins de votre générosité, mon cher Henri, et je vous remercie, mais vous oubliez une chose, c'est que je ne puis accepter.

— Vous ne pouvez accepter?

— Non.

— Pourquoi?

— Parce que je tiens à votre estime, Henri, et qu'à aucun prix je ne consentirai à devenir l'obligée, que dis-je? la débitrice d'un homme qui m'aime et dont je ne puis être la femme, ni ne veux être la maîtresse.

— C'est donc ainsi que vous me jugez! dit de Vandannes avec une sorte de tristesse. Eh quoi! vous me croyez assez vil, assez bas pour spéculer sur un misérable service d'argent que je suis à même de vous rendre. Vous me faites cette injure de me soupçonner de je ne sais quel calcul aussi méprisant pour vous qu'il serait honteux pour moi ! Vous avez bien raison de me dédaigner et de repousser mon amour si vous m'avez jugé ainsi. Mais je veux croire, puisque vous m'avez permis d'être votre ami, que vous avez meilleure opinion de moi. Je me suis mis tout à l'heure à votre disposition, sans la moindre arrière-pensée, je le jure ; j'espère donc que vous accepterez de même le léger service que je vous offre. En persistant dans votre refus, vous me feriez une offense grave et permettez-moi de vous le dire, imméritée...

— Mon ami !

— Un calcul de ma part ! Ah ! oui, il y en a un, et un bien simple. C'est que je ne veux point que vous partiez. Vous ne m'aimerez pas, soit ! Mais au moins je pourrai vous voir, vous entendre, admirer l'artiste, adorer la femme malgré ses rigueurs et ses dédains. En vous offrant le moyen de rester ici, j'obéis, vous le voyez, à un sentiment purement égoïste...

— Je vous ai compris, Henri, interrompit la Florval, mais c'est vous qui ne me comprenez pas. Je n'ai eu l'intention ni de vous blesser, ni de suspecter votre loyauté généreuse, c'est moi-même, au contraire, que j'ai voulu garantir du soupçon... Je sais trop bien, hélas ! de quelles préventions on nous accable, nous autres femmes de théâtre, et c'est un scrupule dont vous apprécierez, je n'en doute pas, la délicatesse qui a dicté mes paroles de tout à l'heure.

— Moi, vous soupçonner ! s'écria de Vandannes.

— Et puis, vous n'y pensez pas ? Comment expliquerais-je à mon mari le service que vous me... que vous voulez lui rendre ?

— N'est-ce que cela ? Vous lui ferez tenir la somme par un de vos parents qui vous gardera le secret...

— Vous avez réponse à tout. J'aurais mauvaise grâce à résister plus longtemps. Il faut donc vous céder. Vous m'avez dit tout à l'heure que vous m'offriez ce service sans arrière-pensée, dans l'espérance que je l'accepterais de même... Eh bien, soit. Je n'ai pas le droit de douter plus longtemps de

5

votre parole et, pour vous le prouver, j'accepte.... oui, j'accepte la somme que vous m'offrez comme un prêt loyal, comme un service d'ami.

Elle appuya sur ce dernier mot en lui tendant la main.

— Et vous restez ? dit de Vandannes.

— Je reste.

— Merci ! fit de Vandannes, en portant à ses lèvres la main qu'on lui tendait.

La Florval se leva.

— A partir d'aujourd'hui, dit-elle en riant, me voilà votre débitrice, mon cher Henri...

— Ne parlons point de cela, je vous en prie...

Il appuya sur un timbre.

Madame Denis accourut.

— Tenez, lui dit-il, en écrivant quelques mots sur une carte qu'il venait de tirer de son portefeuille. Ceci à son adresse.

Il plaça la carte sous enveloppe et la remit à la matrone qui tourna sur ses talons.

— Dans deux heures, dit de Vandannes, en s'apprêtant à sortir, mon banquier vous fera tenir la somme.

A cet instant un coup de sonnette retentit.

Madame Denis réapparut.

— C'est l'ingénuité, dit-elle. Madame veut-elle la recevoir?

— Cette bonne Miette ! je crois bien, dit la Florval, faites entrer.

On entendit un petit rire dans l'antichambre, un frou-frou de robe et mademoiselle Miette, toute pimpante et souriante, entra dans un envolement de jupes, avec des airs de moineau échappé de sa cage.

Elle s'arrêta brusquement et comme effarouchée à la vue de de Vandannes.

— Monsieur de Vandannes ! dit la Florval.

— Monsieur... fit mademoiselle. Miette, rougissante et confuse comme une écolière surprise en flagrant délit d'es-pièglerie.

— Remets-toi, ma chère petite, dit la Florval en l'embrassant, monsieur est de mes amis. Et ton joli docteur ? ajouta-t-elle avec une pointe de malice ; conte-nous cela, voyons, qu'en fais-tu ?

Mademoiselle Miette eut une petite moue dédaigneuse.

— Prends garde, ma chère, dit la Florval, avec une gravité enjouée, ne dis pas de mal de lui. Je te préviens que Monsieur est de ses intimes...

— Ah ! fit mademoiselle Miette, légèrement surprise, Monsieur connaît le docteur Ancelin ?

— Oui, mademoiselle, répondit de Vandannes.

— Charmant garçon !... très gentil !... je l'aime beaucoup !... dit mademoiselle Miette. Voulez-vous ? ajouta-t-elle, en présentant à de Vandannes une boîte de pastilles qu'elle venait de tirer de sa poche... Oh ! ne vous gênez pas, c'est un cadeau qu'il m'a fait ce matin.

— Je vous remercie, mademoiselle, fit de Vandannes.

— Vous n'en usez pas ? Vous n'aimez pas ça ? Très drôle. Moi, je raffole de ces machines-là. Et toi, Esther ? tiens, pige à volonté. Voila le bibelot.

Elle jeta la boîte sur la cheminée.

— Petite folle ! dit la Florval en lui ôtant son chapeau. Ne faites pas attention, mon cher comte, reprit-elle en s'adressant à de Vandannes, c'est une enfant.

De Vandannes ne put s'empêcher de sourire.

— Ma chère amie, dit-il, permettez-moi de prendre congé de vous. Quand vous reverrai-je ?

— Quand il vous plaira. Vous savez bien que j'y suis toujours pour vous.

— Mille fois aimable. A bientôt.

Il lui baisa la main, salua la petite Miette qui lui rendit son salut cérémonieusement et sortit.

— En voilà un type ! s'écria la petite Miette quand elle fut seule avec la Florval. Il n'a pas l'air drôle du tout, ce bonhomme-là.

— Tais-toi, mignonne, fit la Florval en l'embrassant et en l'attirant près d'elle sur la causeuse. Tu ne sais pas ce que tu dis. C'est un homme charmant au contraire.

VI

Esther Florval, assise à son piano, faisait courir ses doigts sur le clavier. Les yeux mi-clos et dans une attitude de voluptueuse extase, elle tapotait une rêverie quelconque, tandis que le comte de Vandannes, qui goûtait médiocrement cette débauche de bémols et de bécarres, se promenait fiévreusement dans le salon.

— Mon ami, dit Esther, en retournant légèrement la tête, est-ce que je vous ennuie ?

— Vous ne m'ennuyez pas, dit de Vandannes en s'asseyant ; cependant, j'aime infiniment mieux, je l'avoue, le son de votre voix que celui de votre piano, et si ce n'était pas trop vous demander...

— Vous voulez que je chante à présent ?

— Non, causons. Cela vous déplaît-il ?

— Que n'avez-vous parlé plus tôt ? dit Esther en fermant le piano, j'aurais cessé depuis longtemps. Figurez-vous que j'avais la prétention de vous distraire. Maintenant que je sais que vous n'aimez pas la musique...

— Pardonnez-moi, je l'adore, mais en ce moment...

— Voyons, Henri, dit la comédienne en s'asseyant de côté sur une chaise, le coude appuyé sur le dossier, et en le regardant fixement, qu'avez-vous aujourd'hui ? Pourquoi cet air pincé ?... Vous ai-je déplu en quelque chose ?

Etes-vous souffrant? Qu'y a-t-il? Parlez, je vous écoute.

Elle se leva pour fermer le cahier de musique qui était resté sur le pupitre, et le replaça dans le casier.

— C'est la première fois depuis plusieurs jours, commença de Vandannes, que j'ai l'occasion de vous voir sans témoins. A chacune de mes visites, je jouais vraiment de malheur ; soit que je vous trouvasse en compagnie de M. Gaston Desroches, le fils de votre camarade de théâtre, soit que cette petite écervelée de Miette, la maîtresse de mon ami, vînt sonner à votre porte et remplir ce salon de son fatigant babil, il m'a été impossible d'avoir, seul avec vous, un entretien suivi...

La Florval s'était assise sur un pouf.

— Voilà un début qui promet, dit-elle. Où voulez-vous en venir, mon cher Henri? Vous n'êtes pas jaloux, je pense..... Avouez, fit-elle avec un petit rire étouffé, que ce serait bizarre... M. Gaston Desroches est un charmant garçon que j'ai eu plusieurs fois l'occasion de voir au théâtre avec son père. J'ai grand plaisir à le recevoir. C'est un peintre d'un très réel talent. Jugez plutôt. Voici ce qu'il m'a donné ce matin, ajouta-t-elle, en décrochant un petit tableau appendu près de la cheminée, une vue de Royat, très réussie, n'est-il pas vrai ?

— Très réussie, en effet, fit de Vandannes d'un air distrait, mais laissons cela, je vous prie. Il ne s'agit pas de M. Gaston Desroches.

— Je ne pense pas non plus que les visites de mademoiselle Miette vous portent ombrage, dit Esther en se rassoyant. C'est une enfant que j'aime beaucoup... Elle m'égaie dans ma solitude, car je suis bien seule, vous le savez...

— Encore une fois, ma chère Esther, il ne s'agit pas de cela. Ecoutez-moi, je vous prie. La dernière fois que nous nous sommes trouvés en tête-à-tête, vous alliez quitter cette ville. Je vous ai retenue, car je sentais que mon cœur s'en serait allé avec vous. Vous êtes restée sans me permettre le moindre espoir, c'est vrai ; et pourtant j'avais cru lire dans

vos yeux que je ne vous étais pas tout à fait indifférent.
Depuis ce jour, il me semble que j'ai été le jouet d'une
illusion et parfois je me demande si mes assiduités ne
vous sont pas importunes. Je m'imagine que je ne suis
et ne serai jamais rien de plus pour vous qu'un de ces visiteurs quelconques qui viennent chaque jour, entre un bouquet et une boîte de dragées, vous infuser de l'opium sous
forme de madrigaux. Vous ne m'avez accordé, je le sais, aucun privilège, et cependant la seule pensée que vous me con-
fondez dans la foule de ces adorateurs de profession m'est
insupportable... Si cruelle que soit la vérité, j'aime mieux
l'entendre de suite que de subir plus longtemps cette incer-
titude... Parlez-moi franchement, je vous en conjure.

— En vérité, mon cher Henri, dit Esther en laissant
courir ses longs doigts effilés sur le bois de son éventail,
vous m'étonnez...

Elle eut un petit rire sec.

— Est-ce que vous étiez tous comme ça au 7e dragons?
reprit-elle en abaissant ses paupières comme pour masquer
l'ironie de son regard.

De Vandannes fit un effort visible pour se contenir.

— Vous riez, dit-il. Que voulez-vous? Malgré mes années
de service, mon cœur n'a pas encore de chevrons. C'est fort
ridicule; j'en conviens, et il est hors de doute que je prête-
rais à rire à mes anciens camarades de régiment s'ils me
savaient à vos pieds, filant le parfait amour comme un
conscrit. Je comprendrais donc vos railleries si vous aviez
comme eux fait partie du 7e dragons...

— Voilà qui est du dernier galant, interrompit Esther,
en jetant son éventail sur un guéridon. Fi donc! une plaisanterie de caserne... Avouez, mon cher de Vandannes, que
pour vous pardonner cette impertinence de mauvais goût,
il me faut une certaine dose d'esprit...

— Esther! balbutia de Vandannes.

— Ou de charité. Mais laissons cela puisque vous vous
fâchez, et raisonnons un peu, s'il vous plaît. Vous êtes singulier. Comment! depuis le jour où vous m'avez rencontrée

à Arcachon, c'est-à-dire depuis deux mois à peu près, vous m'assiégez, vous me bombardez, vous tirez sur moi à boulets rouges, et vous vous étonnez que je n'aie pas encore capitulé. Est-ce à dire que si, au début de la campagne, vous aviez prévu la résistance, vous seriez resté dans vos foyers ? C'eût été prudent, en effet, mais fort peu héroïque, convenez-en.

— Trêve d'épigrammes, je vous en supplie, dit de Vandannes. Je suis las de ces comédies de l'amour où tout le monde entre en scène et joue son rôle du bout des lèvres, en laissant son cœur dans la coulisse. Je me croyais fort, je n'étais qu'orgueilleux. L'amour que vous m'avez inspiré m'a terrassé ; ne souriez pas, le mot n'est que trop juste, et je ne crains pas de faire aveu de ma faiblesse. Je souffre de vous voir toujours différente de vous-même, c'est-à-dire avec un masque toujours nouveau sur le visage. Si la parole attendrie qui s'échappe parfois de vos lèvres est 'sincère, pourquoi la désavouer aussitôt par un sarcasme ? Si le geste où je crois lire un aveu n'est pas un mensonge, pourquoi le rétracter par un sourire équivoque ? Vous êtes insaisissable, en vérité. Un autre pourrait voir dans ces démentis perpétuels que vous semblez vous infliger le jeu d'une coquette sans foi et sans âme : je ne vous ferai pas l'injure de m'arrêter à cette pensée, car vous ne seriez plus la femme supérieure que vous êtes à mes yeux ; vous seriez au contraire la plus vile des créatures... Enfin, que vous dirai-je ? je suis jaloux., Oui, jaloux de ces plats courtisans que vous recevez à toute heure de la journée, qui vous approchent, qui vous parlent, et à qui vous répondez par des sourires, jaloux même, quand je vous vois au théâtre, de la foule stupide à laquelle vous vous donnez en pâture !

— Calmez-vous, mon cher de Vandannes, dit la Florval avec un sourire qui ressemblait à un ricanement. Vous vous emportez comme un Othello.... avant la lettre. Sérieusement vous ne pensez pas ce que vous dites. Et d'abord si je n'avais tous les charmants défauts que vous venez d'énumérer, ce n'est pas à mes pieds que vous seriez, mais aux pieds de votre femme.... Laissez-moi continuer, de grâce. Si je vous ai bien compris, c'est une sommation en règle que vous venez de m'adresser, une sommation d'avoir à me rendre dans les vingt-quatre heures. Il vous déplaît que je ne ferme pas ma porte aux quelques visiteurs que je reçois ; vous vous plaignez de vous trouver chez moi en trop nombreuse compagnie. Permettez-moi de vous dire que si j'étais votre maîtresse, votre vanité s'accommoderait très bien de l'empressement qu'on me témoigne. Vous me voulez cloîtrée, prisonnière. Si la solitude à deux vous tient si fort au cœur, c'est qu'apparemment vous comptez sur elle pour triompher de mes scrupules. Vous m'aviez pourtant bien promis de ne plus me parler de votre amour, mais qu'importe ? Vous vous êtes dit que le cœur d'une femme de théâtre n'est qu'une de ces places démantelées dans lesquelles on pénètre, l'arme au bras, sans brûler une cartouche. Bien que vous vous en fussiez hautement défendu, vous m'avez prise pour une créature vénale et vous avez pensé qu'en devenant votre débitrice, je vous avais reconnu les droits du seigneur... Et j'ai eu la faiblesse de croire à vos protestations, j'ai commis la faute d'accepter l'argent que vous m'offriez, oubliant qu'un jour, vous vous présenteriez devant moi, en créancier, pour me tenir ce langage : je vous ai prêté de l'argent, je vous donnerai quittance à la condition de devenir votre amant. Allons, madame, c'est aujourd'hui l'échéance, exécutez-vous... Quelle indignité !

Un hoquet convulsif la prit à la gorge, un flot de larmes monta à ses yeux, et comme subitement trahie par ses forces, elle s'affaissa, la tête plongée dans ses mains.

De Vandannes s'était jeté à ses genoux.

— Esther ! s'écria-t-il. Si vous croyez un seul mot de ce que vous venez de dire, je vous le jure, je me tue ici même à vos pieds.

— Que voulez-vous donc que je croie ? dit-elle faiblement.

— Vous m'avez accablé, reprit-il après un silence, vous avez été injuste, impitoyable... Pour me juger comme vous venez de le faire, il faut que je ne vous inspire que du mépris. Je vois, je comprends maintenant; c'en est fait, je n'essaierai pas de lutter plus longtemps. Adieu !

Il se leva et fit un pas pour sortir.

— Henri ! s'écria-t-elle, où allez-vous ?

— Que vous importe ? Vous ne me reverrez jamais.

— Vous tuer ! fit-elle avec un grand cri, vous allez vous tuer !... Henri ! je ne veux pas ! je ne veux pas ! entendez-vous ?

Elle courut à lui et se jeta à son cou.

— Oh ! misérable que je suis ! reprit-elle dans un sanglot, misérable ! Henri ! je vous ai méconnu, j'ai été sans pitié, j'ai menti... pardonnez-moi.

Elle tomba à ses genoux, prête à défaillir, et de Vandannes l'entendit prononcer ces mots dans un murmure :

— Je vous aime.

— Esther ! s'écria-t-il, Esther ! vous m'aimez ! vous m'aimez ! Oh ! dites-moi que j'ai bien entendu, dites-moi que je ne suis pas fou !...

Il l'avait relevée et la pressait sur sa poitrine.

Elle eut un sourire baigné de larmes.

— Oui, Henri, dit-elle, je vous aime. Vous m'avez arraché le secret que je voulais vous taire. Ingrat, qui ne l'aviez pas deviné !

Il la couvrait d'ardents baisers, éperdu, balbutiant des mots incohérents.

Elle se déroba doucement à son étreinte et se laissa glisser sur un fauteuil.

— Henri, reprit-elle d'une voix éteinte, laissez-moi, je vous en conjure. J'ai besoin de repos, j'ai besoin d'être seule pendant quelques heures. — Je suis brisée.

— Eh quoi ! fit de Vandannes, déjà me chasser ?

— Il le faut bien ! dit-elle, en lui abandonnant sa main. Ce soir, vous le savez, je reçois quelques amis. J'ai invité le docteur Ancelin... Vous serez des nôtres, n'est-ce pas ?

5.

De Vandannes fit un mouvement.

— Je le veux, reprit-elle. Mon seigneur, — car vous l'êtes à partir de ce moment, — ne doit-il pas obéissance à son esclave ?

— Je viendrai, dit de Vandannes.

— A la bonne heure ! C'est comme cela que je vous veux, doux, fidèle, obéissant. Vous me promettez de ne pas être jaloux ?

— Je vous le promets.

— Je m'engage de mon côté à ne pas mettre votre patience à une trop longue épreuve... A minuit, cher Henri, nous serons libres.

— Libres ! répéta de Vandannes.

— J'en ai trop dit, fit-elle avec une rougeur subite. Adieu...

De Vandannes sortit rayonnant. En descendant, il rencontra la petite Miette dans l'escalier.

— Tiens, c'est vous ! fit-elle en l'apercevant. Eh bien, vous savez ? votre ami, — un joli monsieur !

— Qu'y a-t-il, mademoiselle ?

— Ce qu'il y a ? il me donne rendez-vous hier soir. Je pose trois quarts d'heure et il ne vient pas ! Vous pourrez le lui dire de ma part, à votre ami : c'est un pignouf.

. . . .

Neuf heures venaient de sonner. Le salon de la Florval ruisselait de lumières. C'était une pièce assez vaste et très haute de plafond, un salon de province dans toute l'acception du mot. Les murs d'une coloration uniformément jaunâtre, étaient lambrissés de boiseries à panneaux moulurés, avec des macarons aux angles et des palmes sculptées au milieu ; sous la corniche courait une grecque ; un motif d'ornement à feuilles lourdes et massives était plaqué au plafond ; au centre de cette pâtisserie un gros piton se détachait soutenant le lustre aux branches grêles qui planait, suspendu à son fil comme une énorme araignée piquée de verroteries. De chaque côté de la cheminée et dans l'axe des panneaux de

boiserie, la Florval avait fait accrocher quelques tableaux :
des Blés de Moullion ; des Moutons de Schenck ; une
Marine de Gudin et des paysages plus ou moins anonymes.

Les tentures des rideaux et des portières, fanées et passées,
avaient des tons d'amadou. Sur la cheminée surmontée
d'une glace encastrée dans la boiserie, une pendule bronze
et or, avec son inévitable char du soleil, était flanquée de
deux candélabres de même style, dans lesquels pleuraient
des bougies roses. Le tapis de parquet, pelé en maint endroit, ne montrait plus que quelques pétales de ses fleurs
décolorées et flétries.

L'ameublement, composé d'un canapé, d'une table ronde
et d'une douzaine de fauteuils à pieds droits, avec des
rehauts en cuivre et des têtes de léopard en bronze doré,
épaves de quelque mobilier luxueux du premier empire, ne
déparait point le caractère solennellement vieillot et froid
de ce salon d'un autre âge. Les seuls meubles que la comédienne eût introduits dans ce *garni* rococo, comme pour le
rajeunir, étaient un piano, une table de jeu et deux jardi-
nières en barbotine ornées de yuccas, d'aloès et d'autres
plantes grasses.

La Florval n'attendait plus personne ; tous ses invités
étaient présents : Desroches et son fils, de Vandannes et
Ancelin, deux rédacteurs de la *Gazette du Puy-de-Dôme* et
du *Vendredi des Familles*, un jeune professeur du lycée
Blaise Pascal, le président du tribunal civil et l'avoué
Fouret ; du côté des dames, Angèle Bertin, la jeune première, Cécile Verneuil, la mère noble, et la petite Miette.
On causait par petits groupes, tandis que madame Denis,
imperturbable et solennelle, faisant le service, offrait du
thé, des gâteaux et des rafraîchissements variés.

La Florval avait mis tout le monde à l'aise.

A vrai dire, on n'était pas venu chez elle pour s'ennuyer.
M. Desmarais, le président du tribunal civil, personnage
très considéré, quoique célibataire endurci, se montrait
particulièrement jovial. Après avoir siégé toute la journée,
c'était bien le moins qu'il cherchât à se distraire un peu à

la nuit close. Il passait ses après-midi au Palais et ses soirées chez les actrices. Pour être magistrat, on n'en est pas moins homme.

Carré des épaules, rond du ventre comme une barrique, bouffi, joufflu, les traits épais, le visage rubicond, encadré de larges favoris poivre et sel et percé de petits yeux qui brillaient comme des vers luisants dans l'ombre de ses sourcils en broussailles, décoré d'un nez qui venait s'aplatir trognonnant au seuil d'une bouche énorme, pas un poil sur son crâne miroitant aux lumières comme une bille d'ivoire, cet aimable mastodonte semblait avoir été uniquement créé et mis au monde pour désarmer les avocats et réconcilier les plaideurs. Etouffant de bonne humeur et crevant de santé, point bégueule et nullement à cheval sur la morale, en dehors du temple de Thémis, il avait la plaisanterie grasse et se réjouissait fort des pudiques rougeurs de la jeune première dont il régalait les oreilles de propos plus qu'épicés.

Son ami, M. Fouret, avoué à la cour de Clermont, était un tout autre personnage.

Au physique comme au moral, il offrait un parfait contraste avec le peu austère Desmarais. Tandis que celui-ci se carrait dans un vaste fauteuil qu'il emplissait de sa volumineuse corpulence, M. Fouret, maigre comme un hareng-saur, triste comme un hibou, se tenait debout à deux pas de lui, ses longs doigts osseux dans les poches de son gilet, silencieux, raide comme un cierge. Un étroit collier de barbe coupée ras encadrait sa face de cire à la manière des filets noirs qui entourent les lettres de deuil.

Il y avait du croque-morts et du marguillier dans ce funèbre individu dont la présence dans le salon d'une comédienne pouvait surprendre à juste titre. Certes, et contrairement à tous les autres invités, ce n'était pas pour s'amuser qu'il était venu chez la Florval, cela se voyait de reste. Un tout autre motif l'y avait amené, un motif aussi peu folâtre que sa personne : cet avoué sinistre avait commis une tragédie et nourrissait, circonstance aggravante, le noir projet de la faire représenter sur le théâtre de Clermont-Ferrand.

Il comptait pour y réussir sur la protection de la Florval. Voilà pourquoi ce nourrisson plus qu'adulte des muses assistait assidûment depuis quinze jours aux soirées de la comédienne.

Gaston Desroches était assis à côté de la Florval et causait avec elle.

A ce moment, Pierre Desroches se rapprocha d'eux.

— Qu'est-ce que me dit votre fils? lui dit-elle, il part demain soir?

— Hélas! oui, répondit le comédien. Il retourne à Paris. Sa provision d'études et de croquis est faite, il a maintenant de quoi travailler tout l'hiver. De plus il lui a été commandé depuis le dernier Salon deux toiles qu'il ne pourra terminer qu'à Paris. Il faut donc que je me sépare de lui.

— Quoi! sitôt? laissez-le nous de grâce quelques jours encore.

— Cela ne dépend ni de moi, ni de lui. Les marchands de tableaux n'attendent pas, vous le savez.

— Puisqu'il en est ainsi, je n'insiste plus, dit-elle, en tendant la main à Gaston. J'espère bien qu'avant votre départ, vous viendrez me dire adieu.

— Je n'aurai garde d'y manquer, répondit Gaston en s'inclinant.

— Et j'espère aussi vous revoir avant peu, sinon ici, du moins à Paris. Vous entendez, Desroches, je désire que votre fils vienne me voir à Paris. J'y ai de nombreuses relations, et qui sait si je ne pourrai pas lui être utile?

— Trop bonne, mille fois, ma chère Florval, fit Desroches.

— C'est convenu, n'est-ce pas? reprit-elle en s'adressant à Gaston, vous viendrez me voir à Paris... Un garçon de talent comme vous... je serais si heureuse et si fière de contribuer à votre succès!... Vous verrez mon salon. Moi aussi, j'ai de jolies choses qui, j'en suis sûre, vous intéresseront... Entre autres curiosités, je possède des collections d'armes japonaises et des panoplies marocaines. Il va sans dire qu'elles sont à votre disposition si jamais vous en avez besoin.

— En vérité, madame, dit Gaston légèrement embarrassé, je suis confus et ne sais comment vous remercier...

— Des remerciements, par exemple ! Qu'il ne soit pas question de cela entre nous ou je me fâcherais...

Elle aperçut de Vandannes 'qui dardait ses yeux sur elle.

— Pardonnez-moi ! dit-elle, en s'interrompant. Ces messieurs ont fini leur thé et je m'aperçois que madame Denis a oublié de rapporter les liqueurs.

Elle courut à la porte du salon et donna des ordres, puis s'approchant d'Ancelin qui semblait l'observer d'une embrasure de fenêtre où il se tenait à l'écart.

— Qu'avez-vous donc, docteur ? lui demanda-t-elle, Vous paraissez vous ennuyer ? Que voulez-vous ? Un salon de comédienne, c'est quelquefois moins drôle qu'un salon de bourgeoise... On nous calomnie, croyez-le bien, quand on prétend que nous ne savons pas être aussi ennuyeuses que certaines femmes du monde.

— Madame, protesta Ancelin, je vous jure que je ne m'ennuie pas du tout.

— Soyez franc, reprit la Florval, la présence de Miette vous a surpris. Est-ce que vous êtes déjà brouillés ? Ce serait dommage, c'est une tête folle, mais je crois qu'elle vous aime beaucoup.

Au même moment, mademoiselle Miette partait d'un grand éclat de rire à l'autre bout du salon.

— Je crois qu'elle me pleure, dit Ancelin, avec un sourire ironique.

Le rire de mademoiselle Miette avait gagné le président du tribunal, qui ne tarda pas à le communiquer à son entourage.

— Qu'y a-t-il ? fit la Florval en s'approchant.

— Ma chère dame, dit le jovial Desmarais, c'est mademoiselle Miette qui me demande combien de têtes j'ai fait couper dans ma carrière de juge. Je lui ai répondu que ce n'est pas ma spécialité et qu'en tout cas, son minois futé a fait perdre la tête à beaucoup plus de gens, sans me comp - ter, qu'aucun magistrat de cour d'assises.

Ce madrigal fit sourire.

— Là-dessus, reprit le facétieux président, elle insiste et me dit qu'une condamnation à mort, ça doit être drôle et qu'elle voudrait bien voir ça. C'est un plaisir qu'on pourra vous procurer, mademoiselle, lui ai-je répliqué. Justement on juge la semaine prochaine, à Riom, un affreux gredin qui a tué père et mère. J'ai promis à mademoiselle Miette une entrée de faveur pour cette première à sensation.

Un éclat de rire général accueillit cette péroraison.

Mademoiselle Miette s'approcha de Cécile Verneuil et de la duègne qu'on délaissait un peu dans leur coin.

— Vous viendrez avec moi, pas ? Vous avez des chagrins de famille, ça vous distraira, vous verrez, ce sera très rigolo.

— Quelle abominable petite grue ! fit de Vandannes à Ancelin. Comment diable as-tu pu t'acoquiner à cette fille ?

— Elle est idiote, répondit Ancelin, et parfaitement insupportable, aussi n'ai-je pas tardé à rompre avec elle ; cependant, elle a un mérite : telle qu'elle est, je la trouve moins dangereuse que les rusées coquettes dont on voit tant de gens se toquer bêtement...

— Vous savez, messieurs, dit la Florval qui passait près d'eux, qu'on peut fumer dans la pièce à côté... Je serais désolée de vous priver d'un de vos plaisirs favoris... Monsieur Ancelin, un peu de thé ?

— Merci, madame, je vais, si vous le voulez bien, profiter de l'aimable permission que vous venez de nous octroyer.

Les gazetiers qui conversaient près de la cheminée élevèrent subitement la voix.

— Ne faites pas attention, dit la comédienne en souriant, ces messieurs parlent politique. C'est le troisième ministère qu'ils renversent depuis une heure.

— Et vous souffrez cela ? dit Ancelin avec un sérieux imperturbable.

— Sans doute. C'est inoffensif.

Ancelin allait sortir avec de Vandannes, lorsque le jeune professeur s'approcha de la Florval et lui glissa quelques mots à l'oreille.

— Messieurs, fit soudain Esther, en s'adressant au comte et au docteur, pardonnez-moi si je vous retiens, mais je suis sûre que vous me remercierez tout à l'heure... N'oubliez pas que je vous ai promis une soirée littéraire... Voici monsieur qui veut bien nous dire des vers... Je réclame pour lui l'attention du public...

Les yeux de l'avoué Fouret s'illuminèrent.

— Ah ! ah ! des vers, dit le gros Desmarais, voyons cela.

— Des vers ! s'écria la petite Miette, en battant des mains, je les adore !

— Allons, bon ! dit de Vandannes, ça va être gai.

Chacun s'assit. Un silence morne et résigné régna bientôt dans le salon.

Le jeune poète s'était accoudé au piano; fatidique et byronien il avait une main dans ses cheveux, l'autre dans l'échancrure de son gilet. Il toussa deux ou trois fois.

— Mesdames et Messieurs, commença-t-il d'un ton pédant, c'est une petite pièce sans prétention, un simple dizain que j'ai composé l'autre soir au théâtre, pendant un entr'acte. Il est dédié, cela va sans dire, à celle qui l'a inspiré, à la divine Florval. Le voici :

Que fait donc le souffleur, chaque soir, dans sa niche ?
Il garde, direz-vous, l'auteur comme un caniche,
Et fidèle, en défend la prose ou bien les vers ?
Détrompez-vous, Messieurs, c'est un homme pervers
Qui se rit du respect que l'acteur doit au texte,
Et qui vit dans son trou pour avoir le prétexte
De contempler de près et d'admirer d'en bas
Ce que nous voyons, nous, de loin, de haut : — les bas
Des reines de nos cœurs, princesses de la rampe.
— Oh ! je voudrais pouvoir lui flanquer une trempe ! —

Un murmure flatteur accueillit cette ineptie rimée. L'auteur salua d'un air béatement satisfait et retourna s'asseoir.

— Je vous remercie, fit la Florval légèrement narquoise. Je trouve, pour ma part, votre dizain fort spirituel, et tout le monde est certainement de mon avis. Je ne vois guère que madame Denis qui pourrait protester contre le rôle que vous lui attribuez et s'alarmer de votre dernier vers.

. — Pourquoi cela, madame ? demanda le poète.

— Parce qu'il n'y a pas de souffleur au théâtre de Clermont-Ferrand. Ces fonctions dont votre Muse s'indigne y sont remplies par madame Denis.

— Je suis prêt à lui faire des excuses, grimaça le jeune auteur comme au reçu d'une douche subite.

— A qui le tour maintenant ? demanda la Florval.

— A moi ! fit la petite Miette, qui, courant s'installer au piano, annonça gravement : *Cœur d'artichaut.*

— Ah ! ah ! fit Desmarais en se pelotonnant dans son fauteuil, *Cœur d'artichaut,* voyons cela !

— Ce que je craignais, fit Ancelin à l'oreille de de Vandannes. Fuyons !

Ils passèrent au fumoir et y trouvèrent Desroches et le rédacteur de la *Gazette du Puy-de-Dôme* qui causaient.

— Vous vous estimez heureux, disait celui-ci à Desroches, que votre fils ne se soit pas destiné à la carrière dramatique. J'ai entendu beaucoup de comédiens tenir ce langage et cela m'a toujours étonné. Le préjugé dont votre profession était jadis l'objet n'est-il pas tombé en désuétude aujourd'hui ?

— Pas tant que vous pourriez le croire, repartit Desroches. Ah ! je sais bien que nous jouissons de tous nos droits civiques et que nous pouvons nous regarder comme les égaux de tous nos concitoyens. Je sais bien aussi qu'on nous adule, qu'on nous prodigue les sourires, qu'on ne nous marchande pas l'encens, mais au fond on ne nous estime pas, — surtout dans les villes comme celle où nous sommes, — et l'on nous traite un peu comme des filles de joie nécessaires à l'agrément public. Il est vrai que nombre d'artistes de province ont contribué et contribuent tous les jours à accréditer cette opinion, qu'il y a en nous un vieux fond de bohême et d'aventure dont on ne se défait pas ; leur stupide vanité s'accommode fort de cette réputation qui les distingue du commun ; ceux-là n'ont que ce qu'ils méritent et ils n'ont pas le droit de se plaindre. Quoi qu'il en soit, il n'en manque pas parmi nous et ils sont en plus grand nombre qu'on ne pense, qui honorent réellement leur profession. et tout bien pesé, nous ne sommes ni meilleurs, ni pires, dans l'ensemble, que la plupart de ceux qui nous condamnent. On dit que nos mœurs sont dissolues. Il y a bientôt une trentaine d'années qu'une irrésistible vocation, — de mon temps on croyait encore aux vocations, — m'a jeté dans le théâtre. Eh bien, je le déclare, j'ai observé dans ce monde des coulisses si décrié et si calomnié, à côté de vices qu'on rencontre partout, des qualités qu'on ne trouve presque nulle part. J'entends ce que vous allez me dire. Et les femmes de théâtre ? Elles ne sont pas l'austérité même, j'en conviens ; mais, vous répondrai-je en parodiant Figaro, aux vertus qu'on exige d'une actrice, connaissez-vous beaucoup d'honnêtes femmes qui soient dignes de monter sur les planches ?... Ne vous récriez pas, mon cher, il y en a, c'est entendu, mais y en a-t-il beaucoup ? Voilà la question. Certes, il existe parmi nous, je laisse de côté celles qui ne sont que des filles vulgaires, il existe parmi nous, et j'en connais, des comédiennes aussi consommées à la ville qu'au théâtre, pour qui la scène n'est autre chose que le tremplin de leur cupidité et de leur ambition, créatures irrésistibles et charmantes, intelligentes souvent, instruites quelquefois, femmes en rupture de mari ou filles réfractaires au foyer paternel, mille fois plus dangereuses que les malheureuses courtisanes pour lesquelles elles affectent un insurmontable mépris, mille fois plus criminelles dans leur impunité que la plupart des misérables qui expient leur infamie dans les bagnes. J'en ai connu et j'en connais encore dont on pourrait suivre la trace en comptant les ruines et les catastrophes qu'elles sèment sur leur passage. Ces femmes-là sont la plaie du théâtre. Mais grâce au ciel, à côté de ces coquines, il reste assez de femmes de cœur, de véritables artistes, pour relever notre profession aux yeux du public. En tous cas, je le répète, je m'estime heureux d'avoir soustrait mon fils au milieu dans lequel j'ai vécu. Je veux qu'il entre dans la vie, les portes grandes ouvertes et qu'il la parcoure librement, en plein soleil, au lieu de la traverser dans l'ombre et l'isolement, en voyageur furtif comme son père.

— Bien dit, mon cher Desroches, répliqua le journaliste. On apprend à vous estimer à vous mieux connaître. Il est fâcheux qu'Herbelot ne compte pas beaucoup de pensionnaires comme vous...

Mademoiselle Miette avait achevé d'effeuiller son *Cœur d'artichaut*. Les fugitifs rentrèrent au salon.

Le rédacteur du *Vendredi des familles*, journal pieux, était debout près de la cheminée.

— Chut! fit-on de toutes parts, M. Brocart va nous dire quelque chose.

— C'est un essai, un simple essai, une sorte de poème fantaisiste en prose, susurra celui-ci d'un air modeste. Je réclame l'indulgence pour l'auteur.

— Un poème en prose, fit Desmarais en se tassant jusqu'aux oreilles dans son fauteuil, voyons cela, voyons cela!

M. Brocart commença d'une voix flûtée :

C'est intitulé : *Je vous plains.*

« Si vous l'avez rencontrée, je vous plains : vous devez en être follement épris. — Si vous ne l'avez jamais vue, je vous plains : tout ce qui est beau, aimable, — la huitième merveille, quoi ! — vous reste inconnu.

» Si vous lui avez parlé, je vous plains : elle doit avoir de votre esprit une pitoyable opinion — tous les amoureux sont bêtes — vous l'avez été ; si vous êtes demeuré silencieux devant elle, je vous plains ; elle aura pensé que vous étiez, au choix, muet ou idiot.

» Si vous l'avez entendue, je vous plains : les rossignols, ces virtuoses des bois, ne sont plus pour vous que de vilaines bêtes ; si vous ne l'avez pas entendue, je vous plains ;

pour vous en consoler et satisfaire votre goût pour la musique, — ce bruit qui coûte le plus cher, — vous irez vous
enfermer dans des théâtres où vous entendrez du Wagner.

» Si vous l'avez regardée, je vous plains, ce n'est pas
impunément qu'on fixe le soleil, — quand on n'est pas un
aigle, — vous êtes aveugle ; si vos yeux ne se sont allumés
aux siens, je vous plains : les ténèbres vous enveloppent,
vous êtes plongé dans la nuit la plus noire, — nuit de
tombe ou de caverne : — il ne vous reste plus qu'à acheter
des chandelles ou à en vendre.

» Si vous l'aimez, je vous plains : vous mourrez d'une
mort tragique, — par le fer ou le poison ; — si vous ne
l'aimez pas, je vous plains : vous mourrez bourgeoisement
— d'un chaud et froid — sans avoir jamais vécu.

» Si, par impossible, vous êtes aimé d'elle, je vous plains :
cent mille rivaux vous déclareront la guerre ; si elle vous
dédaigne, ce qui est probable, je vous plains : vous noierez
votre douleur dans votre propre sang, — par le suicide.

» Enfin, que vous soyez jeune ou vieux, laid ou beau,
triste ou gai, riche ou pauvre, que vous l'aimiez ou ne
l'aimiez pas, qu'elle vous aime ou ne vous aime pas,
j'ai le devoir et le regret de vous dire que vous êtes perdu,
irrémédiablement perdu et que votre avenir ne vaut pas
ça... Je vous plains, je vous plains, je vous plains ! »

— Bravo ! fit Desmarais en riant dans son triple menton.

— Charmant ! firent les dames.

— Très spirituel ! fit l'avoué Fouret, qui d'un mouvement mécanique alla serrer la main du monologuiste.

— Dites donc, Brocart, fit le rédacteur de la *Gazette du
Puy-de-Dôme*, en le prenant à part, c'est de vous, cette ma-
chine-là ?...

— Certainement...

— Allons donc ! c'est du curé des Minimes.

— Pourquoi ça ?

— Dame ! il fait vos articles et vous les signez... Cette
fois encore, vous lui avez prêté votre signature.

Cependant l'avoué Fouret roulait des yeux pleins d'angoisse. On ne lui avait encore rien demandé, à lui. Il venait de tirer de sa poche un énorme manuscrit en forme de rouleau et l'avait déposé avec affectation sur la table. Il semblait attendre, morne et suppliant, qu'on l'invitât d'un mot, d'un geste, ou tout au moins d'un regard à déficeler son rouleau tragique.

La Florval s'aperçut de son supplice et comprit qu'il y aurait cruauté à le prolonger.

— Mes amis, dit-elle, avec un soupir mal réprimé, voici M. Fouret qui désire nous lire sa tragédie.

Ces mots tombèrent comme une douche glacée sur l'assistance. On se regarda consterné. Chacun tira sa montre ; on fit le vide autour de Fouret, comme autour d'un animal dangereux ; le gros président ne riait plus du tout, la petite Miette se cala dans un coin du canapé, comme pour se préparer à faire un somme : de Vandannes et Ancelin avaient fui de nouveau dans le fumoir.

Fouret ne voyait rien, n'entendait rien. D'un doigt fébrile, il avait fait sauter les ficelles de son manuscrit et le feuilletait d'un air avide et goulu. Ses mains décharnées, en forme de crabes, enserraient le cahier comme une proie qu'elles ne lâcheraient plus, tandis que son nez en croc semblait flairer les pages et en aspirer tous les sucs.

Il fit entendre deux ou trois hem ! en fausset et commença avec des notes de perroquet dans le gosier :

LA VENGEANCE DU CIMBRE

Tragédie en cinq actes et en vers

A ce moment, un bruit de voix retentit dans l'antichambre et presque aussitôt madame Denis entra effarée.

— Qu'y a-t-il ? demanda la Florval, tandis que Fouret, vexé de cette interruption, laissait échapper un geste de colère.

— Madame, put à peine articuler la souffleuse, c'est...

— C'est moi, parbleu ! fit une voix rauque au dehors.

Et, au même instant, un homme en costume de voyage fit irruption dans le salon.

Une bombe tombant à l'improviste sur le tapis de la Florval n'eût pas produit au milieu des invités une émotion plus grande que l'entrée de ce personnage inattendu.

La Florval s'était levée subitement, d'un jet, comme sous l'effet d'une secousse électrique.

L'assistance l'avait imitée. On se regardait interloqué, ne sachant ce que cela voulait dire.

Le nouveau venu s'était arrêté, interdit lui-même à la vue de tout ce monde.

C'était un homme de quarante à quarante-cinq ans, trapu, large des épaules, aux cheveux plantés dru, coupés presque ras et grisonnants, au front court et étroit. Ses yeux jaunes qu'abritait une arcade sourcilière très profonde décochaient des lueurs phosphorescentes. Le nez vigoureusement découpé était solidement soudé au visage. Une moustache taillée en brosse retroussait sa lèvre épaisse, et des pattes de lapin s'accrochaient au bas de ses tempes. La carrure du menton achevait de donner à sa physionomie une expression de rudesse et de vulgarité. Il y avait dans cette tête-là du maquignon et du policier tout à la fois.

L'irruption d'un pareil hôte dans le salon de la comédienne, à cette heure avancée, avait de quoi surprendre les assistants. Lui, cependant, s'était remis bien vite de son étonnement.

— Pardonnez-moi, mesdames et messieurs, fit-il avec une sorte de brusquerie familière, si je suis entré comme un chien dans un jeu de quilles, mais j'étais loin de m'attendre au plaisir de me trouver en aussi bonne compagnie... C'est ma faute, ajouta-t-il en se tournant vers la Florval, puis que j'ai négligé d'informer madame de mon arrivée.

Le visage d'Esther se contracta légèrement.

— Mon mari, fit-elle simplement, en s'adressant à ses invités.

Cette révélation parut produire une certaine détente.

On se salua de part et d'autre, tandis que la Florval

faisait les présentations : le mari, tout rond, tout jovial, à
la bonne franquette comme on dit, les autres visiblement
gênés et quelque peu gourmés. Quand la comédienne arriva
au tour de de Vandannes :

— M. de Vandannes, dit-elle, d'un air contraint.

Le visage du mari prit un air radieux et surpris tout à la
fois.

— M. de Vandannes ! s'écria-t-il. Seriez-vous parent du
comte de Vandannes, ex-trésorier général ?

— C'était mon père ! répondit froidement de Vandannes.

— C'était votre père !... combien je suis aise, cher monsieur, de me rencontrer avec vous. Je l'ai beaucoup connu.
C'était un charmant homme !... Un brillant causeur... Enchanté vraiment de faire votre connaissance...

Il lui tendit la main sans façon, mais déjà de Vandannes
s'était tourné du côté d'Ancelin.

— Il n'est pas fier, dit celui-ci en entraînant de Vandannes dans l'embrasure d'une fenêtre.

Le mari, sans prendre garde à ce jeu de scène continuait
la revue des invités.

Le président du tribunal faisait une grimace significative
et commençait à regretter d'être venu. Fouret, de son côté,
tout en rengaînant mélancoliquement son manuscrit, dissimulait assez mal son dépit et sa colère contre ce mari intem-
pestif. Quant aux femmes, elles ne pouvaient se défendre
d'un secret mouvement de gratitude pour celui qui venait
de les sauver si inespérément de la *Vengeance du Cimbre*.

— Encore une fois, mesdames et messieurs, reprit
M. Florval, lorsque les présentations furent terminées,
veuillez me pardonner d'être arrivé comme ça, sans crier
gare. Je ne comptais venir à Clermont que demain soir.
Une affaire imprévue m'a obligé à quitter ce matin Paris,
pour me rendre à Moulins. Je devais y passer la nuit et la
matinée de demain ; malheureusement le notaire à qui j'ai
affaire est absent et ne rentrera que dans deux jours. Force
m'est d'attendre jusque-là et, ma foi, ajouta-t-il d'un ton
gaillard, vous comprendrez que j'aie eu la pensée de pro-

fiter du temps dont je dispose pour pousser jusqu'ici...

— C'est trop juste, fit le rédacteur du *Vendredi des familles*, avec une œillade galante à la Florval.

— Je serais désolé, continua le mari de la comédienne avec rondeur, qu'on vît en moi un trouble-fête. Vous causiez ? Faites donc comme si je n'étais pas là... Je sais ce que c'est, allez. Ouf ! ajouta-t-il en se laissant tomber dans un fauteuil, je n'en puis plus, je suis littéralement éreinté... Ces maudits chemins de fer, le mouvement de lacet, vous savez... Je n'ai jamais pu supporter ça... Mais, je vous en prie, reprenez donc le fil de votre causerie, ou je ne me pardonnerai jamais de vous avoir dérangés.

— Vous ne nous avez pas dérangés, dit la petite Miette avec un empressement qui partait d'un bon naturel, Monsieur allait nous lire une tragédie !

Cécile Verneuil lui poussa le coude.

— Un tragédie !... en vers ? demanda le mari de la Florval... Une tragédie... je croyais qu'on n'en faisait plus... Enfin, si c'est amusant, voyons toujours...

— Ce sera pour une autre fois, dit Fouret d'une voix amère. Monsieur est fatigué, je ne veux pas ajouter à sa fatigue.

— Trop aimable, repartit M. Florval avec bonhomie. D'ailleurs, ce n'est que partie remise, ces messieurs et ces dames ont votre parole...

— Sans doute, répliqua Fouret avec un sourire sardonique. Madame, dit-il en s'adressant à Esther, souffrez que je prenne congé de vous.

— Comment, nous quitter déjà ! s'écria le mari en se levant brusquement. Ce n'est pas moi qui vous chasse au moins ?

— Au contraire, reprit Fouret de plus en plus aigre.

M. Florval n'eut pas l'air de comprendre l'intention ironique du perfide avoué. Décidément, malgré son aspect rébarbatif, ce devait être un bien bon enfant.

Les dames s'étaient levées à leur tour.

— Ah çà!! mais, c'est une désertion générale, reprit-il avec un accent navré, je fais fuir tout le monde... Mesdames, voilà qui est bien peu aimable à vous, et je suis vraiment confus...

— Vous avez besoin de repos, dit avec un empressement affectueux Cécile Verneuil... nous vous laissons, ce serait peu charitable à nous de vous retenir plus longtemps.

— Et d'ailleurs, ajouta Angèle Bertin, il est bien près de minuit.

De Vandannes, le front plissé, se mordait les lèvres, en tortillant sa moustache. Depuis un instant, il ne quittait plus des yeux la Florval.

Celle-ci s'en aperçut et, profitant du mouvement qui se produisait dans le salon au moment où les dames se disposaient à sortir, elle s'approcha de lui.

— Henri, lui dit-elle à voix basse et comme en cherchant à dissimuler son trouble, il faut que je vous voie, que je vous parle absolument. L'arrivée imprévue de mon mari cache quelque chose que je redoute, un malheur peut-être... Je vous écrirai. Promettez-moi de venir au reçu de ma lettre.

De Vandannes s'inclina.

La Florval alla rejoindre ses autres invités qui causaient au milieu du salon.

De Vandannes et Ancelin sortirent ensemble.

— Eh bien, de Vandannes, mon ami, fit Ancelin quand ils furent dans la rue. Que penses-tu de ce mari d'actrice ?

— Ne me demande rien, répondit brusquement de Vandannes. J'ai la tête perdue, tout cela est fou... Il me semble que je sors d'un cauchemar. Cette femme mariée, accouplée à un homme pareil, à ce rustre!... Il n'y a pas de milieu : ou c'est la plus malheureuse des femmes, ou la plus vulgaire des créatures; entre deux êtres aussi dissemblables, il ne peut y avoir de liens indissolubles. Comment ne les a-t-elle pas encore brisés... Je m'étonne qu'elle ait pu vivre seulement vingt-quatre heures avec ce lourdaud.

6

— Je souhaite que l'avenir ne te réserve pas d'autres surprises. Nous recauserons de cela demain.

Ils se séparèrent.

Pendant ce temps, on échangeait dans le salon de la
Florval les dernières salutations. Le gros Desmarais, qui
avait retrouvé toute sa dignité depuis l'arrivée du mari,
descendait gravement l'escalier au bras de Fouret, après
avoir eu soin de laisser passer devant lui les dames afin
qu'on ne le surprît pas à sortir en galante compagnie.

La petite Miette s'était attardée à chercher son chapeau
dans l'antichambre. Elle revint au salon au moment où le
rédacteur du *Vendredi des familles* prenait congé de la
Florval.

— Dis donc, Esther, fit-elle, quand il fut sur le palier, tu
sais qu'il veut m'emmener souper à la gare ?

— Qui cela ?

— Le type du *Vendredi des familles*... Je n'en veux pas...
Tu comprends, un ancien curé...

— Lui !

— A ce qu'on dit. Tu devrais prier la mère Denis de m'accompagner. Je lui donnerai vingt sous pour sa peine.

— Madame Denis, fit la Florval, veuillez accompagner
mademoiselle Miette.

L'ingénuité tendit sa joue à Esther et fit une grande révé-
rence au mari.

— Mam'zelle, dit celui-ci d'un ton bourru, je suis bien
le vôtre.

— Vilain ours ! fit la petite Miette entre ses dents.

A peine fut-elle sortie avec la souffleuse, que M. Florval
referma la porte du salon.

— Enfin ! s'écria-t-il, en partant d'un grand éclat de rire,
tous fichu le camp !... Ce n'est pas dommage.

Il se planta en face de sa femme, qui s'était accoudée au
piano.

— Eh bien, quoi donc ! dit-il, en lui tendant les bras, on
ne vient pas m'embrasser ?

Il la prit par la taille et l'attira à lui.

— Laisse-moi, dit-elle sèchement.

Elle lui échappa et se jeta dans un fauteuil.

— Hein? fit le mari en fronçant le sourcil, qu'est-ce que c'est? De la résistance... C'est comme ça qu'on reçoit bibi maintenant?

Il s'approcha d'elle et voulut lui prendre la main.

— Laisse-moi, te dis-je, s'écria la Florval en se levant, je suis furieuse.

— Bah! répliqua l'autre avec un calme parfait, tu es furieuse, ma chérie, et de quoi donc?

— Tu me le demandes?

— Mais je ne fais que ça.

— Il se peut que tu te trouves drôle, mais je te déclare que tes plaisanteries ne sont pas du goût de tout le monde, à commencer par moi. La façon ridicule dont tu t'es présenté ici ce soir...

— Voilà la chose! s'écria le mari avec un ricanement... je m'en doutais.

— Et pourrais-je savoir?...

— Tu es vexée, n'est-ce pas?... Je t'ai compromise aux yeux de tous ces gens-là. Tu dois avoir perdu cinquante pour cent de ton prestige, pour le moins.

— Dame! si c'est le but que tu t'es proposé...

— Doivent-ils me blaguer à l'heure qu'il est, doivent-ils me trouver assez grotesque, hein?

— Je n'en doute pas.

— Ni moi, non plus, parbleu! fit-il en s'allongeant sur le canapé.

— Que tu ailles au-devant du ridicule, c'est ton affaire, reprit la Florval, mais que tu le fasses rejaillir sur moi, c'est autre chose... Je suis ici chez moi, ne l'oublie pas.

— Comment dis-tu ça?... fit l'autre en relevant la tête, chez toi? Aurais-tu l'intention de me mettre à la porte, ma chérie?

— Trêve de raillerie, dit la Florval impatientée. Qu'es-tu venu faire ici ce soir? Parle.

Le Florval bondit et se retrouva sur ses pieds.

— Répète un peu. J'ai mal entendu... Tu me demandes ce que je viens faire ici?... Ah çà! tu n'as donc pas reçu ma lettre ce matin?

— Je n'ai reçu aucune lettre.

— Ah bah!... Tu n'as pas reçu ma lettre?...

— Non, te dis-je.

— C'est plus fort que de jouer au bouchon... Alors, tu ignorais que je dusse arriver ce soir?...

— Nul doute que si je l'avais su...

— Tu te fusses empressée de fermer ta porte à tout le monde... Tu es vraiment trop aimable pour moi... Eh bien! c'est égal, ça ne me convainc pas.

— A ton aise, fit la comédienne en allant se rasseoir.

— Oui, je me demande quel intérêt tu peux avoir à nier la réception de ma lettre, car, vois-tu bien, ma belle, je te connais trop pour ne pas être certain que tu l'as reçue. Allons, avoue-le, tu l'as reçue.

— Encore une fois, c'est faux.

— Soit, n'en parlons plus. Je me plaindrai à l'administration pour te faire plaisir... Causons d'autre chose. Ta vieille tante m'a remis les dix mille francs que tu sais... C'est très bien, et je te remercie. Tu n'as négligé qu'un petit détail. Permets-moi de te le rappeler, c'est de me faire connaître le nom de l'obligeant prêteur.

— Que t'importe?

— Il m'importe beaucoup. Qu'y a-t-il au monde de plus sacré qu'un créancier? Celui qui a bu boira, quiconque a prêté prêtera. Le devoir de tout bon débiteur est de s'attacher à son créancier. Enfin, je lui dois... de la reconnaissance à cet homme et je veux...

— Assez là-dessus. Tu ne sauras pas son nom. Je t'ai fait tenir la somme qu'il te fallait, tu n'as plus à rien me demander.

— Il me semble, madame, dit le Florval, en se drapant dans sa dignité, que vous faites assez bon marché de ma délicatesse... Tout autre que moi pourrait se fâcher.

— Vous êtes étonnamment spirituel, fit Esther, avec une

moue de dédain et ce genre de plaisanterie vous sied à merveille.

— *Vous*, s'écria-t-il!... On me dit : *vous* maintenant... Diable! il paraît décidément qu'il y a quelque chose...

— Que voulez-vous qu'il y ait ? fit-elle avec un haussement d'épaules.

Il s'était rapproché d'elle.

— Ma chère, lui dit-il en la regardant fixement, il y a, que vous avez l'intention de lâcher votre Théodore... Ne dites pas non, ce n'est pas d'aujourd'hui que je m'en aperçois. Vous avez beau être forte, très forte même, on n'a pas les yeux dans sa poche et je ne suis pas tout à fait un imbécile, vous devez vous en douter. Il y a beau jour que ma compagnie vous pèse et que vous songez à une rupture...

— Eh bien, quand cela serait? dit la Florval, en lui jetant un regard méprisant.

— Vous l'avouez! s'écria-t-il. A la bonne heure! J'aime mieux ça. Eh bien, ma chère amie, poursuivit-il, en s'asseyant en face d'elle, vous avez un peu trop compté sans votre hôte. Je ne me sens pas, moi, d'humeur à me séparer de vous, mais du tout, du tout.

— Vous ne voulez pas?... dit la Florval en le toisant avec hauteur.

— Non, sans doute... Je vous aime trop pour cela, d'abord.

— Vous! s'écria la Florval en se dressant subitement devant lui, avec une expression d'indicible dégoût... Vous m'aimez!... Taisez-vous donc!... Vous le plus vil et le plus abject des hommes, vous osez dire que vous m'aimez! C'en est trop! Voilà quinze ans que vous me traînez à votre suite dans la boue et dans l'ignominie, voilà quinze ans que vous faites de moi la complice de vos turpitudes et de vos infamies. A la fin, je me révolte, je relève la tête. Vous me faites horreur. Fuyez, allez vous-en, sortez d'ici, vous dis-je, si vous ne voulez que je vous crache votre lâcheté au visage !

L'autre s'était croisé les bras et avait reçu cette averse d'injures sans broncher.

6.

— Ma chère, fit-il avec un merveilleux sang-froid, vous
êtes très belle comme ça. Ma parole ! il ne vous manque que
le peplum tragique... Seulement, vous vous êtes trompée, si
vous avez cru m'émouvoir. Je ne suis pas de ceux qui se
laissent prendre aux grands mots et aux grandes phrases...
Regarde-moi donc un peu en face, dit-il, en changeant subitement de ton et en lui prenant les poignets de manière à la
tenir immobile devant lui. Est-ce que j'ai l'air d'un homme
à qui on monte le coup !... Ah ! tu crois me rouler comme
celui ou ceux à qui tu prétends me sacrifier, et c'est comme
ça que tu t'y prends ! Décidément, j'avais trop bonne opinion de toi. Tu n'es pas forte, ma fille. Comment ! tu t'imagines que je vais me laisser faire, tu t'imagines avoir raison
de moi aussi facilement que des imbéciles que tu ruines !...
Pauvre chérie !... ne joue pas ce jeu-là avec moi, tu as perdu
d'avance... Tu veux me lâcher ? essaye donc... Il y a quinze
ans que nous avons fait bail ensemble. Nous sommes rivés
l'un à l'autre, jusqu'à la mort, ne l'oublie pas : je suis ton
maître, je te tiens et tu ne m'échapperas pas, entends-tu,
madame Richon ?

Il la repoussa. Elle tomba en poussant un cri.

— Eh bien, reprit-il, en se promenant de long en large
dans le salon, qu'as-tu à répondre à ça ?

La Florval s'était relevée, mais presque aussitôt elle s'affaissa sur le canapé en suffoquant.

— Tu pleures, à présent, poursuivit-il, bon, ça soulage...

Il s'amusa à souffler quelques bougies et revint s'asseoir
en face d'elle.

— Tu voilà plus calme, reprit-il. C'est fort bien. J'étais
sûr que tu ne serais pas longue à te remettre. A propos,
ajouta-t-il en tirant un calepin de sa poche, n'oublions pas
les choses importantes... Nous disons... le président du tribunal civil... Comment l'appelles-tu, ce ventre ?... Tu ne réponds pas. A ton aise, je trouverai toujours son nom. Bien
peu sérieux, ce magistrat qui compromet sa dignité chez les
actrices... Si celui-là a de l'avancement... Les autres ça n'a
pas d'importance. Nous en reparlerons d'ailleurs.

Il traça quelques mots sur son calepin et le remit dans sa poche.

— Ah çà ! voyons, ma toute belle, continua-t-il d'un ton de joyeuse humeur, nous allons faire la paix, maintenant. Ce qui est passé est passé, et il n'y a que les mauvais esprits qui vivent de rancune. Tu m'as mis en colère, ce qui est contraire à mes habitudes ; eh bien ! malgré cela, je ne t'en veux plus... C'est entendu, tu n'as pas reçu la lettre par laquelle je t'annonçais que j'arriverais... à l'improviste ce soir... Mais ça n'a rien dérangé, je suppose. Je suis resté dans le programme ; j'ai joué comme d'habitude mon rôle de mari qu'on n'attend pas, — et comme ça se trouve ! le hasard a voulu aujourd'hui que tu ne fusses pas complice de la frime... Tu es la femme la plus sincère que je connaisse... Tiens, laisse-moi t'embrasser... A la bonne heure donc ! pas rancunière, j'aime ça... et maintenant que tout est oublié, ajouta-t-il en éteignant les dernières bougies du lustre et en prenant un candélabre, viens, j'ai à t'apprendre des nouvelles qui te feront plaisir. J'ai vu, à Paris, Valérie ; elle est à la veille d'épouser son boyard. Et dernièrement, j'ai rencontré ta fille.

— Ma fille ! dit la Florval, comme subitement réveillée de sa torpeur.

— Oui, ta fille... Notre fille, si tu veux... Elle est charmante, parole d'honneur... Allons nous coucher.

VII

Henri de Vandannes avait trente-cinq ans. Il était grand et robuste ; son visage haut en couleur, strié de rides précoces accusant tous les excès de la vie de garnison et gagnées sur tous les champs de bataille de la débauche, était coupé par d'épaisses moustaches noires qui lui donnaient une expression de rudesse peu séduisante, tempérée cependant par la douceur un peu éteinte de son regard. Son front étroit et charnu n'annonçait pas une intelligence exceptionnelle. On remarquait une sorte d'affaissement dans l'ensemble de ses traits, mais il eût été imprudent de se fier à cette apparence d'eau dormante, à en juger par sa lèvre hautaine et son menton résolu.

Sa physionomie présentait, en effet, un curieux contraste d'énergie et de faiblesse, d'indécision et de volonté. Il semblait que chez lui les qualités morales fussent peu équilibrées. Invariablemement sanglé dans sa redingote, comme au régiment dans sa tunique, raide, correct et froid, Henri de Vandannes avait conservé sous le costume civil cette rigidité mécanique de l'uniforme qui passe dans un certain monde pour de la distinction. Il avait, en parlant, un ton bref et cassant. L'habitude des camps. Au total, il passait pour un bel homme, au café du Cercle.

Tout autre était Maxime Ancelin, le seul ami qu'on lui connût.

On savait que leur amitié datait du collège et que les hasards de la vie avaient pris soin pour ainsi dire de les réunir toujours. Il n'en fallait pas moins pour expliquer l'intimité qui unissait deux hommes aussi dissemblables.

Maxime Ancelin, plus jeune que de Vandannes de deux années, était à peu près de même taille que lui, mais d'apparence plus frêle et plus souple. Il y avait chez lui autant d'aisance et d'aménité que de raideur gourmée chez de Vandannes. Ancelin portait toute sa barbe : une barbe blonde et soyeuse qui encadrait finement son visage pâle et doux. Ses yeux au regard clair s'emplissaient parfois d'une expression de vague tristesse, mais ce nuage passait vite et sa physionomie reprenait bientôt sa sérénité habituelle. On l'aimait généralement, bien que les puritains de morale qui foisonnaient à Clermont eussent, en mainte occasion, élevé contre ses mœurs de terribles chefs d'accusation. On lui connaissait des maîtresses. On savait qu'il se commettait en compagnie de petites actrices. C'était plus qu'il n'en fallait pour le perdre à jamais dans l'estime des mères en possession de filles à marier. Lui, paraissait s'émouvoir faiblement de l'affliction dans laquelle il plongeait tant de braves gens. On en conclut bien vite qu'il n'avait pas de cœur, que c'était un garçon perdu, un homme à la mer, qu'il ne trouverait jamais de *parti* et que ce serait bien fait.

— C'est dommage, dit un jour M. Justinot, le percepteur, il est bon médecin. Jadis il a sauvé madame Justinot d'une fluxion de poitrine..... mais aujourd'hui, j'aimerais mieux, le cas échéant, que ma femme passât de vie à trépas que de la voir guérie par ce libertin-là.

Ancelin se consolait aisément de ces légères mésaventures. Il continuait à scandaliser la tribu des Bargoton, des Lampezat et des Justinot. Il n'allait plus dans le monde, s'estimant assez riche, par suite d'un héritage recueilli l'année précédente, pour vivre à sa guise et braver, au besoin, le qu'en dira-t-on ; il avait très allègrement renoncé aux vanités d'ici-bas, aux clientèles en perspective comme aux œillades des héritières de Clermont-Ferrand. Il habitait une petite maison entre cour et jardin, à quelques centaines de mètres de la ville et vivait là en solitaire, en philosophe. Les pauvres gens qu'il soignait gratuitement connaissaient bien sa demeure. Ils ne partageaient point les préventions de l'austère percepteur. Au fond, l'état d'indépendance dans lequel se complaisait Ancelin, le dédain qu'il semblait professer pour l'opinion des coteries locales constituaient les causes réelles du dépit qui inspirait les critiques dont il était l'objet. En province, on ne pardonne pas aisément à qui veut s'affranchir de la tyrannie des imbéciles.

Quoi qu'il en soit, on le savait bon, serviable, dévoué. Il avait donné plus d'une fois des preuves de son désintéressement et chacun s'accordait à reconnaître que, n'était son malheureux défaut de « courir les filles » il n'y aurait pas grand mal à dire de lui. En somme, il avait obligé la médisance à composer.

Il n'en était pas de même quant à de Vandannes. Pour lui, l'opinion se montrait impitoyable. C'est un viveur, disait-on, un débauché, un tyran domestique, un mari dénaturé qui fait mourir sa femme à petit feu, un monstre, enfin. On ajoutait même qu'il se vantait cyniquement de ses turpitudes au lieu d'en rougir. On s'étonnait qu'Ancelin fût l'ami d'un tel homme. Cela paraissait inexplicable, — à moins qu'Ancelin ne fût l'amant de madame de Vandannes, — supposition peu vraisemblable cependant, attendu que le docteur avait des maîtresses avérées. Ruse de guerre, peut-être, moyen habile de cacher son jeu. Tout est possible. On faisait néanmoins une autre objection : madame de Vandannes, pour parler comme maître Bargoton, jouissait d'une santé chancelante. Il était douteux qu'elle fît la noce avec les amis de son mari. D'un autre côté, aucun indice ne permettait de suspecter son honnêteté. Elle souffrait beaucoup de l'abandon de son mari, cela on le savait. Elle sortait peu, si ce n'est en voiture, et toujours accompagnée d'une femme de chambre. La première année de son mariage, elle s'était

montrée dans quelques soirées ; depuis, la maladie de langueur qui la minait l'avait obligée à renoncer à la vie mon-
daine. Elle recevait fort peu de visites, quelques anciennes
amies de pension, aujourd'hui mariées, quelques parents,
et c'était tout. Elle vivait en recluse, s'étiolant dans l'ombre
comme une sensitive, tandis que son mari passait ses nuits
au cercle ou avec des filles. En vain, le père de la pauvre
femme avait-il essayé d'intervenir pour ramener le mari à
de meilleurs sentiments; il y avait eu, c'était du moins ce
que les domestiques rapportaient, une scène terrible ; de
Vandannes s'était oublié jusqu'à menacer son beau-père et
finalement l'avait mis à la porte. C'est alors que la malheureuse était tombée tout à fait malade, et depuis, son
martyre n'avait plus cessé. Son misérable mari voulait sa
mort, c'est incontestable. Encore un an de cette vie-là et
il est hors de doute qu'il sera veuf. Pauvre femme !
ajoutaient les discoureurs en manière de péroraison, pauvre
victime !

On aurait fort scandalisé ces braves gens en leur préconi-
sant les avantages du divorce.

Il y avait sans doute beaucoup d'exagération dans ces
bavardages, néanmoins ils n'étaient pas sans fondement.

De Vandannes n'avait pas connu sa mère. Incorporé dans
un régiment de cavalerie dès sa sortie de Saint-Cyr, à l'âge
de vingt ans, il s'était trouvé, l'année suivante, en possession d'une fortune assez ronde provenant de l'héritage maternel. Il reconnut bientôt que ses revenus étaient maigres
en comparaison de ses appétits. Il attaqua son capital. Le
gâteau entamé, il ne cessa plus d'y mordre. En dix ans, il
en croqua un morceau de près de six cent mille francs. La
vie de garnison a de cruelles exigences.

Quant à Ancelin qui avait été son condisciple au lycée
de Clermont-Ferrand, il avait fait ses études de médecine à
Paris et pris du service dans l'armée. Faute des fonds
nécessaires pour acheter une clientèle, il s'était résigné à
cette extrémité. Il fut envoyé en qualité d'aide-chirurgien à
Chartres dans un régiment de dragons où de Vandannes

venait d'être nommé lieutenant. Pauvre, et n'ayant que sa
solde pour toute ressource, Ancelin eut, du moins, assez de
dignité pour refuser de s'associer aux débauches de son
ancien camarade de lycée. Il ne resta que quelques années
au régiment. Grâce aux relations qu'il avait conservées à
Clermont-Ferrand, sa ville natale, une place de médecin-
consultant attaché à l'établissement thermal de Royat lui fut
offerte. Il accepta et quitta l'uniforme.

Ceci se passait au moment où, le festin s'achevant, de
Vandannes en était aux miettes de son patrimoine. Jusque-
là, il avait dépensé en moyenne chaque année une soixan-
taine de mille francs. Dans ces conditions, la vie militaire
peut avoir des charmes. Mais tout changea quand de Vandannes dut se contenter de ses maigres appointements joints
à la portion congrue que lui servait mensuellement son
père. Il s'ennuya au régiment. Pour se distraire, il fit des
dettes. Il en fit tant et si bien qu'au bout de deux ans, son
père, effrayé, accourut à Chartres, le détermina à donner
sa démission et le ramena à Clermont-Ferrand, décidé à le
radouber par un bon mariage.

Le père de de Vandannes, ancien trésorier général, était
à la tête d'une fortune considérable. Il conçut le projet de
lancer son fils dans les affaires. M. Pasdieu, candidat
légitimiste perpétuel à la députation dans l'arrondissement
d'Issoire et l'un des plus riches propriétaires du département,
cherchait un gendre qu'il pût associer à ses vastes entreprises agricoles. En outre, il était veuf et avait hâte d'établir sa fille. M. de Vandannes père n'eut pas de peine à
démontrer à cet excellent homme que son fils réunissait
toutes les qualités requises pour l'emploi de gendre à plusieurs fins.

— Il est mûr pour le mariage, affirma M. de Vandannes;
il a mené une vie de polichinelle au régiment; je crois qu'il
en a assez.

Ce raisonnement convainquit M. Pasdieu, — en quoi le
bonhomme se montra candide plus que de raison.

Henri de Vandannes était de cette race de viveurs ingénus

qui, en dépit de leurs noces effrénées, n'ont jamais vécu.

Il avait, il est vrai, dépensé plus de six cent mille francs et savait par expérience ce que peut coûter le tirage à cinq. Il·avait passé des nuits sous les tables de restaurant et autour des punchs flambants du cercle des officiers. Il s'était payé des filles, — toutes la même, — des femelles, — non des femmes. Il ignorait le désir, n'ayant jamais connu l'obstacle.

Malgré ses trente-deux ans bien sonnés et la vie de polichinelle qu'il avait menée au régiment, le gentil-homme clermontois était neuf en bien des choses ; il avait des naïvetés et des candeurs d'échappé de province. Sa morgue habituelle cachait moins le mépris qu'inspire l'expérience des hommes que l'étroitesse de ses préjugés et l'orgueil de son ignorance. Ayant toujours vécu à côté de la vie, il n'en connaissait ni les mensonges, ni les dessous. Son défaut d'imagination l'avait condamné de bonne heure aux monotonies d'une existence toujours semblable à elle-même. C'est au régiment surtout que les années se suivent et se ressemblent. Les garnisons, plus ça change, plus c'est la même chose. Dans cette vie de caserne, l'esprit comme le corps ne tarde pas à revêtir l'uniforme. Comment aurait-il pu dans ce milieu spécial, où le grade seul fait la supériorité, juger les hommes selon leur valeur ? Parqué dans une sorte de caste isolée du reste de la société, il n'avait appris que le dédain du pékin et s'était toujours tenu à l'écart du monde, professant, ce qui était pour lui le commencement et la fin de toute sagesse, une souveraine indifférence pour toutes les banalités sentimentales et morales qui ont cours dans les régions bourgeoises. Quant au monde auquel il appartenait par sa naissance et ses relations de famille, il s'y ennuyait, aussi ne l'y voyait-on jamais.

La vie de pilier d'estaminet et de coureur de filles qu'il menait avait peu à peu atrophié en lui le sens moral. Il en arriva à ne plus compter qu'avec ses goûts et ses penchants. Le vice devint pour lui une habitude à laquelle il cédait sans passion. Il était parvenu à l'âge de trente-deux ans, sans se douter qu'il eût un cœur. Il avait mené sa jeunesse

7

tambour battant sans un temps d'arrêt, usant sa chair et son sang à ce métier de forçat du plaisir. Toute volonté semblait s'être éteinte en lui ; on eût dit que son cerveau s'était épuisé dans les fatigues de la paresse. L'absinthe et le jeu, le champagne et les catins avaient usé sa jeunesse et éteint en lui les forces vives de la volonté. Son intelligence elle-même s'était affaissée dans cette continuité de débauche à outrance. Il avait toujours ignoré les heures de doux et de mélancolique recueillement où l'âme se retrempe, et s'était tenu loin des tendresses et des joies de la vie à deux, préférant la prose du libertinage à la poésie des intimités. Il avait vingt ans lorsqu'on lui connut une maîtresse dont il semblait faire autant de cas que de son alezan brûlé. Cela suffit pour le faire taxer de « gobeur ». Il jura qu'on ne l'y reprendrait plus.

Tel était le mari qu'on destinait à mademoiselle Claire Pasdieu.

M. Pasdieu donna un grand dîner en l'honneur de M. de Vandannes et de son fils. Henri fut présenté à mademoiselle Claire et la trouva charmante.

C'était une jolie blonde de vingt ans, avec un teint de rose mousseuse, des yeux d'un bleu de turquoise, un peu étonnés et un sourire délicieusement mutin. Un Greuze... avant la cruche !

Une réception suivit le dîner. Henri de Vandannes fut tout surpris de retrouver Ancelin dans le salon de M. Pasdieu.

Ancelin lui apprit qu'il était le médecin de la famille depuis près d'un an.

— S'il en est ainsi, lui dit Henri, te voilà le médecin de ma femme !

— Comment cela ?

— Sans doute, puisqu'on me marie avec la fille de ton client, M. Pasdieu.

Ancelin pâlit affreusement.

— Tu épouses mademoiselle Claire ? balbutia-t-il.

— Il paraît que oui, répondit de Vandannes sans remarquer son trouble. On arrange l'affaire sans moi. Tu comprends que je ne m'occupe pas de cela.

Puis il se mit à causer d'autre chose.

Ancelin ne l'écoutait pas. Ses yeux suivaient avec anxiété mademoiselle Claire Pasdieu qui traversait en ce moment le salon.

— Que diable as-tu ? fit soudain de Vandannes en s'interrompant. Tu es tout pâle.

— Je ne sais, répondit Ancelin, je souffre...

— Tu es malade ?

— Oui, j'étouffe, j'ai besoin d'air.

Il quitta brusquement de Vandannes, s'excusa auprès de M. Pasdieu et sortit comme un fou. Rentré dans sa chambre il se jeta sur son lit, et la tête plongée dans les oreillers se mit à pleurer comme un enfant.

Le pauvre garçon aimait celle qui allait devenir la femme de son ami. Jusque-là, bien qu'il fût pauvre, il avait pu s'illusionner sur le néant de ses espérances ; bien qu'il n'eût jamais osé s'ouvrir à son riche client des sentiments qu'il éprouvait pour sa fille et qu'il se fût gardé d'en rien laisser paraître à celle-ci, il avait pu jusqu'à présent s'abuser sur l'inévitable issue de son amour. Qui sait ? peut-être tablait-il secrètement sur l'imprévu des circonstances, sur quelque prodige du hasard, sur l'impossible, tant le besoin d'espérer en dépit de toute raison et de toute vraisemblance, est le fond même de la nature humaine.

C'en était fait maintenant. Le charme était rompu. Plus d'espérance, plus de doute possible. La lumière se faisait implacable ; il voyait sa démence, — et il pleurait.

Il partit de Clermont le lendemain sous un prétexte quelconque et se rendit chez un de ses oncles qu'il n'avait pas vu depuis longtemps. Il trouva un bonhomme impotent que la présence de son neveu ragaillardit pendant les premiers jours. Malheureusement le vieillard tomba tout à fait malade. Six mois après, il mourut, en léguant à Ancelin toute sa fortune, trois cent mille francs environ.

Ancelin revint à Clermont-Ferrand. Henri de Vandannes,

marié depuis quinze jours à peine, voyageait en Italie avec sa femme.

Ancelin avait alors un peu plus de trente ans. Jusquelà, il avait travaillé et lutté avec l'âpre énergie de l'homme qui veut faire son trou dans la foule : il poursuivait son but, patiemment, obstinément, guidé dans sa route par l'étoile magique de l'amour. Mais aujourd'hui le ressort de sa vie était pour ainsi dire brisé. Celle qu'il aimait appartenait à un autre et, à l'âge qu'il avait, les blessures du cœur ne se ferment plus. Que lui importaient désormais ses ambitions d'autrefois? L'obscurité l'attirait maintenant. Il renonça à la pratique de la médecine et se retira dans une petite maison aux environs de la ville. C'est là que de Vandannes vint le retrouver quelque temps après son retour d'Italie.

Il lui apprit la mort presque subite de son père. Cette mort l'enrichissait de plus de cent cinquante mille francs de rente.

— Que vas-tu faire? demanda Ancelin.

— Ce que je vais faire? répliqua de Vandannes, mais rien du tout. Mon beau-père cherche à m'empêtrer dans ses entreprises agricoles, mais la perspective de me transformer en soldat-laboureur ne me sourit que médiocrement. Je ne me sens aucun goût pour la culture; quant aux affaires, elles m'ennuient.

— Soit! dit Ancelin, alors tu vas te consacrer entièrement à ta femme ?

— Peuh! heu! fit Vandannes, me prends-tu pour un bourgeois, par hasard? Elle est charmante, cette petite Pasdieu, mais elle a un défaut, la chère enfant, elle manque de diversité. C'est diantrement monotone, le mariage : toujours la même idylle, toujours le même duo. Voilà trois mois que ça dure et...

— Comment! tu regretterais déjà ?...

— Je ne dis pas cela, car elle n'est pas gênante, ma femme, mais c'est égal, je me surprends parfois à jeter un regard d'envie sur les célibataires... Ah! tu es un heureux coquin, toi... Vois-tu, mon cher, si j'ai un conseil à te donner, ne te marie jamais.

— Ah! la malheureuse! pensa Ancelin.

— Le mois prochain, reprit de Vandannes, je repars en voyage.

— Tu emmènes ta femme?

— Sans doute. Elle a une envie folle de visiter la Suisse et moi aussi, car je ne connais pas la Suisse, ce qui est absolument ridicule. De là nous pousserons jusqu'en Autriche. Nous nous arrêterons à Vienne. Tu viendras nous voir avant notre départ, n'est-ce pas?

— Certes, dit Ancelin en contenant son émotion.

Il tint parole. Il vit madame de Vandannes. Ce n'était plus la jeune fille insouciante et gaie qu'il avait connue un an auparavant. C'était une femme mélancolique et presque maladive, qui ne souriait plus que d'un air contraint comme si sa bouche avait désappris la joie. Son visage pâli exprimait déjà les désillusions, et ses yeux dans lesquels semblait s'être éteint l'éclair de ses vingt ans, trahissaient les larmes secrètes de l'épouse. Quelques mois de mariage avaient suffi pour opérer ce changement. Ancelin ne s'était pas trompé dans ses prévisions.

Il s'en retourna plus troublé qu'il n'était venu. Ce qu'il avait vu lui faisait mal. Sa nature loyale se révoltait contre la cruauté de la loi qui livre les grâces et les innocences d'une jeune fille aux caprices d'un butor. Il eut un mouvement de haine contre de Vandannes qui ne lui avait pris celle qui aimait que pour la flétrir.

De Vandannes et sa femme revinrent au commencement de l'hiver, celle-ci plus pâle encore qu'elle ne l'était avant son départ. Une sorte de langueur paraissait avoir envahi tout son être.

Ancelin en fit l'observation à de Vandannes.

— Que veux-tu? répondit-il froidement, ma femme est d'une santé chancelante.

L'hiver se passa. De Vandannes avait ouvert son salon et Ancelin s'y était montré plusieurs fois.

Au printemps, Claire de Vandannes dut s'aliter. Ancelin fut appelé pour la soigner. Elle se remit promptement, mais éprouva une rechute l'hiver suivant. Son rétablissement fut plus long cette fois.

Lorsqu'il la vit hors de danger, Ancelin prit de Vandannes à part.

— Ta femme n'est guérie qu'en apparence, lui dit-il, elle retombera, c'est inévitable si tu n'y prends garde.

— Si je n'y prends garde?

— Oui, car sa guérison définitive dépend de toi. Ta femme s'ennuie.

— Qu'y puis-je? je lui ai proposé de passer l'hiver à Paris, elle s'y est obstinément refusée.

— Cela tient probablement à ce qu'elle redoute plus le séjour de la capitale que celui de Clermont-Ferrand, bien qu'ici...

— Que veux-tu dire?

— Tu le sais bien. Tu passes tes nuits au cercle ; tu as des maîtresses...

— Eh bien ! quand cela serait?

— Ta femme l'ignore, je n'en doute pas, mais tu la délaisses, ajouta-t-il avec effort et pour qui?... pour d'indignes créatures. Ta liaison avec la femme d'Herbelot...

— Ah! tu sais cela, fit de Vandannes en riant. Que veux-tu ? elle m'amusait, cette grosse femme... Mais c'est fini, n'en parlons plus.

- Soit, en t'avertissant, j'ai rempli mon devoir de médecin et d'ami. Quoi qu'il arrive, je suis en règle avec ma conscience.

A quelque temps de là, Ancelin apprit que de Vandannes, après avoir vendu les terres qu'il possédait en Auvergne, était parti avec sa femme pour Arcachon.

Deux mois se passèrent. De Vandannes revint à Clermont au mois de septembre. Peu de temps après son retour, Ancelin reçut la visite de M. Pasdieu.

— Vous devez être étonné de me voir, lui dit le vieillard. Peut-être le serez-vous plus encore quand vous saurez ce qui m'amène.

Ancelin le fit asseoir.

— Bien des choses se sont passées depuis que nous ne nous sommes vus, poursuivit M. Pasdieu un peu embarrassé. J'ai marié ma fille, vous n'ignorez pas dans quelles circonstances... J'ai cru bien faire en lui donnant pour époux M. de Vandannes, je me suis trompé. C'est un malheur dont je ne suis pas seul, hélas ! à porter la peine ; mais ce qui est fait est fait, et rien ne sert aujourd'hui de récriminer.

Ancelin fit un mouvement.

— Laissez-moi achever, je vous prie, mon cher docteur, continua M. Pasdieu. La démarche que je fais auprès de vous est d'une nature bien délicate, je le sais, mais vous en apprécierez le mobile et vous comprendrez, j'en suis sûr, qu'elle trouve son excuse dans les angoisses d'un père... Ma fille est malheureuse ; un chagrin profond, qu'elle me cache, mais que je ne devine que trop, la mine et la tue lentement... Or, je ne veux pas qu'elle meure, je veux la sauver, je le veux à tout prix. Je n'ai plus qu'elle au monde. Vous êtes l'ami de mon gendre ; vous étiez le médecin de ma fille avant son mariage et vous avez continué de lui donner vos soins depuis qu'elle s'appelle la comtesse de Vandannes. Il n'est pas nécessaire de vous pratiquer longtemps pour juger de la solidité de votre affection et de la loyauté de votre cœur. J'ai bien vite reconnu en vous un de ces hommes rares dont l'attachement ne saurait être suspect, et qui sont nés pour le sacrifice.

Ancelin fit un geste comme pour l'interrompre.

M. Pasdieu poursuivit :

— Vous êtes un de ces hommes qu'on est trop heureux de compter parmi ses amis et qu'on serait fier d'avoir dans sa famille...

— Que voulez-vous dire, monsieur ? demanda vivement Ancelin.

— Tenez, docteur, reprit M. Pasdieu, je veux être franc avec vous. Aussi bien, croirais-je démériter de vous et de moi, si à ce moment où je viens faire un suprême appel à votre amitié, je ne vous ouvrais entièrement mon cœur. Vous aimiez mademoiselle Claire Pasdieu...

— Moi !...

— Ne vous en défendez pas... Je l'avais deviné avant que M. de Vandannes ne m'eût demandé pour son fils la main de ma fille. A vrai dire, cette découverte ne m'avait causé ni surprise, ni crainte. Je trouvais très naturel que ma fille fût aimée, et j'avais d'ailleurs trop de foi dans la droiture de votre caractère que j'avais pu apprécier, et dans votre probité pour que vos assiduités pussent m'inspirer la moindre appréhension. Que vous aurais-je répondu si vous m'aviez demandé la main de Claire ? Je ne sais. Peut-être aurais-je fait quelques objections, mais je vous l'affirme, ma réponse définitive eût été subordonnée à celle de ma fille et, si elle vous avait agréé, j'aurais aujourd'hui le bonheur de vous appeler mon fils.

— Quoi ! monsieur... s'écria Ancelin.

Il s'arrêta, cherchant à dissimuler son trouble.

— Vous voyez bien que vous l'aimiez, dit M. Pasdieu, après un silence. Vous avez quitté Clermont, et ma fille s'est mariée sans avoir jamais rien su de votre amour pour elle. Des mois se sont passés et vous êtes revenu. Le temps, ce grand médecin, avait calmé votre douleur ; les plaies de votre cœur méconnu s'étaient fermées. Vous étiez assez fort pour vous retrouver en face de madame de Vandannes, vous l'avez revue, et maintenant vous n'éprouvez plus pour elle que cette affection tendre et respectueuse qu'on accorde à la femme d'un ami devenue votre amie. D'ailleurs, ne seriez-vous pas tout à fait guéri, que je n'en concevrais encore aucune inquiétude. Vous êtes de ceux et ma fille est de celles qui portent trop haut le sentiment du devoir pour ne pas être au-dessus des injures du soupçon. Aussi vous l'avouerai-je, j'appris avec joie que M. de Vandannes vous avait ouvert sa maison : je savais que ma fille aurait désormais un ami auprès d'elle.

— Vous ne vous êtes pas trompé, monsieur, dit simplement Ancelin.

— Je le sais, répondit M. Pasdieu. Eh bien, c'est cet ami que je viens trouver aujourd'hui, c'est à lui que je fais appel. Ma fille souffre, ma fille se meurt de l'abandon de son mari ; je viens vous demander de m'aider à la sauver.

— Et que faut-il faire pour cela ?

— Je vous demande de m'aider — hélas! j'oublie que je ne puis rien pour elle. M. de Vandannes, vous le savez, m'a interdit sa porte... C'est alors que j'ai songé à une séparation, mais j'ai renoncé bien vite à ce moyen, — ce serait achever de tuer ma fille... Hier, elle est venue me voir... Que vous dirai-je ? monsieur, elle avait pleuré. Je m'en aperçus vite à sa pâleur, à ses yeux rougis... Que s'était-il passé ? Je l'ignore, elle n'a rien voulu me dire. Comprenez-vous maintenant mes angoisses ? Je vois ma fille dépérir chaque jour, je la vois s'étioler et s'éteindre et je ne puis rien pour elle.....

— Vous vous exagérez...

— Ne me dites pas cela. Vous êtes médecin et par conséquent, vous savez bien que je n'exagère rien... Je veux croire cependant que M. de Vandannes n'a pas conscience de l'état où se trouve sa femme. S'il le connaissait, il serait le dernier des misérables et des lâches. Je veux donc croire qu'il l'ignore, mais il est impossible que cette ignorance dure plus longtemps. Il appartient à quelqu'un de lui ouvrir les yeux sur les effets et les causes du mal dont souffre ma fille, de lui dire la vérité, en un mot. Ce quelqu'un, c'est vous.

— Moi ?

— Oui, vous, son ancien et unique ami, son médecin et celui de sa femme.

— Vous avez raison, monsieur, dit Ancelin avec effort, vous pouvez compter sur moi.

— J'en étais bien sûr, dit M. Pasdieu, en lui serrant vivement la main....

M. Pasdieu quitta Ancelin quelques instants après. Quand il fut sorti, Ancelin se laissa tomber sur une chaise et, s'accoudant à sa table, s'abandonna aux pensées tumultueuses qui se pressaient dans son cerveau. De quelle mission était-il chargé? De ramener, si possible, à la femme qu'il aimait, le mari jalousé et secrètement haï, de plaider contre son propre amour, de resserrer les liens d'une union qu'il maudissait, de s'immoler au bonheur de celle qui appartenait à un autre. Le sacrifice n'était-il pas au-dessus de ses forces? Pourrait-il puiser dans son cœur assez d'abnégation pour faire ce qu'on lui demandait?

Il se rappela qu'il avait promis; que de Vandannes était son ami, que Claire aimait son mari, que lui, Ancelin n'était pas aimé, qu'il n'avait pas le droit, par conséquent, de se révolter. Et puis qu'est-ce qu'un amour incapable de dévouement et de sacrifice? Jusque-là, il avait mis une sorte de fierté farouche à enfouir sa passion au dedans de lui-même, à n'en rien laisser paraître, à souffrir silencieux et résigné. Il avait fait de la fable du sonnet d'Arvers une réalité poignante. Il s'était réfugié dans la solitude et condamné pour la vie aux intrigues banales, aux coucheries sans lendemain. Il avait renoncé à l'espérance. Pourquoi donc hésiterait-il? Pourquoi, puisqu'il s'était montré jusque-là héroïque, manquerait-il tout à coup de courage?

Il alla trouver de Vandannes le jour même. C'était la veille des débuts de la troupe d'Herbelot. Il lui parla et crut l'avoir convaincu. Malgré ses allures soldatesques, de Vandannes était faible, et comme tous les êtres faibles, il commettait d'inconscientes cruautés. Il promit tout ce qu'Ancelin exigea de lui. Mais dès le lendemain, Maxime vit bien que de Vandannes l'avait trompé en se trompant lui-même. Henri n'aimait pas sa femme et, quoi qu'on fît, elle ne pourrait jamais être heureuse avec lui.

De Vandannes s'était laissé prendre aux filets de la Florval. Ancelin ne désespéra pas cependant de le désabuser sur le compte de cette aventurière qui le fascinait et qui peut-être l'avait uniquement séduit par l'imprévu de ses résistances calculées. Lutter contre cette passion de de Vandannes, il n'y fallait pas songer pour l'instant, d'autant plus que c'était la première fois qu'il se trouvait dominé par une femme. Ancelin se promit d'attendre l'heure favorable pour faire éclater la vérité aux yeux de son ami. Cette heure lui parut avoir sonné le lendemain de l'étrange soirée à laquelle il avait assisté chez la comédienne. Il résolut d'aller chez de Vandannes.

De Vandannes habitait aux environs de la ville une propriété de sa femme, connue dans le pays sous le nom de Villa des Tilleuls.

Cette résidence était une sorte de chalet perdu dans un massif d'arbres au sommet d'un plateau adossé à l'un des contreforts du Puy-de-Dôme. De la grille, en se plaçant dans l'axe de l'allée centrale, on apercevait à l'extrémité du jardin l'habitation enveloppée d'un manteau de verdure et coquettement assise sur un socle de pierre de Volvic, dont la teinte bleuâtre faisait ressortir sous les lierres grimpants le vermillon de ses murs en briques filetées de stuc. Cet îlot de tilleuls émergeant d'une colline dénudée, cette sombre oasis, poussée là comme par hasard en plein désert, empruntait au décor environnant une espèce de poésie âpre et sauvage.

D'un côté, l'énorme pan de roc brunâtre qui surplombait la villa et servait de soubassement aux blocs de granit s'étageait en gradins jusqu'aux flancs du Puy-de-Dôme; de l'autre et comme un immense tapis vert étendu au pied de la rampe qui dominait le plateau, la plaine de la Limagne se perdant au loin dans les bleus confus de l'horizon. A l'aspect de ces monts géants dont les crêtes se découpaient dans l'azur ou se perdaient dans les nuages, au milieu de ce paysage aérien, on éprouvait une impression d'isolement analogue à celle qu'on ressent en pleine mer.

On était en octobre. Les tons chauds de l'été avaient disparu pour faire place aux tonalités brumeuses de l'automne. L'air plus dense se fondait en grisaille dans les lointains; les frondaisons mordorées s'étiolaient dans des teintes jaunies, la cime des arbres apparaissait dénudée. Un soleil pâle éclairait toutes choses d'une lumière plate et maladive. Une bise aigre soufflait, par moments, annonçant les froidures prochaines. C'était la saison rêveuse et triste où la nature engourdie subit déjà les premières torpeurs de l'hiver.

Il était deux heures de l'après-midi. Selon sa coutume quotidienne, madame de Vandannes venait de sortir dans son landau, accompagnée seulement de sa femme de chambre.

Henri de Vandannes avait, de son côté, donné l'ordre qu'on sellât sa jument, quand soudain une voiture s'arrêta devant la grille.

Une femme en descendit et, franchissant la porte restée ouverte, s'engagea dans l'allée de tilleuls qui conduisait à la villa. Un domestique courut, en toute hâte, prévenir son maître qui s'apprêtait à descendre les degrés du perron.

Le comte eut un geste de colère en reconnaissant la visiteuse qui n'était autre que madame Herbelot.

Il la fit entrer dans un petit salon du rez-de-chaussée et fermant brusquement la porte :

— Comment, vous ici ! s'écria-t-il.

— Rassurez-vous, cher monsieur, dit avec empressement madame Herbelot, le but de ma visite n'a rien d'indiscret.

— Je n'en doute pas, fit de Vandannes, avec une sorte d'impatience. Voyons, Hortense, pourquoi êtes-vous venue ici ? Que voulez-vous ?

— Savez-vous, mon cher comte, que vous n'êtes guère aimable ? dit madame Herbelot. Mais je suis bonne personne, et je n'aurai garde de me fâcher. Du reste, je ne suis pas venue expressément pour vous voir... et si j'avais eu le plaisir de rencontrer madame la comtesse...

— Comment, vous auriez osé ?...

— M'adresser à elle ? pourquoi pas ? L'objet de ma démarche m'y eût autorisée.

De Vandannes allait et venait dans le salon.

— Voyons, reprit-il, au fait ! Qu'y a-t-il ?

— Une chose très simple. Nous donnons samedi, vous le savez, une représentation au bénéfice des incendiés de Chamaillières, et je viens, en qualité de dame patronnesse

vous demander, mon cher comte, votre obole pour ces malheureux. Voici un coupon de loge, ajouta-t-elle avec un
sourire. Vous en fixerez vous-même le prix.

De Vandannes tira un billet de cent francs de sa poche.

— Veuillez accepter ceci, dit-il, et garder votre coupon.
Je n'irai pas au théâtre samedi.

— Vous m'étonnez. Une représentation des plus at-
trayantes. Madame Florval est sur le programme.

— Peu m'importe !

— Peu vous importe ? Je croyais, au contraire...

— Que croyiez-vous ?

— Que vous vous intéressiez d'une façon toute particulière à madame Florval... Je répète ce que j'ai entendu dire,
ajouta madame Herbelot d'un air très pincé.

— Qui dit cela ? demanda vivement de Vandannes. C'est
absurde.

— On sait pourtant qu'il n'est pas de jour que vous ne
lui rendiez visite, et pas plus tard qu'hier soir, vous étiez
chez elle.

— Qu'est-ce que cela prouve ? Et puis, voyons, Hortense,
qu'est-ce que cela vous fait ?

— Ce que cela me fait ? fit madame Herbelot avec un
éclair dans les yeux. De votre part, la question est au
moins étrange.

— Sapristi ! s'écria de Vandannes en se croisant les bras,
j'espère bien que vous n'êtes pas venue ici pour me faire
une scène.

— Non sans doute, répondit-elle. Je suis trop bien élevée
pour cela d'abord. Seulement, je ne suis pas fâchée d'avoir
appris ce que je voulais savoir.

— Quoi donc ? Qu'avez-vous appris ?

— Que vous êtes l'amant de la Florval ! fit-elle en se levant d'un air tragique.

— Allons, vous rêvez, fit-il avec un haussement d'é-
paules.

— Je vous entends, vous pensez que cela ne me regarde
pas et qu'après tout je n'ai pas le droit de vous interroger..,

C'est vrai, continua-t-elle avec un soupir, je n'ai pas ce
droit... mais j'ai, au moins, celui d'exiger des égards et
vous avouerez, Henri.... monsieur le comte, se reprit-elle,
avec affectation, que votre conduite...

— Que voulez-vous dire?

— Je veux dire, poursuivit madame Herbelot d'une voix
aigre, que madame Florval est ma pensionnaire et, par conséquent, ma subordonnée et, qu'à ce titre, je ne tolérerai
pas, vous entendez bien, que vous m'imposiez chez moi,
dans mon théâtre, votre maîtresse.

— Dieu me pardonne! s'écria de Vandannes, c'est une
menace!... Est-ce que vous seriez jalouse par hasard?

— Pour qui me prenez-vous, monsieur? fit madame Herbelot, avec un mouvement superbe. Non, monsieur, je ne
suis pas jalouse... j'aurais fort à faire, du reste, avouez-le,
si j'avais ce travers, mais on a de l'amour-propre et je ne
souffrirai jamais que chez moi, dans mon théâtre...

— Vous l'avez déjà dit.

— Alors, vous savez mon sentiment là-dessus. Je n'insiste
pas.

Elle se dirigea vers la porte du salon.

— Au revoir, monsieur le comte, dit-elle, avec un air de
majesté souveraine.

— Au revoir, belle Hortense! dit de Vandannes, en s'inclinant profondément.

Il l'accompagna jusqu'à la grille.

Elle remonta en voiture, et tandis que de Vandannes la
saluait, elle eut un sourire angélique, tout en murmurant
entre ses dents : « Sois tranquille, mon petit, tu me paieras
ça. »

— Ouf! se dit de Vandannes, en remontant l'allée des
Tilleuls, m'en voilà débarrassé. Que le diable l'emporte!

Il alla jeter un coup d'œil dans ses écuries, fit sortir sa
jument et monta en selle.

Sur la route, il rencontra Ancelin.

— Tu viens prendre des nouvelles de ma femme? lui dit-
il. Si tu veux l'attendre, elle ne saurait tarder à rentrer.

Excuse-moi, je suis obligé d'aller jusqu'à Clermont, mais je te verrai à mon retour. Tu nous restes à dîner, n'est-ce pas?

— Volontiers, reprit Ancelin.

Il entra aux Tilleuls et s'assit sur un banc du jardin.

Il n'attendit pas longtemps. Dix minutes s'étaient à peine écoulées, qu'il vit le landau de madame de Vandannes franchir la grille et s'arrêter devant le perron.

Il s'approcha.

— C'est vous, docteur? dit madame de Vandannes, en lui tendant la main. Que c'est aimable à vous d'être venu!

— Si ce n'était un plaisir pour l'ami, répondit Ancelin, ne serait-ce pas un devoir pour le médecin?

— Je vous remercie de votre sollicitude, reprit madame de Vandannes. Vous savez que pour moi vos visites sont toujours agréables, quand elles ne sont pas nécessaires, ajouta-t-elle avec un sourire un peu triste.

La femme de chambre l'avait débarrassée de son chapeau et de son manteau.

— Entrons au salon, reprit-elle. Il commence à faire froid... Françoise, vous nous ferez du feu.

Ancelin la suivit au salon, tandis que la domestique allumait les bûchettes du foyer.

— Qu'est-ce que cela? dit madame de Vandannes en apercevant au pied du canapé une sorte de chiffon de dentelles.

Françoise se baissa.

— C'est un mouchoir brodé; fit-elle. Mais pour sûr, il n'est pas à madame. Il est marqué de deux H entrelacées.

— C'est bien, dit fiévreusement madame de Vandannes, emportez cela.

Ancelin s'était assis près de la cheminée en face de la comtesse.

— Comment vous trouvez-vous aujourd'hui? demanda-t-il.

— Hélas! répondit-elle, toujours de même. Il semble cependant que mon mal ait pris depuis quelques jours un caractère particulier... Par moment, j'éprouve je ne sais quelle irritation nerveuse qui ferait croire que j'ai retrouvé toutes

mes forces si je ne retombais ensuite plus faible et plus
abattue qu'auparavant. Ces révoltes physiques, ces accès de
réaction contre mes langueurs habituelles sont, hélas! de
courte durée,

— C'est la conséquence de votre état moral, répondit Ancelin. Il vous faut le calme, une quiétude d'esprit absolue...
Malheureusement, je ne puis rien, si vous ne m'aidez un
peu.

— Que faut-il faire pour cela?

— Vivre moins avec vous-même. Vous avez, permettez-
moi ce langage, quelque chagrin secret que vous vous
efforcez de taire et qui vous consume lentement. C'est de là
que vient votre mal... Pourquoi vous obstiner dans une
douleur muette et silencieuse? N'avez-vous pas auprès de
vous un confident naturel, votre mari?...

— Mon mari?

— Sans doute. La science ne peut opposer des remèdes
efficaces qu'aux maux physiques, elle est impuissante en
présence des maladies de l'âme. Encore une fois, l'origine de
vos souffrances est toute morale. Ne cherchez point à le nier.
Le rôle du médecin ne se borne pas à observer les symp-
tômes extérieurs; ne me cachez donc pas ce que j'ai deviné
depuis longtemps.

— Je vous écoute, docteur, qu'avez-vous deviné?

— Vous me forcez à le dire, soit! Vous croyez que votre
mari ne vous aime pas.

— Comment, vous avez deviné cela? Je vous laisse parler,
docteur, mais avouez que votre perspicacité, si tant est
qu'elle ne soit pas en défaut, est un peu curieuse.

— Dernièrement, répondit Ancelin, Monsieur votre père
a bien voulu m'assurer qu'il me considérait comme un ami
de sa famille. Je croirais me rendre indigne de l'honneur
qu'il m'a fait, si je ne vous parlais en ce moment avec tout
le respect, mais aussi avec toute la franchise que je vous
dois. Je m'inspire uniquement, je vous le jure, du sentiment
de votre intérêt. Me permettez-vous de continuer?

— Je vous en prie, dit affectueusement madame de Vandannes.

— Vous croyez, dis-je, que votre mari ne vous aime pas.
Cette croyance repose peut-être sur un malentendu.

— Un malentendu, répéta madame de Vandannes comme
si elle se parlait à elle-même.

— Je connais de Vandannes. Il est incapable d'une lâcheté et il serait un lâche si, vous sachant malheureuse par
sa faute, il hésitait à vous donner des preuves de l'affection
qu'il vous doit.

— Que me conseillez-vous donc ?

— Ce que je vous conseille ? dit Ancelin avec effort. Si vous
avez un grief quelconque, un grief que je n'ai pas à connaître, mais que je pressens et qu'il ignore sans doute, ou-
vrez-vous en nettement à lui. Une explication est devenue
nécessaire entre vous : elle pourra dissiper vos angoisses et
vous rendre le repos dont vous avez besoin.

— Telle est la décision de la Faculté, dit madame de Vandannes, en s'efforçant de sourire. Il faut bien s'y soumettre.
Je suivrai votre conseil puisque vous l'ordonnez, cher docteur.

Elle prononça ces derniers mots avec un accent d'incré-
dulité qui ne put échapper à Ancelin.

La cause de son mal était-elle donc plus grave qu'il ne
l'imaginait lui-même ? La blessure de ce cœur était-elle donc
plus profonde qu'il ne le soupçonnait ? Il la regardait, cherchant à scruter sa pensée, à pénétrer le secret qu'elle semblait vouloir lui dérober. Tout en l'observant, il se rappe-
lait la jeune fille qu'il avait connue deux ans auparavant.
Elle était toujours belle, plus belle encore peut-être des grâces
maladives qui jetaient comme un voile d'indicible mélancolie
sur les lignes si pures et si chastes de son visage. Il semblait
que son regard n'eût perdu aucune des ignorances et des
candeurs de la vierge, et cependant la pâleur et la morbi-
desse de ses traits amaigris trahissaient les irrémédiables
désillusions de la femme délaissée. Aimait-elle réellement
son mari ? Qui sait ? Elle l'ignorait peut-être elle-même, mais

elle n'était pas aimée et, comme ces arbustes frileux qui meurent faute de soleil, elle s'éteignait, faute d'amour, sous le climat glacé de l'hymen.

De Vandannes ne tarda pas à rentrer. Peu après, on se mit à table. Le dîner fut quelque peu solennel. De Vandannes paraissait préoccupé; par moment ses sourcils se tendaient, ses yeux plongeaient dans le vide avec une étrange fixité.

Ancelin chercha à occuper l'attention de la comtesse. Celle-ci s'efforçait de lui répondre, mais on eût dit que la présence de Vandannes les gênait tous les deux.

Après le dîner, madame de Vandannes prétexta un peu de fatigue et se retira dans sa chambre.

La nuit était venue : les deux amis descendirent au jardin pour fumer leur cigare.

— Je suis heureux de me trouver seul avec toi, fit Ancelin. Et tout d'abord j'ai à te dire que ta femme ne peut rester plus longtemps dans cette solitude. L'ennui finira par la tuer, si tu n'y prends garde. Ce paysage morose n'est pas ce qui lui convient; d'ailleurs, la saison s'avance et l'air vif qu'on respire ici lui est pernicieux.

— Soit ! dit de Vandannes, dès demain nous rentrerons à Clermont.

— Ta femme a besoin de distractions, et la vie qu'elle mène...

— Je suis absolument de ton avis, interrompit de Vandannes, mais crois-tu donc que je m'amuse, moi? Je lui ai proposé de quitter l'Auvergne, et de nous fixer à Paris. Elle s'y refuse obstinément. Elle ne veut pas s'éloigner de son père, dit-elle. Elle s'ennuie! Eh! parbleu! je le sais bien, je le vois bien. On me répète sans cesse la même chose... Que veux-tu que j'y fasse?

— Alors, c'est décidé, tu n'aimes pas, tu n'aimeras jamais ta femme ?

— J'ai essayé, je n'ai pas pu... Je le vois trop tard, hélas! je ne suis pas fait pour le mariage. Apparemment, je suis trop jeune ou trop vieux, je ne sais pas au juste...

— Tu es égoïste, voilà la vérité, dit Ancelin.

— Egoïste! s'écria de Vandannes. Parbleu! j'attendais le
mot. Ma femme n'est pas heureuse, dis-tu. Eh bien! veux-
tu savoir ce que je souffre, moi? Mais à quoi bon? tu ne
comprendrais pas.

— Je comprends très bien, au contraire. Je comprends que
la vie fausse et factice que tu as vécue jusqu'ici ne t'ait guère
prédisposé aux affections pures et sincères, aux joies banales
et terre à terre du mariage. Je comprends de quelles illusions tu te paies quand tu crois connaître les femmes, alors
que tu as seulement l'expérience des filles. Et cette expérience ne te sauve même pas, puisque tu délaisses ta femme
pour je ne sais quelle rusée coquine...

— Brisons là. Tu vas encore me parler de la Florval...

— Sans doute. Je parie que tu l'as revue aujourd'hui?

— Peu t'importe!

— Donne-moi au moins des nouvelles du mari.

— Brisons là, te dis-je. Je ne reverrai pas cette femme.

— Bien vrai?

— J'y suis décidé. J'étais aveugle, j'étais fou, tout ce que
tu voudras, mais le mari m'a guéri.

— Se peut-il?... Ah! le brave homme! grâce à lui tes
yeux se dessillent... il était temps. Alors tu ne la reverras
pas?

— Eh! non, te dis-je.

— A la bonne heure. Puisses-tu ne pas revenir sur cette
résolution!...

Ancelin pensa qu'il ne convenait pas d'insister pour l'instant, de peur de compromettre le bénéfice de ce premier
succès. Il prit congé de madame de Vandannes et, après
avoir serré la main de son ami, quitta la villa des Tilleuls.

VIII

Il était onze heures du matin. M. Pasdieu travaillait dans son cabinet. En robe de chambre, le chef couvert d'un bonnet grec et les pieds dans de vastes pantoufles fourrées, l'excellent homme, installé devant son bureau couvert de paperasses, passait en revue, ses lunettes sur le nez, de longues colonnes de chiffres qui zébraient les pages d'un in-folio placé devant lui. Il était plongé dans ses comptes de quinzaine. Ce travail de recension absorbait ses facultés intellectuelles à ce point qu'on eût dit, à le voir, un obstiné paléographe courbé sur des onciales. Tout à coup la porte de son cabinet s'ouvrit.

M. Pasdieu dressa brusquement la tête et poussa un cri de surprise, en apercevant sa fille qui entrait.

— C'est moi, mon père, dit-elle en se laissant tomber sur une chaise.

Elle était très pâle.

D'un geste rapide, elle jeta son manteau sur un meuble.

M. Pasdieu courut à elle et lui prit les mains.

— Qu'est-ce qu'il y a? dit-il d'une voix étranglée, voyons, qu'est-ce qu'il y a encore?

Pour toute réponse, elle lui tendit une lettre qu'elle venait de tirer de sa poche.

M. Pasdieu l'ouvrit et lut ces mots :

« Madame, votre mari vous trompe. Peut-être ne serez-vous pas fâchée de n'être plus seule à ignorer ce que tout le monde sait, c'est-à-dire que vous avez pour rivale une actrice du théâtre de Clermont, la Florval. »

Il n'y avait pas de signature.

— Une lettre anonyme, dit M. Pasdieu, avec un geste de mépris. Est-ce qu'on s'arrête à ces choses-là?

Il la froissa et fit mine de la jeter dans la cheminée.

Madame de Vandannes l'arrêta.

— Gardez cette lettre, mon père. Bien qu'elle ne porte aucune signature, je sais qui l'a écrite.

— Et qui donc?

— Une des maîtresses de M. de Vandannes.

— Que me dis-tu là?

— Lisez cette seconde lettre, dit-elle en lui présentant un papier bleu plié en quatre.

M. Pasdieu lut tout haut :

« Mon cher Henri,

» Pourquoi ne vous ai-je pas vu hier soir? Vous saviez cependant qu'Herbelot se trouvait à Thiers avec une partie de la troupe et qu'il ne rentrerait que fort tard dans la nuit. M'auriez-vous déjà oubliée? Henri, prenez garde, on ne se joue pas impunément du cœur d'une femme. Nous allons monter une pièce intitulée: *On ne badine pas avec l'amour.* Je vous engage à venir voir ça. Seulement, je vous préviens que je ne suis pas une petite fille. Je suis furieuse, tout à fait furieuse, — mais est-ce ma faute, si je vous aime?

                                                    » HORTENSE.

» P.-S. Votre bracelet est vraiment exquis. Il est du meilleur goût. Quand vous verrai-je? J'ai hâte de vous remercier et de vous pardonner, ingrat. »

M. Pasdieu demeura atterré.

— Depuis quand as-tu cette lettre? demanda-t-il.

— Depuis l'an dernier, répondit madame de Vandannes dont le visage s'était douloureusement contracté.

— Et comment se trouve-t-elle entre tes mains?

— M. de Vandannes l'avait sans doute laissée tomber de sa poche; ma femme de chambre l'a aperçue sur le parquet et me l'a remise.

— As-tu parlé de cette lettre à ton mari?

— Non, mon père.

— Ainsi donc, ma pauvre enfant, tu savais depuis un an, qu'il te trompait et tu n'en disais rien.

— Veuillez comparer l'écriture de ces deux lettres, continua madame de Vandannes.

M. Pasdieu confronta les deux papiers.

— En effet, dit-il, l'écriture est la même. Tout s'explique maintenant. C'est une vengeance de femme...

— Ce n'est pas tout, mon père. Cette femme ne se contente pas d'écrire des lettres... C'est jusque chez moi qu'elle vient relancer... son amant.

— Ce n'est pas possible !

— Avant-hier, elle est venue et M. de Vandannes l'a reçue. Un mouchoir brodé marqué à ses initiales a été ramassé par Françoise dans le salon. Il paraît qu'il est dans la destinée de cette femme de laisser partout des traces de son passage.

M. Pasdieu marchait à grands pas dans son cabinet, en proie à une violente agitation.

— Ah! le gueux ! s'écria-t-il, en donnant un énorme coup de poing sur sa table, le scélérat, le bandit !

— Tant que je n'ai eu à souffrir que des dédains de M. de Vandannes, je me suis tue, reprit-elle, mais aujourd'hui, c'en est trop. Ses maîtresses osent se présenter chez moi et ma porte leur est ouverte et il les reçoit. Qui sait si demain il ne m'exposera pas à d'autres affronts, à d'autres injures? Ah! mon père, ajouta-t-elle avec un sanglot, quelle honte !

— Quelle infamie! enchérit M. Pasdieu. J'espère bien que tu ne l'aimes pas, cet homme, que tu ne peux plus l'aimer, que tu le hais ?

— Je le méprise, fit madame de Vandannes d'une voix sourde.

— Et tu as bien raison... Ah! le coquin !... Et quand je

pense, ajouta-t-il, en s'arrachant les cheveux, que je pouvais te marier au docteur Ancelin, un honnête homme celui-là, et qui t'aimait !...

— Que dites-vous, mon père ?

— Et que je n'en ai rien fait... J'ai préféré te donner à ce gredin, parce qu'il avait un nom, parce qu'il était riche, parce qu'il était de notre parti... Ah ! triple imbécile que je suis !

— Mon père, je vous en prie, ne vous accusez pas. Ce n'est pas vous qui êtes le coupable.

— C'est moi qui ai les premiers torts... Ma pauvre enfant, dit-il en se mettant à ses genoux, laisse-moi te demander pardon du mal que je t'ai fait... Ah ! si ta pauvre mère était de ce monde, tout cela ne serait pas arrivé...

— Relevez-vous, mon père ; encore une fois, vous n'êtes pas coupable... Ne m'avez-vous pas consultée ? N'ai-je pas consenti librement à ce mariage ? Je devrais donc m'accuser moi-même...

— T'accuser, toi !... Toi, chère petite, qui ne savais rien du monde... toi, dont j'ai sacrifié le bonheur...

— Ne dites pas cela, mon père, si vous ne voulez que je me reproche de ne pas vous avoir caché plus longtemps la vérité.

— Quoi ! tu aurais pu me taire ce qui t'arrive, tu aurais pu garder le silence quand tu souffres, quand ton mari t'outrage, quand demain, peut-être, cet homme, le dernier des cyniques, t'exposera aux insultes de ses maîtresses... et de quelles maîtresses !... Ah ! si tu as un reproche à t'adresser, ma pauvre Claire, c'est de ne pas avoir parlé plus tôt. Et moi qui voulais douter !... moi qui voulais encore espérer !... Mais ne parlons plus de cela... Voyons, que vas-tu faire ?

— Ce que vous me conseillerez, mon père.

— Ce que je te conseille ? Parbleu ! c'est bien simple... Il n'y a qu'une séparation qui soit possible...

— Une séparation...

— Sois tranquille, nous l'aurons, et haut la main. Avec ces deux lettres-là, nous avons la partie belle...

— Y songez-vous, mon père ? songez-vous au scandale qui va en résulter, songez-vous que je serai mêlée à tout cela? que vous-même...

— Il n'y a pourtant pas d'autre moyen... si ce n'est une séparation amiable qui ne résoudra rien et qui, aux yeux du monde, pourra laisser planer des soupçons sur toi... Non, non, il faut que M. de Vandannes soit condamné... il faut que les débats fassent la lumière sur cet ignoble personnage et la fassent de telle sorte qu'aucun honnête homme ne puisse plus lui serrer la main.

— Que m'importe cela? je ne poursuis pas M. de Van-dannes de ma haine... Il m'est désormais indifférent... Qu'il s'en aille, qu'il s'éloigne, puisque aussi bien il a vendu les dernières propriétés qu'il possédait ici... Il voulait m'en-traîner à Paris... j'ai refusé parce que la vie de Paris m'ef-fraye, et que là, seule avec lui, j'aurais été privée du seul appui qui me reste : vous, mon père.....

— Chère enfant, je te comprends... Peut-être as-tu raison. Au point où en sont les choses, ton mari ne cherche sans doute qu'une occasion favorable pour reprendre sa liberté... Laissons-lui donc la porte ouverte... Et d'ailleurs, nous le tenons; avec ceci, ajouta-t-il, en mettant les deux lettres dans son portefeuille, nous serons toujours à temps pour de-mander la séparation, s'il nous y force... Mais il faut tout prévoir... S'il allait se refuser à cette séparation amiable?...

— Alors, mon père, je vous prierais de m'accueillir chez vous. Nous aviserons ensuite.

— Fort bien, mais d'ici-là, je ne veux pas, entends-tu bien, je ne veux pas qu'il manque aux égards qui te sont dus... Tu as droit au respect de tous et il ne sera pas dit que quelque drôlesse...

— Que voulez-vous dire?

— Rien. J'ai mon idée. Je me charge de déblayer le terrain. Sois tranquille, tu ne seras plus exposée aux visites des maî-tresses de M. de Vandannes.

— Qu'allez-vous faire ?

— Ceci me regarde... Quant à ton mari, je le verrai ; c'est moi qui lui parlerai...

— Il ne vous écoutera pas.

— Il est violent, je le sais, mais je ne le crains pas. J'ai des armes, ajouta-t-il, en frappant sur son portefeuille.

Madame de Vandannes se leva et prit son manteau.

— Va, mon enfant, dit M. Pasdieu, en l'embrassant sur le front. Va et ne crains rien. La situation est nette cette fois... Tu seras bientôt débarrassée de ce garnement, c'est moi qui t'en réponds... Ah ! si j'avais su... Mais pourquoi diable aussi avoir gardé un an cette lettre dans ta poche ?...

— Ne parlons plus de cela. Adieu, mon père.

Elle sortit.

— Pauvre enfant ! dit M. Pasdieu quand il fut seul, c'est qu'alors elle l'aimait encore... Et puis, cette lettre n'est pas datée. Peut-être a-t-elle eu la naïveté de croire qu'elle était antérieure à son mariage ? Elle souffrait en silence, voulant douter, espérer encore... tandis que ce polisson...

Il asséna un violent coup de poing sur un timbre.

Un domestique parut.

— Joseph, dit-il en jetant bas sa robe de chambre, aidez-moi à passer ma redingote.

— Monsieur sort ? demanda le valet de chambre.

— Oui, je sors.

— Mais monsieur n'a pas déjeuné.

— Je ne déjeunerai pas aujourd'hui, je n'ai pas faim.

Un quart d'heure après, M. Pasdieu se présentait chez la Florval.

La comédienne allait sortir pour se rendre au théâtre. Elle reçut néanmoins le visiteur.

— Madame, commença M. Pasdieu, j'espère ne pas vous retenir longtemps. Ce que j'ai à vous dire n'exige pas de grandes précautions oratoires et j'aime à croire que nous n'aurons pas de peine à nous entendre.

— Je vous écoute, monsieur, dit la Florval en lui désignant un siège.

8

— Permettez-moi d'abord, continua M. Pasdieu, de vous décliner mes nom et qualité. Je suis M. Pasdieu, le beau-père de M. de Vandannes...

Il s'arrêta pour juger de l'effet de ces paroles. La comédienne demeura impassible.

— De M. de Vandannes que vous connaissez, insista M. Pasdieu.

— Je vous ai compris, monsieur, dit la Florval. Je connais en effet M. de Vandannes; il m'a fait quelquefois l'honneur de me rendre visite.

— Fort bien, reprit M. Pasdieu. Dès lors, ça va tout seul et je suis persuadé que vous devinez déjà le motif de ma démarche auprès de vous.

— Mais pas le moins du monde, fit la Florval avec un accent de sincérité qui surprit M. Pasdieu.

— Comment! madame, vous venez d'avouer vous-même que mon gendre vous rendait fréquemment visite!

— Pardonnez-moi, je n'ai pas dit fréquemment.

— Soit, vous reconnaissez néanmoins qu'il vient vous voir et vous ne trouvez pas cela significatif?

— Significatif? répéta la Florval, avec une candeur d'étonnement qui déconcerta M. Pasdieu, mais en quoi donc, je vous prie?

— En quoi? Il faut convenir, madame, que vous mettez bien peu de bonne volonté à me comprendre.

— Mais point du tout, monsieur, je vous jure. Vous parlez par énigmes; je vous préviens que je n'ai pas l'habitude de ces jeux d'esprit. Veuillez vous expliquer nettement.

— Vous le voulez, madame. J'espérais que vous m'épargneriez de vous dire ce que vous savez trop et ce que tout le monde sait aussi bien que moi. Vous êtes la maîtresse de M. de Vandannes.

La Florval bondit.

— Monsieur, fit-elle avec un geste d'indignation superbe, vous insultez une femme !

— Madame...

— Vous oubliez que vous êtes chez moi... Si je ne me
souvenais que vous êtes le beau-père de M. de Vandannes,
j'aurais déjà appelé pour vous faire sortir.

M. Pasdieu était demeuré abasourdi.

— Madame, balbutia-t-il, pardonnez-moi si je vous ai
offensée... Je vous jure que telle n'a pas été ma pensée...
Je n'ai fait que répéter ce que l'on sait... ce qui se dit,
reprit-il vivement.

— C'est un indigne mensonge, une infâme calomnie !
s'écria la Florval. Bien que je n'aie pas à me disculper et
que je méprise d'aussi misérables imputations, je veux
bien, en raison du titre sous lequel vous vous êtes présenté
chez moi, condescendre à vous dire qu'il n'y a rien de
commun entre M. de Vandannes et moi. Je le reçois dans
mon salon de même que je reçois diverses personnes qui
daignent s'intéresser à mes succès d'artiste. Si vous connaissiez mieux les mœurs du monde où nous vivons, vous
sauriez qu'il n'y a là rien d'anormal, rien d'extraordinaire.
C'est la chose la plus naturelle, et il n'est jamais venu à
l'idée de qui que ce soit de soupçonner une comédienne d'a-
voir pour amants tous ceux à qui sa porte est ouverte.

— Je n'en doute pas, s'empressa de répondre M. Pasdieu,
quelque peu ébranlé, et je n'insiste pas sur ce point. Je n'ai
pas le droit de suspecter la sincérité de vos paroles et moins
encore l'intention, croyez-le bien, de manquer aux égards
qui vous sont dus. Aussi vous demanderai-je la permission
d'exposer complètement ma pensée, vous verrez qu'elle ne
contient rien d'injurieux pour vous.

— Soit, monsieur, je vous écoute.

— En me présentant chez vous, je n'ai pu songer un seul
instant, M. de Vandannes fût-il votre amant, et votre amant
avéré, à m'interposer entre vous et lui. Mon autorité ne va
pas jusque-là. Mon gendre est maître de ses actions, je n'ai
aucun pouvoir sur lui, encore moins sur vous, cela va
sans dire. Mais veuillez m'écouter et me bien comprendre,
je vous en prie. Vous n'êtes point la maîtresse de M. de Vandannes, je suis bien aise de l'avoir appris de votre bouche,

mais la médisance, la calomnie, si vous voulez, n'en ont pas moins accompli leur œuvre. M. de Vandannes passe pour être votre amant : voilà la situation. Le plus fâcheux, c'est que ces bruits sont parvenus aux oreilles de sa femme, c'est-à-dire de ma fille. Je n'ai pas besoin d'appuyer sur les conséquences de ce fait. Elles peuvent être fort graves, vous le supposez bien. Il était donc raisonnable que je prisse la liberté de solliciter un instant d'entretien avec vous.

— Eh bien ! monsieur, vous savez maintenant ce que vous vouliez savoir et je ne vois pas...

— On m'a trompé, c'est entendu : ma fille a été odieusement abusée, je vous l'accorde ; vous n'êtes point la maîtresse de M. de Vandannes, j'en suis persuadé. Malheureusement, le monde est ainsi fait que personne ne voudra le croire.... Ah ! si l'on avait des preuves, les méchantes langues seraient bien forcées de s'arrêter.

— Des preuves ? interrompit la Florval avec hauteur, et quelles preuves puis-je donner qui prévalent sur mon affirmation ?...

— Ah ! s'il ne s'agissait que de moi !... Votre affirmation me suffit, je crois vous l'avoir dit. Mais, encore une fois, il s'agit du monde... Certes, je sais que les preuves de ce genre sont difficiles à fournir ; il en est une, cependant...

— Ah ! voyons...

— Si, sous un prétexte quelconque, vous veniez à quitter Clermont subitement, aujourd'hui ou demain par exemple... on serait bien forcé de conclure que rien ne vous retenait dans la ville et que, par conséquent...

— Fort bien.. Vous me demandez, n'est-ce pas de déguerpir au plus tôt, c'est-à-dire dans les vingt-quatre heures ?... Et cela, parce que je vous gêne, parce que je suis la victime de cancans qui déplaisent à madame votre fille... Mais c'est très ingénieux... Continuez donc, je vous prie.

— Vous ne me laissez pas achever. Vous me prêtez des impertinences qui ne sont pas de mon âge, et sont loin de

ma pensée. Ce n'est pas un sacrifice que je viens vous demander, c'est une affaire que je vous propose.

— Une affaire ? fit la Florval avec ironie. C'est plus
curieux. Voyons cela.

— Eh ! sans doute, madame, une affaire. Si le sacrifice
doit venir de quelqu'un, c'est de moi et non pas de vous...
Je viens vous prier de renoncer à la situation très honorable et
très méritée, j'en suis sûr, que vous avez su vous créer ici ;
pourrais-je le faire sans vous offrir une légitime compensa-
tion ? Il est même juste que vous y trouviez un bénéfice...
et à moins que des attaches sérieuses ne vous retiennent à
Clermont...

— Ce n'est pas une insinuation, je suppose ?

— Dieu m'en garde !... Voyons, vingt-cinq mille francs
vous paraissent-ils une somme suffisante ?

— Non, monsieur, répondit froidement la Florval, non,
ni cette somme, ni aucune autre ne seraient assez fortes
pour payer l'abandon de ma dignité de femme et d'artiste,
car c'est là ce que vous me demandez.

— Madame...

— Ce langage vous étonne peut-être. Il ne vous est
jamais venu à l'idée qu'une comédienne, qu'une femme de
théâtre pût ne pas être cupide, vous n'avez pas douté que
quelques écus sonnants ne fussent pour moi d'irréfutables
arguments. Vous n'avez vu dans tout cela qu'une question
d'argent. Peut-être, même en ce moment vous imaginez-
vous qu'une surenchère triomphera de ma résistance, et
vous apprêtez-vous à doubler le prix que vous m'avez offert.
Je vous pardonne aisément en raison de votre inconscience,
car je sais trop à quels préjugés nous sommes en butte et je
n'accuse que votre ignorance et votre aveuglement. Et puis,
je tiens compte du sentiment respectable qui vous a dicté
une proposition qu'en toute autre circonstance je pourrais
considérer comme une injure. Vous êtes père ; ce titre est
une excuse à mes yeux.

M. Pasdieu était de plus en plus stupéfié. Son embarras

8.

croissait visiblement. Il cherchait un commencement de phrase qui ne venait pas, quand la Florval poursuivit :

— Je pourrais donc vous répondre par un refus pur et simple ; je n'en ferai rien. Je vais sans doute augmenter votre surprise. Ce que je refuse comme le prix d'un marché, je l'accorde sans peine et sans conditions...

— Quoi, madame !...

— Cela me plaît ainsi... Vous m'avez appris que je passais pour être la maîtresse de M. de Vandannes, je n'en veux pas savoir davantage. La malignité publique ne s'exercera pas plus longtemps à mes dépens. Je suis mariée, monsieur, et vous comprendrez que, moi aussi, j'aie souci de mon honneur et de ma réputation. Demain, j'aurai quitté Clermont et vous pourrez dire à madame votre fille que la liberté apparente de nos mœurs n'exclut ni la noblesse du cœur, ni la fierté des sentiments.

La Florval avait débité cette tirade avec un tel accent de dignité hautaine que M. Pasdieu, complètement désorienté, ne put tirer de son gosier que quelques sons incohérents.

La Florval se leva.

— Pardonnez-moi, madame, finit par articuler M. Pasdieu, pardonnez-moi si je suis venu ici avec un esprit prévenu, si je me suis mépris sur votre caractère, si je vous ai méconnue enfin... Vous m'offrez un sacrifice dont je vous suis profondément reconnaissant, croyez-le bien, mais que je ne puis accepter...

— Pourquoi donc, monsieur ? Vous ne me devez ni reconnaissance ni gratitude. L'honneur d'une femme vaut bien vos considérations de famille. Je ne me savais pas d'ennemis et j'ignorais l'abominable calomnie qu'ils ont répandue contre moi. Je vous sais gré de m'en avoir instruite et de m'avoir indiqué le seul moyen que j'aie de la confondre. Je ne puis, ni ne dois rester plus longtemps dans cette ville. Vous voyez que je m'inspire uniquement de l'intérêt de ma réputation : encore une fois, vous ne me devez aucune reconnaissance.

— Madame, je suis vraiment confus et je ne sais, en vérité, comment vous prouver...

— Je vous en prie, n'insistez pas... J'accomplis un devoir vis-à-vis de moi-même...

Elle regarda sa pendule.

M. Pasdicu salua profondément.

— Madame, dit-il d'une voix grave, veuillez me pardonner si tout à l'heure je ne vous ai pas témoigné tout le respect qui vous est dû et dont vous êtes digne. A dater de ce jour, je suis votre obligé et j'espère qu'à l'occasion vous me ferez l'honneur de vous en souvenir.

A peine fut-il sorti, que la Florval prit une feuille de papier à lettre, griffonna quelques mots à la hâte et sonna.

Madame Denis parut.

La Florval glissa sa lettre dans une enveloppe.

— Ceci à M. de Vandannes, dit-elle. Faites porter de suite au café de Paris...

Quelques instants après, de Vandannes entrait dans le salon de la Florval.

—!Je vous remercie, lui dit-elle, d'être venu à mon premier appel. Les termes de ma lettre vous ont appris que j'avais à vous entretenir de choses graves. Vous allez juger si je vous ai trompé. Demain matin, j'aurai quitté Clermont-Ferrand.

— Quoi! encore? fit de Vandannes d'un ton glacial.

— Cette fois, mon ami, ma résolution est irrévocable, et vous allez comprendre tout à l'heure pourquoi. Cette entrevue, qu'il m'est donné d'avoir avec vous sera vraisemblablement la dernière. Laissez-moi donc, au moment où je vais me séparer de vous, et pour jamais sans doute, ajouta-t-elle avec effort, laissez-moi vous parler sans contrainte, vous ouvrir mon cœur et vous dire, quoi qu'il en coûte à ma fierté, ce que j'aurais voulu vous cacher plus longtemps. C'est une preuve de confiance que je vous dois, à vous qui m'avez témoigné une affection que j'ai crue, que je crois sincère.

— Je vous écoute, dit de Vandannes.

— Mon mari est parti hier. Je ne le reverrai jamais.

— Comment ?

— Vous l'avez vu. Si peu observateur que vous puissiez être, sa vulgarité n'a pu vous échapper, et vous avez dû vous étonner que je sois la femme d'un tel homme. Je ne regrette pas ce qui est arrivé, je me félicite, au contraire, du hasard qui vous a permis de conjecturer les tristesses de ma situation.

— En effet...

— Comprenez-vous ce que j'ai souffert avec cet homme ? Non, vous ne pouvez le comprendre, car vous ne savez rien encore... J'avais seize ans quand on m'a jetée dans ses bras. Ignorante des choses de la vie, j'ai subi pendant plusieurs années le mari qu'on m'avait donné, sans une plainte, sans une révolte. Je ne l'aimais pas, je ne l'ai jamais aimé ; je lui suis demeurée fidèle cependant. J'avais été désillusionnée de bonne heure ; je ne connus pas le désespoir, n'ayant pas eu le temps d'espérer ; je ne connus pas l'amour, n'ayant jamais rencontré que de fades soupirants dont les insipides madrigaux ne pouvaient m'apprendre que le dédain. Peu à peu, je glissai dans une indifférence qui me sauva peut-être de plus grands malheurs, et je me laissai vivre dans une sorte de passivité morne et résignée. C'est alors que je reportai toutes mes ardeurs, tous mes élans vers le théâtre, qui m'attirait invinciblement. Mon mari ne fit aucune opposition à mes projets. Il applaudit à mes premiers succès, il en fut fier, même... J'aurais pu rester à Paris, y faire mon trou comme les autres. Je préférai partir, voyager... le plus loin possible. Vous paraissiez surpris, l'autre jour, que je n'eusse pas l'ambition d'être engagée à Paris... Que diriez-vous, si je vous apprenais que plusieurs engagements m'ont été offerts, même à des conditions avantageuses par des directeurs parisiens et que je les ai toujours refusés ? La raison de ces refus est bien simple : c'est que, pour moi, la province est la liberté et qu'à aucun prix je ne veux vivre à Paris, c'est-à-dire avec mon mari. Je n'ai pas d'amant : que peut-il me demander de

plus ? Il s'occupe d'affaires, c'est sa passion à lui ; qu'il me
laisse la mienne : celle de l'art. Pendant quelques années,
il ne m'inquiéta pas, puis tout à coup il s'avisa d'être
jaloux. Il voulut me forcer de rentrer à Paris, il me
menaça, je résistai. Il céda, mais depuis lors il ne cesse de
me harceler de ses obsessions. Il arrive à l'improviste,
comme vous l'avez vu l'autre soir et, pendant plusieurs
jours, je suis obligée de subir son odieuse présence. Jusqu'à présent, du moins, il s'était borné à exhaler ses
colères en termes violents, mais avant-hier, il est allé plus
loin : — il m'a frappée !

— Vous ?

— Comprenez-vous maintenant que mes derniers scrupules s'évanouissent et que je serais la dernière, la plus misérable et la plus lâche des femmes si j'acceptais plus longtemps le joug de cet homme ! Dieu sait si j'ai lutté avec
persévérance et courage ! Dieu sait si j'ai tout fait pour
retarder un dénouement qui était inévitable sans doute,
mais auquel, soit faiblesse de ma part, soit exagération du
sentiment de mon devoir, il m'avait été impossible jusqu'ici
de me résoudre ! Aujourd'hui, c'en est fait, mes forces sont
à bout et ma résolution est irrévocable. Dans deux jours
j'aurai quitté la France.

— Vous quittez la France ?

— Pour me soustraire à ses poursuites, je n'ai que ce
moyen.

— Et vous partez...

— Demain, je vous l'ai dit.

— Quoi, sitôt ?

— Attendez. Vous ne m'avez pas laissée achever. J'ignorais, mon cher Henri, que vous aviez été l'amant de madame Herbelot.

— Qui vous a dit cela ?

— On me l'a dit. On est un sot, je le sais bien ; aussi pouvais-je douter de la véracité de ce racontar ; malheureusement madame Herbelot s'est chargée de m'éclairer à ce sujet.

— Comment ! madame Herbelot ?...

— Oh ! elle ne m'a pas fait de confidences, comme bien vous pensez... Seulement, une directrice de théâtre a tant de moyens de manifester son animosité contre ses pensionnaires... et madame Herbelot ayant réussi à susciter depuis deux jours plusieurs discussions graves entre son mari et moi, j'ai dû aller au fond des choses et j'ai appris...

— Quoi donc ?

— Ce que vous savez aussi bien que moi. Il n'y a que cet imbécile d'Herbelot qui ne se doute de rien ou fait semblant de ne se douter de rien... on ne sait pas... Quoi qu'il en soit j'ai cru devoir demander quelques explications à madame Herbelot sur les motifs de son hostilité déclarée contre moi. Savez-vous ce qu'elle m'a répondu ?

— Que vous a-t-elle répondu ?

— Pardonnez-moi la crudité des termes, — c'est madame Herbelot qui parle. « Je n'aime pas, m'a-t-elle dit, les femmes qui font la noce avec des hommes mariés, ça compromet la bonne réputation de la troupe. » — Si c'est une injure à mon adresse, lui dis-je, veuillez me l'expliquer, car je ne comprends pas. « Vous savez bien, me répondit-elle, que je fais allusion à votre liaison avec M. de Vandannes. C'est un scandale dans toute la ville. »

— Est-ce possible ! s'écria de Vandannes. Cette misérable...

— Une femme jalouse est capable de bien des choses, mon cher Henri. Je vous engage à vous méfier de madame Herbelot. Elle est très forte — sans jeu de mots — je vous en préviens..... Vous comprenez que ma dignité ne me permettait pas de continuer la conversation sur ce ton. Je demandai la résiliation de mon engagement ; elle me fut accordée, séance tenante, pour la fin du mois.

— Alors, pourquoi partir demain ?

— Vous ne savez pas tout. M. Pasdieu sort d'ici.

— Que me dites-vous là ? M. Pasdieu, mon beau-père ?...

— Lui-même.

— Et l'objet de sa visite ?

— Oh ! la chose la plus simple du monde. Il est venu

tout bonnement me prier de faire mes malles et de quitter Clermont-Ferrand...

— Quelle est cette plaisanterie ?...

— Ce n'est pas une plaisanterie, je vous prie de le croire. Ce que je dis est tout ce qu'il y a de plus sérieux,

— Mais, expliquez-moi...

— Vous le voulez ? Eh bien, il paraît que je passe pour être votre maîtresse, non pas seulement aux yeux de madame Herbelot, mais aux yeux de nombre de gens, puisque votre beau-père s'en est ému au point de faire auprès de moi la démarche que je viens de vous dire...

— Comment ! M. Pasdieu a osé ?...

— Oh ! M. Pasdieu est un homme qui sait vivre. Ce n'est pas un sacrifice gratuit qu'il est venu me demander... Il m'a offert vingt-cinq mille francs, cinquante mille francs, que sais-je ?

— Et qu'avez-vous répondu ?

— Ah ! j'espère bien que vous ne pensez pas que j'aie pu accepter un pareil marché !... J'ai refusé l'argent que m'offrait votre beau-père, sans se douter, hélas ! de l'injure qu'il me faisait. Et pour donner un démenti éclatant à la calomnie, pour vous sauver, cher Henri, du scandale que je vois chaque jour grossir autour de vous, je l'ai assuré que demain j'aurais quitté Clermont-Ferrand.

— Mais avez-vous pensé que je pourrais accepter, moi, un semblable sacrifice ?

— De quel sacrifice parlez-vous ? Je ne vous en fais aucun. J'avance mon départ de quelques jours, voilà tout. Pouvais-je ne pas céder aux instances de votre beau-père, alors surtout qu'il y va de votre repos ? Ah ! je comprendrais vos paroles, si vous étiez la cause directe, originelle de mon départ ! Mais il n'en est rien, vous le savez. C'est mon mari que je veux fuir à tout prix à jamais... et non pas vous.

Elle prononça ces derniers mots en jetant sur lui un regard furtif.

— Esther ! s'écria de Vandannes en tombant à ses pieds.

Je vous ai méconnue, je vous ai soupçonnée, je vous ai crue
capable de je ne sais quels odieux calculs, vous si dévouée,
si désintéressée. Pardonnez-moi. J'étais stupide, j'étais
fou... ou plutôt je souffrais... Ah ! je rougis de moi-même !...
Suspecter votre cœur !... Eh bien, oui, je l'ai fait... Vous,
la seule femme que j'aime, que j'aie jamais aimée, vous
qui m'avez appris une vie nouvelle, j'ai pu me méprendre
sur vos sentiments au point de vous calomnier !... Pardonnez-moi ; encore une fois, j'étais aveugle, j'étais fou. Je vous
aime, et rien désormais ne pourra me séparer de vous.

— Cher Henri, fit doucement la Florval, vous oubliez
que je pars demain.

— Où allez-vous ?

— A Lausanne où se trouve actuellement une de mes
amies. Elle m'accordera l'hospitalité en attendant que je
contracte un engagement à l'étranger.

— Avant huit jours, je vous aurai rejointe, dit-il en se
relevant.

— Y songez-vous ? quelle folie !

— Je vous aurai rejointe, reprit-il, avec une sorte d'exaltation. Ce que je ferai par la suite, ne me le demandez pas,
je n'en sais rien moi-même... En tout cas, mon beau-père
apprendra à me connaître.,. Je veux en finir avec l'existence absurde que je mène ici... On a la prétention de me
tenir en tutelle et j'ai eu la faiblesse de me prêter jusqu'ici
à ce jeu ridicule... C'en est assez. Vous partez, je vous
suis...

— Henri !...

— Ne m'avez-vous pas dit que vous m'aimez, Esther !...
Vous êtes à moi. Je vous veux !... Après vos paroles de tout
à l'heure, vous n'avez plus le droit de me repousser... Je
vous aime, entendez-vous et vous m'aimez !... Parbleu !
ajouta-t-il avec un rire sarcastique, puisque je passe pour
être votre amant, je serais désolé de détromper mes amis
ainsi que cet excellent M. Pasdieu.

Il lui prit les mains, et, l'attirant à lui, la serra fiévreusement sur sa poitrine.

— Laissez-moi, dit la Florval en se débattant faiblement, laissez-moi, Henri, je vous en conjure...

Dans cette courte lutte, le peigne d'écaille qui retenait son chignon était tombé et son corsage s'était légèrement en-tr'ouvert.

— Je t'aime, dit de Vandannes, en couvrant de baisers les cheveux épars et le visage de la comédienne.

IX

Henri de Vandannes rentra chez lui fort tard dans la soirée. Sa femme s'était depuis longtemps retirée dans sa chambre. Un domestique qui veillait lui remit une lettre. Elle était de M. Pasdieu. Son beau-père le priait de passer le lendemain matin chez son notaire, M⁰ Bargoton.

— M. Pasdieu a attendu monsieur jusqu'à dix heures et demie, dit le domestique. Il a écrit cette lettre dans le cabinet de monsieur et m'a bien recommandé, en s'en allant, de le remettre à monsieur ce soir-même.

— C'est bien, dit de Vandannes.

Le lendemain, il se rendit à l'étude de M⁰ Bargoton et y trouva son beau-père. M⁰ Bargoton se retira aussitôt, laissant seuls dans son cabinet, M. Pasdieu et de Vandannes.

— Je vous remercie de votre exactitude, commença M. Pasdieu, d'un ton qu'il s'efforçait de rendre courtois ; j'ai à vous parler de choses graves, et j'espère que vous voudrez bien m'écouter jusqu'au bout.

De Vandannes s'inclina.

— Le but de cet entretien, continua M. Pasdieu, vous expliquera tout à l'heure que j'aie fait choix de l'étude de M⁰ Bargoton pour vous y donner rendez-vous.

Il toussa deux ou trois fois et reprit :

— Quand je vous ai donné ma fille, il va sans dire que je

croyais que vous l'aimiez et que j'espérais la voir heureuse... Je me suis amèrement trompé... Oh! rassurez-vous, s'empressa-t-il d'ajouter en voyant de Vandannes faire un mouvement, je ne veux point revenir sur ce triste sujet. Le temps des récriminations est passé... Je constate, j'établis la situation, voilà tout... Vous n'aimez point votre femme, et le mariage est devenu pour vous une chaine insupportable.

— Monsieur... interrompit de Vandannes.

— Je vais au fait, poursuivit M. Pasdieu. Aussi bien, les circonlocutions sont-elles inutiles. Vous avez des maîtresses...

Il tira de sa poche la lettre qui portait la signature d'Hortense, et la lui présenta.

— Cette signature vous est connue, n'est-ce pas?

De Vandannes devint pâle.

— Comment cette lettre se trouve-t-elle entre vos mains? s'écria-t-il, les lèvres frémissantes de colère.

— Peu vous importe! répondit froidement M. Pasdieu. Qu'il vous suffise de savoir qu'elle ne vous a pas été volée.

Il lui présenta la seconde lettre.

— C'est bien la même écriture, n'est-il pas vrai? et quoique cette lettre adressée à votre femme soit anonyme, il n'est pas douteux qu'elle ait la même origine que la première. Permettez-moi de vous en donner lecture :

« Madame, votre mari vous trompe. Peut-être ne serez-vous pas fâchée de n'être plus seule à ignorer ce que tout le monde sait, c'est-à-dire que vous avez pour rivale une actrice du théâtre de Clermont, la Florval. »

De Vandannes se mordit les lèvres. Il fut cependant assez maître de lui pour se contenir et demeurer impassible.

De son côté, M. Pasdieu ne s'efforçait pas moins de conserver tout son sang-froid.

— Voilà donc à quelles injures votre femme se trouve en butte, poursuivit-il. Il ne suffit pas qu'elle soit délaissée de vous, il faut encore qu'elle subisse les outrages de vos maîtresses.

— Abrégeons, monsieur, je vous prie, fit de Vandannes d'une voix sèche. Où voulez-vous en venir ?

— Ne le devinez-vous pas ? Ne comprenez-vous pas que cette fois la mesure est comble et qu'une séparation est devenue inévitable ?

De Vandannes se tut.

M. Pasdieu continua :

— Je prends acte de votre silence comme d'un acquiescement. Vous convenez qu'il ne peut plus rien y avoir de commun entre ma fille et vous : nous voilà d'accord sur ce point. Restent à régler les conditions de la séparation. Vous ne vous étonnerez pas qu'il répugne à ma fille de traiter personnellement cette question avec vous.... Vous plaît-il de me considérer comme son fondé de pouvoir ?

— Je vous écoute, dit de Vandannes.

— Je dois vous le dire tout d'abord, ma fille désire éviter le scandale. Elle ne croit pas que, de votre côté, vous ayez intérêt à rendre publics les motifs de la rupture et, à moins que nous ne réussissions pas à nous entendre, elle est disposée à vous épargner le désagrément d'un éclat, c'est-à-dire, d'une action devant les tribunaux. Il s'agit donc pour le moment, non pas d'une séparation judiciaire, mais seulement d'une séparation amiable. Cette transaction vous agrée-t-elle ?

— Je suis à vos ordres, répondit de Vandannes.

— Fort bien. En conséquence, voici comment, j'estime qu'il faut procéder. Ma fille, dans quelques jours viendra se fixer auprès de moi et vous reprendrez votre liberté entière. Au bout d'un certain temps, si vos agissements nous y forcent nous ferons consacrer la séparation par les tribunaux...

— C'est-à-dire, interrompit de Vandannes, que vous voulez me mettre à l'épreuve et qu'en me rendant la liberté vous vous réservez de décider, selon l'usage que j'en ferai, s'il y a lieu de me traîner devant les juges ou s'il convient mieux de travailler à un rapprochement entre ma femme et moi. Vous me faites l'honneur de me considérer plutôt comme un

égaré que comme un criminel endurci. L'idée est vraiment
aimable et j'en suis touché. Malheureusement je dois
vous détromper. Toute réconciliation me paraît désormais
impossible. N'attendez donc pas l'heure de ma conver-
sion et livrez-moi sans plus tarder à la justice de mon
pays.

— Fort bien, monsieur, répondit froidement M. Pasdieu,
il sera fait selon votre désir.

Il ouvrit la porte et pria le notaire d'entrer.

— Eh bien! fit Me Bargoton avec un air bonhomme, vous
vous êtes mis d'accord?

— Parfaitement, répondit de Vandannes. Ma séparation
avec madame de Vandannes existe en fait à partir d'aujour-
d'hui. Il ne lui manque plus que la sanction légale que
vous nous aiderez, n'est-il pas vrai, à obtenir?

— Oui, s'il le faut, fit le notaire. Dieu m'est témoin, ajouta-
t-il d'un ton emphatique, que j'espérais, en vous laissant
avec M. Pasdieu, que vous arriveriez à une tout autre solu-
tion. Laissez-moi croire encore que vous reviendrez sur
votre détermination. Pesez-en mûrement toutes les conséquences avant de la rendre définitive. Avez-vous songé à
tous les effets désastreux de la séparation? Assurément non!
Elle disjoint les anneaux de la chaîne, mais elle ne la brise
pas, elle affranchit, mais elle ne rend pas libre. Ah! croyez-
moi, prenez quelques jours de réflexion, c'est le notaire qui
vous le conseille et c'est l'ami qui vous y invite.

— Je vous remercie, cher maître, fit M. Pasdieu, des
preuves d'intérêt que vous donnez à ma famille. Toute con-
ciliation est devenue impossible et notre résolution à tous est
irrévocablement prise.

De Vandannes fit un signe d'assentiment.

— Je vous laisse quant à moi, reprit M. Pasdieu, toute
liberté pour régler la question d'intérêt.

— Je m'en rapporte également à Me Bargoton, fit de Vandannes.

— La question est simple, répondit le notaire, et ne peut
soulever aucune contestation. M. et madame de Vandannes

se sont mariés sous le régime de la communauté réduite aux acquêts. Par conséquent, en se séparant, ils rentrent en possession des biens propres qu'ils ont respectivement apportés et dont la propriété leur est reconnue par contrat. Ils se partageront ensuite tous les biens acquis pendant le mariage.

— Parfaitement, fit de Vandannes.

— Pardon, interrompit M. Pasdieu. Au nom de ma fille, je m'oppose au partage des acquêts. Nous renonçons au bénéfice que nous accorde la loi.

— A mon tour, fit de Vandannes, je proteste contre cette renonciation et je demande l'exécution pure et simple du contrat.

— Monsieur, répliqua M. Pasdieu d'une voix frémissante, vous protesterez s'il vous plaît, mais nous n'accepterons rien de vous. Ma fille ne veut rien vous devoir, c'est bien assez qu'elle soit obligée de garder votre nom.

— Monsieur !... fit de Vandannes hors de lui.

Me Bargoton s'interposa à temps pour prévenir une scène de violence.

— Je vous demande pardon de ce mouvement de colère, fit de Vandannes en s'adressant au notaire, mais je ne puis entendre plus longtemps de pareilles insultes, et je vous demande la permission de me retirer.

Me Bargoton accompagna de Vandannes jusqu'à la porte en s'efforçant de le calmer.

Rentré chez lui, Henri de Vandannes, jugeant superflue toute explication avec sa femme, se décida à lui laisser une lettre pour lui annoncer son départ. Ses papiers mis en ordre, il fit préparer ses bagages et quitta le soir même Clermont-Ferrand.

A cette nouvelle, et bien qu'elle se fût préparée à ne pas revoir son mari, madame de Vandannes eut une crise nerveuse. Elle s'alita en proie à une fièvre violente. Cette fois encore, le dévouement du docteur Ancelin triompha du mal. Au bout d'une semaine, tout danger immédiat avait disparu.

M. Pasdieu décida sa fille à venir achever sa convalescence auprès de lui.

La veille du jour où elle devait se rendre chez son père, madame de Vandannes était dans sa chambre, à demi couchée sur sa chaise longue près de la cheminée. Ancelin était auprès d'elle. Françoise allait et venait, procédant aux derniers préparatifs du départ.

Madame de Vandannes s'était assoupie. Elle rouvrit les yeux et surprit Ancelin qui la regardait pensif.

Un sourire effleura ses lèvres, en même temps qu'une légère rougeur colorait son visage.

— Cher docteur, dit-elle en lui tendant la main, je suis bien heureuse de vous avoir auprès de moi. Sans vous, il y a longtemps que je serais morte. C'est à vos soins infatigables, c'est à votre dévouement que je dois d'être encore de ce monde. J'espère bien que vous ne m'abandonnerez pas et que vous me continuerez vos visites chez mon père. D'ailleurs, ajouta-t-elle, avec une sorte d'émotion, pourrais-je me passer de vous maintenant?

Ancelin allait répondre quand un coup de sonnette retentit au dehors.

Françoise sortit et revint presque aussitôt.

— C'est, dit-elle, un homme, qui prétend avoir quelque chose de très pressé à communiquer à madame, au sujet de M. de Vandannes.

— Son nom?

— Il dit qu'il n'a pas l'honneur d'être connu de madame.

— Répondez que je ne puis recevoir.

— Voulez-vous me permettre un mot? fit Ancelin.

— Dites, docteur...

— A votre place, je recevrais cet homme... Que craignez-vous? Ne suis-je pas là?

— Soit, dit madame de Vandannes. Françoise, faites entrer au salon.

Elle se leva et passa dans le salon qui communiquait avec sa chambre.

L'inconnu entra.

— Pardonnez-moi, madame, dit-il, si je me présente ainsi contre tous les usages, mais si je vous avais fait passer mon nom, peut-être auriez-vous hésité à me recevoir et ce que j'ai à vous communiquer vous intéresse trop particulièrement...

— Veuillez me dire de quoi il s'agit, interrompit madame de Vandannes.

— En deux mots, madame, voici la chose. Je viens vous apprendre où est votre mari. Il est à Lausanne et voulez-vous savoir en quelle compagnie? En compagnie d'une actrice qui a quitté cette ville depuis dix jours à peine. Cette actrice se nomme Esther Florval. Prenez vos renseignements et vous verrez si je suis bien informé.

— Qui vous a chargé de cette mission auprès de moi? fit madame de Vandannes avec hauteur.

— Qui? Personne, parbleu!... J'ai pensé que vous ne seriez pas fâchée d'apprendre... d'autant plus que j'ai à me venger moi aussi... et, si madame voulait... nous pourrions, en associant nos griefs respectifs...

Madame de Vandannes sonna.

— Restons-en là, monsieur, dit-elle, en l'invitant d'un geste à sortir.

— Comment! vous me chassez! Je vois ce que c'est... vous ne me croyez pas... Eh bien! voici qui va vous convaincre... Je suis M. Florval, en personne, et c'est ma femme, entendez-vous, qui est la maîtresse de votre mari...

Ancelin venait d'entrer.

— Misérable! s'écria-t-il, encore une fois, sortirez-vous?...

A ce moment un domestique parut à la porte.

— Reconduisez monsieur, dit froidement Ancelin.

Le Florval salua gravement, remit son chapeau sur la tête et, jetant un regard ironique sur le docteur, sortit en ricanant.

Madame de Vandannes, appuyée à un meuble, se soutenait à peine.

Ancelin courut à elle.

— Docteur, fit-elle, comme égarée, je souffre, je....

Elle s'affaissa dans ses bras.

FIN DE LA PREMIÈRE PARTIE

9.

DEUXIÈME PARTIE

LA POCHE DES AUTRES

—

I

La salle est vaste, haute de plafond, percée de larges fenêtres s'ouvrant sur un balcon d'où l'on aperçoit d'un côté l'Opéra, de l'autre la place du Théâtre-Français. Des lettres en zinc doré, fixées à la rampe du balcon, forment ces mots qu'on peut lire du dehors : *Banque du Progrès.* La décoration intérieure de la salle est des plus somptueuses et des plus sévères à la fois. Les murs sont tendus en cuir de Cordoue. Du plafond qui roule ses nuages signés Lavastre dans un azur constellé d'étoiles, descend un lustre colossal en bronze niellé ; un épais tapis en moquette bise revêt la surface du parquet. La porte centrale qui s'ouvre à deux battants sur un vestibule aux murailles plaquées de marbres polychromes est dissimulée par une lourde portière en drap loutre, surmontée d'un lambrequin à glands d'or. Les rideaux des fenêtres, de même étoffe, balayent le tapis de leurs franges à torsades. De chaque côté de l'entrée, faisant face aux fenêtres, deux consoles en acajou massif supportent, l'une un globe terrestre, l'autre une sphère armillaire; au-dessus, accrochés au mur, des cadres en bois noir renfermant des dessins au lavis, plans de terrains, modèles d'usines, de machines, etc. L'ameublement se compose, en outre, d'une immense table rectangulaire dressée dans l'axe de la salle et autour de laquelle sont symétriquement rangés douze sièges Louis XIII, cloutés d'argent. Sur le tapis marron qui recouvre cette table un timbre électrique et en face de chaque siège, un encrier en malachite avec son étagère à porte-plumes et sa boîte à poudre d'or, une main de papier, tout ce qu'il faut pour écrire, en un mot.

Une magnifique bibliothèque en chêne sculpté est adossée à l'un des panneaux perpendiculaires à la façade. Les rideaux de soie brune à plis parallèles dont les glaces de cette bibliothèque sont tendues, rendent invisibles les livres de luxe qui en doivent garnir les rayons. En face, une haute cheminée fait jaillir de la muraille les volutes et les capricieux enroulements de son chambranle en marbre blanc. Sur cette cheminée repose une gigantesque pendule en bronze florentin, ornée d'un groupe symbolique, représentant ces deux divinités également aveugles: le Temps et Plutus se donnant la main. De chaque côté, une Cérès et un Vulcain en bronze sur un socle de marbre noir. Une glace de Saint-Gobain encastrée dans le mur, reflète l'intérieur de la salle et lui donne plus de profondeur. D'énormes bûches de bois crépitent dans le foyer et s'écroulent en braise incandescente aux pieds des sphinx en bronze des chenets. Entre les fenêtres, dans les trumeaux, deux tableaux d'ardoise à cadre d'argent oxydé.

Debout, autour de l'âtre, quatre personnages causent, tout en fumant d'excellents havanes puisés dans une boîte placée sur la table. De quoi causent-ils? Des événements politiques du jour, des femmes, des théâtres, des courses.

Deux autres, dans l'embrasure d'une fenêtre, parlent affaires.

— Vous croyez, dit l'un des deux, que nous aurons la
fourniture ?

— J'en ai la certitude, répond l'autre. Il n'y a plus que
la question de pot de vin à débattre. Pour le reste, ça va
tout seul.

— Eh ! mon cher, c'est par le pot de vin qu'il fallait
commencer !... Le pot de vin, c'est le nerf des affaires,
l'âme du commerce, le principe de la spéculation. Sans lui,
rien de possible... Et vous dites qu'il n'y a plus que cette
question à débattre !... Autant confesser qu'il n'y a rien de
fait...

— Vous en parlez à votre aise. Vous oubliez que Vaudrey
est fonctionnaire, que sa nomination est toute récente et
que c'est la première affaire que nous avons à traiter avec
lui...

— Ce qui veut dire ?...

— Qu'il serait imprudent de s'engager sur un terrain
mal connu ou mal préparé. Vous vous rappelez l'aventure
de Capiou ?

— Quelle aventure ?

— Capiou avait offert une commission de trente mille
francs à l'intendant Dujard, s'il lui faisait obtenir la commande des seaux goudronnés pour le service des hôpitaux
militaires.

— Eh bien ?

— Eh bien, Capiou s'est fait mettre à la porte, heureux
d'en être quitte à si bon marché.

— Capiou est un imbécile. On avait, d'autre part, offert
davantage à Dujard, voilà tout. Il n'avait qu'à doubler le
montant de la remise et Dujard l'aurait invité à dîner.
Qu'est-ce que ce Vaudrey ? Le connaissez-vous un peu ?

— J'ai recueilli sur son compte quelques renseignements.
Il a une certaine aisance.

— Quel âge ?

— Quarante ans. Il est marié...

— Quel âge a sa femme ?

— Trente cinq à trente-six...

— Sa femme a trente-cinq ans et vous lanternez !... Il doit être noceur...

— Pas que je sache...

— Parbleu ! Est-ce que vous vous imaginez qu'il va le crier sur les toits ?

— Jusqu'à présent, je n'ai pas trouvé le moyen de m'assurer...

— Pour un ancien militaire, vous êtes candide, mon cher de l'Osnoy. Présentez-le à votre cercle...

— Il n'est pas joueur...

— Autre chose alors... Vous êtes toujours en bons termes avec la petite Aldina des Variétés ?

— Toujours.

— Eh bien ! voilà votre affaire... Invitez Vaudrey ; offrez-lui à souper... Aldina amènera une de ses amies...

— J'y ai pensé...

— Eh bien ! qu'attendez-vous pour agir ? Sacrebleu ! vous, un commandant retraité, vous qui avez fait quinze campagnes dans les bureaux du ministère de la guerre, vous avez des scrupules, vous hésitez !... Tenez, mon cher, laissez-moi vous conter une histoire qui vous édifiera... J'avais besoin de la voix du général Jalifier qui, vous le savez, a fait longtemps partie du comité d'infanterie... Je vais le trouver, et je suis reçu comme un chien dans un jeu de quilles... Je n'insiste pas... Le général avait des dettes ;... je fais acheter par un tiers toutes les créances et je lui décoche huissier sur huissier... Je retourne chez lui. — Foutez-moi la paix ! s'écrie-t-il en m'apercevant. Je suis dans les huissiers jusqu'au cou et je n'ai pas la tête aux affaires ! Mon homme était à point voulu. J'insiste cette fois. — Permettez, général, mais ce que j'ai à vous dire ne peut être différé, et quand je devrais... — Payer mes dettes, peut-être ? — Précisément. — Ah bah ! vous pourriez me prêter vingt mille francs ?... — Avec plaisir. — Au fait, c'est vrai, mon cher Levy-Gorke, vous êtes banquier.

— Pour vous servir, mon général. Je tirai les vingt mille francs de ma poche et je les lui remis. Il voulait me signer un reçu. — Y pensez-vous, général ? m'écriai-je. Votre parole me suffit... et votre voix, ajoutai-je... Jalifier ne m'a pas donné de reçu ; il ne m'a pas rendu mes vingt mille francs, mais j'ai eu ma commande... C'est le budget de la guerre qui m'a remboursé... Eh bien ! qu'est-ce que vous dites de ça ? Voilà, mon cher, comment on opère.

A ce moment, deux huissiers à chaînettes d'argent soulevèrent les pans de la portière et se rangèrent de chaque côté, tandis qu'un nouveau personnage, ayant un volumineux dossier sous le bras, entrait dans la salle.

Tout le monde s'approcha de lui.

On échangea des poignées de main.

— Messieurs, dit-il, je vois que nous sommes au complet. Si nous ouvrions la séance ?

Chacun prit place autour de la table.

Le nouveau venu, crâne chauve, favoris luxuriants aux abajoues, ventre parabolique, s'assit en prenant une attitude présidentielle sur un siège qui dominait tous les autres. Il était flanqué à sa droite d'un personnage dont le nez courbe et les apophyses zygomatiques en pointe trahissaient l'étroite parenté avec la descendance d'Aaron, et à sa gauche, d'un petit homme au profil chafouin qui classait des papiers avec l'empressement affairé d'un parfait secrétaire.

En face de ce pittoresque trio s'étaient installés les quatre autres assistants. Tous ces personnages avaient quelque chose d'oblique dans le regard et un air de visage astucieux et félin qui leur était commun. Autre détail à noter, cinq d'entre eux portaient à la boutonnière une rosette dont les bigarrures semblaient résumer toutes les nuances du prisme ; les deux autres avaient le ruban de la Légion d'honneur.

Le président prit la parole.

— Je prie monsieur le secrétaire, dit-il, de nous lire le procès-verbal de la dernière assemblée des actionnaires.

Le secrétaire se leva et procéda à la lecture demandée.

— Quelqu'un a-t-il des observations à présenter sur le procès-verbal ? fit le président quand cette lecture fut achevée.

Un des assistants leva la main.

— M. de Villegueuse a la parole, dit le président.

— Messieurs, commença l'orateur, l'assemblée des actionnaires a décidé que les fonctions de membre du conseil d'administration seraient désormais gratuites. Je ne viens donc pas protester contre l'insertion de cette clause au procès-verbal. Toutefois, et sur la proposition d'un des actionnaires, l'assemblée a reconnu aux membres du conseil d'administration une allocation proportionnelle à leurs frais de déplacement et de gestion. Je demande que cette indemnité soit dès à présent fixée à quinze mille francs pour l'exercice courant. Les raisons sur lesquelles je m'appuie...

— Permettez, mon cher collègue, interrompit le président, ceci est une proposition et non une observation sur le procès-verbal. Vous développerez votre proposition à la suite de l'ordre du jour, si vous le voulez bien, et je ne doute pas qu'elle ne rencontre le meilleur accueil auprès de nos collègues. Laissez-moi vous dire cependant qu'il y aurait peut-être inconvénient à fixer au préalable le montant d'une allocation évidemment subordonnée aux éventualités, mais l'essentiel est que nous soyons d'accord sur le principe, et rien ne nous empêche de voter un minimum... Au demeurant, nous discuterons cela tout à l'heure. Je mets aux voix l'adoption du procès-verbal.

Toutes les mains se levèrent.

— Le procès-verbal est adopté. Maintenant, messieurs, continua le président, je vais vous exposer en quelques mots la situation de la société et vous communiquer les diverses affaires qui nous ont été soumises depuis notre dernière réunion. Notre situation, messieurs, s'est sensiblement améliorée. Votre syndicat a réussi à placer depuis un mois 952 actions et a établi sur nos titres un véritable marché. Nos

opérations de Bourse augmentent de jour en jour. Grâce
à la publicité que nous vaut le *Reporter des rentiers*, notre
organe financier, nous pouvons espérer que notre clientèle
sera très prochainement plus que doublée. Vous savez que
nous avons décidé d'envoyer gratuitement et pendant six
mois notre journal à cent cinquante mille négociants, indus-
triels, propriétaires et notables de Paris et des départements.
Nous n'avons encore distribué que deux numéros et les résultats sont déjà appréciables. Depuis plusieurs jours, on
nous demande des *Mines de Montmartre*, des *Chantiers de la
Bièvre* et des *Filatures de Poissy*. Je puis donc vous exprimer l'espoir qu'avant peu nous aurons réussi à répandre
dans le public toutes les actions non placées des diverses
sociétés qui nous ont confié l'émission de leurs titres .

— Combien nous reste-t-il de titres en portefeuille ? demanda l'un des membres.

— Neuf mille à peu près.

— Sur dix mille à placer, diable !

— Soyez sans inquiétude. Avant trois mois, tout sera li-
quidé, j'en réponds. J'ai découvert un système d'arbitrages
qui nous aidera à les écouler. Passons maintenant aux diverses affaires qui nous sont proposées. Nous avons d'a-
bord la société dite de la *Halle aux journaux* qu'il s'agit de
constituer au capital de trois millions. Vous savez, messieurs,
que les journaux parisiens ont pour intermédiaires entre
eux et le public des vendeurs dont les équipes de porteurs,
assez mal organisées pour la plupart, enlèvent le plus clair
des bénéfices. La distribution des journaux chez les divers
dépositaires et libraires de la capitale s'opère avec une len-
teur relative, qui est des plus préjudiciables à la vente. Il
est bien certain qu'un système de distribution rapide rendrait les plus grands services aux administrations de journaux. En deux mots, voici l'économie générale du projet
qui nous est soumis : un vaste local serait affecté spécialement à la réception du papier et à son classement
par quartiers ; ce travail terminé, les paquets seraient
placés dans cinq voitures portant chacune douze distri-

buteurs. Voici le modèle du fourgon omnibus destiné à cet effet.

Le président fit passer à ses collègues un dessin figurant une voiture surmontée d'une impériale.

— Chaque voiture desservirait plusieurs arrondissements, poursuivit-il. L'employé que vous voyez sur la plate-forme est chargé de remettre à chaque distributeur qui descend, lorsqu'il est arrivé à destination du quartier dont le service lui est confié, les paquets de journaux portant la marque de ce quartier. De cette façon, les pertes de temps sont évitées. La distribution s'opère d'une façon aussi rapide que méthodique et, grâce à ce système, les kiosques et les libraires peuvent être approvisionnés de toutes les feuilles dont ils ont besoin en moins d'une heure.

— C'est compris, fit de l'Osnoy, l'ex-commandant retraité, mais j'ai une objection à formuler.

— Laquelle ?

— C'est que l'affaire me paraît très sensée et très sérieuse et qu'en conséquence elle n'a aucune chance de succès auprès du public.

— L'objection est judicieuse et nous l'avons prévue, reprit le président. Une longue expérience nous a appris, en effet, que les combinaisons raisonnables et pratiques sont en même temps les plus dangereuses pour la spéculation. Il n'y a que les entreprises absolument stupides qui n'éveillent pas la défiance et soient assurées des sympathies du marché. Mais je vous ferai remarquer que, dans l'espèce, nous n'avons pas à nous préoccuper des résultats de l'affaire. On nous charge de l'émission des titres, voilà tout. En faisant valoir adroitement que l'idée n'est peut-être bonne qu'en apparence, nous aurons, je n'en doute pas, de grandes chances de placement. Qu'ensuite l'affaire réussisse ou non, peu nous chault : nous ne sommes que des intermédiaires, des banquiers, nous n'encourons aucune responsabilité. Ne perdons pas de vue que la commission qu'on nous offre est des plus importantes : 30 0 0.'Je vous prie donc de prendre l'affaire en considération et de nommer trois membres parmi vous pour l'examiner et dresser le rapport que nous aurons à discuter à notre prochaine réunion.

La proposition du président fut acceptée, puis on procéda à l'élection des trois membres en question.

Cette opération terminée, le président reprit la parole :

— Messieurs, dit-il, voici une autre affaire qui nous est proposée par M. l'abbé Verjoux, ex-aumônier de l'armée. Il s'agit de la création d'une banque catholique qui prendrait pour titre le *Crédit rédempteur* Il va sans dire que la clientèle de cette société financière serait principalement recrutée dans le clergé. Le *Crédit rédempteur* aurait à s'occuper, dès sa fondation, de la création d'ateliers où les voleurs repentis trouveraient, à leur sortie de prison, du travail. L'idée n'est pas si bête qu'elle en a l'air et peut être féconde en résultats. Pour l'instant, il s'agit de constituer la société au capital de un million et cela sans que nous ayons à verser un sou. Avec la loi de 1867, il y a des accommodements. L'opération est des moins compliquées. C'est un simple virement que je vous propose. Nous n'aurons qu'à présenter pour la totalité des actions une liste de souscripteurs et à remettre au gérant de la Société un reçu, au nom de la *Banque du Progrès*, du quart du montant de ces actions. Muni de ce reçu, le gérant sera à même de faire sa déclaration chez le notaire. Nous nous occuperons ensuite de l'émission qui ne peut manquer de réussir. Au surplus, nous nous entendrons, quand le moment sera venu, avec la *Banque Conservatrice* qui n'a rien à nous refuser, puisque nous l'avons aidée à placer les titres de la *Caisse des indigents*.

— C'est évident, dit un des membres.

— Je vous demande donc, messieurs, de nous autoriser à faire le nécessaire pour constituer la *Société du Crédit rédempteur*.

Le conseil vota comme un seul homme, après quoi, le président avala un verre d'eau sucrée et reprit:

— Il ne me reste plus qu'à vous entretenir de deux affaires. La première nous est proposée par un ingénieur qui vient de découvrir un procédé d'application du caoutchouc au pavage des voies publiques. Le rapport très détaillé qui m'a été remis à cet effet développe d'une façon très claire et très éloquente les divers avantages du pavage caoutchouté. Je ne les mentionnerai pas ; je me bornerai à appeler votre attention sur le caractère tout particulièrement original de cette innovation destinée, dans la pensée de son auteur, à prendre une grande extension.

Ce mauvais jeu de mots, échappé à la gravité du président, provoqua un rire général.

— La seconde affaire, continua l'imperturbable orateur, consiste dans la fondation d'une assurance des capitalistes. La combinaison a pour objet de garantir, moyennant une prime proportionnelle au capital engagé, tous les placements sur les valeurs françaises inscrites à la cote officielle, c'est-à-dire que cette assurance indemnise ses clients de leurs pertes. En deux mots, voici le mécanisme de cette combinaison : si A donne à la société l'ordre d'acheter 500 francs de rente et que B lui donne un ordre de vente équivalent, elle encaisse la double prime et le double courtage, et à la fin du mois, elle rembourse le perdant du montant de sa perte en actions de l'*Assurance des Capitalistes*. Quand les ordres qu'elle reçoit ne donnent pas lieu à des compensations, elle se contente de faire la contre-partie, c'est-à-dire qu'elle achète pour son compte ce qu'on lui a donné l'ordre d'acheter. Conséquemment, dans ce cas encore, elle encaisse courtage et prime, tout en courant la chance d'un gain. Vous voyez que c'est simple comme bonjour.

— Pas si simple que cela, fit de Villegueuse. Je trouve cette assurance fort peu rassurante.

— Pour les clients, c'est possible, s'écria le président avec vivacité, puisque nous les remboursons en titres dont la valeur est purement fictive ; mais pour nous l'affaire est superbe, attendu que nous ne courons aucun risque.

— Reste à savoir, fit un autre membre, si les clients mordront à l'hameçon.

— Mon cher Partaphile, répliqua le président d'un ton aigre, si nous nous mettons à douter de l'imbécillité publique, nous n'avons plus qu'à fermer boutique. Emanant d'un homme aussi rompu aux affaires que vous l'êtes, vos craintes m'étonnent. De toutes les exploitations minières, il n'en est pas de plus fructueuse que l'exploitation de cette mine inépuisable qui s'appelle la bêtise humaine. C'est la foi en cet axiome qui assure le succès, ne l'oublions pas. C'est l'application de ce principe salutaire, de cette vérité primordiale qui a fait la fortune de nos plus honorables maisons financières. Ne perdons pas de vue non plus qu'il s'agit non pas de convaincre les gens de bon sens, mais de frapper l'imagination du public, et que, plus une affaire paraît impossible, ridicule même, plus elle a de chances de réussite. Rappelez-vous l'affaire des Galions de la Méditerranée. Eh! messieurs, si le public raisonnait, si la soif du lucre ne lui ôtait toute lucidité et toute intelligence, nous serions tous depuis longtemps sur la paille...

— humide, ajouta Levy-Gœrke.

— C'est juste! firent sentencieusement plusieurs membres.

— Je conjure donc le conseil d'apporter dans nos discussions cette largeur d'esprit, cette indépendance de vues dont il a fait toujours preuve et qui, seules, peuvent assurer les destinées de la Banque du Progrès. Nous n'avons pas le choix des moyens, du reste. Sans doute, les affaires de notre société sont en bonne voie, ainsi que vous pourrez le constater tout à l'heure par l'inspection des livres, mais n'oublions pas que le terrain n'est pas encore solide sous nos pas et qu'une hésitation suffirait pour tout compromettre. De l'audace, vous dirai-je, en terminant, encore de l'audace, toujours de l'audace!

Un murmure approbatif accueillit ces dernières paroles.

Levy-Gœrke se leva.

— Messieurs, dit-il, je demande au conseil un témoignage de confiance en faveur de M. Laforest, notre honorable président; je demande qu'il lui soit donné pleins pouvoirs pour continuer les négociations entamées au sujet des affaires dont il vient de nous entretenir. Je demande qu'il soit, en outre, chargé de la rédaction du rapport que nous aurons à approuver dans notre prochaine séance.

La proposition de Levy-Gœrke fut votée d'enthousiasme, après quoi l'honorable M. Laforest pria le secrétaire de donner communication des livres.

A ce moment, un huissier entra et remit une carte au président.

— Faites entrer, dit M. Laforest. Messieurs, ajouta-t-il quand l'huissier fut sorti, c'est M. Rabani, l'homme dont je vous ai parlé, il y a quelque temps. C'est un auxiliaire qui peut nous être fort utile, car il est actif et intelligent. Son concours m'a été plus d'une fois précieux. Il a, je le sais, diverses affaires à me proposer, je vous prierai donc de lui accorder quelques instants d'attention.

L'huissier introduisit le nouveau venu qui, sur l'invitation de M. Laforest, prit place sur un siège.

— Ces messieurs attendaient votre visite, dit le président. Vous pouvez prendre la parole, nous sommes prêts à vous entendre.

— Messieurs, commença très délibérément M. Rabani, je me trouvais l'automne dernier à Clermont-Ferrand. J'ai fait dans cette ville la connaissance d'un chimiste distingué qui venait de découvrir, non loin de Murols, au milieu d'un site charmant, une source merveilleuse. Cette source se perd à un certain endroit et se charge, en passant sous diverses roches, d'une série de sels doués de toutes sortes de propriétés curatives. On la retrouve à deux kilomètres de distance, s'échappant d'un bloc énorme de rochers. Elle se trouve alors divisée en cinq filets bien distincts, dont les eaux possèdent des vertus spéciales et tout à fait différentes les unes des autres. Chose extraordinaire ! ces cinq nappes liquides, émanant de la même source, résument toutes les propriétés chimiques des diverses eaux minérales de l'Auvergne. C'est ainsi que l'analyse d'une de ces nappes a donné la composition exacte des eaux du Mont-Dore ; une autre correspond aux eaux de Royat, la troisième aux eaux de la Bourboule, la quatrième aux eaux de Saint-Nectaire, et la cinquième

aux eaux de Châtel-Guyon. C'est tout à fait admirable, comme
vous voyez.

— En effet, fit le conseil avec ensemble.

— Je n'ai pas besoin de développer longuement les conséquences d'une pareille découverte qui, je me hâte de le dire,
est encore à l'heure qu'il est tenue secrète par son auteur.
C'est la ruine à brève échéance de tous les établissements
thermaux de l'Auvergne. Il est clair qn'un jcasino, réunis-
sant à lui seul toutes les variétés d'eaux minérales de l'Auvergne, ne tarderait pas à avoir pour clientèle la totalité
des malades qui se répartissent, chaque année, dans les différentes stations thermales de la région. Les eaux de Murols, par leurs propriétés multiples, sont donc appelées à jouir
d'une vogue sans précédent. La mise de fonds à engager
dans l'affaire est du reste minime. Le casino {construit, il
n'y aura d'autres frais que ceux concernant la préparation
des eaux de la source.

— Comment cela? firent plusieurs membres, la préparation
des eaux de la source?...

— Eh ! sans doute, croyez-vous donc la nature si prodigue
de ses bienfaits qu'il ne soit nécessaire de l'aider un peu ?

— Qu'entendez-vous par là? demanda de Villegueuse.

— Messieurs, les gens d'esprit s'entendent à demi-mot.

Ce disant, Rabani s'approcha d'un des tableaux en ardoise, et saisissant un morceau de craie, se mit à tracer une
série de figures.

— Grâce à un système de tuyauterie des plus ingénieux,
reprit-il, système que vous voyez représenté par ce diagramme,
chaque nappe d'eau avant d'arriver à son orifice de sortie,
passe dans une série de récipients A B C D E où elle se
charge des sels nécessaires. Inutile de dire que le dosage de
ces sels a été rigoureusement calculé. Ces récipients se trouvent en G dans une cavité ou laboratoire souterrain dont
les mystères, cela va de soi, doivent être impénétrables aux
yeux des profanes.

— Mais c'est une supercherie ! s'écria de l'Osnoy.

— Une supercherie ! reprit Rabani. J'en appelle aux chi-

mistes distingués à qui nous confierons l'analyse des eaux de
Murols et aux membres de l'Académie de médecine qui nous
délivreront des diplômes parfaitement en règle. Vous reviendrez, d'ailleurs, de vos préventions, quand je vous aurai
dit que je me charge de trouver les fonds nécessaires à l'entreprise.

Il y eut un murmure d'acquiescement.

— Passons à une autre affaire, continua l'impassible
Rabani. Il s'agit d'un nouveau mode d'éclairage par le gaz
atmosphérique. L'auteur du projet m'a remis un travail que
voici, et dont vous voudrez bien prendre connaissance à
loisir. En vous rendant compte des prix de revient, vous
verrez que nous défions toute concurrence. Il nous faudra
obtenir du conseil municipal la concession de l'éclairage
de plusieurs rues de Paris. Cette concession ne nous
sera pas accordée sans de grandes difficultés, nous le savons, et c'est pourquoi nous venons solliciter votre appui.
Nous aurons à fonder un journal pour soutenir l'affaire ; il nous faudra également nous assurer le concours de
certains conseillers municipaux qui sont de vos amis, tout
cela entraînera à de grandes dépenses, je ne me le dissimule pas, mais l'entreprise en vaut la peine. Elle sombrera
au bout de peu de temps, c'est certain, mais nous rachèterons les actions à vil prix, et c'est alors, messieurs, qu'elle
portera ses fruits... Nous aurons entre les mains une affaire
qu'il nous sera d'autant plus facile de faire prospérer qu'elle
ne nous aura rien ou presque rien coûté.

— Fort bien, dit Levy-Gœrke, mais il faut de l'argent pour
lancer l'affaire et procéder à l'émission des titres de la première société. Combien faut-il ?

— Cinq cent mille francs pour commencer. Après nous
verrons.

— Cinq cent mille francs ! s'écria-t-on de toutes parts.

— Que cela ne vous inquiète pas... Je me charge encore
de trouver le bailleur de fonds... Je dis mieux, je l'ai trouvé.

— Vous ?

— Moi-même, messieurs.

— Et ce bailleur de fonds, c'est ?

— Peu vous importe ! On vous le présentera quand l'heure aura sonné. Pour l'instant, qu'il vous suffise de savoir que je vous apporte une bonne affaire et de l'argent. C'est un cadeau, un vrai cadeau que je suis trop heureux de vous faire, messieurs.

— Un cadeau? fit de Villegueuse en souriant. Voyons, qu'est-ce que vous demandez en échange?

— Ce que je demande ? répondit Rabani... Ceci, messieurs, nécessite une prolongation d'entretien. Etes-vous prêts à me l'accorder ?

— Sans doute, fit le conseil d'une voix unanime.

— Messieurs, reprit Rabani, il y a quelques mois, j'étais à Lausanne...

La séance continua.

II

Des différents hôtels qui décorent la rue François Ier, il en est un dont l'architecture coquette et mignarde attire tout particulièrement l'attention des passants. Cet hôtel minuscule ne comprend qu'un corps de bâtiment, élevé d'un seul étage, au fond d'une petite cour pavée de porphyre et fermée à l'alignement de la rue par une grille en fer forgé. Des arbres, dressant leur cime et projetant leurs ramures au-dessus du toit, révèlent l'existence d'un jardin attenant à l'hôtel. Un perron en marbre développe sa double révolution sous la marquise en fer doré de la façade et donne accès à la porte centrale.

Tout indique que ce mignon et discret hôtel est un des nombreux temples élevés par les modernes à la divinité qu'on célébrait à Paphos. L'intérieur répond du reste à l'extérieur. Tout y respire les élégances et les raffinements d'un luxe plein de mystère et de volupté. Il y a comme une sorte de poésie intime dans l'harmonie du décor, des meubles et des accessoires au milieu desquels se joue la pièce à deux dont ce nid capitonné de soie semble être le théâtre. On reconnaît, au choix et à l'arrangement des moindres objets, le goût exquis d'une femme. Partout des fleurs, des soies, des dentelles, des tableaux, des statuettes, des bronzes, des terres cuites, des faïences, des porcelaines de Saxe, des consoles

chargées de coffres, d'albums, de vases en majolique ou de
vieux Sèvres, des étagères garnies de bibelots japonais ou
chinois et de ces mille riens charmants qui sont comme les
joujoux de l'opulence désœuvrée.

Le salon surtout est magnifiquement décoré. Le plafond
est découpé en caissons où se jouent, au milieu de roses et
de bleuets, des amours bouffis comme de petits Bacchus. Un
lustre à douze branches projette les irisations et les scintillements de ses pendeloques de cristal. Les murs sont tendus
de satin bleu pervenche ; les embrasures des fenêtres qui
s'ouvrent de plain-pied sur le jardin sont peintes de capri-
cieuses arabesques où s'entrelacent avec une verve folle des
rinceaux et des volutes fantastiques. Les rideaux et les portières de même étoffe que les tentures sont couronnés de
lambrequins en crépine d'argent brodée de soie. Un magnifique tapis du Turkestan recouvre le parquet. Sur la haute
cheminée en marbre turquin, une réduction en bronze de la
Jeune fille confiant son secret à Vénus, de Jouffroy. Une table
longue à marqueterie d'argent, un piano à queue et tout
l'attirail de fauteuils, poufs et causeuses que comporte un
salon complètent l'ameublement.

Cinq mois se sont passés depuis que la Florval a quitté
Clermont-Ferrand et c'est à Paris, dans ce salon que nous
la retrouvons. On est à la fin de l'hiver.

Il avait neigé toute la journée. La rue déserte était
comme assoupie dans le silence. Les maisons coiffées de
blanc avaient l'air d'être endormies. Le vent qui passait
dans les arbres poudrés secouait leurs branches et en détachait une pluie de flocons dentelés. Le spectacle de ces blancheurs inanimées qui faisaient ressortir les tons cendrés du
ciel avait une sorte d'indécise et morne tristesse.

Esther Florval debout, près du foyer, un chien havanais
couché en rond à ses pieds, promenait, à travers la glace
sans tain qui surmontait la cheminée, un vague regard
au dehors.

Près d'elle, dans un fauteuil, Henri de Vandannes, un
journal sur ses genoux, réprimait un bâillement. Depuis un

instant, il avait cessé sa lecture et semblait lutter contre l'assaut du sommeil.

Esther, sortant de sa rêverie, tourna la tête.

— Vous vous ennuyez, mon ami, dit-elle.

— Moi ?

— Sans doute. Mais regardez-vous donc dans cette glace, ajouta-t-elle avec un éclat de rire, vous avez l'air d'un homme qui se réveille... ou qui va s'endormir.

— C'est possible. J'ai des idées couleur du temps. Il me semble qu'il neige au dedans de moi-même et que j'ai le cerveau gelé.

— Bref ! vous vous ennuyez.

— Mais, vous-même, ma chère Esther... Tout à l'heure, je vous observais... à quoi pensiez-vous ? Je l'ignore, mais vous suiviez d'un œil attentif les fleurettes qui neigeaient des arbres. C'est une distraction comme une autre, me direz-vous. D'accord, mais vous avouerez que lorsqu'on en est réduit, pour se distraire, à regarder la neige qui tombe, on est bien près de s'ennuyer.

— Vous avez peut-être raison, mon cher Henri.

Elle se mit à rire et s'assit en face de lui, en secouant, d'un gracieux mouvement de tête, sa crinière brune qui flottait sur ses épaules.

— C'est donc un fait constaté, reprit-elle en poussant un léger soupir. Nous nous ennuyons. Est-ce que cela ne vous inquiète pas ? Ne vous semble-t-il pas qu'il y ait là pour tous deux un grave sujet de méditation ?

— Sapristi ! ma chère Esther, sur quel prédicateur de carême avez-vous marché ?

— Qui nous eût dit, reprit-elle avec un nouveau soupir, qu'après cinq mois d'un bonheur que nous nous étions promis éternel, nous nous retrouverions, par une sombre journée d'hiver, assis en face l'un de l'autre, soucieux et rêveurs, essayant de raviver nos amours grelottantes à la flamme du foyer ? Qui eût dit qu'au bout de cinq mois seulement, la lassitude serait déjà venue ?

— C'est-à-dire que vous ne m'aimez plus ? fit de Vandannes en la regardant fixement.

— Vous voudriez bien que cela fût, n'est-il pas vrai ?

— Moi ?... Tenez, Esther, il y a des moments où je ne
vous comprends pas, où vous me rendez fou... Que signifient les paroles que je viens d'entendre, si vous m'aimez
encore ?... Vous parlez de lassitude. Avouez-le donc, avouez
que les intimités de la vie à deux vous semblent monotones
et fatigantes, que vous avez la nostalgie du théâtre, que
vous avez besoin des applaudissements de la foule et des
feux de la rampe, que vous avez enfin trop présumé de vos
forces en croyant que vous pourriez me sacrifier les ivresses
du succès !

— Vous vous trompez, Henri, fit Esther avec une sorte
de mélancolie. Je vous ai sacrifié mes joies et mes espérances
d'artiste, sans arrière-pensée et sans regret. Je vous ai
promis de ne pas remonter sur les planches : eh bien ! je
vous jure qu'auprès de vous, j'oublie que j'ai été comédienne et que je pourrais le redevenir. Non, la solitude à
deux n'a pour moi ni monotonie, ni ennui ; non, la lassitude
n'est pas venue pour moi, car je vous aime comme au
premier jour, mais demain, aujourd'hui peut-être, elle peut
venir pour vous, si ce n'est fait déjà.

— Quelle folie ! ma chère amie, je vous jure...

— Ne jurez pas... Mais laissons cela, Henri, cette pensée
me fait mal... Ah ! je le sens, ajouta-t-elle, en se laissant aller tout à coup à ses sanglots, si vous m'abandonniez, j'en
mourrais.

— Voyons, ma chère Esther, fit de Vandannes en se rap-
prochant d'elle et en lui prenant doucement les mains,
qu'avez-vous aujourd'hui ? Vous êtes nerveuse... seriez-vous
souffrante, par hasard ? Vous ne m'avez jamais parlé
ainsi... Moi, vous abandonner ! y songez-vous ? Ne vous
ai-je pas donné des preuves de mon amour ? Que puis-je
faire de plus ? Dites, je suis prêt à vous obéir.

— Bien vrai ? dit-elle, comme si elle se réveillait d'un
songe pénible.

10.

— Me voilà à vos pieds. Je vous écoute.

— Vous m'obéirez, bien sûr ? reprit-elle avec une moue d'enfant gâté.

— Je m'y engage. Voyons, qu'exigez-vous de moi ?

— Je n'exige rien, tout au plus pourrais-je formuler un vœu.

— Lequel ?

— Vous me promettez de ne pas prendre mes paroles en mauvaise part ?

— Je vous le promets.

— Eh bien ! je voudrais vous savoir une occupation...

— Une occupation ? que voulez-vous dire ? je ne sais rien, si ce n'est monter à cheval. Voulez-vous que je me fasse écuyer de cirque ou jockey ? A part ces deux honorables professions, je n'en vois aucune qui me puisse convenir.

— Vous vous calomniez, mon ami.

— De quoi m'occuperais-je encore une fois, quand je n'ai et ne veux avoir d'autre souci, d'autre soin que de vous plaire ?

— Ceci est fort aimable, mon cher Henri, et je vous remercie, mais laissez-moi achever ma pensée. Je vous aime, et c'est précisément parce que je vous aime que j'ai peur de vous perdre... Je n'ai pas l'orgueil de croire qu'à moi seule, je puisse remplir votre existence... La vie, et surtout la vie d'un homme a besoin d'activité... il faut un aliment à cette activité... Croyez-en mes pressentiments, mon ami, rien n'est plus dangereux que le désœuvrement. Il y a un mois à peine que nous sommes à Paris et vous avez déjà fait de grosses pertes d'argent à votre cercle. Je prévois le jour où le jeu vous saisira tout entier... Ce jour-là, Henri, vous ne m'aimerez plus. Voilà le danger qui me rend inquiète et que je veux écarter. Je vous parle, comme une petite bourgeoise, n'est-ce pas ? Que voulez-vous, le cœur ne se pique pas d'aristocratie et je vous parle avec mon cœur.

— Je ne puis pourtant pas me mettre à auner de la toile

pour vous plaire, dit de Vandannes. Vous n'aimeriez pas longtemps, je l'espère du moins, un courtaud de boutique. Que voulez-vous donc que je fasse? J'ai été soldat. Me conseilleriez-vous de reprendre du service, par hasard?

— Non, certes, mais je voudrais vous voir quelque ambition...

— Politique, peut-être?

— Et pourquoi pas? N'êtes-vous pas riche? Ne portez-vous pas un beau nom?

— Député!... et puis un jour, ministre, n'est-ce pas?... Ah! ma foi, non, ma chère amie, je ne me sens pas l'âme assez stoïque pour affronter un pareil ridicule... Trouvez autre chose.

— Lancez-vous dans les affaires, alors... Vous avez des capitaux.

— Hum! la finance...

— Eh bien! quoi d'étonnant à cela? Ne voyons-nous pas aujourd'hui les plus beaux noms de France figurer sur les prospectus des maisons de banque? On se les dispute, mon cher ami. Tenez, à votre place, je voudrais être membre d'au moins six conseils d'administration.

— Ambitieuse! fit de Vandannes en riant. Nous recauserons de cela plus tard. Diable! ajouta-t-il, en tirant sa montre, déjà quatre heures. Et le baron qui m'attend!

— M. de Lordac?

— Oui, il a précisément à m'entretenir d'une affaire... Pour vous être agréable, ma chère Esther, je vous promets de l'écouter avec recueillement, et, bien que je n'aie aucune envie de me lancer dans la spéculation, il vous devra peut-être, sans s'en douter, le succès de sa petite négociation. Je vous dirai plus tard, de quoi il s'agit.

— Vous reverrai-je, ce soir?

— Venez me prendre à dix heures et demie. Nous irons écouter à l'Opéra le dernier acte de l'*Africaine*.

— Comme il vous plaira.

A ce moment le bruit sourd d'une voiture qui s'arrêtait devant la grille se fit entendre au dehors, et quelques instants après un domestique entra et annonça madame la comtesse Schuloff.

— Cette chère Valérie! dit Esther, en se levant et en allant au-devant de la comtesse. Que c'est aimable à toi d'être venue malgré cet odieux temps de neige!

Madame Schuloff se débarrassa prestement de sa fourrure.

— Bast! fit-elle, en Russie, j'en ai vu bien d'autres.

De Vandannes lui serra la main.

— Vous me voyez désolé, dit-il, mais je suis attendu. Veuillez m'excuser, madame, et me plaindre puisqu'il me faut vous quitter.

— Allez! allez donc, cher monsieur, fit la comtesse d'un petit air dégagé, vous êtes tout pardonné.

De Vandannes salua et sortit.

— Nous voilà seules! s'écria Esther Florval. Ah çà, ajouta-t-elle en avançant un fauteuil près de la cheminée et en forçant la comtesse à s'asseoir, tu me restes à dîner, n'est-ce pas?

— Avec plaisir... Schuloff dîne à son cercle et je me voyais déjà condamnée pour toute la soirée à la compagnie de madame Parneff, mon aimable gouvernante... Comme c'est drôle, hein?...

— Pauvre petite!... Ah çà! tu ne peux donc pas t'en défaire, de cette vilaine face de chouette?

— Hélas! non, fit la comtesse avec un soupir, il n'y a pas mèche. J'ai essayé, ça n'a pas pris. La Parneff est inamovible. Le comte me l'impose, sous prétexte qu'elle est sa sœur de lait. A-t-on idée de ça? Si bien que je suis tenue en charte privée... et que la Parneff, qui m'espionne du matin au soir...

— Ton mari est donc toujours jaloux?

— Plus que jamais... Est-il bête, hein?

— Dame! il a soixante ans!...

— S'il n'avait que ça!... Tu oublies que les années de campagne comptent double.

— C'est vrai, il a beaucoup guerroyé...

— A Cythère, fit la comtesse en riant aux éclats. Eh bien ! malgré cela ou à cause de cela, comme tu voudras, c'est un Othello pour la jalousie — pour cela seulement, par exemple !

— Tu dois bien t'amuser !

— Comme si je n'avais pas trente-huit ans, comme si à mon âge...

— Chut!... est-ce qu'on dit ces choses-là ?...

— Bah !... Je ne me monte pas le bourrichon, va... J'ai été pas trop mal dans le temps, ça c'est vrai... Mais aujour-hui...

Elle se dressa dvant une petite glace de Venise qui se trouvait près de la cheminée.

— Il n'y a pas à dire, ma pauvre Esther, fit-elle en se-couant la tête, je parais mes trente-huit étés, ou peu s'en faut... Et puis, vois-tu bien, la fantaisie, ça n'a qu'un temps... Il faut se faire une raison. C'est ce que je me dis souvent et, vrai de vrai, j'en arrive parfois à me consoler aisément et à ne pas trop regretter le passé avec toutes ses folies...

— Peste! le mariage t'a rendue philosophe... Il est vrai qu'il t'a donné pas mal de compensations.

— Parce que je m'appelle la comtesse Schuloff ?

— Et puis parce que ton mari est vieux, cassé et telle-ment démoli qu'il ne saurait tarder à te transformer en héritière...

— Tiens, je l'espère bien... Ah! sapristi! je ne l'aurai pas volé !...

— Le fait est qu'il n'est pas amusant, ton boyard.

— Ah ! fichtre non !... Mais j'y pense... fit-elle tout à coup, Baptiste qui m'attend.

— Baptiste ? qui ça, Baptiste ?

— Mon cocher... Le pauvre garçon se morfond à la grille... Fais-lui dire par ton valet de chambre qu'il vienne me prendre à neuf heures.

Esther Florval sonna.

Le valet de chambre parut, apportant deux lampes allumées, qu'il déposa sur la cheminée.

— Dites au cocher de Madame qu'il revienne à neuf heures, fit la Florval, et donnez l'ordre qu'on mette deux couverts.

La nuit tombait. Le domestique tira les rideaux du salon et sortit.

— Ah çà! voyons, et toi? reprit la comtesse quand elle fut seule avec Esther, qu'est-ce que tu deviens? Comment cela va-t-il ici?

— Toujours de même.

— · Ton de Vandannes est toujours chauffé à blanc?

— Mais oui.

— Profites-en, ma chère.... à notre âge, il faut faire une fin.

— C'est ce que je me dis... Mais je n'ai pas la ressource de l'épouser, moi...

— Raison de plus... Il t'a acheté ce petit hôtel, ce n'est déjà pas mal.

— Il ne m'a rien acheté du tout... Tu oublies que je suis mariée et qu'il m'aurait fallu l'autorisation de mon mari pour que la cession fût valable.

— Tu as raison... Mais quelles garanties as-tu? car je ne pense pas que tu te sois mise à la discrétion de ton amant...

— Quelles garanties? Je n'en ai aucune.

— Comment! pas même des titres au porteur?

— Pas même cela.

— Mais alors, il te tient?

— · Pas du tout. C'est moi qui le tiens.

— Comment 'cela?

— Je le lance dans les affaires...

— A quoi cela te servira-t-il s'il se ruine?

— S'il se ruine?... mais j'espère bien qu'il se ruinera...

— Je ne comprends pas...

— Tu comprendras plus tard, ma chère Valérie.

— Mystère et combinaisons... Je te reconnais là... Tu es

une femme de tête, je le sais... Aussi m'étonné-je que tu n'aies pas déjà dix fois fait fortune...

— On ne fait pas toujours ce qu'on veut.

— C'est vrai, et puis il y a Théodore... Un rude cheveu dans ton existence, tout de même, que ce coco-là.

— A qui le dis-tu? fit Esther avec un soupir.

— Mais tu ne peux donc pas t'en débarrasser une bonne fois, de cet être-là?

— Si tu crois que c'est commode... D'ailleurs, je ne le voudrais pas aujourd'hui ; il m'est devenu indispensable...

— Ah !

— Oui, je l'ai mis dans mon jeu... En sorte que, loin d'être gênant...

— Il te sert... Ce n'est pas mal trouvé. Avec tout ça, de Vandannes croit toujours qu'il est ton mari...

— Il ne manquerait plus que cela qu'il ne le crût pas !... C'est une illusion qui lui coûte cinquante mille francs ! A ce prix-là, ma chère, il a le droit de la conserver longtemps.

— Ah! oui, les cinquante mille francs que mons Théodore s'est fait donner à Lausanne pour s'éloigner... Un fier toupet, ton Théodore... Il jouait gros, et toi aussi...

— Allons donc ! de Vandannes est aveugle... Il ne voit rien.

— C'est juste... tu lui as mis le bandeau.

— Comme toi...

— Ah ! pour Schuloff, ç'a été plus dur... Cinq ans de stage, ma chère...

— Et au bout un titre de comtesse et une dot d'un million qu'il t'a reconnue...

— Après avoir bazardé toutes ses propriétés en Ukraine, fit la comtesse, en riant à se renverser dans son fauteuil, car il ne peut plus remettre les pattes en Russie, maintenant... je l'ai brouillé avec le tsar !...

Les deux femmes allumèrent une cigarette.

— Te rappelles-tu nos débuts à Reims, il y a dix ans, reprit Esther ? Tu jouais la baronne d'Ange dans le *Demi-Monde*.

— Et toi, Marguerite dans la *Dame aux Camélias*, répondit la comtesse. Tu jouais alors les jeunes premières ; c'est cette année-là que nous nous sommes connues. Mais pourquoi cette question ?

— Tu gagnais alors cinq cents francs par mois et j'en gagnais trois cents.... C'était maigre, d'autant plus que nos frais de toilette se montaient à plus de mille francs par mois...

— Heureusement que les marchands de vins de Champagne sont les protecteurs éclairés des arts.

— C'est égal, l'avenir ne s'annonçait pas sous de brillantes couleurs... Il y avait parfois de fières taches d'encre à l'horizon... Un jour, nous sommes allées chez une somnambule... La tireuse d'horoscopes te prédit que tu serais comtesse ; quant à moi, je dus me contenter de l'assurance que je serais riche un jour... La première moitié de la prédiction s'est réalisée, acheva-t-elle en riant, c'est à mon tour maintenant de donner raison à la seconde.

— Avec l'aide de de Vandannes ?

— Je l'espère bien.

— A la bonne heure !... Tu es dans le mouvement, je vois ça... et puis entre nous, tu es comme moi, tu n'as plus vingt ans... il est temps de songer au sérieux... Les de Vandannes sont rares et avant que l'espèce ait complètement disparu, profite du type que tu as entre les mains. Il est précieux. Tu ne retrouverais peut-être pas son pareil.

— N'est-ce pas qu'il est bien ?

— Il est complet. C'est égal, ma petite Esther, quand je pense au passé et que je regarde le présent, sais-tu ce que je me dis ?

— Non.

— Eh bien ! je me dis que nous sommes de fieffées coquines, tout de même ! fit la comtesse en éclatant de rire.

— Ce qui me console, repartit la Florval avec un rictus amer, c'est qu'au fond les hommes ne valent pas mieux que nous.

A ce moment la porte s'ouvrit et le valet de chambre apparut de nouveau.

— Madame est servie, annonça-t-il.

Les deux femmes passèrent dans la salle à manger.

Le dîner fut très gai. On causa théâtre et chiffons : conversation nullement compromettante. La présence des gens de service rendait du reste impossible toute espèce de confidences.

Le dîner terminé, on rentra au salon et les deux amies se livrèrent de nouveau à leurs épanchements intimes. Elles n'avaient rien à se cacher d'ailleurs. Elles se connaissaient depuis si longtemps, les circonstances les avaient si souvent rapprochées, elles avaient si complètement vécu de la même vie pendant quelques années, que la dissimulation eût été entre elles une marque de défiance bien inutile. Il n'était point de secret, point de mystère dans la vie de l'une d'elles que l'autre ne pût aisément pénétrer et deviner. Néanmoins elles avaient toutes deux dans leur passé une aventure prudemment tenue dans l'ombre. Avant de s'ouvrir l'une à l'autre le livre des confidences, elles avaient eu le soin, chacune de son côté, d'en arracher un feuillet. A ce feuillet près, elles l'avaient lu tout entier et le savaient par cœur.

Autrefois, quand la comtesse Schuloff roulait les théâtres de province sous le nom de Valérie, la Florval était son inséparable compagne. Elles s'engageaient dans les mêmes troupes, habitaient dans la même maison, revenaient ensemble à Paris, sans que jamais les incidents d'amour dont leur existence était émaillée les séparassent plus d'un jour ou deux. Dans le monde des cabotins, elles étaient connues sous le vocable des « deux sœurs siamoises ». Leurs liaisons galantes, en raison même de leur peu de durée, n'avaient jamais provoqué de jalousie entre elles, ni troublé la parfaite harmonie de leur espèce d'association. Elles savaient qu'une femme isolée est souvent bien faible au milieu des hasards de la vie amoureuse, et c'est pourquoi elles avaient conclu un traité d'alliance offensive et défensive. Ces complicités de la débauche sont plus fréquentes qu'on ne croit. Elles ont pour base l'intérêt commun, et comme les rivalités de cœur n'interviennent jamais entre ces oda-

11

lisques vagabondes, il n'est pas rare que les associations du genre de celle de la Florval avec Valérie, se resserrent au bout de peu de temps par des liens très durables.

Du jour où elles s'étaient connues, les deux comédiennes avaient compris qu'elles avaient tout à perdre à lutter l'une contre l'autre; elles préférèrent s'unir en vue de l'exploitation des viveurs de province et autres gogos de Vénus qui abondent sur les marchés de la galanterie départementale. Belles toutes deux, mais de beautés différentes, elles avaient de quoi plaire aux goûts variés des amateurs. Valérie avec ses cheveux blonds, ses yeux bleus, ses lèvres grasses entre deux fossettes nichées dans ses joues, son minois poupin et les mutineries de sa petite personne ronde et potelée, formait un frappant contraste avec la beauté un peu hautaine de la Florval.

Très fines et très intelligentes, toutes deux l'étaient également, mais avec des tournures d'esprit particulières. Il y avait plus de verve primesautière et de fantaisie dans Valérie, plus de concentration et de grâces calculées dans la Florval. L'une s'abandonnait parfois au caprice d'un ardent désir, l'autre n'écoutait que sa volonté froide. Influence d'éducation. La Florval, fille d'un capitaine retraité, avait perdu son père et sa mère de bonne heure. Elevée à l'institution de Saint-Denis, elle en était sortie à seize ans, munie de son diplôme d'institutrice. Sans autre parent qu'un vieil oncle qui était en même temps son tuteur, elle apprit bientôt à ne compter que sur elle-même. Elle entra dans un pensionnat en qualité d'institutrice-adjointe, y resta six mois au bout desquels, sur les instances de son oncle, elle se maria.

Valérie, au contraire, avait été élevée dans les ateliers parisiens. A l'âge de douze ans, elle avait été placée en apprentissage par ses parents. Un beau jour, ayant quinze ans à peine, elle prit la clef des champs et s'en alla buissonner dans les théâtres de banlieue, à la remorque d'un comédien qui demeurait dans la maison de son patron. Ces premières amours durèrent peu. Elle réussit à entrer à la Porte-Saint-

Martin pour jouer un bout de rôle dans un drame à spectacle. Elle y fit la connaissance d'un acteur qui demeurait dans son quartier et l'accompagnait le soir après la représentation. Quinze jours après, elle devenait sa maîtresse.

Cette seconde liaison fut un peu plus longue que la première, mais Valérie finit par se lasser de son amant et partit pour l'étranger. Pendant près de huit ans elle vagabonda à travers l'Europe et vint s'échouer à Reims après une série d'orages qui l'avaient complètement désemparée. C'est dans cette ville qu'elle connut la Florval et, pendant quatre ans, ces aventurières de l'art, ces bohémiennes de l'amour, partagèrent les vicissitudes de la fortune. La cinquième année, Valérie devint la maîtresse d'un chef de bureau de la division des théâtres et obtint un ordre de début à l'Odéon. Elle échoua complètement devant le public qui n'a pas les mêmes raisons que les chefs de bureau des beaux-arts pour protéger les petites actrices. Ce fut un four noir, comme on dit en argot de coulisses. Cette représentation, aussi unique que désastreuse, dégoûta Valérie de la capitale ; elle se désintéressa de Paris et partit pour la Russie. Elle en revint trois ans après avec le vieux comte Schuloff.

Le comte se fixa à Paris. Valérie eut hôtel, chevaux et voitures. Peu à peu, elle devint pour le vieux boyard qui, jusque-là, avait partagé son temps entre les cercles, ses écuries et son chenil, un objet de première nécessité. Un jour, elle le menaça de le quitter. Elle comprit à l'effarement du vieillard qu'elle serait comtesse quand il lui plairait.

C'est ainsi que, depuis près de six mois, elle s'appelait madame Schuloff. Le mariage avait été célébré à Lausanne, sans aucune cérémonie. Le comte avait, pour la circonstance, fait transformer en chapelle un des salons de la villa qu'il possédait à Ouchy, sur les bords du lac. Un pope avait été mandé et avait béni l'union des deux époux.

Valérie avait écrit à la Florval pour lui annoncer son mariage. Un mois après, celle-ci arrivait à Lausanne, où son ancienne amie s'empressa de la recevoir. Le vieux Schuloff, qui eût volontiers peuplé sa maison de jolies femmes si Va-

lérie le lui eût permis, lui fit également le meilleur accueil.
L'arrivée de de Vandannes à Lausanne sépara les deux amies
mais elles se promirent de se revoir à Paris.

Esther et Valérie, gaiement installées au coin du feu, se
rappelaient tout cela. Elles se remémoraient le passé avec
ses phases diverses, avec ses hauts et ses bas, ses gaietés et
ses amertumes, ses *dèches* et ses opulences d'un jour. Le sóu-
venir des bruyants soupers au champagne se mêlait à celui
des rondelles de saucisson tristement dévorées sur un bout
de table au lendemain d'un *lâchage* imprévu. Et puis, on
avait eu parfois des faiblesses : un joli garçon rencontré de ci
de là, pour qui on avait fait des bêtises, compromis une situation avantageuse, lâché des amants sérieux, qui vous
avait mangé toutes vos économies et, pour toute reconnaissance, vous fichait des râclées à vous laisser sur le car-
reau.

— Est-on bête quand on est jeune! disait Valérie.

— Oui, répondait Esther avec un pli au front, j'ai été stupide, mais aujourd'hui...

— Tu es comme moi, n'est-ce pas? fit Valérie, tu hais les
hommes... C'est justement pour cela, acheva-t-elle en riant,
que je me suis mariée.

Dix heures sonnèrent.

— Dix heures! s'écria Valérie... Comme le temps passe
vite! Et ce pauvre Baptiste qui m'attend depuis une heure!...
Je me sauve...

— Quand te reverrai-je ? dit Esther.

— Quand tu voudras. Viens me demander à dîner, tu
sais que Schuloff t'aime beaucoup... Ça lui fera plaisir de
te voir, et à moi aussi, tu n'en doutes pas.

Les deux femmes se séparèrent.

A peine Valérie était-elle sortie que la Florval jeta sur
ses épaules un camail d'hermine, ouvrit la porte qui donnait
sur le jardin et s'engagea dans une allée obscure. Elle arriva, piétinant bravement et faisant craquer la neige sous
ses pas, à une petite porte qui s'ouvrait sur la rue Bayard.

Un homme emmitouflé dans une longue pelisse de four-

rures attendait sur le trottoir. Il se glissa par l'entrebâillement de la porte dans le jardin.

— Eh bien? fit-il à voix basse.

— Eh bien, tu peux envoyer ton homme demain. De Vandannes acceptera.

— Bravo! Il y a plaisir à travailler avec toi. On t'obéit
à la baguette. Tu es une véritable fée.... Pour commencer,
je lui ai lâché aujourd'hui de Lordac dans les jambes...

— Tu me raconteras cela une autre fois. En ce moment,
je n'ai pas le temps de t'écouter. Si j'ai du nouveau, je te
ferai prévenir.

— Cruelle! c'est comme cela que tu renvoies ton fidèle
Théodore?...

— De Vandannes vient me prendre dans une demi-heure...
Va-t'en! te dis-je.

— C'est différent, fit-il en déposant un rapide baiser sur
la main qu'on lui tendait. Je n'insiste pas. Au revoir, sirène!

— Adieu, Rabani.

Il sortit précipitamment, et la porte se referma sur lui.

Il était onze heures du matin. De Vandannes, après un dernier coup d'œil donné dans une glace, s'apprêtait à sortir du magnifique appartement qu'il occupait rue du Colisée, lorsque son domestique lui remit une carte portant ces mots :

PAULIN DE L'OSNOY

commandant en retraite

— Faites entrer, dit de Vandannes.

Le domestique introduisit le visiteur.

— Monsieur le comte, commença de l'Osnoy, je n'ai pas l'honneur d'être connu de vous, mais je vous suis adressé par M. de Lordac, au sujet de l'affaire dont il vous a déjà touché quelques mots. Mais peut-être suis-je indiscret ; vous alliez sortir...

— Je vous en prie, monsieur, insista de Vandannes, dites-moi ce dont il s'agit. J'ai tout le temps nécessaire pour vous entendre.

Il lui désigna un siège.

— Monsieur le comte, reprit de l'Osnoy, j'ai eu le bonheur, quand j'étais en garnison à Rennes, de me trouver en relations avec monsieur [votre père qui habitait alors cette

ville. Vous étiez bien jeune à cette époque, car il y a quelque vingt ans de cela. Monsieur votre père a toujours été
un fidèle et fervent légitimiste ; j'espère que vous ne l'êtes
pas moins...

De Vandannes fit un signe d'assentiment.

— Nous pouvons donc causer à cœur ouvert, puisque
nous appartenons au même parti. Nos espérances ne sont
pas aussi chimériques que le croient ou feignent de le croire
certains journaux. Nous n'avons pas le nombre, il est vrai,
mais qu'importe? Nous avons l'influence et l'autorité morale
qui sont l'apanage de nos glorieuses traditions. Avec cela,
le succès de notre cause est assuré, à une condition pourtant : c'est que-nous le voulions et que nous nous décidions
à faire preuve de virilité. Nous vivons trop dans nos souvenirs et pas assez dans le présent. Voilà notre grande faute.
Nos forces sont considérables. Nous occupons toutes les
avenues du clergé, de la diplomatie, de la magistrature et
de l'armée. Qu'attendons-nous donc pour sortir de l'inac-
tion qui nous perd ? qu'attendons-nous pour agir ?

— Qu'entendez-vous par là ? dit de Vandannes. Vous ne
songez pas, je présume, à élever des barricades ?...

— Pour le moment, non. Créer une agitation dans la rue
serait peut-être périlleux à l'heure présente. Mais il est un
autre terrain sur lequel nous pouvons combattre le gouvernement actuel.

— Et ce terrain?

— C'est le terrain financier. Je m'explique. Jusqu'à présent la prospérité financière du pays n'a cessé de s'étendre
et de progresser. Les produits de l'épargne s'amoncellent en
capitaux chaque jour plus considérables et contribuent à
l'accroissement de la fortune publique. Jamais peut-être la
puissance du crédit n'a été plus considérable qu'aujourd'hui.
Or, un gouvernement a une bien grande force quand il s'é-
taie sur la confiance des capitaux. Eh bien ! c'est cette force
qu'il s'agit de détruire, en détournant l'épargne, c'est-à-dire
le capital pour le faire affluer dans nos caisses, en opérant
le drainage de l'argent à notre profit, de façon à nous ren-

dre les maîtres du marché. Ce jour-là, il ne tiendra qu'à nous de ruiner quand nous le voudrons le crédit républicain. Alors, monsieur le comte, la bête sera morte, car il n'est pas de gouvernement assez robuste pour résister à pareil coup.

— Voilà le but, mais les moyens?

— Les moyens? Il y en a plusieurs. Permettez-moi de vous en exposer un seul, celui qui se rattache à l'objet de ma visite. Le journal est évidemment un des plus puissants moyens d'action pour atteindre le but que nous nous proposons. Malheureusement, les feuilles dont nous disposons expirent de vieillesse. Il nous faut un organe nouveau, plein de vigueur et de sève, un organe d'avant-garde en quelque sorte. Le public aime le bruit ; eh bien ! nous en ferons à lui rompre le tympan. Ce n'est pas tout : le journal que nous rêvons de créer aura à défendre des intérêts financiers considérables, — la finance étant un côté de la politique, de la nôtre principalement. Entre autres affaires dont nous voulons faire autant de leviers pour soulever le monde politique et financier, il en est une que je me permettrai de recommander tout spécialement à votre attention M. de Lordac m'a dit que vous étiez disposé à appuyer de vos capitaux une entreprise qui vous paraîtrait sérieuse. Je me flatte que celle dont je vais vous entretenir vous présentera toutes les garanties désirables. Il s'agit de la constitution d'une importante société, sous ce titre : Société d'éclairage par le gaz atmosphérique. Ce nouveau système d'éclairage, outre qu'il défie toute concurrence au point de vue du rendement lumineux, a l'immense avantage de réaliser une économie de 50 0/0 sur tous les systèmes connus. Voici, d'ailleurs, ajouta-t-il en remettant à de Vandannes une brochure imprimée, le rapport des ingénieurs-experts sur le nouveau procédé. Il vous suffira d'y jeter les yeux pour vous convaincre des avantages exceptionnels qu'il nous offre.

— Je l'examinerai à loisir, dit de Vandannes.

— Quand vous voudrez, monsieur le comte. Si je me suis bien fait comprendre, vous voyez qu'il s'agit de deux affai res qui, en réalité, n'en font qu'une seule : la création d'un journal politique et la constitution d'une société industrielle sous la dénomination de : Société d'éclairage par le gaz atmosphérique. Le journal devant être l'organe spécial de la société, sera conséquemment la propriété de celle-ci. Maintenant, je viens au fait. Pour permettre à la société que nous voulons constituer de prendre toute l'extension qu'elle comporte nous avons décidé d'élever son capital à quinze millions de francs. Nous sommes assurés du monopole de l'éclairage dans plusieurs villes de France et de l'étranger : il est donc nécessaire que nous puissions faire face à tous les besoins. Étant donnés le succès qui attend notre exploitation et son développement que nous devons prévoir, nous agirions imprudemment et ferions acte de mauvaise administration si nous nous engagions avec des ressources trop restreintes. Toutes chances calculées et tous risques chiffrés, nous ne pouvons commencer nos opérations avant d'avoir nos quinze millions. Ce capital sera d'ailleurs garanti par les usines, le matériel et la propriété du brevet dont l'acquisition figure à notre actif pour une somme de dix-huit cent mille francs. Quant aux dividendes, d'après les estimations du rapport, ils devront s'élever pour la première année, et malgré les frais de premier établissement, à plus d'un million. C'est donc pour les capitaux disponibles un placement de toute sécurité et de premier ordre au point de vue des bénéfices. Quant à nos titres, ils seraient assurément enlevés dans les vingt-quatre heures si nous en faisions l'émission. Mais que nous importe le public ? Ce que nous voulons, c'est empêcher la banque d'Israël, qui ne manquerait pas d'accaparer nos titres, d'absorber l'entreprise à son profit, et c'est pourquoi nous avons résolu de ne nous adresser qu'à ceux de nos amis dont nous sommes sûrs. N'est-ce pas d'ailleurs un excellent moyen de groupement des forces catholiques depuis trop longtemps divisées, que de les réunir sur le terrain commun des affaires?

— Sans doute. Et vos amis ont-ils répondu à votre appel?

— Avec un empressement qui est du meilleur augure,

11.

monsieur le comte. Sur les trente mille actions de cinq cents francs qui forment notre capital, vingt mille sont déjà placées. Il ne nous reste plus, pour parfaire le versement du quart du capital social et pouvoir, en conséquence, nous constituer légalement, qu'à placer le reste. En d'autres termes, il ne nous manque plus qu'une somme de un million deux cent cinquante mille francs.

— M. de Lordac m'a, en effet, parlé de cette affaire. Les explications que vous me donnez sont des plus encourageantes, je le reconnais; cependant, avant de m'engager, vous trouverez bon que je réfléchisse et que je prenne tout au moins connaissance du rapport.

— Cela va de soi, fit de l'Osnoy en souriant. Je suis certain, du reste, que vous n'hésiterez pas, quand votre religion sera suffisamment éclairée... Notre société, monsieur le comte, a pris cette devise qui est une espérance : *Post tenebras lux*. Cette devise figurera également dans la manchette de notre journal... Je n'ai pas besoin d'insister sur la finesse de l'allusion.

— C'est inutile, en effet, dit de Vandannes.

— Maintenant, un dernier mot : si l'affaire vous agrée, et elle vous agréera, j'en suis sûr, je dois vous dire que plusieurs de nos amis se proposent de vous nommer membre du conseil d'administration. Nous songeons également à vous nommer membre du comité de direction de notre journal : le *Roi-Soleil*.

— Permettez-moi de décliner d'ores et déjà ce double honneur... Je n'ai aucun titre...

— Vous en aurez, monsieur le comte, quand vous serez un de nos principaux actionnaires... N'est-il pas nécessaire que ceux qui sont le plus intéressés au salut du navire, en surveillent la manœuvre et se tiennent au gouvernail?

— Nous recauserons de cela, cher monsieur de l'Osnoy, dit de Vandannes en se levant.

— Quand vous reverrai-je, monsieur le comte ? fit de l'Osnoy.

— Après-demain, si vous voulez. Je vous attendrai jusqu'à midi.

— A après-demain donc.

Les deux gentilshommes échangèrent une poignée de main et de l'Osnoy sortit.

Resté seul, de Vandannes, adossé à la cheminée se mit à réfléchir longuement.

Les affaires ! Ce mot seul l'effrayait. D'abord, il n'y entendait rien et puis il lui semblait que ce serait déchoir que de plier son cerveau à des préoccupations de chiffres, bonnes tout au plus pour de vulgaires traitants ou de simples juifs. Les préjugés de son éducation gothique ne lui permettaient guère de raisonner autrement. Cependant, nombre de comtes, de marquis, voire de ducs dont les noms illustres figurent dans l'armorial de France n'affichaient point le même dédain pour la spéculation et la finance. De tels exemples n'étaient-ils pas faits pour lever ses scrupules ? Et puis, que lui demandait-on, en somme ? De placer des capitaux dans une entreprise honorable et à la gestion de laquelle, après tout, il n'était pas forcé de participer. Il possédait plus de trois millions de fortune. Que lui importait d'en risquer un dans l'affaire ? D'ailleurs, pouvait-il se détacher des intérêts de son parti ? L'affaire avait un caractère aussi politique que financier ; on lui demandait son concours, il était difficile de répondre par un refus catégorique.

Il jeta les yeux sur le rapport que lui avait remis de l'Osnoy. Il y comprit peu de chose. Ce qui le frappa c'est que des savants considérables avaient assisté aux expériences et que leurs signatures figuraient au bas des procès-verbaux, à côté de celles de personnages à particule. De Vandannes se sentit ébranlé.

— Après tout, se dit-il, si l'affaire est bonne, pourquoi répugnerais-je à un placement avantageux ? Et puis, risquer quelques centaines de mille francs au jeu ou à la Bourse, n'est-ce pas, au fond, la même chose ?

Le tempérament du joueur se réveillait. Si de l'Osnoy

était revenu à ce moment, il n'est pas douteux qu'il n'eût emporté haut la main l'engagement de de Vandannes.

La Florval avait donc assez bien calculé et manœuvré puisque, en ce moment, son amant était sur le point de céder à ses suggestions.

Elle avait, en effet, pris le temps de l'étudier. Avec cet instinct d'observation que les femmes poussent au plus haut degré, quand elles veulent s'en donner la peine, elle n'avait pas tardé à découvrir chez ce hobereau provincial le défaut de la cuirasse. Elle savait par où l'amener au but qu'elle s'était proposé.

Son astucieuse patience avait fini par renverser un à un tous les obstacles qui s'opposaient à la réalisation de ses projets. Aujourd'hui, elle tenait son amant enchaîné à son char triomphal. Habitué à planter son drapeau, sans combattre, sur tout ce qui se vend et s'achète, les femmes comme le reste, de Vandannes avait été surpris d'abord, irrité ensuite des résistances de la Florval. Il avait voulu la traiter comme une fille et mener sa passion à la cravache, mais un mot, un geste de la comédienne avaient suffi pour déconcerter son assurance, troubler son audace et lui imposer une sorte de respect. Humilié dans son orgueil, il avait juré de prendre sa revanche, mais il avait affaire à forte partie. Son premier échec avait décidé de sa perte. Dans les batailles de l'amour, le succès final dépend souvent des préliminaires de l'attaque. Il avait échoué dans sa première tentative : la Florval possédait l'avantage de la position qu'elle avait su conserver et qu'elle n'eut garde d'abandonner. Peu à peu, et sans qu'il s'en aperçût, l'habile tacticienne tourna une à une toutes ses machines de guerre, l'enserra dans le réseau de ses filets, l'enveloppa si bien qu'elle lui coupa la retraite et d'assiégée devint assiégeante. De Vandannes ne tarda pas à subir le charme impérieux de cette femme, l'ascendant de son esprit et de son intelligence assurément plus déliée que la sienne. Esther Florval lui apparut comme une femme supérieure égarée dans le monde interlope des théâtres, comme une brillante exception

que la vulgarité de son entourage faisait ressortir encore.
Là où il avait cru rencontrer une banale intrigue que
dénouent quelques rouleaux d'or, il se trouvait tout à coup
en face d'un roman où la poésie de la passion le disputait
à l'imprévu des péripéties. C'était un ordre de sensations
nouvelles pour lui.

Une femme comme la Florval devait nécessairement influer
sur les destinées de ce *gobeur* caché sous la peau d'un sceptique. Les comédiennes exercent en général une irrésistible
attraction sur la vanité de certains libertins, surtout des libertins trop longtemps confinés dans leur province. De Vandannes était de ces derniers. Il n'avait pas le cerveau assez
solide pour résister aux ivresses malsaines, aux vertiges que
dégage l'atmosphère chargée de poudre de riz où se meuvent
les femmes de théâtre. Et puis le démon de la Perversité, une
sorte de relent des confuses corruptions qui gisent au fond
de tout être humain, l'irritant besoin des âcres voluptés
avaient achevé la griserie. Les émanations subtiles et capi-
teuses du boudoir de la Florval lui montaient à la tête, le
son de voix si caressant et si doux de la comédienne, les
grâces de son esprit et la distinction apparente de ses ma-
nières et de son langage ajoutaient au charme délétère, à
l'action du philtre que distillaient ses yeux de sirène.

Chez de Vandannes, l'orgueil primait tous les autres sentiments. Or, la Florval savait que l'orgueil n'est souvent
que l'habit d'apparat des esprits crédules et naïfs. Tout en
résistant à de Vandannes, elle savait à propos flatter sa
vanité, comme pour l'exciter par l'espérance d'un triomphe
dont elle doublait le prix. Elle avait su démêler également,
sous le trompe-l'œil de son apparente rudesse, les défaillances
de caractère de son amant. Il était capable de violence,
mais non de continuité dans l'énergie de l'effort. Ces consta-
tations faites, elle avait dressé son plan de campagne et
ouvert les hostilités. Jusqu'à ce jour, l'événement n'avait
point démenti la certitude de ses conceptions stratégiques.
De Vandannes était à sa merci.

L'aimait-il réellement ? Il est probable qu'au fond de cette passion tout ardente qu'il semblait éprouver, il n'y avait que la satisfaction d'un désir longtemps comprimé et par là même accru. Mais qu'importait à la Florval ? L'essentiel était que son amant continuât à être la dupe de sa propre illusion, et elle se chargeait de le retenir dans son erreur aussi longtemps qu'il serait nécessaire à ses projets. D'ailleurs, elle avait l'art, non seulement de le faire agir, mais encore de le faire penser à son gré.

Elle possédait à fond tous les artifices de la maïeutique, cette méthode de dialectique que les femmes ont en elles à divers degrés, sans l'avoir jamais apprise, et qui consiste à amener, par une série de questions, les gens à affirmer d'eux-mêmes ce qu'on veut leur prouver. Elle lui avait fait une vie d'habitude, l'entretenant soigneusement dans une sorte de léthargie intellectuelle, et l'avait dompté à ce point qu'elle avait éteint en lui toute velléité de révolte. Aussi l'avait-elle facilement déterminé à venir se fixer avec elle à Paris, seul théâtre qui convînt désormais à l'ampleur de ses ambitions nouvelles...

Il était assez tard, lorsque de Vandannes, sortant de sa rêverie, se souvint qu'il n'avait pas déjeuné.

Il se fit conduire chez Ledoyen et de là chez sa maîtresse qu'il trouva plongée dans la lecture d'un journal financier.

— Hé quoi ! fit de Vandannes, vous aussi, ma chère amie, vous vous occupez d'affaires ?

— Et je n'en rougis pas, répondit Esther, en jetant le journal sur un guéridon... J'ai des fonds disponibles et je cherche un placement avantageux. N'est-ce pas naturel ? Je viens de lire un article qui m'a frappée... Il s'agit d'une société en formation sous cette rubrique : Société d'éclairage par le gaz atmosphérique. Bien que je sois peu entendue en ces sortes de matières, l'article en question m'a paru tout à fait concluant... Je n'ai qu'un regret, c'est qu'il n'y a pas d'apparence que les titres soient de sitôt sur le marché, la souscription se trouvant couverte ou à peu près, sans le secours du public...

— N'est-ce que cela? fit de Vandannes. Je pourrai vous procurer tous les titres que vous voudrez.

— Vous?

— Sans doute. On vient de me proposer d'entrer dans l'affaire pour une somme importante.

— Et vous ne me disiez pas cela! Qu'avez-vous répondu?

— Rien encore. Cependant si l'affaire est réellement sérieuse comme elle paraît l'être...

— Qu'attendez-vous pour vous en assurer?

— J'ai le rapport dans ma poche... Je me propose de le lire attentivement.

— C'est très sage, en effet, mais si j'en crois le journal que je viens de parcourir et qui m'a été envoyé ce matin avec la *Gazette de la mode*, vous ferez bien de vous presser, vu l'affluence des demandes...

— J'ai ajourné ma réponse à après-demain matin...

— Il n'importe... J'ai à sortir pour quelques emplettes. Vous allez vous installer ici, lire ce rapport et l'étudier... A mon retour, c'est-à-dire dans une heure ou deux, j'entends que vous me rendiez un compte exact de votre lecture et de vos réflexions... Vous savez, mon cher seigneur, que j'ai une confiance absolue dans votre jugement... Votre verdict sera le mien... Si les conclusions du rapport vous paraissent satisfaisantes, je vous remettrai les vingt-cinq mille francs dont je dispose, le reste de ma fortune, et je vous prierai de les engager dans l'affaire...

— Vos désirs sont pour moi des ordres. Je vais donc m'enfermer tête-à-tête avec ce mémoire. Ne soyez pas trop longtemps absente, c'est tout ce que je vous demande. Si attrayante que soit la littérature financière, je vous l'avoue sans détour, je me soucie peu de converser longtemps avec des chiffres. Ne craignez donc pas de troubler au plus tôt un entretien que je m'efforcerai de prolonger le moins possible. Je vous jure que vous ne serez pas indiscrète...

— Vous êtes charmant, fit la Florval, en lui prenant le

front et en l'embrassant, vous êtes tout à fait charmant et je vous aime.

Un domestique entra, portant une pelisse sur son bras.

— La voiture de Madame est attelée, dit-il.

Esther saisit la pelisse et la jeta sur ses épaules.

— A tout à l'heure, dit-elle à de Vandannes.

Elle sortit.

Vingt minutes après, son coupé la déposait à la porte d'un hôtel meublé de la rue Richelieu.

— M. Rabani ? demanda-t-elle à l'huissier qui se tenait sous le vestibule.

— Il vient de rentrer ; si madame veut me suivre...

— C'est inutile.

Elle gravit un étage, s'arrêta devant une porte, tourna la clef qui était dans la serrure et entra.

Dans la chambre où elle venait de pénétrer, un homme assis près d'un petit bureau et tournant le dos à la porte était en train d'écrire.

— C'est moi, dit la Florval, en se débarrassant de sa pelisse.

L'homme se retourna.

— A la bonne heure, fit-il sans se lever, tu es exacte. J'aime ça. Approche-toi de la cheminée et chauffe-toi en attendant que j'aie fini ma lettre. J'en ai pour deux minutes.

Esther se jeta dans un fauteuil au coin du feu et attendit.

Sa lettre terminée, Rabani la glissa dans l'enveloppe, mit la suscription et traînant sa chaise sous lui, s'installa en face de la Florval.

— Je t'écoute maintenant, dit-il, quelles nouvelles ?

— De Vandannes a reçu ce matin la visite de l'Osnoy.

— Bon ! Et quelle a été sa réponse ?

— Il l'a ajournée à après-demain.

— Diable !

— Il veut se réserver le temps d'étudier le rapport.

— Si ce n'est que cela, fit Rabani avec un rire bruyant, je suis tranquille.

— Je réponds de lui, il acceptera... Je te l'ai dit dès le premier jour, et je ne m'en dédis pas.

— Bravo !... Je connais d'ailleurs ton éloquence... Tu n'as pas ta pareille pour transformer à ton gré les vessies en lanternes...

— Il y a cependant une condition...

— Laquelle ?

— Je me suis engagée à verser vingt-cinq mille francs dans l'affaire... Il est indispensable que pour lui inspirer confiance, je donne l'exemple et...

— Je te vois venir. Tu vas me réclamer ta part des cinquante mille francs que j'ai touchés à Lausanne...

— N'était-ce pas convenu entre nous ?

— Sans doute, et comme Rabani n'a qu'une parole, tes vingt-cinq mille francs, les voici.

Il tira une liasse de billets de banque de son portefeuille.

La Florval tendit la main.

— Il y a une chose qui me fait de la peine, dit-il en les lui remettant, c'est que voilà vingt-cinq beaux billets de mille que tu ne reverras jamais, si ce n'est dans un songe.

— Évidemment, puisqu'ils sont destinés à acheter cinquante actions libérées du Gaz atmosphérique.

— Et c'est ce qui me navre. Pourquoi t'imposer pareil sacrifice ? Crois-moi, tu te défies trop du pouvoir de ton éloquence.

— C'est possible, mais ce n'est pas acheter trop cher le succès, s'il ne coûte que vingt-cinq mille francs.... Il est d'ailleurs entendu qu'il me sera tenu compte de cette somme comme d'une avance sur les bénéfices de l'opération.

— C'est-à-dire qu'ils viendront en déduction de ma part personnelle.

— Sans doute.

— Parfait. Je ne discute pas. Tu vois que je suis accommodant. Combien de Vandannes versera-t-il ?

— Il s'engage pour plus d'un million. Je m'en charge.

— Bon, cela ! Mais il lui restera deux millions disponibles....

— Nous verrons plus tard.

— A la bonne heure !... Nous allons endormir le de Vandannes et lui procurer de bien doux rêves... Mais quel ré-
veil !... *Post tenebras lux !* ajouta-t-il en riant derechef. Jamais entreprise n'aura mieux justifié sa devise...

— Tu te rappelles nos conventions. Le lendemain du versement, quatre cent mille francs pour moi.

— Et cent mille pour bibi... Le reste à la société. Sois tranquille... Mon intérêt te répond de ma probité.

— Et cela vaut mieux que ta signature. Je le sais.

— Nous sommes à deux de jeu. Voyons, ma toute belle,
quand tu seras millionnaire, car tu le seras, qu'est-ce que
tu feras de moi ? Tu me ficheras à la porte, n'est-ce pas ?

— Mais, dame...

— J'aime cette franchise... Tu vois donc bien que si tu as
encore des égards pour ce pauvre Rabani, c'est uniquement
parce qu'il te sert...

— De même que ce pauvre Rabani n'a d'affection pour
moi que parce que je fais sa fortune...

— Ah ! permettez, chère belle, vous vous calomniez...

Il voulut lui prendre la taille.

La Florval saisit un écran sur la cheminée et lui en donna
un coup sec sur les doigts.

— Assez, n'est-ce pas ? fit-elle avec colère... Tu sais ce
que je t'ai dit... Il n'y a ici ni femme, ni maîtresse... Sous
ce rapport, tout est fini entre nous, ne l'oublie pas...

— Tu as raison, dit-il, en homme qui prend facilement
son parti, dans les affaires pas de sentiment... Tu es devenue
sérieuse à ce que je vois... Le moyen de garder sa tête, c'est
de ne jamais livrer son cœur, et je constate avec plaisir...

Elle haussa les épaules.

— Ah ! je sais bien, reprit-il avec bonhomie, que tu n'as
jamais eu d'amour immodéré pour moi ; mais ce qui me
console, c'est que tu n'as jamais aimé personne... Des to-
quades par ci, par là, qui n'en a pas ? mais rien de grave,
au fond... A propos, que faisait donc ta voiture avant-hier,
en face du n° 21 du boulevard Clichy ?

La Florval le regarda fixement.

— Il paraît que vous m'épiez, dit-elle en pinçant ses lèvres.

— Non, fit Rabani en ricanant, mais tu sais que je suis
bien renseigné. Rappelle-toi que je t'ai relancée jusqu'à
Lausanne et que je saurais te retrouver partout... même à
Paris.

— Vous m'espionnez, je ne me trompais pas.

— Moi ?... par exemple !... le hasard, le pur hasard...
Seulement, je me demande ce qui peut t'amener comme
cela chez le jeune Gaston Desroches, car c'est là qu'il demeure... Tiens! c'est comme cette lettre que je viens d'écrire,
ajouta-t-il en montrant l'enveloppe restée sur la table...
Sais-tu quel en est l'objet? Inutile de chercher. Tu ne trou-
verais pas... Elle a pour but d'obtenir certains renseignements sur ton amie Valérie. Tout peut servir, ma chère....
Mais revenons au fait, c'est-à-dire au jeune Gaston Desroches.
Est-ce que tu aurais un faible pour la peinture ?

La Florval se leva.

— Monsieur Rabani, dit-elle, avec une intonation hautaine où perçait une sourde colère, rappelez-vous que j'entends être libre de mes actes et que je n'ai de compte à rendre à personne, à vous moins qu'à tout autre... Souvenez-
vous que je vous défends de vous mêler de ma vie et que le
jour où vous vous aviserez d'être indiscret, je n'aurai qu'un
mot à dire pour vous rappeler au sentiment des convenances... le procureur de la République aidant.

— Des gros mots, toujours des gros mots, fit Rabani avec
un accent de douce quiétude... Tu sais bien, ma chérie,
qu'il t'en cuirait de mettre tes menaces à exécution... Mais
laissons cela, je suis bon prince, et je ne te garde pas rancune... La preuve, c'est que je veux te donner un conseil
d'ami... Tu es ambitieuse, c'est bien, mais ce n'est pas tout...
Les amourettes et les affaires. ça ne va guère ensemble...
Prends garde à la peinture, ma chérie, prends-y garde, c'est
Théodore qui te le dit.

La Florval avait remis sa pelisse sur ses épaules.

— Adieu, Rabani, dit-elle d'un ton sec.

— Au revoir, madame, fit Rabani en la reconduisant cérémonieusement jusque sur le palier. Après-demain j'aurai le plaisir de passer chez vous, à l'heure où l'on vous trouve seule, pour prendre de vos nouvelles.

IV

Ce jour-là, c'était fête dans l'atelier de Gaston Desroches. Le père du jeune peintre était venu dîner chez son fils.

Au milieu de la grande salle aux murs tapissés de papier gris, au plafond incliné et percé de vastes châssis vitrés de manière à répartir sur toutes choses une égale lumière, se dressait sur ses pieds torses une table rectangulaire en chêne sculpté, et luxueusement servie. La nappe était du linge le plus fin ; la vaisselle de Sèvres mêlait la gaieté de ses couleurs à la verve irisée des cristaux et à l'éclat des couverts et des réchauds d'argent. On devinait dans le choix de ces divers accessoires le goût d'un artiste délicat. Le jour qui commençait à tomber, — sept heures venaient de sonner et on était alors au mois d'avril, — n'éclairait plus l'atelier que par une sorte de reflet des rayons déjà lointains du soleil couchant.

L'ombre qui descendait le long des parois, tandis qu'une douche lumineuse continuait à tomber des châssis du plafond sur la table qui se trouvait au centre de la salle, noyait dans sa vapeur brune les *Grâces*, les *Minerves*, les *Vénus*, les *Amours*, les *Faunes*, les *Discoboles*, les *Gladiateurs* en plâtre qui reposaient pêle-mêle sur des planchettes de sapin ou se trouvaient accrochés a des clous. De ci, de là, une ronde-bosse plus saillante que les autres émergeait du clair obscur, pous-

sant dans la lumière des fragments de profils ou de mé-
plats tout blancs qui semblaient suspendus en l'air par un
fil invisible. Au pied des murs, le long des plinthes, on
voyait des amas de toiles sans cadres appuyées les unes sur
les autres, des cartons à dessins, des boites à couleurs, etc.
Près d'une large baie vitrée, en façade sur la rue et garnie
d'amples rideaux en toile bise, trois grands tableaux, dont
un seulement était achevé, se dressaient sur de massifs chevalets à roue. A côté d'une ottomane adossée à l'une des
cloisons de l'atelier, on apercevait des formes vagues de
mannequins drapés d'étoffes diverses. Des armures, des
hallebardes et des casques moyen âge, un costume et une
panoplie touaregs, un théorbe, un rebec et un tambour de
basque, un vieux fusil à pierre, étaient appendus en divers
endroits de la muraille. Au fond, un escalier à claire-voie
donnait accès à une soupente qui régnait dans toute la largeur de la salle et sur laquelle se trouvaient entassés toutes
sortes d'objets dont la masse confuse se perdait dans une
obscurité douce. A côté de l'escalier, une haute bibliothèque
en bois noirci laissait deviner à travers son grillage les ran-
gées de livres dont elle était bondée. Dans un coin, un gros
poêle de fonte rouillée envoyait au plafond son tuyau de
tôle droit comme un I ; dans une autre encoignure, un pa-
ravent chinois, puis, tout auprès, habillant la cloison, une
vieille tapisserie dont les dieux olympiens estompaient leurs
contours indécis dans la pénombre. Des sièges de formes
diverses, ici un escabeau Henri II, là une chaise Louis XV
à pieds dorés, plus loin un fauteuil premier empire se trouvaient auprès d'une table Louis XVI sur laquelle étaient
épars des papiers poussiéreux ; un crapaud moderne, des
tabourets chargés de palettes, de brosses et de pinceaux,
complétaient, à vue d'ensemble, le mobilier de cet étrange
bazar, de ce fantastique musée, de ce capharnaüm pittoresque où tout prenait dans le mystère du demi-jour des aspects
troublants et quasi-surnaturels, éveillant des ébauches d'i-
dées et de vagues sensations de rêve.

Ces objets disparates, anciens ou modernes, humbles ou

fastueux, outils nécessaires à la création de l'œuvre qui s'accomplissait dans ce laboratoire de l'art, témoignage sacré de l'incessant effort de l'homme dans sa lutte contre la matière pour l'assouplir et l'animer au gré de sa pensée, ces objets de toutes·formes et de tous styles avaient une éloquence saisissante et profonde dans leur mutisme et donnaient à l'atelier une physionomie où l'idéal se mêlait à la vie et où l'imagination, avec toutes ses fantaisies, semblait disputer ses prérogatives à l'austère réalité. L'atelier de l'artiste inspire une sorte de respect silencieux comparable à celui qu'on éprouve dans les bibliothèques.

La mère Jacquinet qui, de ses modestes fonctions de femme de ménage qu'elle remplissait habituellement, s'était vue élevée par la confiance de Gaston à la dignité de cordon bleu, avait tenu à justifier l'opinion favorable dont le jeune peintre avait honoré ses talents culinaires. Elle s'était surpassée. Elle allait, venait, trottant comme une souris de l'atelier à la cuisine qui se trouvait dans une petite pièce attenant à l'atelier, affairée comme un sergent de bataille, servant et desservant avec un empressement un peu essoufflé, interrogeant avec anxiété les convives sur la qualité des mets, bavardant, riant et se désespérant tout à la fois.

Gaston et son père suivaient le manège de la brave femme en souriant et tout en cherchant, mais sans y réussir, à modérer son ardeur.

— Voyons, maman Jacquinet, dit enfin Gaston, apportez-nous le café et des lampes. Cela fait, vous pourrez vous retirer. Vous devez avoir besoin de repos.

— Et ranger, monsieur, qui est-ce qui rangera ? fit-elle avec un accent qui décelait toute l'importance qu'elle attribuait à cette besogne.

— Vous rangerez demain matin.

— Je rangerai ce soir même, s'il vous plaît, monsieur. Pas de danger que je m'en aille sans ça. C'est pour ma tranquillité ce que j'en fais, voyez-vous. Je ne dormirais pas de la nuit.

Elle courut à sa cuisine.

— Elle n'en démordra pas, fit Gaston, le mieux est de la laisser faire.

Il alla chercher une boîte de londrès qui se trouvait près du poêle et la plaça sur la table tandis que la mère Jacquinet apportait deux lampes allumées et se mettait en devoir de servir le café.

— C'est bien, dit Gaston, maintenant laissez-nous.

La mère Jacquinet reprit son trot vers ses fourneaux.

— Alors c'est décidé, reprit Gaston quand il fut seul avec son père, tu pars demain ?

— Oui, mon ami, je pars demain. Nous débutons dans trois jours à Bruxelles où nous donnerons une série de six représentations après quoi nous commencerons la grande tournée qui de la Belgique et la Hollande doit nous conduire en Suède.

— Mais tu t'éreinteras à ce métier-là... Il y a quinze jours à peine que tu es revenu de ta campagne d'hiver à Clermont-Ferrand et, au lieu de te reposer, au lieu de passer tranquillement ton été à Paris, tu reprends ta vie de voyages et d'aventures... Ma parole, on dirait que tu t'ennuies ici, auprès de moi.

— Je ne m'ennuie pas à Paris et surtout auprès de toi, tu le sais bien, mon cher Gaston, mais que veux-tu ? chacun sa vie... On n'exerce pas un métier, comme je le fais, depuis près de vingt ans, sans s'y attacher, sans l'aimer, sans contracter des habitudes dont il est difficile de se débarrasser. Ah ! quand je suis parti en province, pour la première fois, quand il m'a fallu quitter ce Paris que j'aimais tant, où je me croyais appelé à briller un jour du feu des étoiles de première grandeur, je l'avoue, j'avais le cœur serré et, pendant les premiers mois de mon séjour dans la petite sous-préfecture où j'exerçais mes talents de comédien, ce n'est pas sans amertume que je reportais à chaque instant mes souvenirs vers la capitale ;... mais peu à peu, j'ai fini par m'y faire, par prendre mon mal en patience, comme on dit, par oublier et mes ambitions et mes rêves d'autrefois, par me résigner enfin. Si bien qu'aujourd'hui chevalier nomade de l'art, ou,

pour parler moins prétentieusement, pauvre comédien errant,
je suis condamné à subir jusqu'au bout les conséquences de
l'existence vagabonde que je mène depuis si longtemps.

— Mais pourquoi ne pas te fixer à Paris ?... Plus d'un directeur parisien t'a maintes fois offert un engagement ? Pourquoi as-tu constamment refusé ?

— Pourquoi ? Mon cher enfant, quand il y a vingt ans,
je suis resté seul avec toi, ne fallait-il pas t'élever et songer
à ton avenir ? Etait-ce avec les cent vingt francs que je gagnais mensuellement à cette époque au théâtre de la Porte-
Saint-Martin que je pouvais subvenir à tes besoins et aux
miens ? Assurément non. Je partis en province parce que le
directeur d'une troupe d'arrondissement m'offrait le double
d'appointements. Depuis, il est vrai, on m'a fait des propositions à la Gaîté et à l'Ambigu : on m'a offert quatre cents
francs par mois en faisant miroiter à mes yeux l'espérance
d'appointements plus élevés quand j'aurais définitivement
conquis la faveur du public, mais alors quatre cents francs
par mois ne pouvaient pas plus me suffire que les cent vingt-
cinq francs d'autrefois, et malgré toutes les promesses dont
on me comblait, l'avenir m'apparaissait trop incertain pour
l'escompter sur la foi d'une parole directoriale. Tu avais
grandi, et les succès que tu remportais au lycée, ceux que
tu obtins ensuite à l'école des Beaux-Arts m'imposaient, tout
en me les rendant bien légères, de nouvelles obligations, en
vue du développement de tes études. Bon an, mal an, grâce
à quelques tournées heureuses que je fais chaque été à l'é-
tranger, je gagne depuis longtemps plus de six mille
francs. C'est peu sans doute, mais cela m'a toujours suffi...
Que veux-tu ? ce n'est pas ma faute si je n'ai jamais trouvé
l'équivalent à Paris.

— Pauvre père, dit Gaston en serrant avec émotion la
main du comédien, que de sacrifices ne t'ai-je pas coûtés ?...
Tu as immolé pour moi ta vie...

— Qu'est-ce que tu me chantes là ? fit Pierre Desroches
avec une brusquerie enjouée. Veux-tu bien te taire ! Moi,
m'être sacrifié, immolé pour toi !... pour toi, qui es ma con-

solation, ma joie, mon espoir, pour toi qui m'as rattaché à la vie, qui m'a rappris à l'aimer au moment où j'étais près de défaillir, ayant perdu de vue le but et ne sachant plus si je devais marcher devant moi ou revenir en arrière... Allons donc!... si je comptais bien, mon cher enfant, c'est peut-être moi qui te devrais du retour.

— Je ne te savais pas l'esprit si paradoxal, dit Gaston en riant. Quoi qu'il en soit, et puisqu'il paraît que je suis ton créancier, je te préviens que j'exerce des poursuites contre toi, si tu ne te rends pas à mes ordres. Voici mes conditions, continua Gaston : à dater de cette année, vous ne retournerez plus, entendez-vous, monsieur mon père, vous ne retournerez plus en province, où vous faites un métier indigne de votre talent, vous ne quitterez plus votre fils qui, aujourd'hui, se suffit amplement à lui-même et n'a nul besoin de vos six mille francs... Comme vous avez trop l'amour de votre art pour renoncer au théâtre, vous accepterez, en attendant mieux, les conditions honorables qui vous seront offertes à Paris et de même que vous viendrez dans la journée lui prodiguer les encouragements dont il a besoin pour achever ses tableaux, votre fils ira le soir vous applaudir au théâtre. De cette façon, vous serez quittes tous deux... En attendant, tout ce qu'il peut faire pour vous, c'est de vous permettre de partir une dernière fois en voyage, mais à votre retour, c'est-à-dire à l'automne prochain, ne comptez pas sur un nouveau crédit... Je vous en avertis, votre impitoyable créancier fera saisir, s'il le faut, vos malles à la gare... *Dixi*.

— Tu es allé au-devant de ma pensée, mon cher Gaston, dit le comédien en lui prenant la main. Je voulais te ménager cette surprise, mais, toute réflexion faite, je ne veux rien te cacher. Sache donc que le voyage que je vais entreprendre sera le dernier et que j'ai signé, il y a près de huit jours, un engagement de trois ans avec le Gymnase.

— A la bonne heure! s'écria Gaston. Nous habiterons ensemble. Dès demain je donne congé de mon atelier qui décidément est devenu insuffisant pour moi... J'ai des comman-

des, je reçois de nombreuses visites ; il me faut quelque chose
de plus luxueux que ceci... Et puis, j'ai hâte d'habiter un
appartement indépendant, au lieu de l'unique chambre attenant à cet atelier.

— Tu as raison, mon ami. L'avenir te sourit ; tu as, comme
on dit, le pied dans l'étrier, il faut aller de l'avant et chercher, dès maintenant, à te poser dans le monde. On n'arrive
qu'à ce prix. Tu as eu, l'an dernier, une troisième médaille
au salon, ce qui est rare à ton âge... Il ne faut pas t'arrêter
en si beau chemin. Voyons un peu ton *Othello étouffant Desdémone.*

Gaston Desroches approcha d'un des tableaux une lampe
qu'il coiffa d'un réflecteur.

— Pas mal, dit le comédien ; cependant, permets-moi une
observation. La critique, tout en rendant justice à la chaleur
de ton coloris, à ta vigueur de touche, à l'entrain de ton
exécution, te reprochera avec raison, je crois, la composition, l'arrangement un peu théâtral de tes personnages. Il
me semble que tu t'es plus préoccupé de la correction du
dessin, de la pureté de la ligne que du sentiment intime de
la scène ; Othello et Desdémone sont figés dans des poses
trop étudiées, trop sculpturales ; ils ont des attitudes et n'ont
pas le mouvement. Tu as des hardiesses de raccourcis, des
effets de musculature qui seront très appréciés, je n'en doute
pas, de messieurs de l'Institut, section d'anatomie, mais
tout cela est froid. De la vie, mon cher Gaston, encore de la
vie ! voilà le grand mot de tous les arts.

— Tu as raison, père, mais il n'y a que les maîtres qui
soient parvenus à animer la matière inerte, à faire chanter
et vibrer la couleur. Le génie seul est capable de créer la
vie.

— Cela est vrai, mais sais-tu pourquoi il en est ainsi ?
C'est parce que le génie ne s'enferme pas dans les formules
de l'école, c'est parce qu'il rompt de bonne heure sa coque
académique pour voler, de ses propres ailes, à la conquête
de la liberté, c'est parce que, dédaigneux des vieux clichés
et des esthétiques surannées, il ne prend pour modèle que

la nature et ne s'inspire que d'elle. Une œuvre d'art est l'expression des rapports qui existent entre la nature et un tempérament déterminé. C'est de ce dialogue intime entre la nature et ta propre personnalité que doit se dégager ton œuvre; quant à l'école, elle n'enseigne ni la poésie, ni l'enthousiasme, ni la passion, elle ne communique pas, en un mot, la faculté créatrice. Les médecins n'ont jamais trouvé l'âme sous leur scalpel, eh bien! tu ne la trouveras pas davantage sous tes brosses, si tu ne te préoccupes que de la science acquise, autrement dit du métier. Ainsi, à voir ton tableau, je devine bien que ton Othello va étouffer Desdémone, mais je n'éprouve pas le sentiment d'horreur qui doit se dégager de cette scène : ton personnage est campé comme un traître de mélodrame, son attitude trahit plus le souci de l'effet que celui de la vérité.

— Tes observations sont justes, dit le jeune homme. Je ferai des retouches...

— Ah! ah! fit tout à coup Pierre Desroches en s'arrêtant devant un des tableaux qui étaient inachevés. Il me semble que voilà une figure de connaissance.

— Tu ne te trompes pas, dit Gaston, c'est la petite Miette qui a posé pour cette étude.

— Et comment diable, mademoiselle Miette qui, il y a quinze jours à peine, était encore à Clermont-Ferrand, se trouve-t-elle aujourd'hui en qualité de modèle dans l'atelier de M. Gaston Desroches?

— C'est la chose la plus simple du monde. Il paraît que c'est son ancien métier. Avant de jouer la comédie, elle posait dans les ateliers. Elle se souvient de son ex-profession, en été, c'est-à-dire pendant la morte-saison du théâtre de province. Je l'ai rencontrée, il y a huit jours, aux Folies-Bergère. Elle m'a confessé qu'elle n'avait pas fait de brillantes affaires en Auvergne et m'a demandé si je voulais l'accepter comme modèle. J'avais justement besoin d'un minois chiffonné pour ce tableau. Je m'entendis avec elle et voilà comment, depuis cinq jours, mademoiselle Miette vient chaque matin passer deux heures dans mon atelier.

Pierre Desroches continuait la revue des tableaux épars sur les chevalets ou simplement posés sur des chaises.

— Qu'est-ce que cela? demanda-t-il en s'arrêtant devant une esquisse de bouquet de violettes, tu fais des fleurs maintenant?

— Non, répondit Gaston en riant, mais je fais des élèves.

— Diable! déjà?

— Et si tu savais le nom de l'aimable personne qui vient trois ou quatre fois par semaine se livrer aux délices de l'horticulture dans mon atelier...

— Qui est-ce?...

— La Florval.

— Elle? fit Pierre Desroches d'un ton grave.

— Sans doute... Elle est richement installée à Paris depuis plus de deux mois... Il paraît, ajouta-il en riant, que sa saison d'hiver lui a été plus favorable qu'à la petite Miette.

— Mon cher enfant, dit lentement Pierre Desroches, je ne sais pourquoi, mais ce que tu viens de m'apprendre me cause une inquiétude involontaire. Méfie-toi de cette femme.

— Me méfier d'elle! et pourquoi?

— Elle ne vient pas chez toi dans l'unique but de gâcher de la pâte et de barbouiller des châssis. Ce n'est pas à son âge qu'on se découvre de subites aptitudes pour la peinture. C'est une créature dangereuse. Tu sais comment elle a quitté Clermont-Ferrand... Cette drôlesse qui, malgré mon expérience des femmes de théâtre, avait réussi à me donner le change comme à un novice de vingt ans, cette drôlesse est la pire des coquines. Je l'ai su trop tard... Ah! prends bien garde, mon cher Gaston, ne te laisse pas prendre dans ses filets... tu serais perdu... Elle a toutes les hypocrisies et toutes les audaces, toutes les perversités comme aussi toutes les séductions... A ton âge, on croit malaisément au mensonge de deux yeux qui vous parlent d'amour, surtout quand ces yeux sont ceux d'une

12.

femme intelligente et belle comme la Florval, on ne croit
pas à la perfidie quand elle se cache sous les apparences du
désintéressement...

— Rassure-toi, père, Esther n'est pas aussi dangereuse
pour moi que tu parais le craindre.

— Esther ! tu l'appelles Esther, comme cela, tout court ?...
De professeur à élève, avoue que la familiarité ne laisse pas
que d'être surprenante.

— Mais je t'assure...

— Ne mens pas, mon cher Gaston, elle est ta maîtresse
ou elle va le devenir.

— Mais quel intérêt peux-tu lui supposer ?...

— Tu prends sa défense au lieu de me répondre... Allons,
je ne me trompe pas, elle est ta maîtresse...

— Père... balbutia le jeune homme.

— Eh bien, puisque le mal est fait, songe au moins à le
réparer dans la mesure du possible. Sache d'abord ce qu'est
cette femme et si tu n'es pas le dernier des nigauds, tu
agiras en conséquence. Tu crois peut-être que, parce
qu'elle s'est donnée à toi, cette femme t'aime ou tout
au moins qu'elle obéit à l'un de ces caprices, à l'une de
ces fantaisies dont tant d'hommes se contentent parce
que leur vanité y trouve son compte ?... détrompe-toi, mon
cher... Tu ne connais pas encore ces Machiavels en jupon,
ces histrionnes de l'amour chez qui tout est calcul, stratégie
et duperie... N'attends de ces créatures ni élan, ni passion,
ni sincérité d'aucune sorte... Elles n'ont ni une heure d'oubli, ni une minute d'abandon... Tu crois qu'elles se donnent,
tandis qu'elles vous prennent. Ne leur demande ni sentiment, ni pensée généreuse... c'est à peine s'il leur reste des
sensations. L'abus de la vie a éteint chez elles toute flamme
et les a sevrées de toute poésie... Elles voudraient aimer
qu'elles ne le pourraient plus... La cupidité, l'ambition, la
soif de régner sur tout ce qui les entoure, l'infatigable rage
d'écraser leurs rivales sont les seuls ressorts, les seuls mo-
biles de leurs actions. Dominer, c'est-à-dire voir les hommes ramper à leurs pieds, irriter les femmes par leur luxe,

éblouir, fasciner ou briser tout ce qui leur résiste... Ah !
prends-y garde, mon cher Gaston, la meule de pressoir de
l'abrutissement est là... elle va te saisir, te broyer... C'est ta
jeunesse, c'est la force et la sève de ton cœur, ton talent, ta
célébrité naissante que cette coquine veut te prendre pour
se parer ensuite, si c'est possible, des dépouilles qu'elle
t'aura arrachées... Tu n'es pas assez riche pour la payer,
et je crois volontiers que ce n'est pas un intérêt d'argent
qui la pousse vers toi... mais elle en a un autre, elle vise
un but caché, lequel ? je n'en sais rien, mais il existe, c'est
certain... que ce soit par manière de désœuvrement et
qu'elle se serve de toi comme d'un hochet dont elle s'amuse
pour le briser ensuite, c'est fort possible et c'est le moins
que je puisse craindre pour toi... Ah ! si tu savais ! Ecoute-
moi, j'ai connu jadis une de ces femmes... jeune, oh ! beaucoup plus jeune que la Florval, mais elle avait déjà en elle
tous les germes de perversité que l'âge mûr fait éclore, elle
avait déjà tous les vices, toutes les sécheresses de cœur,
toutes les cruautés froides, toutes les perfidies de la courtisane chevronnée et blasée... Qui l'aurait cru, cependant ?
Elle était si jeune, si belle, son front était si pur, ses yeux
avaient tant de candeur !... J'ai failli en mourir, car je
l'aimais... Ah ! mon cher enfant, ajouta-t-il avec une sorte
de fièvre, si tu savais tout ce que j'ai souffert !

— Voyons, père, interrompit Gaston, calme-toi... Tu
prends les choses trop au tragique... Je ne veux rien te
cacher... Il est vrai que la Florval... Mais bah ! laissons
cela, fit-il gaiement, je te jure que l'aventure ne dégénérera
pas en roman .. Et la preuve, puisqu'il faut tout te dire,
c'est que j'aime ailleurs... Une jeune fille absolument
délicieuse... seize ans.

— Une jeune fille, quelle est-elle ?

— Oh ! rassure-toi, rien de louche, rien d'équivoque...
C'est chez Vidal, un marchand de tableaux, que je l'ai vue...
trois fois seulement, mais je sais déjà qu'elle a perdu sa
mère depuis fort longtemps, qu'elle a été élevée par son père,
que celui-ci est un excellent homme, expert-comptable près

le tribunal de commerce. Vidal, qui les connaît, m'a dit le
plus grand bien de ces braves gens... Ma parole, cette petite
fille m'a inspiré des idées matrimoniales...

— Y songes-tu ? Te marier... à ton âge toi, un artiste !...
Ah ! malheureux, quelle idée !...

— Tu vas plus vite en besogne que moi, dit Gaston en
riant... Les bans ne sont pas encore publiés...

— Je l'espère bien... dit Desroches. Je n'ai pas encore
donné mon consentement.

— Non, mais je voudrais bien savoir comment tu t'y
prendrais pour me le refuser, si je te le demandais.

— Je te le refuserais purement et simplement, fit Desroches, avec une gravité plaisante... Tu n'as que vingt-deux
ans, et pendant trois ans j'ai encore droit de veto, ne l'oublie pas, monsieur mon fils.

— C'est bien, monsieur mon père, dit Gaston avec une
résignation comique, nous attendrons que l'heure des som-
mations respectueuses ait sonné.

— Mauvais plaisant !... Voyons, il se fait tard... Viens-
tu m'accompagner ?

— Parbleu !... d'abord je ne t'ai pas encore raconté
l'histoire de mes amours avec mademoiselle Richon... c'est
très attendrissant, je t'en avertis, et quand tu connaîtras
mon héroïne....

— Au diable! je pars demain pour la Belgique et je
m'en félicite... Prends ton chapeau.

— Madame Jacquinet ! appela Gaston.

La bonne vieille accourut, du fond de sa cuisine.

— Je rentrerai un peu tard, vous laisserez la clé chez la
concierge, dit Gaston.

Le jeune homme prit le bras de son père.

— Je disais donc, fit-il en l'entraînant, que mademoiselle
Richon...

Ils sortirent.

Il était près de minuit, lorsque Gaston rentra. Le concierge à qui il réclama sa clé lui répondit qu'il ne l'avait
pas... Étonné et se demandant si madame Jacquinet tra-

vaillait encore à cette heure avancée, il gravit rapidement les marches de son escalier et trouva sa clé sur la porte de son atelier.

Il entra.

Une douce lueur rayonnant de sa chambre ouverte jetait un reflet d'or dans l'ombre de l'atelier. Il regarda autour de lui. Personne. Tout à coup un petit rire s'éveilla derrière les rideaux de son lit. Il y courut et comme il allait écarter les rideaux, la Florval se dressa subitement devant lui et se jeta dans ses bras.

— Vous ! s'écria le jeune homme.

— Moi-même, dit la Florval en faisant sonner son rire argentin. J'espère que vous n'allez pas me gronder et que vous pardonnerez demain à madame Jacquinet son infraction à vos ordres... Il a fallu toute mon insistance pour déterminer la brave femme à me laisser votre clé.

— Sapristi ! fit gaiement Gaston, me voilà compromis aux yeux de ma femme de ménage.

— Et vous le regrettez? dit la Florval.

— Faut-il vous répondre par un compliment?

— Je vous le défends, par exemple !... Les madrigaux, ajouta-t-elle avec un doux accent de rêverie, sont le jargon de l'esprit et non le langage du cœur.

Gaston la regarda.

Esther était vraiment belle en ce moment.

Ses beaux cheveux dénoués tombaient sur ses épaules que ne protégeait plus son manteau : sa robe moulait ses formes rendues plus provocantes par l'abandon de son attitude, tandis que l'échancrure du corsage découvrait les blancheurs éblouissantes de sa gorge ; la lèvre entr'ouverte. la joue teintée de rose vif, l'œil brûlant d'une sorte d'ivresse voluptueuse, elle avait l'air d'une vivante statue de la passion et du désir.

Le jeune homme, cédant au charme, la serra dans ses bras.

Elle se dégagea et reculant d'un pas :

— J'ai à vous adresser une question, dit-elle. Ce soir,

après le départ de madame Jacquinet, je me suis amusée à visiter votre atelier. J'ai surtout remarqué certaine ébauche... Je ne sais si je me suis trompée, mais il me semble que le modèle qui a posé pour la principale figure du tableau n'est autre que mademoiselle Miette.

— Vous ne vous êtes pas trompée, dit Gaston, c'est bien elle, en effet.

— Ah!... et pourquoi me l'avez-vous caché?

— Moi?... quelle idée!... Je n'ai pas pensé à vous le dire, voilà tout...

— Avouez que cela est étrange...

— En quoi donc?... La petite Miette, que j'ai rencontrée tout à fait par hasard, m'a demandé à venir poser dans mon atelier... C'est une de ses diverses professions, m'a-t-elle assuré... Je n'avais aucun motif de lui répondre par un refus, puisque j'avais besoin d'un modèle et qu'à vrai dire, elle remplit à merveille toutes les conditions de l'emploi.

— Je l'en félicite pour vous, dit la Florval dont le visage prit aussitôt une sorte d'expression glaciale... Heureusement que je ne suis pas jalouse...

— Jalouse! vous, ma chère Esther! s'écria le jeune homme en souriant et l'attirant à lui. Jalouse de mademoiselle Miette!... Vous auriez tort de l'être, en effet... mademoiselle Miette est pour moi un modèle... et rien de plus.

— C'est déjà beaucoup... Quand vient-elle?

— Tous les matins, de dix heures à midi.

— Fort bien... Je reviendrai demain... Je suis curieuse de la revoir, cette petite.

Elle allongea le bras pour prendre son manteau qu'elle avait laissé sur un fauteuil.

— Que faites-vous? fit Gaston en lui arrêtant le bras. Vous me quittez?

— Oui, mon ami, je me sens un peu fatiguée et...

— Quoi? déjà? fit le peintre avec un sourire et en l'enlaçant doucement. Pourquoi donc êtes-vous venue, alors?

— Je me trouvais dans ce quartier et, en passant devant

votre porte, il m'a pris fantaisie de monter pour prendre
de vos nouvelles...

— Et c'est pour cela que vous avez fait violence aux scrupules de madame Jacquinet... Et c'est pour cela, ajouta-t-il
avec une pointe d'ironie, que vous avez renvoyé votre voiture ?...

La Florval éclata de rire.

— Vous avez barre sur moi, mon cher Gaston, fit-elle bravement. J'ai dit une sottise, j'en conviens, et pour m'en
punir...

— Vous restez ?

— Je reste, dit-elle en laissant tomber sa tête sur l'épaule
de son amant et en levant sur lui un regard d'indéfinissable
langueur...

Et elle ajouta plus bas :

— Le moyen de faire autrement ?

Gaston l'enleva dans ses bras et la baisa ardemment dans
les boucles folles de son cou.

Le lendemain matin, la Florval quitta de bonne heure son
amant. Elle avait changé d'idée et renoncé au désir d'attendre son amie Miette. Elle préférait l'aller voir chez elle.
Gaston lui donna son adresse. Esther lui fit promettre de ne
pas trahir le secret de leurs amours en présence de son modèle, puis elle descendit rapidement l'escalier.

Gaston la vit monter dans un fiacre.

— Etrange femme ! dit le jeune homme en s'accoudant
pensif à la large fenêtre de son atelier et en suivant du regard la voiture qui disparut bientôt dans la brume matinale. Qui déchiffrera jamais l'énigme de son cœur, si toutefois elle en a un ? Aime-t-elle ? N'aime-t-elle pas ? Qu'est-ce
qui la pousse ici ?... Elle a des moments d'abandon charmants, aussitôt suivis d'inexplicables froideurs. De l'amour
pour moi ?... je ne crois pas, et c'est tant mieux, après tout.
Simple caprice ? simple toquade ? qui sait ?... peut-être s'en-
nuie-t-elle et ne cherche-t-elle qu'une distraction... Baste !
ajouta-t-il en faisant claquer ses doigts, que m'importe, en
somme ? Autant en emporte le vent.

Les sentiments qui agitaient la Florval étaient d'autant plus difficiles à analyser qu'elle-même eût été embarrassée pour les expliquer. Pourquoi, de retour à Paris, s'était-elle souvenue du jeune peintre qu'elle n'avait fait qu'entrevoir à Clermont-Ferrand? Pourquoi, sous prétexte de leçons de peinture, était-elle venue le trouver dans son atelier? Pourquoi, enfin, était-elle devenue sa maîtresse? Pour elle, Gaston était pauvre. Elle n'avait donc obéi à aucune pensée vénale. Il avait du talent, une réputation naissante, mais son nom n'avait pas encore cette auréole de gloire et ce retentissement qui assurent aux élus de la renommée tant de victoires auprès des femmes. Il est vrai qu'il était jeune et beau. Sa fine moustache, ses longs cheveux châtains retombant en boucles sur son front, ses yeux brillants d'un feu noir sous l'arcade sourcilière vigoureusement accentuée, son nez dont l'arête se busquait légèrement, sa bouche au contour délicat, son menton d'un dessin ferme et bien arrêté, son teint un peu bistré donnaient à l'ensemble de sa tête florentine une expression de douceur juvénile et de mâle énergie en même temps. Si la passion éclatait dans l'éclair de son regard, la bonté et comme une sorte de timidité un peu naïve se lisaient dans les ondulations un peu molles de ses lèvres. La force et la volonté se retrouvaient pourtant dans les lignes du front et du menton.

Etait-ce la poésie étrange de son visage qui avait produit sur la Florval une de ces impressions auxquelles une femme, qui ne se pique pas d'austérité farouche, ne résiste jamais? Sans doute, la beauté du jeune peintre n'était pas étrangère à l'attention marquée dont il avait été l'objet de la part de la comédienne. Mais n'y avait-il que cela ?

Gaston l'avait soupçonné : la Florval s'ennuyait. Elle avait usé de tout, et à ce jeu s'était elle-même usée. L'amour? Il n'était jamais né dans ce cœur flétri dès son premier printemps et mort en pleine jeunesse. Il n'y avait pas d'apparence que la divine flamme pût surgir tout à coup des cendres de la trente-cinquième année.

Elle n'aimait donc pas Gaston. Il lui plaisait néanmoins,

peut-être parce que la nature ardente et généreuse du jeune homme réchauffait ses sens engourdis et aussi parce qu'il jetait dans sa vie dévastée un vague rayon de lumière et comme une sorte de parfum d'espérance. Tout cela était très confus ; assurément elle ne se rendait pas un compte bien exact des sensations qu'elle éprouvait ; mais ce qui est certain, c'est que Gaston apportait dans sa vie un élément de curiosité, de distraction, si l'on veut, qui en rompait les insupportables monotonies. Et puis l'imagination du jeune peintre réveillait parfois l'assoupissement de ses facultés, et si elle ne lui communiquait pas la flamme, elle l'éclairait du moins de ses reflets. Peut-être aussi se trompa-t-elle elle-même, dans les premiers moments, et crut-elle que l'amour de Gaston la ressusciterait pour ainsi dire à elle-même. Mais l'événement lui montra bientôt le néant de ce chimérique espoir. Elle ne tarda pas à comprendre que si elle était incapable d'aimer, Gaston était de son côté tout aussi incapable d'éprouver pour elle autre chose qu'un sentiment de curieuse fantaisie où l'imagination de l'artiste avait plus de part que le cœur.

Cette constatation lui fut sensible. Elle résolut d'avoir raison du jeune homme et de le soumettre à force d'art et de coquetterie.

Mais Gaston lui échappait sans cesse. L'âpreté de la lutte, en augmentant chez elle le désir, put lui donner quelque temps l'illusion de la passion. Peu s'en fallut que parfois elle ne crût que son cœur éteint allait se mettre à flamber. Mais l'étincelle tomba sans allumer de feu ; elle s'aperçut bientôt que ce n'était point son amour, mais son amour-propre, sa vanité féminine, qui souffraient des blessures reçues. Loin de l'avoir subjugué, c'était au contraire le jeune homme qui, par sa belle insouciance et sa bonne humeur semblait la dominer sans effort et comme inconsciemment.

Elle essaya de le quereller.

Un jour, elle se plaignit que Gaston parût la dédaigner.

— Vous ne m'aimez pas, vous ne m'avez jamais aimée, s'écria-t-elle en déchirant ses gants.

Et comme Gaston se taisait :

— Vous me méprisez, ajouta-t-elle. Après tout, je n'ai que ce que je mérite.

Le jeune homme se borna à répondre par un haussement d'épaules.

— Vous me méprisez ! reprit-elle d'une voix fébrile, et la preuve, c'est que vous ne daignez pas me répondre. Quelle opinion pouvez-vous avoir, en effet, d'une femme qui ne s'est pas seulement donnée à vous, mais qui s'est offerte? Ah ! si je vous avais tenu la dragée haute...

— Je me serais haussé pour l'atteindre, fit Gaston en souriant. Voyons, ma chère Esther, vous êtes une femme de trop d'esprit pour penser un seul mot de ce que vous dites. Moi, vous mépriser!... Allons donc, il n'y a que les grisettes qui font des scènes de ce genre à leurs amants.

— Il ne vous manquait plus que de m'insulter, s'écria Esther.

— Je vous insulte, moi !

— Sans doute, vous m'appelez grisette...

— Ah! bien! je comprends. C'est une scie que vous voulez me monter.

La scène continua sur ce ton : rien n'y manqua, ni les larmes, ni l'attaque de nerfs traditionnelle. Gaston fit un mouvement pour saisir une carafe. Ce simple geste suffit pour rappeler la comédienne à la vie.

La Florval comprit que Gaston ne lui appartiendrait jamais tout entier. Elle songea à une rupture, mais le vide de sa vie lui apparut tout à coup et l'effraya. La nouvelle du retour de Miette à Paris la rasséréna fort à propos. Elle nourrissait pour l'ex-cabotine de Clermont-Ferrand une affection particulière.

La petite Miette la reçut avec une joie marquée et lui promit de l'aller voir. A partir de ce jour, en effet, Miette cessa ses visites à l'atelier du jeune peintre et vint régulièrement passer chaque après-midi avec la Florval. Les ri-

chesses du petit hôtel émerveillaient littéralement mademoiselle Miette que sa jeunesse et son inexpérience relative
de la vie avaient empêchée jusqu'alors de s'initier aux raffinements du luxe moderne.

— C'est joliment chouette ici ! ne cessait-elle de s'écrier au
milieu de ses extases.

La Florval souriait de ces naïvetés, puis on s'enfermait
avec soin, et loin des oreilles indiscrètes, on échangeait,
dans le mystère, de douces confidences. Ces deux créatures
se comprenaient. Vers quatre heures on allait généralement
faire un tour au Bois.

Un jour, tandis que les deux nouvelles sœurs siamoises
devisaient ensemble dans la chambre d'Esther, la comtesse
Schuloff se fit annoncer.

La comtesse fit un mouvement de surprise en apercevant
la petite Miette.

— Ma chère Valérie, dit Esther, en la prenant par la main,
permets-moi de te présenter mademoiselle Miette, une de
mes ex-camarades du théâtre de Clermont.

La comtesse et la jeune cabotine se saluèrent fort cérémonieusement.

— Remets-toi, ma petite Miette, dit Esther, en remarquant
son trouble, madame a beau être comtesse, et comtesse
Schuloff par-dessus le marché, elle n'est pas bégueule du
tout. Pas de pose avec les amies. Tu peux être tranquille.

La comtesse promenait ses regards de la Florval à la petite Miette.

— Il y a longtemps que vous êtes à Paris ? demanda-t-elle
à celle-ci.

— Un peu plus de trois semaines, madame, répondit
Miette, mais il n'y a pas plus de huit jours qu'Esther et
moi nous nous sommes retrouvées.

— Ah ! fit la comtesse, en se tournant vers la Florval,
C'est donc pour ça que tu ne viens plus me voir ?

— Quelle idée !... Cette pauvre petite s'ennuie... Elle est
seule à Paris... Je la promène un peu... C'est bien naturel.

— Vous vous ennuyez ? demanda la comtesse.

— Dame! c'est pas rigolo tous les jours, comme vous pouvez penser... répondit la candide Miette... Je suis revenue de Clermont avec trente-deux francs dans ma poche... Faut bien vivre, n'est-ce pas ?... Alors, j'ai rencontré un peintre que j'avais vu quelquefois à Clermont, le fils d'un cabot de la troupe... Je lui ai demandé à poser dans son atelier... Il m'a acceptée... C'est un bien bon garçon, allez... Justement, il donne des leçons de peinture à Esther ;... alors il lui a donné mon adresse...

— Tais-toi donc, petite bavarde, interrompit la Florval avec un sourire légèrement forcé, qui est-ce qui te demande tout cela ?

La comtesse regarda Esther.

— Comment, dit-elle avec ironie, tu prends des leçons de peinture, maintenant?

— J'en ai pris quelques-unes, il est vrai, dit la Florval, mais j'y ai renoncé.

— Tu as rompu avec la peinture?

— J'ai rompu, comme tu dis... Je me suis aperçue, acheva-t-elle dans un rire sec, que je n'avais pas la vocation.

— Mieux vaut tard que jamais! dit la comtesse, avec un fin clignement d'yeux. Et comment s'appelle-t-il, ton barbouilleur?...

— On voit bien que vous ne le connaissez pas, fit la petite Miette... vous n'en parleriez pas comme cela. C'est un garçon qui a beaucoup de talent... à ce qu'on m'a dit. Il a eu une médaille l'an dernier au Salon.

— Enchantée de le savoir, reprit la comtesse, quoique au fond cela me soit parfaitement égal.

— Eh bien, alors, parlons d'autre chose, dit la Florval.

— Volontiers... mais tu ne m'as pas dit son nom?

— Son nom? Il s'appelle Gaston Desroches.

— Gaston Desroches! fit la comtesse avec un soubresaut. Tu dis qu'il se nomme Gaston Desroches?

— Sans doute... Mais qu'as-tu donc? Tu le connais...

— Moi ?... répondit la comtesse.

Un éclair d'effarement avait passé dans ses yeux. Elle eut une sorte de contraction du visage aussitôt réprimée et continua presque avec indifférence :

— Non, je ne le connais pas, mais j'ai beaucoup entendu parler de lui.

L'émotion de Valérie, si fugitive qu'elle eût été, n'avait pas échappé à la Florval.

— Elle le connaît, se dit-elle. Est-ce qu'il y aurait quelque chose entre eux ?

Quelques instants après, la comtesse Schuloff prétexta une violente migraine et regagna sa voiture.

Une heure ne s'était pas écoulée depuis cette scène, que la Florval entrait dans l'atelier de Gaston Desroches.

— Vous connaissez la comtesse Schuloff ? demanda-t-elle à brûle-pourpoint au jeune peintre.

— La comtesse Schuloff, dont la voiture peinte en vert et les chevaux jaunes font la joie des promeneurs du tour du lac ?

— Oui.

— Je ne l'ai jamais vue, mais j'ai entendu parler d'elle. Les journaux s'égaient encore de la soirée qu'elle a donnée, il y a quelques semaines en arrivant à Paris. Il paraît que c'était très mêlé.

— Alors, vous ne la connaissez pas ?

— Non certes. Pourquoi cette question ?

— Pourquoi ?... Un simple renseignement. On m'a dit que vous étiez au mieux avec elle et je voulais savoir...

— Qui diable a pu vous dire cela ?

— Peu importe. Vous m'affirmez qu'il n'en est rien. Je vous crois.

— Ma parole ! interrompit Gaston en riant, on dirait que vous me faites l'honneur d'être jalouse ?

— Quelle plaisanterie ! Je ne suis pas jalouse, sachez-le bien, et n'ai nulle envie de l'être. C'est un simple sentiment de curiosité qui m'a amenée chez vous, pas autre chose.

— Pas autre chose ?

— Et la preuve, dit la Florval en faisant un pas vers la porte, c'est que je n'ai plus rien à vous demander et que je m'en vais. — Adieu.

Elle lui jeta un grand éclat de rire et disparut dans l'escalier.

Gaston referma très philosophiquement la porte.

— Encore un accès de folie ! fit-il en haussant les épaules. Elle en a beaucoup depuis quelque temps.

Le surlendemain, la Florval se rendit chez Valérie, mais elle ne la trouva pas.

Le concierge lui apprit que la comte et la comtesse étaient partis le matin même pour l'Italie.

V

Six mois se sont écoulés depuis les événements que nous venons de raconter.

Depuis près de cinq mois la « Société d'éclairage par le gaz atmosphérique » était constituée. La totalité des actions émises avait été souscrite et le quart du montant de ces actions versé en numéraire. La vérification des apports avait eu lieu. L'acte, passé devant Mᵉ Victorin, notaire à Paris, avait été publié, conformément à la loi dans divers journaux d'annonces judiciaires. Toutes les formalités légales avaient été remplies ; en un mot, la Société fonctionnait régulièrement.

Le conseil d'administration se composait de MM. Levy-Gœrke, banquier, Marlotte, sénateur, de Roseaucourt, député, Paulin de l'Osnoy et de Vandannes, officiers en retraite. Le directeur-gérant était M. de Lordac.

Le conseil municipal de la ville de Paris avait concédé à la Société nouvelle l'autorisation d'éclairer gratuitement et à titre d'essai, pendant trois mois, une partie de la rue de Rivoli, de la place de la Concorde et de l'avenue des Champs-Elysées. L'expérience ayant pleinement réussi, la Société venait de passer des traités pour l'éclairage de plusieurs petites villes des environs de Paris. L'affaire bien lancée promettait de prendre une rapide extension et semblait réunir toutes les chances de réussite.

Pour arriver à ce mirifique résultat, on n'avait reculé devant aucun sacrifice. La publicité avait été aussi large que possible. Les administrateurs avaient fait agir toutes sortes d'influences politiques et financières, et grassement payé le concours de leurs amis. On avait fondé, en outre, le *Roi-Soleil*, grand journal du matin, tiré sur très beau papier et orné d'une superbe vignette avec cette légende dans la manchette : *Post tenebras lux.*

Le *Roi-Soleil*, organe des intérêts conservateurs en général, et, en particulier, des intérêts de la « Société d'éclairage par le gaz atmosphérique », se déclarait modestement : *le journal le mieux fait et le mieux renseigné de tous les journaux parisiens.* Il ne coûtait qu'un sou, bien que son prix de revient fût de dix centimes. Les abonnés avaient droit, en outre, à toutes sortes de primes exceptionnelles.

Il avait été également indispensable d'acheter le silence d'un grand nombre de journaux qui auraient pu casser du sucre, mettre le public en défiance et compromettre les intérêts de l'entreprise naissante. A l'exception de cinq ou six feuilles indépendantes, la presse entière avait chaudement recommandé l'affaire ou n'avait soufflé mot, imitant de Conrart le silence prudent.

De Vandannes, hésitant au début, n'avait pas tardé à s'emballer complètement. En finance, il n'y a que le premier chèque qui coûte. Il se croyait très certain aujourd'hui de doubler son capital engagé.

Les actions du Gaz atmosphérique, grâce à un truc des plus simples, faisaient prime et se négociaient couramment à 620 francs, c'est-à-dire à 120 francs au-dessus du pair. Ces cours étaient inscrits à diverses cotes financières. En fallait-il davantage pour inspirer une confiance aveugle à de Vandannes dont l'intelligence était absolument fermée aux surprises des chiffres? L'étude du rapport que de l'Osnoy avait laissé entre ses mains l'avait converti tout d'abord. Alléché ensuite par les promesses de bénéfices qui allaient grandissant de jour en jour, poussé en outre par sa maîtresse qui ne manquait pas d'arguments *ad hominem* pour dissiper ses hésitations, il avait souscrit dix mille actions, sans se douter qu'il s'engageait de ce fait pour une somme de cinq millions. Ne considérant que la somme demandée, c'est-à-dire le quart de sa souscription, soit un million deux cent cinquante mille francs, il avait versé cette somme et reçu en échange dix mille actions, certain que les versements complémentaires ne seraient jamais appelés. Les dix millions, complétant le capital social, s'étaient trouvés formés de la façon suivante : cinq millions d'apport, représentés par dix mille actions libérées et cinq millions souscrits, trois par Rabani et deux par la Banque conservatrice. Dans l'apport des fondateurs était compris l'achat du brevet figurant sur les livres pour une somme de dix-huit cent mille francs.

Inutile de dire que la Banque conservatrice, pas plus que Rabani, n'avait versé un sou. La Banque du Progrès leur avait cependant délivré reçu du quart de la souscription exigible en espèces. Maître Victorin, notaire, sur la foi de ce récépissé et après dépôt du versement opéré par de Vandannes s'était empressé de donner une existence légale à la « Société de l'éclairage par le gaz atmosphérique. » Aussitôt après la constitution de la Société, un syndicat s'était formé pour le placement des actions d'apport. En moins de trois mois, les fondateurs, qui n'étaient autres que les membres du syndicat, avaient réalisé plus de deux millions.

Rabani, pour prix de son entremise, avait été crédité de cinq cent mille francs et en avait touché cent mille, les quatre cent mille autres ayant été payés à la Florval sur quittance spéciale que celle-ci s'était fait remettre par son fidèle Théodore avant la souscription de de Vandannes. De plus, Rabani avait reçu, en rémunération du rôle de souscripteur fictif qu'il venait de jouer, une seconde commission de cent mille francs.

Deux mois après la constitution de la Société, de Vandannes, entièrement rassuré sur l'avenir de l'affaire, partit

13.

pour Biarritz avec la Florval et de là pour l'Espagne. Ils ne rentrèrent à Paris que dans les premiers jours de novembre.

Un matin, après déjeuner, de Vandannes vint chez sa maîtresse et lui montrant un journal qu'il avait à la main:

— Voyez, lui dit-il, les *Gaz atmosphérique* font 650 et l'on espère des cours meilleurs avant la fin du mois.

— J'en suis enchantée pour vous, dit la Florval d'un ton légèrement indifférent, d'autant plus enchantée que c'est sur mes conseils que vous vous êtes décidé à vous lancer dans les affaires.

— Vous avez été mon bon génie tout simplement. Si je vendais mes titres, à l'heure actuelle, je réaliserais un bénéfice de plus d'un million, mais l'entreprise est en trop bonne voie pour que je songe à me défaire de mes valeurs.

— Alors vous ne me conseillez pas de vendre mes cinquante actions ?

— Gardez-vous en bien ! fit de Vandannes. Sous peu, elles seront négociables à 800 fr., pour le moins... C'est l'opinion de MM. Laforest et de l'Osnoy... Quoi qu'il en soit, j'ai, dès à présent, une dette à acquitter envers vous.

— Une dette envers moi ? que signifie... ?

— Sans doute... Ne suis-je pas un peu votre obligé ? N'est-ce pas vous qui avez vaincu mes répugnances et m'avez lancé dans la spéculation ? Vous avez été mon Egérie... Vous souriez ?... C'est cependant la vérité... Il est donc juste que vous ayez une part de cette fortune inespérée qui m'arrive et que je tiens de vous en quelque sorte...

— Toujours des exagérations. Ne pourrez-vous donc vous décider à raisonner froidement ?... Vous ne me devez rien, mon cher ami, rien du tout. Je vous ai donné un conseil, c'est vrai, eh bien, après ?... Vous semblez m'offrir un droit de courtage... Vous n'êtes pas sérieux. Voyons, si mon conseil s'était trouvé mauvais, ce qui, en somme, pouvait arriver, est-ce que vous m'auriez demandé de participer à vos pertes ?...

— Par exemple !

— Non, n'est-ce pas ?... Eh bien, puisque vous seul avez couru les risques, pourquoi voulez-vous que je profite des bénéfices de votre opération ? Tenez, laissons cela, vous êtes un grand enfant.

— Il se peut, ma chère Esther, mais il ne me convient pas de laisser plus longtemps votre avenir à la merci du hasard. Vous êtes sans fortune et ma dignité ne saurait s'accommoder d'une situation dont je possède seul les avantages. Si je vous inspire quelque estime, promettez-moi d'accepter le chèque que je vous ferai tenir ce soir même.

— Voilà de bien grands mots, mon cher ami, et pour de bien petites choses. En vérité, si je vous refusais plus longtemps, je craindrais que vous n'eussiez de moi cette opinion que j'attache à l'argent plus de prix que vous n'en attachez vous-même. Il vous plaît d'être généreux, soit ; j'accepte votre offre et je vous remercie.

Le soir même, Esther reçut un chèque de cinq cent mille francs tiré par de Vandannes sur MM. Maton-Ribière et Cie.

Le chèque était accompagné de ces mots :

« Ma chère amie, veuillez toucher demain matin ce chèque ; dans quelques jours mon banquier ne serait peut-être plus en mesure de vous le payer. J'achèterai demain du *Gaz atmosphérique* et je compte engager dans cette opération une grande partie de mes capitaux. Levy-Gœrke vient de me donner tels renseignements qui me permettent de prévoir une forte hausse avant quinze jours. I love you.

» DE VANDANNES. »

Le lendemain matin, à la première heure, Esther se présenta à la caisse de MM. Maton-Ribière et Cie et toucha le montant du chèque.

Elle rentra chez elle, déjeuna à la hâte, puis se fit conduire chez Rabani.

— J'ai reçu ton mot, ce matin, lui dit l'honnête escroc, dès qu'il eut refermé sur elle la porte de sa chambre, tu vois que je t'ai attendue. Qu'est-ce qu'il y a ?

— Combien de jours la « Société du gaz atmosphérique »
a-t-elle encore à vivre ? demanda Esther.

— Qu'est-ce que cela te fait ?

— Cela m'intéresse.

— Est-ce que tu voudrais donner à de Vandannes le conseil de vendre par hasard ?

— Pourquoi pas ?

— Je reconnais là ton cœur. Tu te fais une conscience
de dépouiller complètement ce pauvre homme, ce qui est
d'autant plus méritoire que tu n'as probablement plus rien
à tirer de lui et qu'une fois ruiné il n'aurait plus d'autre
ressource que de t'emprunter de l'argent. Conseille-lui donc
de vendre, si tu veux ; il ne trouvera pas d'acheteur.

— Comment cela ?

— Sans doute ! Aurais-tu la naïveté de croire que le syndicat du « Gaz atmosphérique » eût laissé un seul bipède de
ce genre sur le marché ? Détrompe-toi, ma chérie, ton de
Vandannes est absolument ruiné et n'a plus qu'à compter
sur lui-même...

— Il lui reste sa femme, fit la Florval, en souriant.

— Sa femme ! qu'est-ce que tu me chantes là ? Crois-tu
donc que je n'aie pas pris mes précautions pour rendre tout
rapprochement impossible entre le comte et la comtesse de
Vandannes ?... Il y allait de ton propre intérêt, ma toute
belle.

— De quelles précautions parles-tu ?

— Ma foi, je peux te dire cela aujourd'hui... Sache donc
que mon premier soin, en quittant Lausanne, a été de me
rendre à Clermont-Ferrand et de me présenter chez madame
de Vandannes.

— Tu as osé ?

— Parfaitement, et j'ai tout raconté à la pauvrette,
qui a failli s'évanouir... On m'a mis à la porte, ce que
j'avais prévu, du reste, et je suis revenu fort tranquillement à Paris. Qu'est-ce que tu dis de ça ? Pas trop mal
joué, hein ?

— Et ensuite, qu'as-tu fait ?

— J'ai écrit plus tard à M. Pasdieu pour l'avertir que son
gendre mangeait toute sa fortune avec une drôlesse et que
cette drôlesse était ma femme... Je ne sais si M. Pasdieu
songeait alors à faire prononcer par les tribunaux la séparation entre son gendre et sa fille : mais ce qui est certain, c'est que peu de temps après l'envoi de ma lettre, le
parquet de Clermont-Ferrand a été saisi de l'affaire et qu'aujourd'hui la séparation est bel et bien prononcée...

— Depuis quand ?

— Depuis quinze jours à peu près. Tu vois que je suis bien
renseigné. Mes renseignements vont même plus loin. Ils
m'ont appris que madame de Vandannes, grâce aux consolations du docteur Ancelin, ne pleurait plus du tout son mari,
si tant est qu'elle l'ait jamais pleuré. Il se peut que de Vandannes ignore ce dernier détail. Quoi qu'il en soit, je comprends qu'il ne t'ait pas entretenue de ses petits démêlés de
famille... Tu vois, ma chère belle, avec quelle sollicitude intelligente, j'ai veillé sur tes destinées.

— Trop bon, en vérité, mais je reviens à ma question de
tout à l'heure, car tu ne m'as pas répondu. Combien de
jours le « Gaz atmosphérique » a-t-il encore à vivre ?

— Tu y tiens ? Soit ; sache donc, ma chérie, que dans quinze
jours au plus tard le « Gaz atmosphérique » aura cessé d'é-
clairer le monde. Mais que t'importe ! ta pelote est ronde,
n'est-ce pas ? c'est l'important. Voyons, qu'est-ce que tu vas
faire maintenant ?

— Cela me regarde, je ne te demande pas ce que tu feras
des deux cent mille francs que tu as empochés, sans compter
ce que j'ignore...

— Ça, c'est vrai... Sous ce rapport, tu es d'une discrétion absolue... et cela me fait de la peine, car enfin en associant nos capitaux...

— Trêve de plaisanteries, monsieur Rabani, fit la Florval
sèchement. Vous savez que maintenant tout est fini entre
nous. Je vous ai dit que je reprenais ma liberté, et je la reprends. Dieu merci, je l'ai payée assez cher !

— Comment cela, tu l'as payée assez cher !... Tu as plus

de quatre cent mille francs de bénéfice et tu te plains... Ma
parole! tu es exigeante, qu'est-ce qu'il te faut donc? Mais
il ne s'agit pas de ça... Tu es riche maintenant ou à peu près;
moi, j'ai quelques sous, c'est vrai, et tu me rendras cette
justice que je ne les ai pas volés. C'est à mon ingéniosité,
c'est à mon intelligence des affaires que je dois cette modeste
aisance si péniblement acquise... Eh bien, quand je pense
au résultat que nous avons atteint en combinant nos moyens
d'actions respectifs, je me dis qu'il est vraiment dommage
que tu brises une association au moment où elle pourrait
produire tous ses fruits... Vrai! je te croyais plus ambitieuse... J'espérais que tu ne t'arrêterais que lorsque tu aurais atteint ton million... ce qui, pour une femme de ta
force, n'est pas la lune à prendre avec les dents... Au lieu
de cela tu te condamnes à mener la vie d'une petite bourgeoise... c'est-à-dire vingt mille livres de rente, la soupe et
le bœuf et un appartement au cinquième... Pouah! tu vaux
mieux que ça, ma chère.

— C'est possible, mais j'ai la fantaisie de m'en tenir là.

— Peste! tu tiens le langage du sage. Tu te contentes de
peu... Mais si tu dédaignes tes propres intérêts, songe au
moins à ta fille... Qu'est-ce qu'elle deviendra un jour, la
pauvre enfant? car ce n'est pas le père Richon qui lui lais-
sera une fortune.

— Tais-toi, s'écria la Florval en l'interrompant brusquement, tais-toi, ne parle jamais de ma fille, je te défends d'en
parler!

— Ah! pardon! fit Rabani avec un ricanement, j'ai quelque
droit de m'intéresser à cette chère petite.

— Tu mens, reprit la Florval avec force... d'abord, elle
n'est pas ta fille, non, entends-tu bien? Elle n'est pas ta
fille... Son père est un honnête homme, il n'a rien de commun avec toi, misérable!

— Voilà les gros mots qui recommencent, dit Rabani avec
bonhomie. Tu sais bien que ça ne m'émeut guère. Tu abuses
de ce que le brave homme n'a pas jugé à propos d'intenter
une action en désaveu de paternité, ça n'est pas gentil...

Voyons, quel est ton but? Est-ce qu'au bout de quinze ans d'entr'acte, tu t'aviserais de reprendre ton rôle de mère? Je te sais capable de bien des choses et je n'ignore pas que le diable devenu vieux... Mais, vrai, ceci serait trop fort!

La Florval se leva.

— Il paraît, continua Rabani, que ce sujet de conversation te déplaît? Je n'insiste pas. Quand te reverrai-je?

— Je t'écrirai.

— Bon, cela... A propos, est-ce que tu as renoncé à la peinture?

— Que t'importe?

— Le fait est que cela m'est parfaitement égal. Quoi qu'il en soit, tu n'apprendras peut-être pas sans plaisir que ton Desroches a une nouvelle élève?

— Qui donc?

— Qui?... Eh bien, mais, Valérie qui depuis son retour d'Italie, c'est-à-dire depuis dix jours à peine, a rendu déjà trois visites à ton peintre...

— Valérie!...

— C'est comme j'ai l'honneur de te le dire... Oh! mes renseignements sont exacts... Tu sais que je suis curieux et que j'aime à m'instruire...

— Merci, Rabani, fit la Florval en se dirigeant vers la porte.

— Il n'y a pas de quoi... Un dernier mot : méfie-toi de Valérie, ma toute belle...

— Me méfier d'elle! et pourquoi?

— Pas plus tard qu'hier, elle a rencontré de Vandannes au Bois. Ils ont causé fort longtemps ensemble. Qu'ont-ils pu se dire? Je l'ignore.

— Je ne la crains pas... Il ne tiendrait qu'à moi de la perdre auprès de son mari, en lui révélant un passé qu'elle a tout intérêt à cacher.

— Baste! Schuloff n'est pas sans savoir...

— C'est clair... Il est cependant certaines choses qu'un mari, si brave qu'il soit, serait assez fâché d'apprendre. . par exemple que sa femme a passé deux mois dans une maison plus qu'équivoque à Besançon...

— Très vrai... Les registres de police du chef-lieu
Doubs en font foi...

— Elle n'a donc aucun intérêt à me nuire et tu vois bi
que je n'ai rien à craindre... Et d'ailleurs, quel motif aura
elle de me démasquer devant de Vandannes?

— Hum!... Et la peinture?... Enfin, je t'ai préven
Tu sais ce que tu as à faire...

— Sois tranquille.

Elle lui tendit la main.

— Allons, fit le maître-coquin, en lui baisant le bout
doigts, tu finiras par me rendre justice et par reconnaî
que Rabani est un auxiliaire trop précieux pour que
aies intérêt à t'en séparer.

A peine descendue dans la rue, la Florval renvoya s
cocher et se dirigea à pied du côté du boulevard Clichy.

Une demi-heure après, elle frappait à la porte de l'atel
de Gaston Desroches.

Le jeune peintre vint ouvrir et poussa une exclamation
surprise à la vue de sa maîtresse.

— Eh! oui, c'est moi, fit Esther en entrant comme un co
de vent et en allant s'asseoir dans un fauteuil au beau l
lieu de l'atelier.

— Vous! s'écria Gaston.

— Rentrée à Paris depuis quelques jours seulemen
Vous voyez, mon cher Gaston, qu'une de mes premières
sites est pour vous.

— Je suis charmé... mais comment se fait-il?... car,
foi, vous ne m'avez pas écrit une seule fois depuis votre
part... et, faut-il vous l'avouer? je n'espérais plus vous
voir...

— Je constate, non sans plaisir, fit la Florval d'un
legèrement sarcastique, que vous vous êtes aisément c
solé de mon absence... vous n'avez pas eu du tout maig
mon cher...

— Je l'avoue humblement, répliqua Gaston en s'in
nant... Votre lettre, quand vous avez quitté Paris, ne
donnait-elle pas clairement à entendre que tout était f

entre nous ?... Eh bien! que voulez-vous ? Je me suis fait
une raison... N'était-ce pas le plus sage ?

— Sans doute... Cela prouve, du reste, que vous ne m'aimiez guère...

— Voyons, ma chère amie, trêve de préambule, que
voulez-vous de moi ? parlez. Vous n'êtes pas venue, je pense
pour me reprocher de ne pas m'être brûlé la cervelle à
votre intention ?

— Non, certes... Vous connaissez la comtesse Schuloff ?

— Nous y voilà... Eh bien ! c'est vrai...

— Pourquoi me l'avoir caché, il y a quelques mois ?

— Pour une raison très simple et que vous trouverez
concluante..., c'est que je ne connais la comtesse que depuis huit jours.

— Depuis huit jours !... Est-ce que vous lui donnez aussi
des leçons de peinture, à la comtesse ?

— Ma foi, non... La comtesse est tout simplememt venue
me demander... Mais, au fait, cela vous intéresse donc
bien ?...

— N'en doutez pas...

— La comtesse est venue me demander de faire son portrait... Etes-vous satisfaite?

— Elle est venue vous demander ?... C'est bizarre.

— Qu'est-ce qu'il y a de bizarre là-dedans ?... C'est tout
ce qu'il y a de plus naturel, au contraire... Je suis peintre
et je vous jure que je ne trouve rien d'étrange à ce qu'une
femme du monde me commande son portrait...

La Florval le regarda un instant, puis se levant :

— Alors, vous ne m'aimez plus ? dit-elle tout à coup.

— Madame, dit Gaston après un silence, à pareille question que voulez-vous que réponde un homme à qui vous avez
si bien enseigné la philosophie?

— C'est vrai, je n'ai pas le droit de vous interroger, fit
la Florval, avec un air de parfaite contrition. Vous avez pu
croire que cette rupture de fait, je l'avais désirée et provo-
quée ; — les apparences sont contre moi, je le reconnais.
Mais qui vous dit que si j'ai fui Paris, ce n'était pas dans

l'espérance de vous oublier... Vous m'avez vaincue, et il faut que cela soit bien vrai puisque je n'ai pas craint de venir ici affronter vos dédains.

— Madame, répondit froidement Gaston, pourquoi chercherions-nous à nous duper l'un l'autre ? Je mentirais si je disais que je vous aime encore, et vous vous trompez vous-même si vous croyez m'avoir jamais aimé.

— J'en étais sûre ! éclata la Florval en jetant sur lui un regard plein de fiel, vous aimez cette femme !...

— C'est encore une erreur de votre part, dit Gaston avec un geste de protestation polie. Je n'aime pas la comtesse Schuloff qui, de son côté, j'en jurerais, ne songe guère à m'aimer.

— Adieu, Gaston, fit la Florval d'un ton brusque. Nous nous reverrons.

— Quand il vous plaira, répondit le jeune homme en l'accompagnant.

La Florval sortit furieuse.

— Je saurai ce qu'il y a entre eux, murmura-t-elle entre ses dents.

Elle prit une voiture sur le boulevard et se fit conduire à l'hôtel du comte Schuloff.

Valérie, un peu souffrante, était dans sa chambre à coucher à demi étendue sur une ottomane : le comte lui tenait compagnie, tout en jouant avec un grand lévrier danois à poil blanc tacheté de noir.

A l'entrée de la Florval, il se leva et, s'avançant d'un pas traînant, lui baisa la main.

Le comte Schuloff était un petit vieux recroquevillé et bas sur jambes, dont l'aspect n'avait rien de séduisant au premier abord, ni même au second. Les sourcils épais et touffus se rejoignaient presque, soulignant d'une frise de poils gris son front bombé en cucurbite et poli comme l'ivoire. Quelques rares cheveux blancs ramenés de derrière la tête sur ses oreilles contrastaient avec l'énorme moustache qui semblait rapportée à sa lèvre supérieure, tant sa nuance d'ébène lui donnait un air de moustache postiche. Ce vieux

reteint avait des pommettes rubicondes qui tranchaient singulièrement sur les tons parcheminés de son visage couturé
de rides. Sa bouche lippue, son nez écrasé et trognonnant,
ses bajoues flasques annonçaient les ravages d'une existence
consacrée à la débauche. Ses yeux gris et clignotants avaient
seuls conservé un reste de vie, roulant sans cesse dans leur
orbite comme s'ils étaient animés d'un mouvement aussi
perpétuel que giratoire.

Ancien chambellan de l'empereur de Russie, le comte
Schuloff était possesseur d'une fortune qu'on évaluait à plus
de six millions. Son mariage avait causé un tel scandale à
la cour du tsar qu'il avait dû renoncer à rentrer jamais en
Russie. Il avait eu le soin de vendre auparavant ses domai-
nes. Sa disgrâce le préoccupait fort peu. Il avait pris le parti
de finir ses jours en France et se consolait aisément dans la
compagnie de sa femme et dans la société de ses chevaux et
de ses chiens. Il possédait des chasses superbes dans les Ar-
dennes et faisait courir à Chantilly. Son mariage l'avait
également brouillé avec tous les membres de la colonie russe
à Paris. Il s'en vengeait en donnant des soirées où il ne craignait pas de convoquer le ban et l'arrière-ban du demi-
monde. On voyait dans ses salons des artistes, des hommes
de lettres et des petites actrices.

— C'est un original, disaient les uns : un monomane, disaient les autres.

Quoi qu'il en soit, tout le monde s'accordait à déclarer
qu'on s'amusait joliment chez lui. Le comte, malgré son aspect renfrogné qui lui donnait des airs d'ours mâtiné de
sanglier, aimait fort la société des femmes et, pourvu
qu'elles fussent agréées par la comtesse, il se souciait peu
de la qualité. On savait, en outre, que la comtesse n'était
pas difficile sur le choix. Inutile de dire que les honnêtes
femmes ne mirent jamais les pieds dans ses salons équivoques, rendez-vous du monde où l'on s'amuse. Le comte s'en
félicitait hautement. Il s'estimait assez riche pour ne s'em-
barrasser d'aucune des convenances sociales et faisait beaucoup plus de cas du plaisir que de la vertu. Pour lui, les

femmes vertueuses étaient avant tout des femmes ennuyeu
ses. Quand il entendait parler d'une femme de foyer, il r
manquait jamais de demander de quel foyer de théâtre
s'agissait. Le comte avait souverainement démontré sa fide
lité aux principes de toute sa vie en épousant Valérie, doi
la renommée valait infiniment moins que la ceinture.

Schuloff avait donc ouvert franchement son salon a
vice, et le « tout Paris » libertin était son hôte.

Une autre bizarrerie de ce personnage, c'est qu'il éta
fort jaloux de sa femme, Il l'entourait de créatures interl
pes, mais il n'eût pas toléré qu'un de ses invités lui serr
la taille d'une certaine façon en dansant. On eût dit que
Cosaque, confiant dans la vertu de son épouse, alluma
l'incendie tout exprès pour mettre à l'épreuve l'incombust
bilité de cette nouvelle salamandre. Ce spectacle procura
peut-être au vieux maniaque une jouissance d'un raffin
ment particulier.

L'attitude de Valérie ne donnait prise d'ailleurs à aucu
soupçon. Elle parlait peu aux hommes et se montrait d'u
grande réserve avec eux, recherchant plus volontiers
compagnie des femmes, avec qui elle semblait se con
plaire infinement.

Aucun nuage ne venait donc troubler le ciel des deu
époux. Valérie était la plus enviée des femmes et le com
le plus rasséréné des maris.

— Cher comte, fit la Florval, je ne m'attendais pas a
plaisir de vous voir.

— Chère dame, répliqua Schuloff, qui sembla réciter pér
blement une phrase apprise, il est vrai que je devrais être
la Bourse, mais je remercie mon bon génie de m'avoir reten
puisqu'il me réservait la surprise de votre agréable visit

— Toujours aimable, comte... Vous ne vieillirez doi
jamais ?

— J'ai le temps, fit Schuloff en faisant tout son possib
pour esquisser un sourire, dirait-on pas qu'à soixan
ans...

— Vous avez raison ; on n'a que l'âge qu'on se donne.

— C'est tellement vrai, fit Valérie en se soulevant légèrement, que le comte ne paraît pas plus de soixante-dix ans...
Tu vas bien ? ajouta-t-elle, en tendant la main à Florval.

— Comtesse, fit Schuloff d'un air bougon, je vous pardonne en faveur du mauvais état de votre santé... mais
sachez bien qu'en dépit de votre humeur querelleuse, je
suis jeune et plus jeune qu'on ne le croit...

Il essaya un dandinement qui ne lui réussit pas. Il trébucha et pour ne pas tomber se retint fort opportunément
à un bras de fauteuil.

Les deux femmes ne purent s'empêcher de rire.

— On rit de moi ! s'écria-t-il d'un ton piqué... Fort bien.
Je bats en retraite... Deux femmes contre un seul homme,
c'est deux de trop... Au revoir, chère dame.

Il fit un pas pour sortir.

— A propos, dit-il en revenant, nous donnons un bal samedi prochain, le savez-vous ? J'espère que vous serez des
nôtres, ainsi que votre ami, Monsieur comment diable
l'appelez-vous? je n'ai pas la mémoire des noms.

— M. Henri de Vandannes, répondit la Florval, sera
charmé de m'accompagner au bal de la comtesse Schuloff.

— M. de Vandannes ! c'est cela... Je serai enchanté de le
recevoir...

— Vous oubliez qu'on vous attend à la Bourse ! fit Valérie
d'un air d'impatience peu dissimulée.

— On me chasse à présent. De mieux en mieux. Ma dé-
route est complète... Soyez assez généreuses, mesdames,
pour épargner au vaincu les sarcasmes de la victoire.

Il appela son lévrier et sortit.

— Six mois que nous ne nous sommes vues ! fit Valérie en
désignant à Esther un fauteuil à côté d'elle.

— A qui la faute ? repartit Esther. N'as-tu pas quitté Paris
sans me prévenir ?

— C'est vrai et je me suis souvent demandé ce que tu devais penser de moi...

— Tu n'avais qu'à m'écrire. Pourquoi ne l'as-tu pas fait ?
C'est par hasard que je viens d'apprendre ton retour...

— Je te remercie d'être venue... Je me proposais d'aller te voir et sans l'indisposition qui me retient ici depuis hier...

— Je te préviens que je ne suis pas dupe de l'échappatoire... Tu as trouvé le moyen de te rendre à l'atelier de M. Gaston Desroches et tu pouvais aussi bien...

— M. Gaston Desroches... tu l'as vu ?

— Sans doute. Comment aurais-je appris ton retour ? Tu oubliais que je le connaissais... Pourquoi m'avoir caché qu'il est de tes amis ?

— Lui ? Qui a pu te dire cela ? C'est seulement depuis mon retour à Paris que je l'ai vu pour la première fois.

— Ah !... c'est bien singulier.

— Tu me dis cela d'un ton... Est-ce que tu te figures que je cherche à me faire faire la cour par M. Desroches ?

— Je trouve simplement étonnant que tu me négliges pour... mon professeur de peinture...

— Mademoiselle Miette va bien ? interrompit Valérie avec un sourire sardonique.

— Que t'importe ? Il ne s'agit pas de cette enfant, mais de M. Desroches.

— Tu y reviens. Alors tu crois que M. Desroches est mon amant ?

— Dame !

— Tu crois cela ! s'écria Valérie en se dressant sur son séant... Ah ! mes pressentiments ne me trompaient pas ; tu es jalouse, c'est-à-dire que tu es sa maîtresse...

— Moi !

— Tu t'es trahie ! continua Valérie dont les yeux semblaient lancer des éclairs. Je sais ce que je voulais savoir...

— Ma chère Valérie, dit Esther avec un sang-froid parfaitement joué, je te ferai remarquer que c'est toi qui te trahis et non pas moi... Je n'aime point M. Gaston Desroches et ne suis point sa maîtresse... Je serais donc bien désintéressée dans la question s'il ne s'agissait que de moi... Mais j'étais curieuse de connaître la vérité sur la nature des relations qui pouvaient exister entre M. Gaston Desroches et madame

la comtesse Schuloff ; voilà pourquoi je suis venue, je l'a-
voue... je n'espérais pas à vrai dire être 'si bien et si vite
renseignée, mais tu y as mis tant de complaisance...

— Tu me jures qu'il n'est pas ton amant? interrompit
Valérie dont le regard plein d'angoisse se fixa sur la Florval.

— Jures-tu que tu n'es pas sa maîtresse?

— Oh! cela! fit Valérie qui se leva brusquement comme
si elle eût oublié son malaise et recouvré toutes ses forces.

Elle étendit la main.

— Je te le jure, dit-elle, avec un accent de solennité qui
constrastait étrangement avec le caractère de cette scène.

Elle hésita un instant et reprit d'une voix grave :

— Je te le jure sur la tête de mon fils.

— Ton fils!... s'écria la Florval.

— Oui, j'ai un fils, dit d'une voix sourde Valérie qui retomba comme accablée sur son ottomane... J'ai un fils que
je n'ai pas vu depuis longtemps et dont je suis séparée peut-
être pour jamais... Tu ne savais pas cela... On ne peut pas
tout dire, que veux-tu ? Je te l'avais toujours caché, mais aujourd'hui... En arrivant à Paris je trouvai ces jours derniers,
dans un des journaux illustrés que je reçois, une gravure qui
me frappa... C'était le portrait de M. Gaston Desroches, que
ses succès au dernier Salon ont rendu presque célèbre... Ce
portrait m'a rappelé les traits de mon fils... La ressemblance
était si frappante que je ne pus résister au désir de voir M. Desroches... Je suis allée chez lui, dans son atelier, sous un prétexte quelconque, pour lui commander mon portrait, que
sais-je ?... A sa vue, j'ai failli m'évanouir... Tu ne sais pas
ce que c'est que ces émotions-là, il faut être mère, vois-tu
pour comprendre les déchirements et les joies que peut contenir un pareil instant... Depuis ce jour, je suis retournée
chez M. Gaston Desroches et j'y retournerai, bien que sa vue
ravive mes remords, car j'ai été mauvaise mère... J'ai vécu
loin de l'enfant que j'aurais dû élever et maintenant je n'ai
plus le droit, je le sais, de me dire sa mère... Il ne me reverra
pas, mais j'ai du moins la consolation de retrouver dans ce
jeune homme son image vivante, et si amère que soit pour

moi cette consolation, il me semble qu'on m'arracherait une seconde fois mon fils, s'il m'était interdit de revoir M. Desroches.

Un sanglot la saisit à la gorge et ses yeux s'emplirent de larmes.

La Florval la regarda un instant, puis, lui serrant la main :

— Ma pauvre Valérie, fit-elle, avec un accent qu'elle s'efforça de rendre ému, je te crois, je ne savais pas tout cela... Oublie ce que je t'ai dit... En vérité, ce que tu viens de m'apprendre est bien étrange... Tu as un fils, toi ?... Raconte-moi donc cela ?

— A quoi bon ?... Tu le vois, je suis souffrante... Ne me demande rien de plus, je ne saurais pousser plus loin ma confession... Je t'ai laissé deviner une partie de mon secret, jure-moi, jure-moi, entends-tu, que tu n'en révéleras jamais rien à personne.

— Tu peux te fier à moi, dit la Florval en se levant. L'heure s'avance, adieu ! Je viendrai prendre demain de tes nouvelles.

Les deux femmes s'embrassèrent et la Florval sortit.

En rentrant à son hôtel, elle trouva Miette qui l'attendait.

— J'ai signé pour Versailles, s'écria la petite cabotine en sautant au cou de son amie. C'est tout près de Paris, nous pourrons nous voir quand nous voudrons.

— Quand débutes-tu ?

— Dans huit jours... A propos, sais-tu qui j'ai rencontré chez Bonnet le correspondant ?

— Non.

— La mère Herbelot.

— Comment se fait-il qu'elle ne soit pas à Clermont-Ferrand ? Le théâtre doit être ouvert depuis plus de six semaines.

— C'est vrai, mais la mère Herbelot...

Mademoiselle Miette se donna narquoisement de la main gauche deux petits coups sous le bras droit.

— Pas possible! fit la Florval, elle a lâché son mari?...

— Carrément. Elle est partie avec le jeune premier de la troupe... Ça devait finir comme ça. Maintenant, elle cherche à s'engager comme première soubrette... Il paraît que c'est l'emploi qu'elle jouait autrefois.

— Que m'apprends-tu là?

— Ce n'est pas tout... Je t'ai dit qu'elle avait été, après ton départ de Clermont-Ferrand, la maîtresse du commissaire central... Eh bien, il paraît que le commissaire centrale a jasé...

— Comment cela?

— Dame oui! sans cela, comment aurait-elle su ce qu'elle m'a raconté?

— Que t'a-t-elle raconté?

— Je commence par te dire qu'elle ne se doute pas que nous nous voyons, sans cela... Eh bien, elle m'a raconté que tu n'étais pas mariée, qu'elle le tenait de bonne source, que ton soi-disant mari, M. Florval, s'appelait de son vrai nom Rabani, et que c'était sous ce nom qu'il était inscrit sur les registres de la préfecture de police...

— Allons donc! quelle folie!

— C'est ce que je lui ai répliqué. Elle m'a dit alors que c'était le commissaire central lui-même qui le lui avait révélé, qu'elle était sûre de ce qu'elle avançait et que ça pourrait d'ailleurs se prouver facilement.

— Cette misérable a osé dire... mais, c'est une affreuse calomnie.

— Vrai?... eh bien! j'en suis bien aise pour toi, parce que je ne sais pas, mais il me semble que la mère Herbelot a une grosse dent contre toi, et que si elle trouvait l'occasion de te mordre... Mais puisque c'est des mensonges... Pas besoin de te faire de la bile.

— Je ne te remercie pas moins de m'avoir avertie, fit la Florval avec une certaine agitation...

Elle ouvrit un petit bureau-secrétaire, prit dans un tiroir une feuille de papier à lettre, traça à la hâte quelques mots, plaça la feuille sous enveloppe et écrivit l'adresse.

14

Si mademoiselle Miette avait regardé à ce moment par-dessus l'épaule de la Florval, elle eût pu lire ces mots ;

Monsieur Rabani, hôtel de Londres, rue de Richelieu.

La Florval sonna.

Un domestique parut.

— Cette lettre à son adresse, dit-elle.

Le domestique s'inclina et sortit.

— Ouf! quelle journée! s'écria la Florval... A propos, dînes-tu avec moi ?

— Volontiers.

— Eh bien, je te débauche... Je ne sais ce que j'ai, on étouffe ici. J'ai besoin d'air. Tiens, sortons. Allons dîner au Moulin-Rouge, veux-tu?

— Je veux tout ce que tu veux, tu le sais bien.

— Vite ton chapeau, ton manteau, nous irons à pied, ça nous amusera.

En un clin d'œil, les deux amies eurent revêtu leurs four-rures.

— Si M. le comte vient, dit en sortant la Florval à sa femme de chambre, vous l'avertirez que je ne rentrerai que fort tard dans la soirée.

Les deux femmes descendirent le perron, franchirent la grille et se dirigèrent du côté des Champs-Elysées.

VI

Le lendemain du jour où se passaient les divers incidents que nous venons de raconter, le conseil d'administration de la Société d'éclairage par le gaz atmosphérique se trouva convoqué d'urgence au siège social.

— Messieurs, dit de Lordac, le directeur-gérant, il est deux heures et demie, je crois qu'en dépit de l'absence de M. de Vandannes, il convient d'ouvrir la séance. Notre collègue a reçu comme vous tous une lettre de convocation pour deux heures. Il nous a d'ailleurs habitués à son peu d'assiduité à nos réunions. La fréquence de ses voyages est une excuse qui m'a paru d'autant plus valable qu'il s'en est toujours rapporté à nos décisions et n'a pas hésité, vous le savez, à signer nos procès-verbaux. J'ai cru devoir lui conserver ses jetons de présence comme s'il avait réellement assisté à toutes nos réunions : j'espère que vous ne me désapprouverez pas.

— Non, non, parfaitement, fit-on de toutes parts.

— La séance est ouverte, dit Levy-Gœrke qui présidait.

Après l'adoption du procès-verbal de la dernière séance, de Lordac demanda la parole :

— Messieurs, commença-t-il, nous avons conclu, le mois dernier, deux nouveaux traités et nous sommes actuellement en pourparlers avec plusieurs municipalités. Nous sortirons bientôt, je l'espère, de la période des sacrifices pour entrer dans la voie des résultats. Vous vous rappelez vos décisions antérieures. Pour lutter utilement contre les diverses compagnies d'éclairage par le gaz et leur opposer une sérieuse concurrence, nous avons consenti des prix aussi réduits que possible, si réduits même qu'ils se sont trouvés partout inférieurs à nos prix de revient. Ce qu'il fallait avant tout, c'était affirmer l'existence de notre société. Vous avez pensé, d'accord avec moi, qu'il importait, au début, de traiter quand même, sans rechercher des bénéfices immédiats ; que, d'ailleurs, nos appareils établis et notre éclairage expérimenté, il nous serait toujours facile de modifier nos conditions à l'époque du renouvellement des contrats dont la durée est, en somme, assez limitée. Notre exploitation, ainsi que vous l'avez deviné, n'a donc jusqu'à présent donné lieu qu'à des pertes. Si à ces pertes vous ajoutez les dépenses de premier établissement achat du matériel, installations des appareils, etc., les frais considérables de publicité que nous avons dû faire, sans compter ce que nous coûte le *Roi-Soleil*, vous comprendrez que notre situation soit des plus obérées. En examinant tout à l'heure notre comptabilité, vous pourrez vous faire une idée exacte de cette situation et vous n'hésiterez pas à prendre les mesures qu'elle commande, c'est-à-dire que vous m'autoriserez à appeler le versement du second quart.

— Mais, interrompit M. de Roscaucourt, est-ce que nous pouvons faire cet appel de fonds sans consulter les actionnaires ?

— Parfaitement, répondit de Lordac. L'article 35 de nos statuts confère au conseil d'administration le droit de décider des appels de fonds. Quelqu'un de vous a-t-il d'autres observations à présenter sur la résolution que je viens de vous soumettre?

— Je demande la parole, fit de l'Osnoy. Messieurs, continua-t-il sur un signe du président, les entreprises du genre de la nôtre exigent de très gros sacrifices et ne parviennent que lentement à s'imposer au public routinier. Ce

sont ces considérations qui ont amené les fondateurs de
la Société d'éclairage par le gaz atmosphérique à se constituer au capital de quinze millions. Des ressources moindres
nous condamneraient à un insuccès certain. Nous avions
prévu les difficultés du début et nous avons voulu que notre
capital social fût assez élevé pour nous permettre d'attendre.
En examinant de près notre situation, on peut voir qu'elle
n'est pas aussi mauvaise qu'elle peut le paraître au premier
abord. Sur les dix millions souscrits, il n'a été versé que le
quart, il nous reste donc sept millions et demi dont nous
pouvons encore disposer. M. de Lordac vous disait tout à
l'heure que nous allions entrer dans la voie des résultats. Il
aurait pu dire que nous y étions déjà entrés, car je considère
comme un résultat des plus satisfaisants l'accueil que nous
avons trouvé auprès d'un grand nombre de municipalités ;
je ne parle pas de la faveur que nos titres ont trouvée sur
le marché. La hausse qui s'est produite sur nos actions est
un signe éclatant de la confiance que nous inspirons au
public. Cet ensemble de faits doit nous permettre d'envisager
l'avenir d'un œil tranquille et de prévoir la prospérité à
très brève échéance. Du reste, si je ne craignais de passer
à vos yeux pour un optimiste, je vous dirais le fond de ma
pensée. Je suis convaincu que l'année prochaine il nous
sera possible de distribuer un petit dividende, et j'appuie
mes espérances sur ceci, c'est qu'un certain nombre de nos
traités conclus à titre d'essai sont sur le point d'expirer et
que nous avons déjà des promesses de renouvellement à
des conditions sensiblement avantageuses. J'approuve donc
la résolution proposée par notre directeur, et j'engage le
conseil à voter avec moi l'appel du second quart du montant
des actions souscrites.

— Personne ne présentant d'objections, fit remarquer
Levy-Gœrke, je crois qu'il convient de mettre aux voix la
proposition de M. de Lordac.

La proposition fut adoptée par le conseil à l'unanimité
des membres présents. Il fut décidé, en outre, que l'appel
de fonds serait adressé aux souscripteurs dans la huitaine.

14.

— Maintenant, reprit de Lordac, je vais vous soumettre quelques projets de traités...

Il n'acheva pas ; la porte de la salle s'ouvrit et de Vandannes parut sur le seuil.

En l'apercevant, de Lordac, de l'Osnoy et Levy-Gœrke échangèrent un rapide coup d'œil.

— Vous arrivez bien tard, cher monsieur, fit Levy-Gœrke avec une amabilité où perçait un certain dépit. Nous avons désespéré de vous voir aujourd'hui, et nous avons commencé nos travaux sans vous.

— Vous avez eu raison, messieurs, répondit de Vandannes d'une voix légèrement troublée. Je regrette de vous avoir fait attendre, mais je n'ai pas à m'excuser de mon retard, attendu que je n'ai pas été informé de votre réunion.

— Pardonnez-moi, monsieur de Vandannes, je vous ai adressé comme à tous vos collègues une lettre de convocation, fit de Lordac.

— Je ne l'ai pas reçue.

De Lordac appuya sur un timbre. Un garçon entra.

— Apportez le copie de lettres, fit de Lordac.

Le copie de lettres fut apporté aussitôt.

— Votre lettre, reprit de Lordac, a été copiée, la voici. Peut-être êtes-vous sorti de bonne heure ? Elle sera sans doute arrivée chez vous après votre départ.

— C'est possible, dit M. de Vandannes. Je suis parti de chez moi de très bonne heure, en effet. Maintenant, messieurs, comme il m'est impossible de prendre part aujourd'hui à vos travaux et de rester parmi vous, veuillez me permettre de me retirer. Auparavant je demanderai à M. de Lordac un renseignement qu'il pourra me donner certainement.

— Je suis à votre disposition, fit de Lordac, parlez !

— Je désirerais, continua de Vandannes, quelques éclaircissements sur l'identité de M. Rabani, un des plus importants souscripteurs de notre société.

— M. Rabani ! fit de Lordac, je n'ai pas l'honneur de le connaître particulièrement : tout ce que je puis vous dire sur son compte, c'est qu'il a effectué en souscrivant son versement et que j'ai tout lieu de supposer qu'il doit être très riche.

— Combien a-t-il versé ? demanda de Vandannes.

— Sept cent cinquante mille francs.

— Pourriez-vous me donner son adresse ? J'ai besoin de le voir aujourd'hui même pour une affaire urgente.

— Parfaitement, dit de Lordac, j'ai cette adresse dans mon cabinet et je vais vous la chercher moi-même.

De Lordac sortit, passa dans son cabinet, écrivit en toute hâte une lettre à l'adresse de Rabani et appela un garçon de bureau.

— Prenez une voiture, lui dit-il, il faut que cette lettre soit remise au destinataire avant un quart d'heure. Allez.

Quand de Lordac rentra dans la salle du conseil, de Vandannes échangeait des poignées de main avec ses collègues.

— Décidément, monsieur de Vandannes, fit l'honorable directeur de la Société du gaz atmosphérique, vous ne restez pas avec nous ?

— Non, malgré tout le désir que j'en ai.

— Je n'insiste pas. Voici l'adresse en question. Je vous ferai seulement remarquer que si vous vous rendez de suite chez M. Rabani, vous avez peu de chance de le trouver. Je crois savoir qu'il va presque tous les jours à la Bourse et qu'il ne rentre guère chez lui qu'à l'heure du courrier, c'est-à-dire vers cinq heures.

— Merci du renseignement, fit de Vandannes.

Il salua une dernière fois ses collègues et sortit.

Quelques instants après, la séance du conseil fut levée.

De l'Osnoy, Levy-Gœrke et de Lordac restèrent seuls dans la salle des délibérations.

— Mon cher, fit Levy-Gœrke en s'adressant à de Lordac, je crois que vous avez commis une imprudence en convoquant de Vandannes. S'il avait reçu sa lettre et s'il avait assisté au commencement de la séance, vous auriez eu quelque difficulté à faire approuver par le conseil votre appel de fonds, car nous ne sommes pas sûrs de Marlotte et de Roseaucourt et, de Vandannes aidant, ils auraient pu nous faire une opposition sérieuse.

— Vous avez raison, répondit de Lordac, mais j'avais pris mes précautions pour qu'il ne pût assister à notre séance. Le hasard seul a failli tout compromettre.

— Comment cela ?

— J'ai écrit à de Vandannes la lettre que vous avez vue au copie de lettres et je l'ai bel et bien fait charger comme les autres, mais il n'a pu et ne pouvait la recevoir par cette raison bien simple que j'avais donné l'ordre qu'on l'adressât rue de l'Elysée et non rue du Colisée, où de Vandannes demeure effectivement. La lettre me reviendra dans quelques jours et nous pourrons exciper d'une erreur de transcription. L'employé qui a écrit l'adresse, un homme dont je réponds, endossera la responsabilité de la faute commise. Tout s'est bien passé heureusement, mais tout était perdu, si de Vandannes était arrivé dix minutes plus tôt.

— Il y a une chose qui m'inquiète, dit de l'Osnoy. Je me demande ce que peut vouloir de Vandannes à Rabani.

— Je l'ignore, répondit de Lordac, mais il est permis de le soupçonner. Quoi qu'il en soit, comme il est essentiel et pour Rabani et pour nous qu'il ne se trouve pas en présence de de Vandannes, je viens de le faire prévenir... Il saura échapper à son visiteur ; de ce côté-là, je suis tranquille.

A ce moment, le garçon que de Lordac avait envoyé chez Rabani entra.

— Eh bien ? interrogea de Lordac.

— Eh bien, monsieur, je rapporte la lettre. M. Rabani a quitté hier l'hôtel de Londres en disant qu'il partait en voyage.

— C'est bien, fit de Lordac en serrant la lettre dans sa poche.

Le garçon sortit.

— J'ai vu Rabani il y a deux jours, reprit de Lordac, il ne m'a parlé d'aucun voyage. Ce départ subit n'est pas naturel ; il doit se passer quelque chose...

— Eh parbleu ! s'écria Levy-Gœrke, ce que je craignais arrive ! La Florval aura mangé le morceau. Je n'aime pas à me servir de femmes en affaires. Les armes qu'elles vous donnent sont toujours à double tranchant. Une brouille a pu survenir entre elle et Rabani, et qui sait ce qu'une femme est capable de faire quand elle est jalouse ou simplement froissée dans son amour-propre ?...

— Mon cher, interrompit de l'Osnoy, vous ne connaissez pas cette femme-là. Je ne l'ai vue que deux fois, mais je crois l'avoir bien jugée. Et d'abord, elle n'aime pas Rabani, soyez-en bien persuadé. J'affirmerai même qu'elle ressent un profond mépris pour cet individu dont il ne nous appartient pas de médire, car il nous a été trop utile. Madame Florval est une femme de tête, une femme de sang-froid ; je la regarde même comme une femme tout à fait supérieure dans son genre et je la suppose trop intelligente pour la soupçonner d'une sottise.

— Comment expliquer alors, dit de Lordac, que Rabani ait ainsi disparu sans me prévenir ?

— Je suis convaincu, reprit de l'Osnoy qu'il n'est pas parti et je crois qu'en cherchant bien, nous le découvrirons. Je connais les divers claque-dents où il joue le soir. Laissez-moi faire ; ou je me trompe fort ou j'aurai avant demain le mot de l'énigme.

— A demain donc ! dit Levy-Gœrke, chez moi, si vous voulez, avant midi.

— Entendu ! firent les deux autres.

Sur ces mots, les trois honnêtes administrateurs se séparèrent.

Pendant ce temps-là, de Vandannes se faisait conduire à la Bourse. Il était trois heures et demie quand il arriva. La Bourse était fermée depuis une demi-heure, mais de nombreux groupes stationnaient encore sous le péristyle et sur les degrés du vaste escalier. Il s'approcha d'un de ces groupes. Les mots : *Société du gaz atmosphérique*, venaient de frapper son oreille. Il s'arrêta pour écouter. Il s'agissait, en effet, de la Société d'éclairage. Un petit homme, à profil

anguleux, pérorait au milieu du groupe. A l'entendre, la
Société avait suspendu ses paiements, et une descente judiciaire dans ses bureaux était imminente avant même que
le bilan fût déposé, les agissements des administrateurs ayant
été dénoncés au parquet.

— Mais, objecta quelqu'un, comment la société peut-elle
avoir suspendu ses paiements, puisqu'en admettant même
qu'elle n'ait plus un sou en caisse, il lui reste encore les
trois quarts de son actif? Tout le monde sait que ses actions
ne sont libérées que d'un quart.

— Parfaitement juste, répliqua l'orateur du groupe ; les
administrateurs ont, en effet, obtenu un sursis de leurs
créanciers, par la promesse de les solder après versement
du deuxième quart qu'ils se disposent à appeler. Seulement,
le parquet vient d'être informé que ces versements ne pourraient être effectués par cette bonne raison que les souscriptions n'ont été que fictives et que les premiers versements n'ont pu être obtenus qu'au moyen de virements. En
un mot, la société a été constituée frauduleusement. La société n'a vécu jusqu'à présent que sur les fonds d'un naïf
gogo qui a souscrit cinq millions et versé le quart. Les
administrateurs espèrent lui soutirer le reste. Malheureusement pour eux, le pauvre diable, croyant que la hausse produite sur les titres annonçait une réelle prospérité et devait
s'accentuer encore, a employé tous ses fonds à l'achat de
nouvelles actions, si bien qu'aujourd'hui il est séché ou à
peu près.

— Mais que sont devenues les actions d'apport? fit un
autre questionneur.

— Elles ont été placées en partie. Je crois que les fondateurs se sont partagé environ quatre millions. S'ils n'ont
pris leurs précautions, ils pourraient bien se trouver dans
la nécessité de rendre gorge. Mais il y a peu de chances
qu'ils ne se soient mis à l'abri de cette éventualité. Toujours
est-il que le parquet est saisi de l'affaire, que les créanciers
de la société sont exactement renseignés sur la situation et
qu'une descente de justice au siège social est, je vous le répète, imminente.

De Vandannes en avait assez entendu. Il s'éloigna comme un fou. Une sueur froide mouillait son front. En descendant les marches, il faillit tomber ; les jambes lui manquaient. Il s'arrêta un instant devant la grille, comme hébété, et se mit à réfléchir.

— Je suis ruiné, dépouillé, pensa-t-il. Il n'y a plus de doute possible, je suis la victime d'une bande de voleurs.

Il tira une lettre de sa poche.

— Je voulais douter, continua-t-il, mais non, cette lettre ne me trompait pas, je le vois maintenant... Allons, pas de faiblesse, il faut que je sache la vérité tout entière.

Il se rendit à l'hôtel de Londres. On lui répondit que M. Rabani était parti depuis la veille, sans laisser d'adresse.

Cette révélation fut pour lui comme un coup de foudre. Il eut une sorte d'éblouissement.

La vérité éclatait maintenant à ses yeux. Coïncidant avec les bruits qui circulaient, cette disparition subite était comme une preuve évidente de son désastre. Il lui sembla que la terre s'entr'ouvrait sous ses pieds.

— Il faut que je trouve cet homme mort ou vif ! s'écria-t-il.

Il sauta dans sa voiture. Cinq minutes après, il était de retour au siège social de la Société d'éclairage et demandait à parler à M. de Lordac.

De Lordac était parti.

Il s'adressa au caissier pour avoir communication des livres.

Le caissier se retrancha derrière les ordres formels qui lui interdisaient de déférer à ce désir.

Il sortit, hagard, chancelant comme un homme ivre.

— Hôtel Brady, passage Brady ! cria-t-il à son cocher.

Arrivé à l'hôtel Brady, il demanda madame Herbelot.

— Elle n'y est pas, répondit le garçon. Cette dame a l'habitude de rentrer fort tard. Revenez demain matin si vous voulez la voir.

De Vandannes retint un cri de rage.

En descendant l'escalier de l'hôtel, il s'arrêta et s'appuya à la rampe, comme s'il allait tomber.

Il se prit la tête dans les mains pour comprimer les battements de ses tempes.

— Que faire ? se dit-il... Aller la trouver, *elle*? non, pas aujourd'hui, demain. Il me faut auparavant des preuves, des preuves irrécusables... Malheur à elle, si j'en ai !

Il fit un violent effort sur lui-même et les poings crispés descendit dans la rue.

Il rentra chez lui en proie à une fièvre violente, et se coucha presque aussitôt.

Le lendemain matin, à neuf heures, il était debout, procédant rapidement à sa toilette.

Son domestique entra et lui remit une lettre que le concierge venait de monter.

Il reconnut l'écriture.

— Encore de cette femme ! murmura-t-il.

Il ouvrit fiévreusement la lettre et lut ce qui suit :

« Cher monsieur,

» Je vous ai écrit hier pour vous apprendre que votre maîtresse n'est point mariée, comme elle vous l'a fait croire et que l'homme qui passe pour être son mari n'est autre qu'un agent de la police secrète, dont le nom véritable est Rabani. J'ajoutais que si vous étiez curieux, je pourrais vous donner d'autres renseignements et que je vous attendrais à cet effet jusqu'à midi, chez moi, hôtel Brady. Vous n'êtes pas venu : je prends donc la liberté de vous adresser par correspondance une nouvelle information dont vous me saurez gré, je pense. Apprenez donc que votre maîtresse vous trompe. L'heureux mortel qui partage ses faveurs avec vous n'est autre que M. Gaston Desroches, le fils du comédien que vous avez connu à Clermont-Ferrand. Je vous attendrai encore aujourd'hui jusqu'à la même heure. Si vous désirez en savoir davantage, vous viendrez et j'espère que mes révélations me vaudront de nouveaux droits à votre reconnaissance.

» Agréez, cher monsieur, l'expression de mes meilleurs sentiments.

» HORTENSE. »

Dix heures sonnaient à peine, quand de Vandannes frappa à la porte de madame Herbelot.

Celle-ci vint lui ouvrir.

Elle était en peignoir du matin. Ses cheveux à peine noués derrière la tête retombaient sur son cou en mèches luisantes, dont le désordre était trop savant pour ne pas être un effet de l'art. Malgré la simplicité de son appareil, on devinait aisément que cette beauté s'était depuis longtemps arrachée au sommeil : les apprêts que trahissaient les tons de blanc de perle, de rose végétal et de bistre habilement distribués sur son visage, en faisaient foi.

Ce fut le sourire aux lèvres qu'elle accueillit de Vandannes par ces mots :

— Donnez-vous la peine d'entrer, monsieur le comte.

De Vandannes pénétra dans l'unique chambre habitée par son ex-maîtresse. Le mobilier de cette chambre était des plus malingres et se composait d'un lit, d'une commode-toilette, d'une armoire à glace, d'une table et de quatre chaises, le tout en acajou plaqué et passablement terni par le temps.

— Je vous demande pardon, reprit madame Herbelot, en avançant une chaise au visiteur, de vous recevoir ainsi, mais que voulez-vous ? pauvreté n'est pas vice, et...

— C'est bien vous, interrompit de Vandannes dont la voix tremblait, c'est bien vous qui m'avez écrit ces deux lettres ?

Il les lui montra.

— Parfaitement ; n'avez-vous pas reconnu l'écriture et la signature ?

— Puisque c'est vous, j'espère que vous voudrez bien m'expliquer...

— Sans nul doute. Vous aurais-je prié de venir sans cela ?

— Vous connaissez M. Rabani ?

— Pas du tout. Je ne l'ai vu que deux fois.

— Comment savez-vous ?...

— Que le Florval et lui ne font qu'un ? C'est très simple.

15

M. Rabani est un agent de la police de sûreté, je crois vous l'avoir écrit. Il a été reconnu à Clermont-Ferrand par un de ses collègues qui s'y trouvait en même temps que lui. Ce collègue n'a pas été peu surpris d'apprendre que M. Rabani, qui est célibataire, se faisait passer pour le mari de la Florval. Il a informé de cette découverte qui de droit. Peu vous importe de savoir comment j'ai, à mon tour, appris l'affaire. Sur ce point, je n'ai pas d'explications à vous donner et vous n'en avez pas à me demander. Je vous ai averti, je m'en tiens là. Libre à vous de faire votre profit d'un renseignement que j'ai cru devoir vous communiquer, dans votre intérêt.

— Dans mon intérêt?

— Sans doute. Croyez-vous donc que je veuille me faire payer mes services? J'ai trop de plaisir à vous être agréable...

— Trêve de sarcasmes! je vous en prie... jusqu'à présent je ne vois que des insinuations sans preuves...

— Des insinuations!... Je signe mes lettres, je vous donne mon adresse et vous suspectez ma bonne foi!... Que vous faut-il donc? des preuves?... Est-ce à moi de vous en fournir? Il me semble que c'est à vous de contrôler mes dires et de vous procurer ainsi les preuves que vous désirez... Si j'ai menti, je serai prête alors à supporter le poids de votre vengeance... Ah! vous ne me croyez pas... Il faut avouer que vous êtes un drôle de corps... Les avis désintéressés vous trouvent incrédule, tandis que vous avalez sans broncher toutes les couleuvres qu'il plaît aux intrigants de vous servir... C'est bien, vous n'avez plus rien à faire ici et je n'ai plus rien à vous dire. Je me demande seulement, puisque vous tenez tant à conserver vos illusions, pourquoi vous êtes venu chez moi...

— Je vous l'ai dit, pour vous demander des preuves.

— Encore!... Est-ce que vous allez aussi me demander des preuves de l'infidélité de votre maîtresse?

— Vous pourriez tout au moins me dire comment vous avez su...

— Qu'elle vous trompe ? Ça, c'est facile. En arrivant à
Paris, il y a quelques jours, je me suis rendue chez M. Gaston
Desroches, dont j'avais pu aisément me procurer l'adresse.
Le père de ce jeune peintre est un homme des plus ser-
viables. Or, une femme dans ma situation est obligée de se
réclamer du bon vouloir de tous ceux qu'elle connaît...
M. Desroches est un de ces hommes auprès desquels une
femme peut en toute confiance aller chercher un appui, je
le savais, et comme ses relations sont fort étendues, je pensais qu'il pourrait m'être utile en m'aidant à dénicher un engagement... Vous voyez que je fais bon marché de mon
amour-propre en vous mettant de suite au courant de mes
petites affaires. On m'avait appris que M. Desroches était
engagé au Gymnase. Je courus à ce théâtre où l'on m'in-
forma que M. Desroches ne devait commencer son service
qu'à partir du 1er janvier. On savait qu'il était parti depuis
plusieurs mois, qu'il y a quelque temps encore il se trouvait
en Russie, mais on ignorait si, depuis cette époque, il était
rentré à Paris. C'est alors que je me décidai à aller chez son
fils pour être fixée sur ce dernier point. Arrivée en face de
la maison où M. Gaston Desroches a son atelier, je vis sortir
une femme qui s'éloigna rapidement. Elle passa près de moi
sans m'apercevoir, mais j'avais eu le temps de la reconnaître.
C'était votre maîtresse. J'eus un soupçon qui se trouva
bientôt confirmé quand j'appris que M. Gaston Desroches
était dans son atelier. Ce jeune homme me reçut fort bien.
Il m'apprit que son père ne serait de retour que dans les
derniers jours de décembre... Mais cela vous importe peu.
Je passe. Je lui demandai à brûle-pourpoint des nouvelles de
madame Florval.

— Elle sort d'ici, me répondit-il en souriant. Et il se
hâta d'ajouter :

— Madame Florval est de mes élèves...

— Eh bien? fit de Vandannes.

— Eh bien ? cela ne vous semble pas concluant ? Est-ce
que vous y croyez, vous, à l'amour de votre maîtresse pour
la peinture ? Un plus clairvoyant que vous croirait plutôt
à son amour pour...

— Le peintre ? c'est là ce que vous voulez dire ? acheva de Vandannes. Eh bien, soit... Vous ne m'apportez aucune preuve, mais je n'insiste pas... Je vous demanderai seulement, ajouta-t-il en affectant de paraître calme, quel intérêt vous avez à me révéler tout cela...

— Quel intérêt fit madame Herbelot en se levant... Vous me demandez l'intérêt que j'ai à prendre ma revanche de vos dédains et de mes humiliations !... Je ne vous apporte que des insinuations, dites-vous !... Allons donc ! vous savez bien que mes paroles sont l'expression même de la vérité. D'ailleurs, vous vérifierez... Je m'en rapporte à votre jalousie... pour l'instant, je me contente de vous avoir planté au cœur un trait que vous n'en pourrez arracher. Ah ! on lit mes lettres en plein tribunal, ajouta-t-elle avec un ricanement strident, ah ! on me déshonore publiquement !... Eh bien ! je me venge... Voulez-vous savoir ce que j'ai fait ? Je vous ai dit tout à l'heure que j'étais allée chez M. Gaston Desroches pour prendre des nouvelles de son père... Vous avez peut-être cru à cette bourde. Eh bien, détrompez-vous ! Depuis que je suis à Paris, je n'ai qu'une pensée, qu'un but : la vengeance ; c'est ce but que j'ai poursuivi et atteint, vous pourrez en juger dans un instant. J'ai découvert votre adresse, ce qui était facile. J'ai découvert celle de votre maîtresse, ce qui l'était moins ; mais, si vous êtes perspicace, vous avez dû comprendre que j'ai des amis dans la police... J'ai su, par M. Desroches et sans qu'il s'en doutât, ce que je voulais savoir... Une femme qui vient chez un jeune homme, à l'insu de son amant... il me semble que cela est clair. Je vous ai fait épier, mon bel ami, et j'ai épié de mon côté... Vous voyez que je joue avec vous cartes sur table... et je me suis empressée d'informer votre femme du résultat de mes investigations, non par lettre anonyme, cette fois, je vous prie de le croire...

— Malheureuse ! s'écria de Vandannes, vous avez osé !...

— Je me venge ! reprit madame Herbelot, en jetant sur lui un regard de triomphe... Je lui devais bien cela à votre femme, après les sarcasmes que son avocat s'est permis à mes dépens... Je vous le devais bien aussi à vous! Vous finirez par reconnaître ce qu'il en coûte de se jouer d'une femme comme moi... Ah! l'on m'a bafouée, couverte de ridicule, traitée comme la dernière des créatures ! Ah! l'on m'a traînée dans la boue... Je prends ma revanche... À mon tour, monsieur le comte, de vous rendre dédains pour dédains, humiliations pour humiliations... Je ne vous ai pas tout dit, mon cher, ajouta-t-elle en jouant avec le cordon de sonnette qui pendait au mur près de la cheminée, votre femme est la maîtresse de votre ami Ancelin...

— Misérable !... hurla de Vandannes en s'avançant sur elle.

— Monsieur le comte, fit Hortense en le toisant d'un regard froid, vous mettez le comble à votre ridicule, je vous en préviens; vous oubliez que vous êtes chez moi et qu'il me suffit de sonner pour vous faire jeter hors de cette chambre par deux garçons d'hôtel.

Elle éclata de rire.

De Vandannes prit son chapeau et sortit brusquement.

Rentré chez lui, il trouva une lettre sur sa table.

Il l'ouvrit et lut ces lignes :

« Mon cher ami, voici deux jours que je ne vous ai vu. J'arrive chez vous pour prendre de vos nouvelles et l'on me dit que vous êtes sorti.

» À dix heures du matin! Voilà, convenez-en, une conduite bien irrégulière. Vous savez que le bal de la comtesse Schuloff est pour ce soir. Viendrez-vous ?

» ESTHER. »

Il froissa la lettre et la jeta dans la cheminée, puis il se laissa tomber dans un fauteuil près de sa table.

Il réfléchit longtemps, puis, comme s'il eût pris une résolution soudaine, il saisit un papier et y traça ces mots :

« Allez sans moi. Impossible de vous accompagner. »

— Nous verrons si elle ira, fit-il en appuyant sur un timbre.

— Ceci au télégraphe, dit-il au valet de chambre qui entra.

Il retomba dans ses réflexions, mais bientôt faisant un effort sur lui-même comme pour s'arracher aux pensées qui l'obsédaient, il se mit à marcher d'un pas agité dans sa chambre. La fièvre qui lui brûlait le sang congestionnait son visage. Il ouvrit une fenêtre et respira l'air froid du dehors, mais il renonça presque aussitôt à cet expédient. Il lui semblait qu'un bain de glace pourrait à peine éteindre le feu qui le consumait. Il se décida à sortir. Il s'en alla à pied, son chapeau à la main, les cheveux au vent, et marcha quelque temps sans but dans les rues. Il revint tout à coup sur ses pas et se rendit au siège social de la Société d'éclairage.

Ni M. de Lordac, ni aucun des administrateurs n'avait paru depuis la veille.

— Ne puis-je convoquer ces messieurs d'urgence pour demain ? demanda-t-il au caissier.

— Pour demain, cela me paraît difficile, attendu que c'est dimanche, mais pour lundi si vous voulez...

— Pour lundi soit ; veuillez me faire donner de quoi écrire.

Séance tenante, il rédigea les lettres de convocation, puis il les porta lui-même à la poste.

Cela fait, il se dirigea du côté de la Seine et suivit les quais jusqu'au Point du Jour. Il lui semblait qu'en fatiguant ses jambes, il fatiguait en même temps son cerveau. Il erra ainsi jusqu'au soir, ne sachant où il allait, ni où il était, la tête nue, les lèvres crispées, le regard sombre. La pâleur de son visage attirait l'attention des passants qui se retournaient et l'accompagnaient un instant des yeux : lui, ne voyait rien, ne remarquait rien. Il regardait dans le vide, perdu, abîmé dans le tumulte de ses obsédantes pensées.

Vers dix heures du soir, il s'aperçut qu'il se trouvait dans Passy. Il entra dans un café et se fit servir une tasse de thé dont il ne put absorber qu'une gorgée. Il sortit, héla un fiacre et se fit reconduire chez lui pour s'habiller.

Il était près de minuit lorsqu'il descendit de voiture au pied du perron de l'hôtel Schuloff, rue Prony.

Les bavardages des cochers aux abords de l'hôtel, le piaffement des chevaux, le cliquetis des harnais, le roulement sourd des voitures qui arrivaient à chaque instant, emplissaient de mille rumeurs confuses cette rue d'habitude fort paisible. La queue des équipages s'allongeait jusqu'au boulevard de Courcelles. Sur le trottoir qui faisait face à la grille de l'hôtel, de l'autre côté de la rue, des groupes de curieux stationnaient, attendant l'arrivée des voitures et guettant les femmes qui en descendaient pour admirer furtivement leurs toilettes papillotant sous les feux du gaz. Toutes les fenêtres de l'hôtel ruisselaient de lumières dont les reflets jaunissaient l'ombre de la rue et faisaient de la chaussée un vaste palier saupoudré d'or vacillant.

Le perron, orné de plantes des tropiques et de fleurs habilement distribuées dans le feuillage, était surmonté d'un immense dais velours et or. Un large tapis en couvrait les degrés et s'étendait jusqu'à la grille. De chaque côté de la porte d'entrée, deux Tcherkesses se tenaient immobiles comme des mannequins. Dans le vestibule, les invités défilaient entre une double haie de Tartares et d'Arméniens ; le vestiaire était tenu par des Géorgiens ; chaque porte était flanquée de deux Cosaques impassibles dans leurs fausses barbes. Les domestiques travestis en moujiks faisaient le service.

Un double escalier en marbre formant jubé au fond du vestibule donnait accès aux salons du premier étage. Entre les deux branches de l'escalier, s'ouvrait par trois portes un salon où les flots de la cohue ondulaient en tous sens. Ce salon communiquait avec les autres salles du rez-de-chaussée d'où l'on passait dans une serre magnifique, accolée aux flancs de la façade donnant sur les jardins de l'hôtel. On dansait dans toutes ces salles, sauf dans le salon central. Au premier étage se trouvaient la salle de jeu, celle du souper et un vaste salon où venaient mourir les bruits de la fête et où l'on n'entendait guère, à travers les chuchotements des groupes qui s'y promenaient, que les exclamations monotones des joueurs : Cent louis, passe, banco.

Sur ce salon s'ouvraient trois petites pièces dont on avait enlevé les portes et qui paraissaient destinées à servir de refuge aux couples heureux, aux rêveurs et aux mélancoliques désireux de s'arracher pour quelques instants au tumulte du bal. Ces discrets réduits, entièrement tapissés de satin, étaient ornés de fleurs et de plantes rares qui faisaient de chacun d'eux une sorte de bocage tendu de soie et de velours. La décoration des divers salons de l'hôtel était, d'ailleurs, des plus somptueuses. Les tons de l'or, du marbre, des soies et des velours, rehaussés par l'éclat des lustres luttaient partout de verve et de richesse : les bronzes, les camaïeus bleus ou pourpres de Sèvres, les potiches chinoises ou japonaises, les terres-cuites et les marbres, les tableaux de maître attestaient par leur variété et leur profusion le goût et le luxe artistique qui avaient présidé à la décoration de ce magnifique palais de la mondanité moderne.

Chaque salon avait son style particulier. Le salon turc situé au premier étage était tendu d'étoffes orientales brodées et lamées. Un vaste divan recouvert de soie rose brochée d'or courait le long des murs tout autour de la pièce. Les deux larges fenêtres qui l'éclairaient dans la journée s'ouvraient sur des moucharabiehs à vitraux de couleur. En guise de torchères, des lanternes polychromes, dont la lueur douce s'épandait dans le salon, étaient suspendues à des mains de bronze doré qui semblaient jaillir des murailles. Le plafond, peint par Jacquet, représentait le Paradis de Mahomet. Des essaims de houris se livraient à la danse des almées sous le regard impassible des fumeurs de narguilhé, tandis qu'au premier plan de bons derviches tourneurs valsaient comme des toupies. Mahomet, son turban sur l'oreille et son chibouck à la main, battait la mesure.

C'était ce salon, dont l'éclairage adouci contrastait avec

les éblouissements des salles voisines, qui était le sanctuaire
réservé aux confidences et aux causeries intimes. Les dan-
seurs venaient y reposer leurs jarrets, les hommes mûrs
s'y délasser loin de la cohue, les rêveurs se recueillir et y
méditer sur le néant des choses de ce monde. On y chuchotait
plus qu'on n'y causait. De lourdes portières étouffaient sur
le seuil le brouhaha de la foule ; un épais tapis de Smyrne
assourdissait le bruit des pas. Des couples furtifs allaient et
venaient s'égarant parfois dans les petits boudoirs qui s'ouvraient sur ce salon.

Au rez-de-chaussée, se trouvait le salon japonais. On y
avait installé pour l'orchestre un kiosque exécuté d'après un
dessin de Régamey. La décoration de ce salon, avec ses
soies jaunes et bleues, ses baguettes de bambou, ses jardi-
nières, ses potiches en porcelaine, ses brûle-parfums, ses
lanternes multicolores, ses bronzes grimaçants, ses tapisseries où grouillaient tordus et convulsés, comme dans un
cauchemar, les dragons, les reptiles, les hippogriffes et les
chimères, tous les monstres enfin qui peuplent l'Olympe
artistique du Japon, avait été particulièrement soignée par
le comte Schuloff, en prévision des ambassades japonaises
qui se succèdent fréquemment à Paris. Précisément, l'une
d'elles était arrivée depuis trois jours. Schuloff s'était empressé d'inviter tous ses membres à sa soirée.

Il y avait aussi un salon russe, avec ses pleins cintres, ses
motifs byzantins, ses lampes à chaînettes suspendues au plafond, ses peaux d'ours et ses tentures en soie de Perse ; un
salon pompéien, avec ses mosaïques en losanges, ses murs
vermillonnés et ornés de peintures représentant des *Amours*,
des *Vénus*, des *Génies*, ses colonnes ioniques, ses bronzes,
son *Faune dansant*, ses lampadaires et ses divans à pieds
d'ébène.

Le grand salon du milieu ressemblait à une sorte de musée où se trouvaient entassés tous les somptueux accessoires
du luxe moderne. Les étoffes les plus rares, les tapis les
plus éclatants, l'or, l'argent, les bois précieux, l'onyx, l'i-
voire, le cristal s'y multipliaient sous mille formes variées.

15.

Un jeune calculateur, né dans le bric-à-brac, avait trouvé le moyen, au milieu de la cohue, d'inventorier toutes ces richesses et d'en estimer la valeur à plus de cinq cent mille francs. Cette expertise dont il s'était empressé de faire connaître le résultat à ses amis avait surexcité au plus haut point l'enthousiasme des chevaliers de la finance et des banquiers de Pharaon qui assistaient à la soirée.

Dans la serre où une aire assez vaste avait été ménagée, on patinait aux accords d'un orchestre de Tziganes.

Les cartes d'invitation portaient, en effet, la mention suivante :

« Monsieur le comte Schuloff et Madame la comtesse Schuloff vous prient de leur faire l'honneur d'assister à la soirée qu'ils donneront, en leur hôtel, le samedi 25 novembre prochain.

» P. S. — On patinera. »

La foule circulait péniblement. Les hommes s'embarrassant dans les traînes, ne savaient où poser le pied. Les femmes subissaient d'involontaires coudoiements et d'indiscrets jeux de mains. Le tout Paris de la bohême titrée et de la cocotterie se trouvait là. On y rencontrait la fine fleur des boudoirs. Le tout Persil du Bois de Boulogne, Phrynés à la mode, Pénélopes à rebours, qui défont le jour leurs amants de la nuit, ébauchaient des romans d'une heure au bras de journalistes demi-mondains, d'artistes plus ou moins célèbres, de boursiers plus ou moins cotés, d'hommes de lettres à la recherche de documents humains ou d'apprentis diplomates venus là pour se former l'esprit et se déformer le cœur.

Les diamants, les rubis, les topazes, les émeraudes, les saphirs s'allumaient au feu des lustres et piquaient d'étincelles irisées les chairs dont les blancheurs rosées s'épanouissaient dans la lumière. Les roses, les bleuets, les camélias et les violettes arboraient dans l'or et dans l'ébène des chevelures le gai pavillon du printemps. Les toilettes ondulaient, ondoyaient, chatoyaient ; on eût dit dans ses reflets mouvants un kaléidoscope de dentelles, de velours et de soies.

Le comte Schuloff se tenait dans le salon d'entrée avec
la comtesse pour recevoir les invités. Le vieux boyard laissait défiler devant lui la foule sans paraître prendre part
à la fête et dans une sorte d'impassibilité de sphinx. Il semblait qu'il fût sourd à toute musique et ne vît rien du spectacle qui s'offrait à ses yeux. Rien, ni le tumulte du bal,
ni l'intensité de vie qui régnait dans cette cohue enfiévrée
de plaisir ne réveillait ses sens alourdis. Etait-ce insensibi-
lité, indifférence absolue ou dédain pour ces folies bruyantes
auxquelles son âge ne lui permettait plus d'assister qu'en
simple spectateur? Il eût été difficile de le dire. Peut-être le
comte ne faisait-il en tout cela qu'obéir aux caprices de sa
femme et ne se croyait-il pas forcé de s'amuser.

On pouvait s'étonner des rencontres singulières auxquelles on était exposé chez le comte Schuloff. Certes,
l'hospitalité qu'il ne craignait pas d'offrir dans sa propre
maison aux décadences morales, aux dépravations et aux
vices dont ces créatures équivoques, femmes en rupture de
mari, veuves consolables et consolées, prêtresses de l'hymen
libre plus ou moins renté, étaient la vivante incarnation, té-
moignait d'un profond cynisme chez ce vieillard épuisé de
corruption et nourri de piments ; mais qui sait si, dans ce défi
qu'il jetait ainsi à la face de l'opinion et dans le scandale dont
il semblait rechercher l'éclat, il n'y avait pas comme un parti
pris d'amère revanche sur la caste qui l'avait rejeté de son
sein, comme une soif de représailles contre le monde auquel
il appartenait par sa naissance et qui le reniait aujourd'hui?
Qui sait si ce n'était pas sous l'influence de sa femme que
ses rancunes s'étaient ravivées? La comtesse n'avait-elle
pas, elle aussi, des haines à assouvir? De plus, ne lui était-
il pas difficile, pour ne pas dire impossible, de rompre avec
des intimités qui dataient d'avant son mariage qui répon-
daient si bien à ses instincts? En dépit de leur opulence,
tous les deux étaient en quelque sorte des déclassés ; ils vi-
vaient en dehors du monde ; que leur importait d'en fouler
aux pieds toutes les lois?

Souriante dans sa robe à traîne en poult de soie bleue,

s'ouvrant en bas sur des plissés de satin jonquille, relevée par une draperie de dentelles fichée de bouquets de camélias et s'ouvrant au corsage sous des flots de point d'Alençon, la comtesse contrastait par sa grâce avec l'impassibilité de son mari.

Quand de Vandannes vint la saluer, elle lui répondit par un sourire et se tournant vers le comte.

— M. de Vandannes, dit-elle.

Schuloff tendit la main à de Vandannes et daigna sortir de son mutisme.

— Monsieur le comte, dit-il, je vous remercie d'être venu.

— Pourquoi si tard ? fit la comtesse... Esther est ici depuis plus d'une heure. Vous la trouverez au bras d'un ami.

De Vandannes s'inclina et se perdit dans les groupes.

Vers minuit et demie on vit arriver les petites actrices que leurs théâtres avaient retenues jusqu'à cette heure. Ces dames eurent presque autant de succès que l'ambassade japonaise.

L'atmosphère surchauffée des salons commençait à griser les cerveaux : les propos devenaient plus lestes et les gestes plus libres. De Vandannes traversait les salons, arrêté, emprisonné à chaque instant dans les groupes qui lui barraient le passage. Il vint s'échouer dans le salon russe où l'on dansait. Il tressaillit en apercevant Gaston Desroches qui conduisait le cotillon.

D'une voix solennelle, le jeune peintre expliquait une figure de son invention, *le Harem* et brandissait pour les besoins de sa démonstration un coussin, un mouchoir rose et un narguilhé. Les explications terminées, il fit signe à l'orchestre qui se mit à jouer la *Marche turque*.

On commença : les hommes et les dames s'étaient alignés aux deux extrémités opposées du salon. Deux coussins, le narguilhé et le mouchoir se trouvaient au milieu du parquet. Les dames, guidées par la maîtresse du cotillon, se placèrent l'une derrière l'autre et formèrent une file qui serpenta dans le salon avant d'arriver aux hommes. Ceux-ci s'écartèrent les uns des autres, pour laisser la file des dames cir-

culer en lacet autour de chacun d'eux. Sur un signe du con-
ducteur du cotillon, l'orchestre se tut brusquement et les
dames cessèrent leur défilé. Celui des cavaliers devant lequel la file s'était arrêtée était un gros homme à face rubiconde et maliforme qu'on était surpris de voir dans cette
sauterie. Son obésité semblait lui interdire tout exercice de
ce genre. La maîtresse du cotillon l'amena devant l'un des
coussins et l'invita à s'asseoir à la turque. Le malheureux
eut toutes les peines du monde à croiser les jambes, ce qui
excita l'hilarité générale. L'une des dames le coiffa du fez,
tandis qu'une autre lui offrait le narguilhé et que Gaston
Desroches, imité par tous les hommes, s'agenouillait et faisait
force salamalecs. L'orchestre reprit alors, et les dames, formant le cercle, dansèrent une ronde folle autour du pacha
improvisé. Celui-ci jeta son mouchoir ; une des dames le
reçut en pleine gorge et vint prendre place sur le second
coussin à côté de son seigneur et maître. L'odalisque dési-
gnée par le hasard n'était autre que la Florval.

De Vandannes fit un mouvement en reconnaissant sa
maîtresse. Il se contint cependant et attendit la fin du
cotillon qui se termina par un galop effréné. Le tourbillon
des couples rompit les rangs des curieux qui faisaient
galerie et causa dans le salon un trouble et un tumulte in-
descriptibles. On se dispersa de tous côtés. Au milieu du désordre qui se produisit alors, de Vandannes avait perdu de
vue la Florval. Il revint sur ses pas, à travers la houle,
visita successivement tous les salons du rez-de-chaussée,
passa dans la serre et se décida à monter au premier
étage.

Arrivé dans le salon turc, il aperçut Esther au bras de
Gaston Desroches au moment où ils entraient dans un des
cabinets qui s'ouvraient sur ce salon. Un flux de sang lui
monta au visage. Il pénétra dans le cabinet où les deux
amants se trouvaient seuls.

Avant même qu'ils eussent pu le reconnaître dans la
pénombre, il les avait rejoints. Il s'arrêta brusquement
devant eux et, s'adressant à Gaston Desroches :

— Monsieur, lui dit-il d'une voix sèche, veuillez me céder le bras de madame.

Esther poussa une exclamation de frayeur, tandis que Gaston faisait un mouvement aussitôt réprimé.

— C'est bien, monsieur, dit-il froidement, en reconnaissant de Vandannes, c'est une provocation... Il est inutile de causer un esclandre ici. Demain vous recevrez la visite de deux de mes amis.

— Je suis enchanté que vous m'ayez compris, répondit de Vandannes.

Les deux hommes échangèrent leurs cartes.

— Madame, dit Gaston en se tournant vers Esther, je suis à vos ordres.

Elle lui fit un signe de la main.

Le jeune homme s'inclina et sortit.

Cette scène n'avait duré que quelques secondes. Esther se laissa tomber sur un divan.

De Vandannes resta debout devant elle, les bras croisés.

— Savez-vous bien, monsieur, dit-elle au bout d'un instant, que ce que vous venez de faire est indigne ?

— Vous trouvez, madame ? ricana de Vandannes. Que direz-vous donc quand j'aurai tué votre amant ? car je le tuerai, je vous le jure.

— Mon amant ? De qui parlez-vous donc ? dit-elle d'une voix étranglée et en le regardant avec une sorte d'effarement.

— Trêve de mensonges ! s'écria de Vandannes, c'en est assez comme cela, madame... Mais ce lieu est mal choisi pour continuer cette conversation, veuillez me suivre.

— Vous suivre ? fit-elle en se levant.

— Oh ! nous avons à causer de beaucoup de choses et notamment d'un autre de vos amis...

— Qui cela ?

— M. Rabani.

A ce moment, la comtesse au bras d'un invité et le comte Schuloff passaient dans le salon turc.

Esther s'élança hors du cabinet.

— Monsieur le comte, dit-elle d'une voix saccadée à Schuloff, veuillez me donner votre bras et m'accompagner jusqu'à ma voiture.

— Qu'y a-t-il donc? demanda Valérie...

— Il y a que cet homme est fou, dit Esther en montrant de Vandannes qui venait de s'arrêter sur le seuil du cabinet. Il y a un instant, il a insulté sans motif et en ma présence M. Gaston Desroches et maintenant c'est moi qu'il menace...

— Que signifie? s'écria la comtesse, qui pâlit tout à coup.

Quelques invités auxquels cette scène n'avait pas échappé se rapprochaient.

Le comte jeta un regard sévère à de Vandannes.

— Madame, dit-il à Esther, veuillez prendre mon bras.

Ils s'éloignèrent tandis que de Vandannes, laissant échapper un geste de rage, sortait par une autre porte.

Au moment où il arriva sur le perron, il aperçut Esther qui montait dans son coupé. Il descendit précipitamment les marches, mais déjà la voiture roulait sur le pavé de la cour et franchissait la grille.

Il eut un instant l'idée de se faire conduire chez sa maîtresse, mais il songea qu'elle ne manquerait pas de lui interdire sa porte. Il prit le parti de retourner chez lui.

Pendant ce temps, Esther rentrait dans son hôtel. Un grand feu l'attendait dans sa chambre. Elle s'assit sur un fauteuil et se mit à réfléchir.

Le trouble qu'elle éprouvait avait chassé le sommeil. Quand le jour parut, elle était encore au coin de sa cheminée mûrissant les résolutions que lui avaient inspirées les événements de la nuit.

A dix heures du matin, sa femme de chambre lui annonça la comtesse.

Valérie entra pâle, agitée, fiévreuse.

— Je viens, dit-elle à Esther avec une anxiété visible, te

demander le mot de l'énigme d'hier. J'ai peur d'un malheur... Dis-moi la vérité.

Esther lui raconta en peu de mots ce qui s'était passé.

— Un duel! s'écria Valérie, en proie à une extrême émotion, un duel avec Gaston!... Mais c'est impossible!...

— Comment l'empêcher? dit Esther.

— Je n'en sais rien, mais il faut l'empêcher à tout prix...

— M. Gaston Desroches t'intéresse donc bien? fit Esther après une pause.

— Sans doute, ne te l'ai-je pas dit?... Voyons, tu vas m'aider, n'est-ce pas?... Il faut trouver un moyen... Cherchons ensemble, veux-tu?

— Un moyen? mais je n'en vois pas, fit froidement Esther.

— Tu n'en vois pas!...

Valérie s'arrêta, puis elle reprit avec un sourire amer :

— Il est certain que tu n'es pas la maîtresse de Gaston Desroches... Cette réponse me le prouve... Mais si les soupçons de M. de Vandannes sont injustes, peux-tu accepter que ce duel ait lieu?...

— Je n'y puis rien.

— Esther, je t'en conjure, ne parle pas ainsi... Si tu savais ce que je souffre depuis cette nuit... Je ne peux pas te dire... mais l'idée que M. de Vandannes va tuer ce jeune homme, car il le tuera... oh! j'en suis sûre... Cela ne te fait donc rien, à toi?

— Qu'est-ce que tu veux que cela me fasse? dit Esther d'une voix sèche.

Valérie poussa un cri comme si elle venait d'être mordue par un serpent.

— Je m'en doutais, s'écria-t-elle : c'est un piège que tu as tendu à Gaston... Ah! je comprends maintenant pourquoi tu l'as prié de t'accompagner au bal!

— Ah!... pourquoi?

— Parce que tu savais que de Vandannes y viendrait... ton amant est jaloux de Gaston, tu le savais...

— Et quand cela serait?

— Tu l'avoues! Ah! malheureuse! poursuivit Valérie en sanglotant, qu'as-tu fait là?

— Ce que j'ai fait? dit Esther en lui jetant un regard froid comme l'acier... je me suis vengée... car tu ne nieras plus maintenant que M. Desroches est ton amant!

— Lui! s'écria Valérie avec une sorte de terreur... lui!...

— Tes larmes t'ont trahie, ma chère...

— Esther! reprit Valérie... Eh bien, c'est vrai, je me suis trahie, je n'avais gardé vis-à-vis de toi qu'un secret... Ce secret tu vas le connaître... je ne veux pas que Gaston se batte, entends-tu, parce que le coup qui le frapperait me frapperait aussi, moi... je ne veux pas qu'il meure... parce qu'il est mon fils.

— Ton fils!

— Et maintenant, auras-tu pitié de mes larmes?... m'aideras-tu à empêcher cet horrible duel?...

— Ton fils! répéta Esther avec un accent de stupéfaction profonde... Ton fils! et tu me l'avais caché!...

Elle sonna.

— Faites atteler, dit Esther à la femme de chambre qui entrait. Je sors dans un quart d'heure.

— Où vas-tu? fit Valérie.

— Peu t'importe! As-tu vu M. Desroches, ce matin?

— Oui.

— Le duel ne peut avoir lieu aujourd'hui... Les entrevues des témoins occuperont la journée... Ce sera donc pour demain.

— C'est ce qu'il m'a dit.

— Il ne faut pas que les témoins prennent rendez-vous pour demain matin, charge-toi de cela; moi, je me charge du reste...

— Que vas-tu faire?

— Cela me regarde... Va, ma chère Valérie, il n'y a pas de temps à perdre, laisse-moi. Si Gaston ne se bat pas demain dans la matinée, je te jure que le duel n'aura pas lieu.

Les deux femmes se séparèrent.

Trois quarts d'heure après, Esther pénétrait dans un petit hôtel meublé de la rue de Dunkerque, près de la gare du Nord, et demandait à parler à M. Simonin.

— M. Simonin est chez lui, répondit le propriétaire de l'hôtel.

La Florval gravit deux étages, s'arrêta devant une porte et frappa deux petits coups secs.

L'homme qui vint lui ouvrir la fit entrer rapidement et referma la porte avec précaution.

— Il y a du nouveau ? demanda-t-il en lui avançant une chaise.

— Rabani, dit Esther en s'asseyant, il faut que de Vandannes soit arrêté demain matin.

— Hein ?...

— Ne m'as-tu pas dit que des mandats d'amener allaient être lancés contre les administrateurs de la Société du Gaz atmosphérique ?

— Sans doute. Eh bien ?

— Eh bien, il faut que ces mandats soient décernés aujourd'hui même et exécutés demain à la première heure.

— Tu en parles à ton aise. C'est aujourd'hui dimanche...

— Il le faut, te dis-je. Arrange-toi en conséquence.

— Diable ! qu'y a-t-il donc ?

— Je t'ai écrit que la femme d'Herbelot avait appris ton vrai nom. Eh bien, ce que je craignais est arrivé. Aujourd'hui, de Vandannes sait tout.

— Diable ! j'ai eu du nez de disparaître.

— En sorte qu'il n'y a pas de temps à perdre, tu le vois.

— Aussi l'ai-je bien employé jusqu'à présent. J'ai chargé un de mes copains d'aller trouver les créanciers de la Société, de leur exposer la situation et de les déterminer à porter plainte au parquet, ce qui a été fait. Le procureur de la République a été saisi de leur plainte en même temps que du rapport qu'en ma qualité d'agent chargé de la surveillance des établissements financiers, j'avais eu le soin de rédiger depuis longtemps.

— Mais tu t'es dénoncé toi-même, malheureux !

— Parfaitement, fit Rabani avec un accent goguenard. Preuve qu'un homme comme moi ne transige jamais avec le devoir professionnel. Le bien du service avant tout.

— Mais tu seras condamné?

— Par contumace... Mais qu'est-ce que cela me fait? Parbleu ! je sais bien qu'on clabaudera. Les journaux imprimeront que je suis un filou doublé d'un agent provocateur... je me soucie bien, ma foi, de l'opinion des journalistes !... Je compte d'ailleurs que la spontanéité de ma dénonciation me vaudra l'indulgence du tribunal... Ne ris pas, j'ai pris mes mesures pour me créer toutes sortes de circonstances atténuantes... Je parie que mon avocat finira par prouver que, loin d'avoir joué le rôle de complice dans l'affaire, je ne suis au contraire qu'une innocente victime... Les avocats sont si forts !... Et puis, est-ce que nous n'avons pas des grâces d'Etat, nous autres? Est-ce qu'il y aurait un seul gouvernement de possible sans nous ?... On m'enverra en mission à l'étranger, voilà tout ; après quoi, je reviendrai à Paris, blanc comme neige...

— A merveille !

— En attendant, poursuivit Rabani, l'essentiel était de me soustraire aux recherches de de Vandannes qui aurait pu causer un esclandre fâcheux... C'est même ce qui m'a déterminé à hâter les choses et à saisir le parquet... De Vandannes arrêté, j'ai mes coudées franches au moins pour quelques jours. Je ne serai réellement compromis qu'après l'examen des livres. J'ai donc devant moi le temps voulu pour arranger mes affaires et filer sur Bruxelles.

— Tu conviens donc qu'il est urgent que de Vandannes soit arrêté?

— Sans doute... De Lordac vient de m'informer que de Vandannes avait convoqué pour demain matin, neuf heures, tous les membres du conseil d'administration. Le moment serait bien choisi pour une arrestation en masse, mais c'est vingt-quatre heures trop tôt. Je n'avais pris mes dispositions que pour mardi.

— Quelle imprudence ! Le résultat des délibérations des administrateurs peut être grave. Songe qu'il y va de notre intérêt à tous deux. Aujourd'hui, je peux interdire ma porte à de Vandannes, mais qui sait ce qui arrivera demain ?

— Tu as raison... Bah ! tant pis pour de Lordac, je voulais le prévenir, mais tout bien considéré, il vaut mieux qu'il saute avec les autres...

— Alors, je puis compter sur toi ?

— Absolument. Tu vois que je ne me fais pas tirer l'oreille... Je suis gentil, hein ?

— Demain matin...

— Sois tranquille... Je saute dans un fiacre, je me fais conduire à la *Tour*, j'insinue à Hervieux, qui est de service aujourd'hui, que l'éveil est donné, que de Lordac s'apprête à lever le pied, et qu'en conséquence il est urgent d'agir... Oui, c'est cela, ajouta-t-il en marchant à grands pas dans sa chambre, voilà le plan... Quant à moi, demain soir je serai à Bruxelles. De Vandannes une fois coffré, il te sera facile de te débrouiller. Cependant, dit-il en s'arrêtant devant elle, si j'ai un conseil à te donner, ma chérie, tu feras bien de bazarder ton mobilier. L'air de Paris pourrait bien devenir insalubre pour toi. Viens me rejoindre à Bruxelles, je t'y retiendrai un appartement. Nous nous verrons de temps à autre et, de cette façon, je te tiendrai au courant des événements. Est-ce dit ?

— C'est dit, fit la Florval en se levant.

— A la bonne heure... Parbleu ! je savais bien que tu finirais par comprendre que je suis ta providence... Quand viendras-tu me rejoindre ?

— Dans quelques jours.

— D'ici là, je t'écrirai poste restante, à tes initiales... Je te ferai visiter la Belgique, un pays charmant, tu verras... Je connais une délicieuse propriété sur les bords de la Sambre... S'il te convenait de l'acheter...

— Tu oublies que je n'ai pas tout à fait les mêmes rai-

sons que toi pour m'exiler et que, par conséquent, je ne
tiens nullement à me fixer à l'étranger...

— Soit, mais réfléchis à ton tour qu'il est prudent de te
tenir à distance de de Vandannes, au moins pendant quelque
temps. Le gaillard est homme à se fâcher pour tout de bon et,
une fois sorti de prison...

— Nous recauserons de cela. A bientôt.

— Je l'espère... Mon adresse à Bruxelles, poursuivit-il
en crayonnant quelques mots sur une carte, hôtel d'Anvers...

— Bien, dit la Florval en prenant la carte.

— Et à la première alerte, vite un mot. Tu sais, ajouta-t-il
en la reconduisant, combien j'ai plaisir à te lire.

Pendant que cette mine se creusait sous ses pas, de Vandannes recevait les témoins de Gaston Desroches et les mettait aussitôt en rapport avec deux de ses amis, choisis parmi
les membres de son cercle. Les conditions de la rencontre furent promptement réglées. Sur la demande des témoins de de
Vandannes, il fut convenu que le duel aurait lieu le lendemain, à une heure de l'après-midi, au Vésinet.

Après avoir pris rendez-vous avec ses amis pour le lendemain, de Vandannes donna à son domestique l'ordre de
préparer sa valise.

— Il se peut que je ne rentre que dans la nuit, lui dit-il.
Vous ferez porter ma valise directement au chemin de fer
de Lyon. Je partirai demain soir, à quatre heures, pour
Clermont-Ferrand.

Fort de ses douze ans de salle, de Vandannes ne mettait
pas en doute que le duel qui allait avoir lieu le lendemain
ne tournât au désavantage de son adversaire. Il sortit et se
rendit chez Esther.

Celle-ci, qui prévoyait cette visite, s'était bien gardée de
revenir à son hôtel. Elle était à l'hôtel du comte Schuloff,
attendant Valérie qui était sortie.

Valérie ne tarda pas à rentrer. Elle venait de voir Gaston.
Le jeune peintre lui avait appris que la rencontre était
fixée au lendemain dans l'après-midi.

— Il est sauvé! dit Esther. De Vandannes, gravement

compromis dans une affaire financière, sera arrêté demain matin.

— Sauvé ! répéta Valérie avec un sanglot de joie... Ah! maintenant, demande-moi tout ce que tu voudras... Je te dois plus que la vie, puisque je te dois la sienne, à lui !...

— Je te demanderai l'hospitalité jusqu'à demain matin, répondit Esther, car j'ai des raisons pour éviter à tout prix de Vandannes... Mais tu ne seras quitte envers moi que lorsque tu m'auras tout raconté, c'est-à-dire l'histoire de ton fils...

— Soit, dit Valérie, mais à une condition, c'est qu'il ne saura jamais que je suis sa mère, c'est que ce secret mourra entre nous.

— Je te le promets.

Les deux femmes s'enfermèrent.

Le lendemain matin, à neuf heures sonnant, de Vandannes entrait dans les bureaux de la *Société du Gaz atmosphérique*. Les employés n'étaient pas encore arrivés. Les garçons achevaient de balayer.

— Quelqu'un de ces messieurs est-il arrivé? demanda-t-il.

— Non, monsieur, répondit le garçon.

De Vandannes se rendit dans la salle où le conseil tenait ses séances. Il n'avait pas dormi de la nuit. Fiévreux, en proie à une agitation des plus vives, il se mit à marcher dans le salon ; puis, comme s'il eût eu besoin d'air, il ouvrit la fenêtre. Il aperçut, dans la rue, de Lordac, de l'Osnoy, Levy-Gœrke et de Villegueuse qui arrivaient ensemble.

Leur pantomime trahissait la vivacité de leur conversation.

Quand ils entrèrent dans la salle du conseil, de Vandannes se contenta d'ébaucher un salut.

— Monsieur de Vandannes, fit Levy-Gœrke à qui cet accueil glacial n'avait pas échappé, nous allons ouvrir immédiatement la séance, si vous le voulez bien. Ceux de nos collègues qui sont absents ne viendront pas; ils m'ont informé, hier, par dépêche, de l'impossibilité où ils se trouvent d'assister à notre conférence et m'ont chargé de vous présenter leurs excuses.

— Ah ! fit de Vandannes.

— Vous comprendrez, monsieur, continua Levy-Gœrke, que ces messieurs n'aient pu se rendre à votre invitation. L'heure que vous avez indiquée est très incommode pour des hommes politiques qui n'ont pas toujours la libre disposition de leurs matinées. Il est regrettable que vous ne vous soyez pas souvenu de l'heure à laquelle nous nous réunissons habituellement, et qui a été fixée d'accord entre nous. Il faut certainement que les communications que vous avez à nous faire soient de la dernière importance pour...

— Je vous demande pardon, messieurs, interrompit de Vandannes, de vous avoir dérangés de si grand matin, mais vous apprécierez les motifs qui m'ont déterminé à déroger à vos usages, et quand ils vous seront connus vous m'excuserez, je n'en doute pas.

— Vous êtes tout excusé, reprit Levy-Gœrke, et je ne me suis permis l'observation que vous venez d'entendre que pour vous prier d'en tenir compte à l'avenir. Nous sommes prêts à vous écouter. Auparavant, je crois toutefois devoir vous prévenir que notre présente réunion ayant un caractère irrégulier, il n'en sera dressé aucun procès-verbal et que nous ne pouvons vous entendre qu'à titre officieux, c'est-à-dire sans prendre aucune décision.

— Comment cela ?

— Le conseil d'administration, monsieur, ne peut être convoqué extraordinairement que par son président. Je regrette donc que vous ayez négligé de me faire part de l'intention où vous étiez d'entretenir le conseil. Je me serais empressé de déférer à votre désir en invitant moi-même nos collègues à se réunir. Ceci dit pour la bonne règle, je vous prie de nous faire connaître l'objet de votre convocation.

A ce moment, un garçon de bureau entra et remit une carte à de Lordac.

— M. de Verneuil, dit de Lordac, après avoir jeté les

yeux sur la carte, je ne connais pas. Qu'il revienne plus tard.

— Je lui ai dit que le conseil était en séance et que M. le directeur ne pouvait recevoir, répondit le garçon, mais il a insisté pour que je vous remette cette carte.

De Lordac allait répliquer lorsqu'un personnage habillé de noir, portant des favoris de magistrat et des lunettes de bureaucrate, entra dans la salle du conseil.

De Lordac, à la vue de ce visiteur imprévu, pâlit tout à coup. Il venait de reconnaître M. Lambrequin, commissaire aux délégations judiciaires.

— Messieurs, fit le nouveau venu, je vous demande pardon de m'être fait annoncer auprès de vous sous un nom d'emprunt.

Et, tirant son écharpe de sa poche, il continua :

— Je suis M. Lambrequin, commissaire aux délégations et j'ai mission d'exécuter des mandats d'amener que le parquet vient de décerner contre chacun des membres du conseil d'administration de la Société d'éclairage du Gaz atmosphérique.

De Lordac, Levy-Gœrke, de l'Osnoy, de Villegueuse et de Vandannes s'étaient levés et se regardaient stupéfaits.

— Veuillez me donner vos noms, messieurs, reprit le commissaire.

De Lordac, Levy-Gœrke, de l'Osnoy et de Villegueuse se nommèrent.

Lorsque le magistrat se tourna vers de Vandannes pour l'inviter à décliner ses noms.

— C'est inutile, monsieur, fit brusquement Levy-Gœrke, vous devez connaître M. de Vandannes, car je comprends tout maintenant, c'est lui qui nous a attirés ce matin dans cet odieux guet-apens.

De Vandannes bondit sous l'affront. Il se jeta sur Levy-Gœrke en poussant un cri de fureur ; mais sur un signe de M. Lambrequin, les agents qui attendaient à la porte du salon firent irruption dans la salle du conseil et arrachèrent le banquier des mains de l'ex-dragon.

Les cinq administrateurs, obéissant à l'injonction du commissaire, quittèrent les bureaux et montèrent dans les voitures qui les attendaient dans la rue.

Une heure après, M. Lambrequin, accompagné de son secrétaire, revenait au siège social et procédait à la mise sous scellés des caisses et des livres.

FIN DE LA DEUXIÈME PARTIE

TROISIÈME PARTIE

LES MÈRES QUI TUENT

I

M. Richon et sa fille Emmeline occupaient, au deuxième étage de la maison portant le n° 57 de la rue de l'Ecluse, un petit appartement avec balcon.

La maison, d'apparence bourgeoise, habitée par de petits rentiers ou d'honnêtes employés, tous gens de mœurs douces et paisibles, était réputée dans le quartier pour être une des mieux tenues de Batignolles. La langue des commères du voisinage n'avait jamais eu l'occasion de s'affiler aux dépens des habitants de cet immeuble privilégié. A l'instar des peuples heureux, ces bons locataires n'avaient pas l'histoire.

On savait peu de chose sur M. Richon. C'était un homme d'habitudes fort réglées. Il sortait de chez lui vers neuf heures du matin, rentrait à onze heures pour déjeuner, retournait à ses occupations à une heure de l'après-midi et réintégrait son domicile à six heures du soir. Parfois, après son dîner, c'est-à-dire vers huit heures, il sortait donnant le bras à mademoiselle Emmeline. Le père et la fille allaient faire un tour de promenade et rentraient généralement vers neuf heures ou neuf heures et demie au plus tard. Le dimanche, s'il faisait beau, on les voyait se diriger du côté de la rue d'Amsterdam et descendre jusqu'à la gare Saint-Lazare où ils prenaient le train pour aller à la campagne, s'il est permis de décorer du nom de campagne la prosaïque verdure de la banlieue de Paris.

M. Richon et mademoiselle Emmeline étaient particulièrement estimés des boutiquiers qui ne manquaient jamais de les saluer avec les marques de la plus grande déférence. Il était manifeste que M. Richon et sa fille étaient de bonnes pratiques, qu'ils n'avaient point de *queue* chez leurs divers fournisseurs.

Grâce aux indiscrétions de la concierge du n° 57, on savait que M. Richon remplissait auprès du tribunal de commerce l'office d'expert-comptable, profession assez lucrative et qui lui permettait de vivre dans l'aisance. La curiosité publique avait dû se contenter de ce renseignement. M. Richon parlait peu, vivait très retiré avec sa fille et se tenait à l'écart de toutes les petites passions du quartier. Les saluts qu'il échangeait avec ses voisins marquaient la limite des relations qu'il entretenait avec eux. Assurément, il ne nourrissait aucune ambition politique et n'aspirait pas à l'honneur d'administrer son arrondissement et de marier ses concitoyens. Bien que le quasi-mystère de sa vie eût plus d'une fois irrité la malignité du voisinage et dépité les mauvaises langues, la médisance n'avait pu réussir à entamer la réputation de cet honnête homme. Le serpent avait usé ses dents à cette lime rigide.

M. Richon pouvait avoir cinquante-cinq ans. Il était de petite taille, sec et nerveux. En dépit de son âge, son visage avait conservé un air de jeunesse dû à l'expression simple et franche de ses traits et à la douceur de son regard. Ses cheveux, qu'il portait courts, grisonnaient à peine. Sa bouche au contour très régulier n'avait jamais connu l'ironie. A voir cette physionomie d'une sérénité légèrement mélancolique, il était difficile de conjecturer que M. Richon eût jamais connu les orages, les misères et les trahisons de la vie. Cependant, le sillon vertical qui creusait son front entre les sourcils eût donné à réfléchir à un observateur attentif. Il semblait qu'une violente secousse avait laissé sa trace indélébile sur ce front calme et doucement rêveur.

Sa fille Emmeline avait seize ans : très fine et très fluette, — il y avait dans tout son être quelque chose de frêle et de maladif. Ses traits étaient d'une gracilité exquise. Son front d'une pureté séraphique avait pour encadrement les bandeaux à la vierge de ses cheveux châtain-clair. Son visage d'une pâleur ivoirine, où semblait se refléter la mélancolie paternelle, se colorait parfois aux joues d'un léger nuage de vermillon. On disait d'elle dans le quartier : C'est une jeune fille charmante, mais ça ne tient pas plus qu'une feuille ; gare à l'automne !

L'appartement occupé par M. Richon, sans être somptueux, était confortable. Sa chambre particulière était meublée d'un lit, d'une commode-secrétaire, d'une table-toilette, d'un fauteuil et de quelques chaises en acajou. Celle d'Emmeline avec ses rideaux blancs, ses mousselines, ses gazes, ses dentelles, était presque riche dans son luxe pudique. La salle à manger était en noyer verni : indépendamment de la table ronde et des chaises, on y voyait un buffet à crédence et un cartel à support. Dans le petit salon, un canapé, quelques fauteuils, un piano, un guéridon à pied sculpté, le tout en palissandre. Le cabinet de M. Richon était meublé d'un grand bureau à cylindre, d'une bibliothèque, d'une table-pupitre, de cartonniers et de fauteuils. Les fenêtres et les portes étaient garnies de tentures. Quelques gravures encadrées étaient suspendues à la muraille. Ce modeste intérieur décelait par son entretien des soins méticuleux. Les moindres objets concouraient par leur disposition à donner un air quasi-vénérable à cet asile familial.

16.

Emmeline, aidée d'une femme de ménage qui faisait la cuisine et les gros ouvrages, avait l'œil et la main à tout. Elle était la fée du logis. Elle s'entendait aussi bien aux reprises qu'à la broderie, aux ravaudages qu'aux travaux délicats de l'aiguille et du crochet. Entre temps, elle lisait des revues de modes que lui apportait son père, ou jouait du piano. Jusqu'à l'âge de quinze ans, elle avait eu des maîtres qui venaient chaque jour lui donner des leçons à domicile ; mais, depuis cette époque, elle s'était donnée plus particulièrement aux soins du ménage et n'avait conservé de ses anciens professeurs que sa maîtresse de piano.

La chambre d'Emmeline et le salon s'ouvraient sur le balcon. Lorsqu'elle cousait, Emmeline se tenait près de la fenêtre de sa chambre.

On était au mois d'avril. Les plantes grimpantes s'épanouissaient déjà en fleurettes autour du châssis de la fenêtre. Lorsque la saison était plus avancée, le feuillage des volubilis, des capucines et du chèvrefeuille formait une sorte de store de verdure, tandis qu'au milieu des tigellules et des feuilles apparaissait l'adorable visage de la jeune fille.

Un petit monde ailé gazouillait dans une cage posée près de la fenêtre sur un support. Emmeline aimait les fleurs et les oiseaux.

Au mois d'août, M. Richon et sa fille quittaient Paris. Ils avaient des parents dans les environs de Blois ; c'est là qu'ils passaient environ deux mois, chaque année. En octobre et en novembre, ils rentraient à Paris pour reprendre sans interruption, pendant dix nouveaux mois leur existence accoutumée, tranquille, uniforme et pour ainsi dire chronométrique.

Depuis quelque temps, un nouveau locataire s'était installé dans l'appartement voisin du leur. Le balcon qui desservait les deux appartements était coupé au milieu par une simple grille à barreaux assez espacés. Emmeline fut bien étonnée le jour où elle aperçut, accoudé au balcon, le jeune peintre qui lui avait été présenté chez un ami de son père, M. Vidal, le marchand de tableaux.

Les deux jeunes gens échangèrent un salut, timide de la part d'Emmeline, respectueux de la part de Gaston.

A quelque temps de là, Gaston Desroches retrouva dans le salon du marchand de tableaux M. Richon et Emmeline. On fit plus ample connaissance. M. Richon, charmé d'avoir pour voisin un artiste dont chacun s'accordait à célébrer la distinction et le talent, le pria de l'honorer de sa visite. Gaston Desroches s'empressa de déférer à cette invitation. Il se présenta chez M. Richon et fut reçu avec cette cordialité simple qui est comme la fleur des âmes honnêtes. A partir de ce jour, il revint fréquemment chez M. Richon. Il apportait à Emmeline des dessins, des études qu'elle s'amusait à copier et qu'il retouchait ensuite. On causait littérature et beaux-arts. M. Richon était peu versé en ces matières, mais il s'y intéressait. Quant à Emmeline, si elle savait peu, elle était douée d'un instinct, d'un sens artistique très juste qui séduisit Gaston. Peu à peu, il s'attacha à développer chez la jeune fille un ordre de sensations et de sentiments qui furent pour elle comme la révélation d'une vie nouvelle. C'est ainsi qu'une véritable intimité s'établit entre Gaston, M. Richon et sa fille.

Pierre Desroches qui était revenu à Paris depuis trois mois, accompagnait quelquefois son fils chez M. Richon. Le vieux comédien ne tarda pas à deviner que Gaston songeait sérieusement à se marier.

— Prends garde, lui dit-il un jour, le mariage est chose grave. Le jour où un artiste franchit le seuil de cette honorable institution, il naît à la vie de famille, mais il meurt à l'art. Si dorée que soit la chaîne matrimoniale, si légère qu'elle paraisse, n'oublie pas qu'il y a un boulet au bout.

— Bah ! lui répondit Gaston, nous verrons ce que tu répliqueras lorsque je t'aurai lâché dans les jambes deux ou trois bambins de ma façon.

Un soir que Gaston venait de faire de la musique avec Emmeline, la jeune fille fut frappée de l'air profondément distrait de son père.

— Qu'as-tu donc ? lui dit-elle. Est-ce que le piano t'ennuie ?

— Pas du tout, répondit M. Richon, mais, je l'avoue, je n'ai prêté qu'une oreille peu attentive à votre sérénade... Je suis préoccupé...

— Toujours cette affaire de la Société d'éclairage? fit Emmeline.

— Eh ! oui... Je me heurte à chaque pas à des complications nouvelles... Jamais affaire n'a été plus obscure... A tout instant on perd le fil dans ce labyrinthe de chiffres. Figurez-vous, poursuivit-il, en s'adressant à Gaston, que j'ai été chargé, il y a deux mois, de l'examen de la comptabilité de cette Société. Tous les administrateurs avaient été arrêtés, mais ils ont été relâchés depuis sous caution. Ce sont de fieffés coquins, c'est incontestable : aussi me proposé-je de les saler, comme il convient, dans mon rapport. Cependant, l'un d'eux me paraît avoir été plutôt dupe que complice et, en ce qui le concerne, j'aurai certaines réserves à formuler. Le rôle, pour ainsi dire passif de ce malheureux gogo, me semble établi par une découverte que j'ai faite aujourd'hui même, et qui avait échappé aux premiers experts chargés de la vérification des livres. Cette découverte jette un jour nouveau sur cette affaire. Il s'agit, en effet, d'un intermédiaire qui me paraît avoir joué le principal rôle dans cette immense flouerie.

— Permettez-moi une question, dit Gaston. Parmi les administrateurs de cette Société, n'y a-t-il pas un M. de Vandannes?

— Parfaitement. Vous le connaissez ?

— Un peu. J'ai dû me battre avec lui. Mais il a été arrêté avant l'heure fixée pour le duel.

— C'est le gogo auquel je viens de faire allusion. Je le crois innocent de toutes les fraudes commises. Malheureusement, il s'est laissé aller à de telles imprudences qu'il lui sera bien difficile de sortir indemne de cette affaire.

— Comment cela ? demanda Gaston.

— En deux mots, voici sa situation. Il a souscrit pour

cinq millions d'actions sur lesquels il n'a versé que le quart. Actuellement il se trouve dans l'impossibilité matérielle de remplir ses engagements, c'est-à-dire de payer les trois autres quarts, dont le montant suffirait à désintéresser les créanciers. De plus, il a signé tous les procès-verbaux du conseil d'administration.

— Ce qui signifie, interrompit Gaston avec un sourire, qu'il a prêté la main aux malversations de ses collègues.

— Oui, si l'on prend votre mot au pied de la lettre ; mais M. de Vandannes prétend que, dans son ignorance des affaires, il s'en est aveuglément rapporté à la parole de ses collègues. Or, ceux-ci lui auraient déclaré qu'aucun appel de fonds ne serait fait. A l'entendre, sa confiance était telle qu'il n'avait pas hésité à approuver toutes les décisions prises, bien qu'il n'eût assisté qu'à un très petit nombre des réunions du conseil.

— Il lui sera bien difficile d'exciper de sa bonne foi, objecta Gaston. La crédulité et l'ignorance, quand elles sont poussées à ce point, ressemblent furieusement à une complicité tout au moins tacite.

— D'accord, répliqua Richon, mais les variétés du gogo sont si nombreuses et l'imbécillité de certains actionnaires atteint de telles proportions que, dans bien des cas, ces naïfs en arrivent à se rendre complices de leur propre ruine.

— Je vous serai fort obligé, reprit Gaston, de me tenir au courant de cette affaire, car j'ai besoin de savoir si M. de Vandannes est, oui ou non, un honnête homme. A sa sortie de prison, il m'a écrit pour m'informer qu'il se tenait à ma disposition, mais vous comprendrez qu'avant de croiser le fer avec un pareil adversaire, il est indispensable que je sois fixé sur son honorabilité.

— Je tiens M. de Vandannes pour un honnête homme trompé, répondit M. Richon, mais je crains pour lui qu'il ne puisse établir sa bonne foi.

— Je serai donc forcé de m'en rapporter à la décision des tribunaux, répliqua Gaston.

Emmeline avait suivi ce court entretien avec une émotion visible. Elle ne dit rien cependant.

Le lendemain, au moment où Gaston parut sur son balcon, il aperçut Emmeline qui arrosait les fleurs de sa fenêtre. Il était cinq heures du soir à peine, et M. Richon n'était pas encore rentré. Gaston salua la jeune fille qui lui répondit par un petit signe de tête amical. Elle s'accouda à la rampe du balcon. Gaston comprit qu'il ne serait pas indiscret en lui adressant la parole. Après un échange de quelques formules de politesse, Emmeline parut faire un effort sur elle-même.

— Est-ce donc sérieux ce que vous avez dit hier à mon père ? lui demanda-t-elle tout à coup... Ce duel...

— C'est tout ce qu'il y a de plus sérieux, mademoiselle, fit Gaston en souriant.

— Eh quoi! vous vous battriez ?

— Sans doute... Estimeriez-vous un homme qui, ayant été insulté, resterait sous le coup de l'insulte ?

— Vous avez raison... Mais s'il vous arrivait malheur ? si vous étiez blessé ? fit naïvement Emmeline.

— Je vous remercie de l'intérêt que vous me portez, mademoiselle, dit Gaston, mais un homme d'honneur ne connaît que son devoir.

Emmeline se tut.

A ce moment M. Richon, qui venait de rentrer, parut sur le balcon. Il s'aperçut du trouble d'Emmeline.

— Qu'as-tu donc ? lui dit-il. Comme te voilà pâle !

— Ce n'est rien, mon père, répondit-elle. Un peu de malaise, c'est passé.

C'était la première fois de sa vie qu'elle mentait.

Le jeune peintre salua M. Richon qui répondit au salut de Gaston par un petit geste de la main et rentra dans son salon avec Emmeline.

— Voyons, ma fille, lui dit-il après qu'il l'eut fait asseoir en face de lui, qu'est-ce qu'il te disait ?

— Qui donc ?

— Comment! fit M. Richon avec un sourire, tu dissimules

avec moi ! Veux-tu donc me faire de la peine ou crois-tu
que je ne lise pas sur ton visage ce que tu voudrais me
cacher ?

— Il me disait, répondit Emmeline en baissant les yeux,
qu'un homme qui, ayant été insulté, refuse de se battre, est
indigne d'estime...

— Eh bien ! sans doute, mais à quel propos ?

— Tu le sais bien, père... Ce duel...

— Ah bien ! j'y suis... Je n'y pensais plus, mais il paraît
que ça te préoccupe, toi.

— C'est vrai... dit ingénument Emmeline... Songe donc,
ajouta-t-elle avec une sorte d'anxiété, qu'il pourrait être
blessé, tué peut-être ?

— Eh bien ! mais cela le regarde, fit M. Richon avec une
pointe d'ironie. Qu'est-ce que cela te fait, à toi ?

— Peux-tu parler ainsi ?... Comment ! si M. Gaston venait
à mourir, cela ne te ferait rien à toi ?

— Si ! si ! Diable ! je suis sensible au malheur de mon
prochain... J'avoue même que je serais particulièrement désolé qu'il arrivât quoi que ce fût de désagréable à notre charmant voisin, car il est charmant, n'est-ce pas ? fit-il avec un
sourire malicieux.

— Je suis de ton avis, mon père, dit simplement Emmeline.

— Et tu serais bien aise, n'est-il pas vrai, que ce duel
n'eût pas lieu ?

— Peux-tu me le demander ? fit-elle vivement. Mais à
condition, ajouta-t-elle presque aussitôt et à voix basse, que
ce ne soit point aux dépens de sa dignité et de son honneur...

— Cela va de soi... M. Gaston est d'ailleurs incapable de
transiger sur ce chapitre... Eh bien ! rassure-toi, ma fille,
ce duel n'aura pas lieu.

— Bien vrai ! dit-elle, avec un éclair de joie dans les
yeux.

— Bien vrai... J'avais innocenté un peu trop vite l'adversaire de notre charmant voisin, — il appuya sur l'épithète,

— car j'ai découvert aujourd'hui des charges accablantes contre lui. Son acquittement me paraît dès à présent bien difficile. Si M. de Vandannes est condamné, ce qui est probable, aucun honnête homme ne pourra décemment se battre avec lui... Sois tranquille... Je vais faire un de ces rapports...

Emmeline ne put en entendre davantage.

— Ah ! que tu es bon ! s'écria-t-elle en sautant au cou de M. Richon et en l'embrassant, que tu es bon et comme je t'aime !

M. Richon se leva et s'éloigna d'un air songeur.

— C'est surtout lui qu'elle aime ! se dit-il en hochant la tête.

Le brave homme avait raison. L'amour était né dans le cœur de la jeune fille. Elle aimait Gaston, sans y prendre garde, sans se rendre compte de la force et de la portée du sentiment tout nouveau qui avait germé en elle. Elle était comme éblouie de l'aurore radieuse qui se levait sur sa vie. Elle se sentait attirée vers Gaston comme vers un irrésistible aimant et c'est avec toute l'ignorance, avec toute l'inconscience du danger qu'elle s'abandonnait au charme d'une sensation inconnue pour elle jusque-là. Sans doute, l'amour ne devait pas, dans cette délicate et frêle créature, prendre ce caractère d'intensité et de vigueur qui, plus tard, dégénère chez la femme en passion : c'était une efflorescence du cœur, un épanouissement doux et lent de ses facultés, un flux de sève généreuse qui courait dans son être. Hélas ! il est des arbustes chétifs que tue l'activité de la floraison. Il semble qu'ils s'épuisent jusqu'en leurs racines et qu'ils n'aient plus qu'à mourir, après avoir poussé leur première fleur.

De son côté, Gaston aimait Emmeline. Comment cet amour de l'artiste pour cette petite bourgeoise était-il né ? Sait-on jamais cela ? Il l'avait rencontrée plusieurs fois chez M. Vidal ; les grâces timides et naïves de la jeune fille l'avaient frappé peut-être par la force du contraste avec les joyeuses maîtresses dont ses vingt ans s'étaient accommodés jusque-là. En dépit des soins et des tendresses que lui avait prodigués son père, Gaston sentait dans son cœur un vide immense que ne pouvaient combler de banales amourettes. Elevé parmi des étrangers, au collège où son père avait dû le placer de bonne heure, il lui avait manqué les caresses vivifiantes que peut seule donner l'affection maternelle. Gaston n'avait pas connu sa mère. Sorti du lycée, il s'était jeté, comme tous les jeunes gens, dans les sentiers battus du plaisir, mais le souvenir de ses aventures buissonnières n'avait pas laissé en lui plus de trace que le parfum des fleurs qui s'étaient fanées à sa boutonnière ou que la griserie des baisers qui s'était dissipée comme une fumée de cigarette. Il avait bien vite compris la banalité de ces romans d'une heure, l'ineptie de ces duos improvisés entre deux valses ou deux bouteilles de champagne. Pas plus qu'il ne s'était attaché à la Florval, il n'avait pris au sérieux les femmes qui s'étaient livrées à lui par caprice ou par simple amusement. Il avait traversé ces liaisons avec désinvolture, tour à tour lâcheur et lâché, acceptant d'une humeur égale les divers dénouements de ces vaudevilles de la passion. Il s'était épris de quelques-unes des femmes qui lui servaient de modèles, tout juste assez pour en peupler ses toiles. Le tableau fini, il ouvrait sa bourse et fermait sa porte. Il n'était cependant ni sceptique, ni blasé. Tout au contraire, il ne demandait qu'à aimer. Il avait besoin d'une affection vraie, il la cherchait, il crut l'avoir trouvée dans le cœur simple d'Emmeline.

Le lendemain de la scène que nous avons racontée tout à l'heure, Gaston vint rendre visite à M. Richon. Emmeline, un peu souffrante s'était retirée dans sa chambre, aussi le jeune homme se disposait-il à battre en retraite, lorsque M. Richon le retint.

— Puisque nous sommes seuls, lui dit-il, permettez-moi d'en profiter. Je voudrais avoir avec vous quelques instants d'entretien.

— Je vous écoute, dit Gaston.

— Ce que j'ai à vous dire est assez délicat, poursuivit M. Richon ; vous comprendrez, je l'espère, les motifs qui

m'obligent à rompre le silence... J'irai droit au but, si vous
le voulez bien. Mon cher ami, vos visites chez moi sont devenues si fréquentes qu'elles ont été remarquées. Vous savez
que rien n'échappe à la malignité de certaines gens. Or, vos
assiduités pourraient être mal interprétées. On a été jusqu'à insinuer que vous n'étiez venu habiter cette maison que
pour vous rapprocher de ma fille : c'est Vidal lui-même
qui me l'a rapporté. Je n'ai pas besoin de vous dire combien
tous ces racontars me chagrinent... Je n'ai pas hésité à vous
ouvrir mon modeste foyer, car je vous sais un homme loyal.
En vous pratiquant davantage, j'ai appris à vous connaître,
à vous estimer et à vous aimer. Malheureusement, la médisance...

— Je vous comprends, monsieur, interrompit Gaston.
Vous désirez que je cesse mes visites. Eh bien ! permettez-
moi de vous parler en toute franchise. J'aime mademoiselle
Emmeline... Ah ! je sais ce que vous allez me répondre. Mon
père m'a déjà dit bien des fois que ma jeunesse et mon inexpérience des choses de la vie sont de sérieux obstacles au
projet de mariage que j'ai osé concevoir. Mon père se trompe.
J'ai plus vécu, plus réfléchi, plus médité qu'il ne le croit. A
moins que ma profession d'artiste ne soit à vos yeux un vice
rédhibitoire, laissez-moi plaider ma propre cause. Je n'ai eu
jusqu'à présent qu'une préoccupation constante : me faire un
nom dans le monde des arts. Grâce à un labeur obstiné, grâce
surtout à un peu de bonheur, j'ai déjà acquis une notoriété
modeste, il est vrai, mais qui me paie largement de mes
efforts. Sans doute, il me reste encore bien des difficultés à
vaincre, mais qu'importe ! je me sens assez fort pour lutter.
J'ignore si mademoiselle Emmeline éprouve pour moi un
peu de cette affection que je ressens pour elle ; j'espère
cependant ne pas lui être tout à fait indifférent et c'est ce
qui m'enhardit à vous demander sa main.

— Vous me permettrez de consulter ma fille, répondit
M. Richon. Croyez bien que ma réponse sera subordonnée à
la sienne. Je serais heureux et fier de vous appeler mon
fils ; cependant, avant d'interroger le cœur d'Emmeline, il

est nécessaire que vous soyez assuré du consentement de votre père.

— Vous avez raison, dit Gaston. Avant deux jours, mon père aura l'honneur de vous rendre visite.

— D'ici là, fit M. Richon, j'aurai consulté Emmeline.

Le lendemain, Gaston se rendit chez son père et l'emmena à son atelier.

— J'ai à te montrer, lui dit-il, un portrait que je viens de terminer et dont je suis assez content.

— Bravo ! répondit Pierre Desroches, il y a longtemps que je n'ai eu l'occasion de faire un peu de critique. Gare à tes toiles, si tu n'as pas au moins un chef-d'œuvre à m'exhiber.

Lorsqu'ils furent arrivés, Gaston avança un chevalet.

— Voilà, dit-il gaiement, le Bonnat demandé.

Le vieux comédien s'approcha et, à la vue du portrait, pâlit tout à coup.

— Qu'as-tu donc ? fit Gaston.

— Rien, dit Pierre Desroches, un éblouissement subit... Quelle est cette femme ? reprit-il après un silence.

— C'est la comtesse Schuloff.

— La comtesse Schuloff ?

— Tu la connais ?

— Moi ?

— C'est une grande dame russe, quelque peu fantaisiste, excentrique même, si l'on veut, mais qui paraît s'être intéressée à moi.

— Ah !

— Cela te surprend ?

— Non.

— Eh bien, que dis-tu de ce portrait ?

— Il est très réussi.

— Qu'en sais-tu ? dit Gaston en riant, puisque tu ne connais pas l'original.

— Je ne connais pas cette femme, dit froidement le comédien, je ne juge ton tableau qu'au point de vue du dessin et de la couleur.

Gaston et son père déjeunèrent à l'atelier. Entre la poire et le fromage, le jeune homme jugea le moment favorable pour engager l'action.

— Connais-tu un lithographe? demanda-t-il à brûle-pourpoint à Desroches.

— Pourquoi cette question?

— Parce que j'ai à commander des lettres de faire part. Hier, j'ai eu avec M. Richon une conférence au cours de laquelle je lui ai demandé à la bonne franquette, sans cravate blanche, ni gants, la main de sa fille.

— Tu es fou?

— Pas tant que j'en ai l'air. Puisqu'il n'y a pas moyen de te décider à t'occuper de mes affaires, il faut bien que je les fasse moi-même.

— Qu'a répondu M. Richon?

— Qu'il consulterait Emmeline, ce qui me paraît assez naturel. Mais de ce côté, je crois pouvoir être tranquille. C'est à toi seul qu'il veut donner sa réponse. Je lui ai promis que tu irais le voir aujourd'hui ou demain ;... aujourd'hui me paraîtrait préférable...

— Mais...

— Tu acceptes, c'est entendu.

— Je n'ai pas dit cela.

— Tu le penses, cela revient au même. D'ailleurs, quelle objection pourrais-tu m'opposer? Le plus fort est fait puisque j'ai procédé moi-même à la demande. Tu te présenteras chez M. Richon. Tu n'auras qu'à lui dire : Eh bien? pour qu'il te réponde : C'est entendu. Voilà qui est on ne peut plus simple. Quant à ton consentement, tu le donneras. Tu n'es pas de ces pères inflexibles qui prétendent exercer un pouvoir despotique sur leurs fils et régler leurs destinées comme une montre à remontoir... En conséquence, je te somme, si tu ne veux t'entendre traiter de père barbare, de bénir au plus tôt le mariage de ton fils avec mademoiselle Emmeline Richon.

— Y songes-tu? mademoiselle Emmeline n'est qu'une enfant.

— Bah !... on grandit si vite à son âge !...

— Et toi-même ?

— Moi ?... Je suis plus vieux que tu ne penses... Allons, c'est décidé, tu iras ce soir chez M. Richon... Au fond, je suis sûr que tu es enchanté de mon choix, tu auras une bru charmante.

— Soit, mais...

— Si tu disais le contraire, tu serais bien difficile... plus difficile que moi, car je l'adore.

Pierre Desroches finit par céder et promit tout ce que désirait Gaston.

Le soir même, il se rendit chez M. Richon.

— Mon fils vous a demandé hier la main de mademoiselle votre fille, dit Pierre Desroches à M. Richon. A dire vrai, j'ai combattu autant que je l'ai pu les projets de Gaston ; il est bien jeune et j'estime que le mariage est chose trop grave pour qu'on s'y jette tête baissée. Cependant, j'ai trouvé mon fils si tenace, si convaincu, son affection pour mademoiselle Emmeline me paraît si vraie, si sincère, si réfléchie même, si je puis parler ainsi, qu'il a fini par me convertir, et c'est avec la plus entière confiance que je viens vous demander pour mon fils la main de mademoiselle votre fille. Je sais que je ne puis rêver pour Gaston d'alliance plus honorable que la vôtre et si j'ai eu des préventions contre ce mariage, je n'ai pas besoin de vous dire que, personnellement, vous y êtes entièrement étranger ainsi que mademoiselle Emmeline.

— J'aurais agi de même à votre place, répondit M. Richon.. Je ne vous cache pas, en effet, que M. Gaston Desroches me paraît bien jeune. Il a vingt-deux ans à peine. Se marier à cet âge est souvent une imprudence. Mais s'il aime réellement ma fille comme je crois qu'il en est aimé, ne devons-nous pas envisager qu'il y aurait peut-être plus de danger à nous opposer à ce mariage qu'à y consentir, en dépit de nos sentiments personnels ?

— Vous avez raison, monsieur. Nous sommes absolument d'accord, croyez-le bien. Ma démarche auprès de vous le prouve. Il ne nous reste donc plus qu'à publier les bans.

— Pardonnez-moi, fit M. Richon, mais nous n'en sommes pas encore là. Avant d'aller plus loin, la loyauté m'oblige à vous confier un secret qui devra mourir entre nous. Avant d'entrer dans ma famille, il faut que votre fils en connaisse l'histoire... Rassurez-vous, monsieur, il n'y trouvera rien dont un honnête homme puisse rougir; mais, je le répète, je considère qu'il est de mon devoir de ne rien cacher de notre passé à vos yeux, afin d'éviter toute surprise dans l'avenir aussi bien que toute équivoque.

— Parlez, monsieur, dit Pierre Desroches.

— Vous me croyez veuf, reprit M. Richon. Il n'en est rien. Je suis simplement séparé de ma femme depuis bientôt quinze ans. J'avais commis l'imprudence d'épouser une jeune fille beaucoup plus jeune que moi. Elle avait seize ans à peine et j'en avais près de quarante. Cette jeune fille avait des goûts mondains qu'il me fut impossible de satisfaire. De là, de nombreux dissentiments dont je vous passe le récit. J'appris un jour qu'elle me trompait. Elle était devenue la maîtresse d'un misérable qui avait su capter ma confiance et que je recevais chez moi comme un ami. Je la chassai et depuis ce jour je ne l'ai jamais revue. Je gardai et j'élevai l'enfant que vous connaissez. Emmeline n'a donc pas connu sa mère et il est probable qu'elle ne la connaîtra jamais. J'ai appris que cette malheureuse s'est lancée dans la vie galante, qu'elle s'est faite comédienne et que, depuis plusieurs années, elle joue sur différentes scènes de province sous le nom d'Esther Florval.

Desroches tressaillit.

— Monsieur, dit-il, après un silence, je vous suis reconnaissant, de votre franchise. Je ne vous en estime que davantage. Votre fille, à défaut de mère, a trouvé en vous un père honnête et dévoué qui n'a pu que lui donner de nobles exemples. Elle m'est devenue plus chère depuis ce que vous venez de me dire, et croyez bien que si, pour une raison ou une autre, elle ne pouvait devenir la femme de Gaston, j'en souffrirais autant que mon fils.

— Je vous remercie, monsieur, dit M. Richon en tendant la main à Desroches.

— Permettez-moi de me retirer, répondit celui-ci. J'aurai, je l'espère du moins, le plaisir de vous revoir bientôt.

Gaston attendait impatiemment son père.

— Eh bien? lui demanda-t-il dès qu'il le vit revenir chez lui.

— Eh bien, mon cher enfant, répondit Desroches, tu me vois abasourdi de ce que je viens d'apprendre. Mais d'abord promets-moi d'être franc. J'ai une question à t'adresser.

— Parle, dit Gaston.

— La Florval a été ta maîtresse?

— Sans doute, mais elle ne l'est plus... D'ailleurs, elle l'a été si peu que ça ne compte pas.

— Cela compte toujours, mon ami.

— Crains-tu, par hasard, qu'elle vienne me relancer? Sois tranquille, je ne l'ai pas assez aimée pour que tu puisses redouter la moindre faiblesse de ma part. Je te le répète, ma liaison avec elle ne compte pas.

— Je te le répète aussi, reprit Desroches, cela compte et la preuve, c'est que ton mariage est impossible.

— Impossible! Et pourquoi?

— Parce que tu ne peux épouser la fille de ta maîtresse.

— Que dis-tu?

— Emmeline est la fille de la Florval.

Gaston regarda son père d'un œil hébété et tomba atterré sur une chaise.

II

Depuis le jour où l'hôtel Schuloff avait été le théâtre de l'incident causé par de Vandannes, c'est-à-dire depuis cinq mois, il semblait que le comte et la comtesse eussent renoncé au monde. Ils avaient fermé leurs salons et n'avaient point donné d'autre soirée pendant tout l'hiver. Plus de fêtes, plus de réceptions. On eût dit que l'hôtel de la rue Prony cherchait à se faire oublier. Ce n'était plus cette auberge parisienne, ce caravansérail cosmopolite où tant de libres viveurs se donnaient rendez-vous : c'était maintenant une maison silencieuse et assombrie. Les passants ne voyaient plus le soir les scintillements des lustres à travers les rideaux des fenêtres ; ils n'entendaient plus le bourdonnement des orchestres dans les salons lointains. Ce temple du plaisir avait aujourd'hui un aspect de cloître.

Les habitués de l'hôtel Schuloff prétendaient que le comte avait reçu « le coup de vieux » et qu'il s'était fait ermite. D'autres affirmaient que la comtesse était tombée dans la dévotion. Quoi qu'il en soit, tout le monde était d'accord sur ce point que la subite retraite, que l'isolement dans lequel le comte et la comtesse se renfermaient, ne pouvaient être que la conséquence de quelque événement aussi grave qu'ignoré.

En ce qui regarde le comte, on se trompait. Le vieux libertin n'avait personnellement aucune raison de modifier ses habitudes, mais la comtesse en avait décidé autrement. La soudaine métamorphose qui s'était opérée chez elle était faite pour surprendre tout le monde et surtout son mari.

Comment s'était-elle tout à coup prise de dédain pour ces fêtes mondaines au milieu desquelles elle semblait vivre comme dans son élément naturel? Comment en était-elle arrivée à désirer la solitude avec ses renoncements? Il y avait là un problème que le boyard s'efforça, mais en vain, de résoudre. Il questionna sa femme et n'en put tirer d'autre réponse que celle-ci : « Le monde me fatigue et m'ennuie », ce qui n'expliquait rien. Le comte se promit de découvrir la clef du mystère. Madame Parneff, la gouvernante, fut chargée par lui d'épier la comtesse, de la surveiller et de lui rendre un compte exact du résultat de ses observations. Il n'apprit pas grand'chose. La comtesse qui, jadis, avait l'habitude de s'endormir au lever de l'aurore, à l'heure où les cocottes réintègrent leur alcôve, se couchait maintenant, tous les soirs, comme les poules, pour employer l'expression de madame Parneff. Dans la journée, elle sortait peu et ne recevait personne. En outre, son visage avait subi de notables altérations. On eût dit qu'un voile d'austérité avait été jeté sur les traits de la pécheresse repentie. C'est depuis le jour où le hasard avait subitement rappelé à Valérie qu'elle était mère, que cette transformation s'était peu à peu opérée en elle. Voilà ce que le comte ne savait pas et ne pouvait savoir.

Jusque-là, au milieu du tourbillon de son existence, l'ex-courtisane n'avait pas eu le temps de se souvenir qu'elle avait un fils. Elle avait secoué tous les grelots de la folie et vidé toutes les coupes de la fantaisie, n'ayant jamais eu d'autre préoccupation, dans ses heures de repos, que la fortune. Elle était riche aujourd'hui; le rêve de son existence aventureuse se trouvait réalisé au delà de toutes les espérances qu'elle avait osé concevoir au temps de ses misères passées ; elle vivait sans souci de l'avenir, comme aussi sans remords.

Son fils avait été un accident dans sa vie : le jour où elle l'avait abandonné, il n'y avait eu dans son cœur aucun déchirement ; depuis elle n'avait jamais pensé à lui ; elle l'avait oublié !... Peut-être le croyait-elle mort ? Et cette misérable avait un sourire tranquille ; et ce monstre, cette mère sans entrailles, avait des joies et des triomphes que les femmes du monde lui enviaient ! Tout à coup ce fils dont elle avait fui le berceau s'était dressé sur sa route. Effarée d'abord, elle osa le regarder en face. — Il est beau, élégant, spirituel, quasi-célèbre. Un sentiment étrange germe alors en elle, sentiment mixte, comme il en naît seulement dans les âmes hybrides. Ce n'est point l'amour maternel, car elle se fût peut-être éloignée de Gaston s'il avait été obscur et laid ; c'est un amour fait de curiosité et d'orgueil avec la joie de la courtisane éprise de sensations inconnues.

La première fois qu'elle vit son fils, c'était dans l'atelier qu'il occupait, boulevard Clichy. Après les révélations de la petite Miette chez la Florval, elle avait couru chez lui. A sa vue, elle demeura pendant quelques instants immobile, muette, saisie d'une sorte d'émotion douce en présence de ce beau garçon qui était son fils. Lui, la regardait, interdit, sans comprendre. Enfin, elle put parler et lui demander s'il consentirait à faire son portrait. Il accepta. A partir de ce jour, elle revint fréquemment dans l'atelier de Gaston. Peu à peu, elle s'immisça, au milieu d'interminables causeries, dans la vie du jeune homme et finit, à l'aide d'un travail d'induction et de déduction dont les femmes ont le secret, par deviner son histoire tout entière.

Gaston éprouva bientôt une secrète sympathie pour cette femme qui semblait s'intéresser si vivement à lui, sans qu'il pût se méprendre sur le caractère affectueusement protecteur de cet intérêt. Un jour, elle lui dit : Mon cher enfant, permettez-moi de vous donner ce nom, mon âge m'y autorise, je voudrais vous être utile. Venez quelquefois à l'hôtel Schuloff. Le comte vous recevra avec plaisir, j'en suis sûre. Venez à nos soirées, vous pourrez vous y créer des relations qu'un artiste ne doit jamais dédaigner. Je vous présen-

terai à mes amis, j'en ai d'influents, et quand mon portrait
sera terminé, je leur montrerai votre œuvre qui, je l'espère, vous vaudra de nombreuses commandes.

Quand elle apprit par Gaston que Pierre Desroches était
sur le point de revenir à Paris, elle comprit qu'elle ne pouvait plus sans danger se rendre à l'atelier de son fils. Revoir Pierre Desroches, c'eût été s'exposer à révéler à Gaston
le mystère de sa naissance, et elle ne voulait point rougir devant son fils. Elle pria Gaston de faire transporter son chevalet chez elle pour continuer son portrait que les causeries de
l'atelier avaient interrompu bien des fois. Gaston vint travailler à l'hôtel Schuloff.

Le soir où Gaston fut provoqué par de Vandannes, Valérie
éprouva pour la première fois de sa vie comme une brûlure
au cœur. Celle qui n'avait pas hésité à abandonner son fils
alors qu'il était enfant, tremblait maintenant pour ce fils devenu homme. Elle se promit de conjurer le danger qui le
menaçait et y réussit avec l'aide de la Florval. C'est à dater
de ce moment qu'elle ferma ses salons. Le comte Schuloff se
récria sous prétexte que c'était le suicide ou tout au moins
une abdication qu'elle lui imposait, mais il finit par céder.

Au bout de quelques mois, le portrait de la comtesse fut
enfin terminé. Gaston le fit transporter dans son atelier pour
les dernières retouches.

Pendant ce temps-là une véritable révolution s'était opérée
à l'hôtel Schuloff. La comtesse avait renvoyé son cocher
Baptiste qui se croyait inamovible, et l'avait remplacé par
un automédon d'âge plus respectable. Elle s'était également séparée de Justine, sa femme de chambre. En même
temps qu'elle changeait d'existence, elle faisait maison neuve.

— On va croire que je suis ruiné, disait Schuloff. Vous
congédiez nos meilleurs domestiques, ceux qui donnaient le
meilleur air à ma livrée, pour les remplacer par des servi-
teurs de retour. J'aime ce qui est jeune et beau, ajoutait-il :
beaux hommes, jolies femmes, chevaux et chiens de race,
voilà ce qui me plaît. Il m'est désagréable d'avoir à mes
côtés des singes galonnés ou des guenons mal éduquées.

— Vous exceptez toutefois madame Parneff, répondit Valérie, car elle n'est ni jeune, ni jolie et...

— Madame Parneff, répondit le comte, a le droit d'être laide, elle est ma sœur de lait...

— deur, acheva Valérie que sa haine contre la gourvernante poussa au plus exécrable calembour.

Le comte se tut. Il espéra que cette fantaisie imprévue de sa femme n'aurait qu'un temps et il se promît de patienter, mais Valérie paraissait décidée à persévérer dans la voie qu'elle s'était tracée. Un jour, il fit une tentative pour déterminer la comtesse à rompre avec le genre de vie auquel elle semblait s'être condamnée : il échoua complètement. Valérie, plus nerveuse que de coutume, lui déclara péremptoirement qu'elle ne voulait plus recevoir.

Voici ce qui s'était passé.

Depuis le jour où Gaston avait dû renoncer à son projet de mariage avec mademoiselle Emmeline Richon, il était tombé dans une sorte d'amère mélancolie et ne venait que rarement à son atelier. Valérie, le croyant malade, se décida à l'aller voir chez lui, rue de l'Écluse. Elle le trouva dans un état de prostration qui l'effraya. Cependant, elle n'osa l'interroger. Elle se borna à le prier de lui envoyer au plus tôt son portrait et le quitta les larmes aux yeux. Au moment où Gaston la reconduisait sur le palier, Emmeline sortait de chez elle. Elle aperçut la comtesse et pâlit tout à coup. Elle rentra vivement et referma sa porte, tandis que Valérie à qui cet incident n'avait pas échappé, descendait l'escalier.

Le lendemain, Pierre Desroches se faisait annoncer chez la comtesse. Valérie eut un mouvement de stupeur, mais n'osa lui refuser sa porte. Desroches entra.

— Je viens vous parler de mon fils, lui dit-il à brûle-pourpoint, et je vous demande quelques instants d'entretien.

— Je vous écoute, dit Valérie, en cherchant à dissimuler son trouble.

— Vous êtes allée hier chez M. Gaston Desroches, dit le vieux comédien.

— C'est vrai... Je ne l'avais pas vu depuis plusieurs jours et je craignais qu'il ne fût malade.

— Je vous remercie de la sollicitude que vous lui témoignez...

— Cette sollicitude n'est-elle pas naturelle de la part d'une mère?

Elle prononça ces derniers mots avec une certaine hésitation.

— Vous sa mère! dit Pierre Desroches. Voilà un aveu qui, je ne vous le cache pas, m'étonne de la part de la comtesse Schuloff.

— Ah! vous êtes cruel, repartit Valérie, et vous me faites durement expier mes torts.

— Vos torts! reprit Desroches avec amertume... C'est ainsi que vous qualifiez le crime que vous avez commis en abandonnant votre enfant, mais peu importe! Il ne s'agit pas de cela. Je ne suis pas venu pour vous adresser des reproches. En deux mots, voici l'objet de ma visite : la mère de mon fils est morte depuis plus de vingt ans. Le hasard a replacé sur notre route le spectre de cette mère. Il faut que ce spectre disparaisse...

— Vous voulez que je me condamne à ne plus voir mon fils! Mais c'est l'impossible que vous me demandez!

— Non, madame, ce que je vous demande n'a rien d'impossible, puisque vous avez pu oublier pendant vingt ans que vous étiez mère. Je n'ai que ceci à vous dire : Mon fils croit que sa mère n'est plus, je ne veux pas qu'il sache jamais ce qu'a été cette mère.

— Rassurez-vous, monsieur, je n'exposerai jamais mon fils à rougir de moi. Je ne me trahirai pas, soyez-en certain. Je ne serai jamais pour lui qu'une amie dévouée qui l'adorera de loin et lui sourira de près. Depuis le jour où je l'ai revu, je lui ai consacré ma vie. Qu'il me soit permis de l'aimer et d'espérer qu'à force d'amour, je rachèterai mon passé. Ah! par grâce, laissez-moi, si je le puis, aider à son bonheur.

— Non, madame. Je ne puis vous défendre de l'aimer, s'il vous reste un peu de cœur ; mais ce que je vous interdis, c'est de me voler une part de l'affection que Gaston me doit tout entière. Non, vous ne pouvez vous glisser, même à la dérobée, dans ce cœur dont vous vous êtes exilée vous-même et que vous avez renié. Gaston ne peut pas et ne doit pas vous aimer, tenez-vous le pour dit.

— Vous êtes inexorable, monsieur.. Eh bien, sachez-le, je ne vous obéirai pas et nulle puissance au monde ne m'empêchera de revoir mon fils.

— C'est donc votre fils qui refusera de vous voir, car s'il le faut, je lui dirai qui vous êtes, ce que vous avez été et je l'obligerai à choisir entre vous et moi.

— Mais c'est infâme, cela !...

— Que ce soit infâme ou non, si vous m'y forcez, j'agirai comme j'ai dit.

— Ah ! monsieur, ayez pitié ! s'écria Valérie.

— Je n'ai plus qu'un mot à vous dire, fit froidement Desroches, et je me retire. Votre portrait est terminé, je ne puis empêcher Gaston de vous le livrer. Vous le recevrez demain. Mon fils m'a dit que le prix convenu entre vous était de deux mille francs : voici cette somme, je ne veux pas que mon fils vous doive quoi que ce soit, fût-ce même la rémunération d'un travail commandé par vous.

Desroches tira de son portefeuille deux billets de banque et les déposa sur un guéridon.

Valérie, le visage caché dans son mouchoir, sanglotait.

— Adieu, madame, fit Desroches en se retirant, et souvenez-vous de ce que je viens de vous dire.

Le lendemain, ainsi que le lui avait annoncé Pierre Desroches, Valérie recevait son portrait.

Le tableau fut remis à l'hôtel Schuloff par un commissionnaire, en même temps qu'une lettre de Gaston à la comtesse. Cette lettre était conçue en ces termes :

« Madame,

» Veuillez m'excuser si je ne vais pas vous voir aujourd'hui comme je vous l'avais promis. Je suis très souffrant en ce moment et me trouve dans l'obligation de renoncer

pour quelque temps à tout travail. Je n'ai la tête, ni le cœur
à rien.

» Veuillez être assurée que je n'oublie point les bontés que
vous m'avez témoignées et que je vous en garde une vive
gratitude. Mon père me conseille de changer d'air et m'engage à faire un voyage en Italie. Il se peut que je suive l'ordonnance qu'il me prescrit, quoique je n'en attende guère
la guérison du mal dont je souffre. Il prétend qu'à mon
âge, toute blessure se ferme. Je l'aime tant cet excellent
père, que je ne veux pas lui enlever cette espérance, mais
je sens que je suis atteint plus profondément qu'il ne le
croit. Merci, mille fois, de toutes les preuves d'intérêt que
vous avez bien voulu me donner, et croyez-moi toujours
votre très reconnaissant,

>>   » GASTON DESROCHES. »

En lisant cette lettre, Valérie se rappela la jeune fille
qu'elle avait rencontrée en sortant de chez Gaston et devina
qu'elle n'était peut-être pas étrangère à ce brusque départ.

Elle s'interrogea longtemps sur ce qu'elle devait faire.
Elle eut un moment l'idée d'aller revoir une dernière fois
son fils, mais les dures paroles de Pierre Desroches lui revinrent à l'esprit. Elle renonça à cette visite et prit le parti
d'adresser à Gaston la lettre suivante :

« Cher monsieur,

» Je vous adresse, sous ce pli, la somme dont nous étions
convenus, en vous exprimant le vif regret que j'éprouve
de ne pouvoir vous féliciter de vive voix sur votre œuvre
tout à fait remarquable. Persévérez, monsieur, vous êtes en
passe de devenir un maître. Ne vous laissez pas décourager
par les misères auxquelles personne n'échappe en ce monde.
Vous êtes bien jeune, mais un homme de talent et de votre
caractère doit avoir assez de fermeté d'âme pour dominer
ses douleurs, si aiguës qu'elles puissent être. Je vous remercie des sentiments cordiaux que vous m'exprimez. Veuillez

croire que, de mon côté, je vous suis entièrement dévouée
et que vous pouvez entièrement disposer de mon amitié
Suivez le conseil de M. votre père, éloignez-vous de Paris
pendant quelque temps. Vous nous reviendrez d'Italie avec
une collection de chefs-d'œuvre, j'en ai la conviction. Soyez
sûr que personne plus que moi ne désire vos succès. Ayez
donc confiance, malgré les nuages passagers qui assom-
brissent l'horizon et ne prenez souci que de votre gloire,
à laquelle je vous demande de m'intéresser comme si vous
étiez mon fils.

                                    » VALÉRIE SCHULOFF. »

Le jour même où Gaston reçut cette lettre, Pierre Desroches revit M. Richon et lui fit part du prochain départ
de son fils pour l'Italie, sous prétexte que le travail excessif
auquel le jeune homme s'était livré avait altéré sa santé.
— Nous causerons longuement à notre retour, lui avait-il
dit en le quittant.

M. Richon n'insista pas. Il avait compris, en effet, le sens
des paroles de Pierre Desroches et le motif véritable du départ de Gaston.

— C'est la confidence que j'ai faite au père de Gaston qui
est cause de tout cela, se dit-il. Mais j'avais le devoir d'agir
comme je l'ai fait, et si M. Gaston avait aimé réellement ma
fille, il aurait passé outre. Pauvre Emmeline, que va-t-elle
devenir ?

Aux questions d'Emmeline, il se borna à répondre que
rien n'était décidé encore, que M. Pierre Desroches avait
besoin de réfléchir, mais qu'il donnerait prochainement sa
réponse.

Le brave homme croyait sincèrement que, le temps aidant,
Emmeline finirait par oublier Gaston et qu'il lui serait possible alors de lui dévoiler la vérité, c'est-à-dire de lui apprendre qu'elle n'avait plus à compter sur l'amour du jeune
peintre. Il le croyait si bien qu'à partir de ce moment il se
mit en quête d'un mari pour sa fille Il espérait que l'affection qui s'était implantée dans ce jeune cœur n'avait pas eu le

temps d'y pousser d'assez profondes racines pour qu'une affection nouvelle et plus vivace n'y pût fleurir à l'ombre de l'ancienne.

La veille de son départ pour l'Italie, Gaston vit M. Richon. Après un échange de paroles banales, le jeune peintre fit promettre à M. Richon de lui faire parvenir des nouvelles d'Emmeline.

— Je vous écrirai, lui dit-il. Promettez-moi de me répondre. Si quelques obstacles s'opposent, en ce moment, à mon mariage avec mademoiselle Emmeline, je suis homme d'honneur, et je vous supplie de croire que tous mes efforts vont tendre désormais à les vaincre.

Gaston parti, M. Richon n'en continua pas moins à penser que ce voyage n'était qu'une échappatoire.

Un jour, M. Vidal lui présenta un jeune homme que la grâce d'Emmeline avait frappé. C'était le fils d'un riche négociant de la rue du Sentier. Ce jeune homme fut reçu chez M. Richon : il vit plusieurs fois Emmeline et finit par la demander en mariage, Emmeline refusa. M. Richon, qui ne croyait pas que sa fille éprouvât pour M. Gaston Desroches un amour dont il fût impossible de la guérir, se montra fort surpris de ce refus.

— Je serai la femme de M. Desroches, répondit Emmeline, ou je ne me marierai jamais.

Peu de temps après, elle tomba dans une sorte de mélancolie dont M. Richon ne tarda pas à s'inquiéter. Le médecin qu'il fit appeler fut d'avis qu'elle avait éprouvé une violente secousse morale, et qu'étant données sa constitution frêle et sa nature nerveuse, de graves désordres étaient à craindre.

M. Richon comprit alors toute l'étendue du mal dont souffrait Emmeline. Que faire ? La vie de sa fille était désormais subordonnée aux événements. De l'attitude de Gaston Desroches allait dépendre ou le salut ou la perte de son enfant. Quatre mois s'étaient passés. Son état empirait chaque jour. Le médecin déclara qu'il ne répondait plus d'elle, si on ne l'emmenait dans le midi.

Gaston Desroches était à Nice. M. Richon l'apprit par une lettre du jeune peintre. Il se décida à tenter une expérience qui pouvait sauver Emmeline.

— Si M. Gaston Desroches aime ma fille, se dit-il, quand il la verra mourante comme elle est, il fera bon marché des prétendus obstacles qui s'opposent à son union avec elle, et il l'épousera.

Le lendemain, il annonça à Emmeline qu'il allait régler ses affaires les plus pressantes, et qu'aussitôt ses dispositions prises, ils partiraient ensemble pour Nice.

III

Les administrateurs de la Société d'éclairage par le gaz atmosphérique avaient été relâchés sous caution. De Vandannes avait dû, pour sa part, déposer une somme de deux cent mille francs. L'instruction se poursuivait activement. Le sénateur Marlotte et le député de Roseaucourt se trouvant impliqués dans l'accusation, on avait demandé aux Chambres l'autorisation de les poursuivre. Cette autorisation avait été accordée et l'affaire devait se juger prochainement.

La situation de de Vandannes était des plus graves. Au cours des divers interrogatoires qu'il avait subis, il s'était compromis par des réponses dont la maladresse eût été pour des esprits non prévenus une preuve de sa bonne foi et de son ignorance des affaires. Pour le magistrat instructeur, ces réponses eurent la valeur d'aveux. Quant aux collègues de de Vandannes, ils semblaient s'être entendus pour le charger de toutes les fraudes commises par eux et pour rejeter sur lui la plus grande part de responsabilité. Grâce à cette sorte de convention tacite, de Vandannes était devenu le bouc émissaire de ces maîtres fourbes. Impuissant à se tirer du filet dans lequel il était pris, il se démenait vainement au milieu des mensonges et des calomnies qui s'amoncelaient autour de lui. Les mailles du filet avaient été tissées avec un tel art et étaient si serrées que les journaux commençaient à dauber

sur de Vandannes. Le malheureux vit bientôt son nom livré
dans la presse à tous les sarcasmes et en butte à toutes les
réprobations. C'était le déshonneur public qui commençait pour lui. Il songea à faire un procès aux feuilles qui
l'injuriaient. Son avocat l'en dissuada et lui donna le conseil d'attendre le prononcé du jugement.

Le premier usage qu'il avait fait de sa liberté avait été de
se mettre à la recherche de la Florval. Elle avait disparu et
il ne put découvrir aucun indice qui lui permît de retrouver
sa piste. Il voulut aussi renvoyer des témoins à Gaston Desroches, mais il ne trouva personne qui acceptât de le représenter dans une affaire d'honneur.

Un instant, il eut une pensée de suicide, mais il réfléchit
qu'il était impossible qu'il fût condamné, et qu'après le jugement, il aurait le droit de relever la tête et de se venger.
Il se décida à faire une démarche auprès de l'expert-comptable chargé de la vérification des livres de la Société.

M. Richon mettait la dernière main à son rapport sur la
« Société du gaz atmosphérique, » lorsque sa femme de ménage lui remit la carte de M. de Vandannes.

— Faites entrer, fit M. Richon.

— Monsieur, commença de Vandannes, vous avez devant vous un homme que son ignorance des affaires
a mené à la ruine et qui est à la veille d'être condamné
avec les misérables coquins qui l'ont dépouillé et dont
on l'accuse d'avoir été le complice. La perte de ma fortune
ne serait rien, et je m'y résignerais aisément, si mon honneur n'était en péril. C'est mon honneur seul que je veux
défendre, aussi ai-je pris la liberté de me présenter chez
vous. Je sais que êtes un honnête homme, je suis certain que votre conscience est incapable d'aucun compromis; je ne viens donc vous demander aucune complaisance
qui serait indigne de vous et de moi. Je viens simplement
vous donner quelques explications qui pourront peut-être
vous être utiles et vous aider à découvrir la vérité.

— Je vous écoute, monsieur

— Il faut d'abord que je vous dise comment et à l'instigation de qui je suis entré dans cette malheureuse affaire. Quoique cet aveu me coûte, je dois vous confesser qu'une femme a joué un rôle important dans cette machination.

— Cela se voit souvent, observa Richon. Poursuivez, monsieur.

— Cette femme était ma maîtresse. Je la croyais mariée ; elle ne l'était pas. Cette comédienne, car j'avais ramassé cette femme au théâtre, ne se contentait pas des rôles qu'elle jouait en public, elle continuait son métier dans l'intimité. Elle m'avait présenté un individu passé maître comédien, lui aussi, et qui jouait le rôle de mari jaloux. Je crus qu'il avait des droits : avec quelques billets de mille, j'arrivai à le transformer en mari complaisant. Ce revirement aurait dû m'ouvrir les yeux sur le compte de ce personnage ainsi que sur le caractère de sa prétendue moitié. Malheureusement, j'avais le bandeau, j'étais aveugle : je ne vis rien. J'aimais cette femme comme un fou. Aussitôt que je fus certain que celui que je croyais son mari ne viendrait plus se placer entre elle et moi ou qu'il serait facile du moins de l'écarter avec de l'argent, je quittai Lausanne où j'étais alors avec cette femme et je vins me fixer à Paris en compagnie de ma maîtresse. Je l'installai dans un hôtel que je lui aurais acheté si elle ne m'en avait empêché, sous prétexte qu'elle ne pouvait rien posséder sans l'autorisation de son mari. Elle joua le désintéressement le plus absolu et je fus dupe de sa comédie. Un jour, à mon cercle, on me présenta M. de Lordac. Il me parla de l'affaire du Gaz atmosphérique. Le lendemain, je recevais la visite de M. de l'Osnoy, officier retraité, qui invoqua le souvenir de mon père et ne tarda pas à m'inspirer une confiance absolue. Il avait connu mon père à Rennes ; je cédai à ses instances et je souscrivis cinq millions d'actions, sur lesquels je ne versai que le quart. Je m'en rapportai sottement à la parole des hommes qui dirigeaient l'entreprise et qui m'assuraient que les versements complémentaires ne seraient jamais appelés. Je sais maintenant ce que

ces mots signifient, j'en ignorais alors le sens et la portée
exacts. Je me suis mis depuis au courant de ces questions,
mais, hélas! il était trop tard. Je fus nommé membre du
conseil d'administration. Pendant quelques mois, l'affaire
eut des apparences de prospérité ; mes collègues avaient or-
ganisé ce qu'ils nomment un syndicat et ce que j'ai payé
pour appeler une association de filous, une bande de voleurs.
A l'aide de manœuvres coutumières aux gens de Bourse, ils
créèrent un marché important sur nos actions et parvinrent
à produire sur elles une très forte hausse. Je me laissai prendre au piège, et j'employai mes derniers capitaux ou à peu
près à acheter de nouveaux titres du Gaz atmosphérique.

— Ce que vous venez de me dire, interrompit Richon, sera
facilement admis par le tribunal et vous avez un moyen de
prouver la véracité de vos assertions, c'est de produire toutes vos actions. Ce qui m'inquiète dans votre situation, c'est
l'approbation que vous avez donnée à tous les actes du
conseil, en signant les procès-verbaux de ses diverses réunions.

— Je n'y ai pas assisté.

— Je veux le croire ; mais de quelle façon l'établirez-
vous?

— Monsieur, il y a un fait sur lequel je n'ai pas encore
appelé votre attention, permettez-moi de continuer.

— Je vous écoute.

— Deux jours avant l'arrestation des administrateurs,
j'avais appris de la bouche d'une madame Herbelot, qui connaissait Esther Florval, c'est le nom de ma maîtresse...

— Esther Florval! s'écria M. Richon, c'est le nom de la
femme...

— Qui a joué auprès de moi le rôle que vous savez, acheva
de Vandannes. La connaîtriez-vous par hasard ?

— De réputation seulement, répondit M. Richon après
avoir repris possession de lui-même. Je connais aussi son
mari.

— Son mari ?

Oui, monsieur, car elle est réellement mariée.

— Eh quoi ! ce Rabani...

— Ce misérable n'est que son amant... Quant à son mari...

— Pouvez-vous me dire son nom ?

— Cela ne m'est pas possible. Qu'il vous suffise de savoir que c'est un honnête homme et qu'il se montrera quand l'heure sera venue, s'il en est besoin.

— Soit, monsieur, je n'insiste pas. Il me reste à vous prier de vouloir bien mettre à profit les renseignements que je viens de vous donner. Je vais, de mon côté, me rendre au parquet pour compléter ma déclaration dans ce sens...

— Pas encore, si vous le voulez bien, fit vivement M. Richon. Laissez-moi d'abord établir le caractère frauduleux des opérations de la Société, ce qui me sera facile désormais. Grâce aux données que vous venez de me fournir, mes recherches vont prendre une voie nouvelle. Le moment venu, on vous appellera pour vous interroger sur l'ensemble des faits que vous venez de me révéler et dont l'existence n'a pas encore été soupçonnée par le parquet. Une déclaration spontanée de votre part ne produirait pas tout l'effet que j'attends d'un supplément d'instruction, qui sera nécessité par les conclusions de mon rapport. C'est alors que vous aurez à répéter devant le juge d'instruction ce que vous venez de me dire. Il est bon, croyez-moi, que vous y soyez amené, en quelque sorte, par la force des choses.

— Je suivrai votre conseil, dit de Vandannes en s'inclinant.

Il sortit.

M. Richon, quand il fut seul, médita longuement sur les révélations qui venaient de lui être faites et s'interrogea sur le parti qu'il avait à prendre. Il ne pouvait plus lui rester aucun doute sur l'innocence de de Vandannes. Rabani et a Florval avaient été les complices des de Lordac, de l'Osnoy et consorts, pour exploiter et dépouiller ce candide gogo. Sa conviction à cet égard était faite.

Comment parviendrait-il à dégager de Vandannes? Le moyen n'était pas facile à trouver. Le rôle de M. Richon se bornait, en effet, à tirer des écritures de la Société la preuve des agissements coupables des administrateurs ; mais toutes les décisions ayant été prises en commun et approuvées par de Vandannes, il était impossible d'incriminer plus particulièrement tel ou tel des administrateurs. Leur part de responsabilité était égale. Cependant sa conscience se révoltait à la pensée que la principale victime partagerait le châtiment des coquins qui l'avaient ruinée, tandis que les véritables coupables, Rabani et la Florval, jouiraient, en toute impunité, du produit de leur infamie. Il ne pouvait rien contre la Florval qui, ayant agi dans l'ombre et s'étant constamment tenue dans la coulisse, n'avait laissé aucune trace évidente de sa complicité. Quant à Rabani, il était facile d'établir que, loin d'avoir versé le moindre acompte sur sa souscription, il avait, au contraire, touché des sommes importantes qui ne pouvaient être que le prix de sa complaisance. Il était moins aisé de montrer les dessous du guet-apens dans lequel ce gredin avait fait tomber de Vandannes. Dans son rapport, M. Richon pouvait bien se permettre d'indiquer sommairement le caractère général du rôle joué par Rabani, mais il ne pouvait s'étendre longuement sur ce point.

— Qu'importe ! s'écria-t-il. Ce misérable est entre mes mains, cette fois ; il ne m'échappera pas !

Il eut un mouvement de rage au souvenir du passé et des tortures qu'il avait subies.

— La vengeance est boiteuse, ajouta-t-il, elle vient lentement, mais elle vient.

Il prit le parti de faire tenir, sans retard, au juge d'instruction les renseignements qu'il possédait sur Rabani. Il se demanda tout d'abord s'il ne devait pas aller lui-même chez ce magistrat, mais dans la crainte d'être forcé de nommer la femme qui avait tenu les fils de cette affaire et d'avouer qu'il était son mari, il pensa qu'il serait préférable d'écrire. Dans sa lettre, il expliqua ce qu'était le sieur Rabani, le nom et la qualité d'emprunt qu'il avait pris à Lau-

sanne pour faire chanter de Vandannes, la part qu'il avait
eue dans la constitution de la Société d'éclairage et entra
dans des détails très précis sur les manœuvres délictueuses
dont il s'était rendu complice en souscrivant pour trois millions d'actions sur lesquels il devait ne pas verser un cen-
time. Il expliqua les virements fraudeuleux auxquels la
Banque du Progrès s'était livrée. Il donna le chiffre de la
commission exorbitante touchée par Rabani et dont il ex-
istait] quittance en son nom, quoique la somme sortie de
la caisse sociale le lendemain même du versement de de Vandannes eût été passée sur les livres au compte général de
Publicité et fût portée comme payée à M. R... Enfin, il s'attacha dans sa lettre à démontrer que de Vandannes avait
joué dans cette affaire un rôle purement passif et qu'il était
dupe et non complice, que la preuve de sa non-culpabilité
ressortait clairement des écritures, qu'il était le seul, en
effet, qui eût versé des fonds, tandis que ses collègues s'é-
taient partagé les actions d'apport et les avaient négociées
à leur profit. Il concluait en établissant qu'il était nécessaire et de toute équité d'étendre l'accusation à M. Laforest,
directeur de la Banque du Progrès, et à Rabani, la cheville
ouvrière de cette machination.

La lettre de M. Richon arriva fort à propos au parquet.
Elle venait corroborer de la façon la plus nette une autre
lettre que le juge d'instruction avait reçue le matin même,
et qui était ainsi conçue :

« Monsieur,

» J'apprends que vous êtes chargé d'instruire l'affaire de
la Société du gaz atmosphérique dans laquelle se trouve
impliqué un de mes amis, M. de Vandannes. Je viens vous
apporter quelques renseignements qui, j'ai tout lieu de le
croire, vous aideront dans votre tâche et vous permettront
de reconnaître la complète innocence de la personne que je
viens de nommer. Les voici :

» Depuis quinze ans, je suis devenue, dans des circonstances
qu'il est inutile de relater ici, la victime d'un misérable

18

nommé Rabani. Cet individu s'est fait passer à diverses
reprises pour mon mari. La situation fausse dans laquelle
je me trouvais m'a mis dans l'impossibilité de le démasquer,
en dépit de tous les efforts que j'ai tentés pour me soustraire
à sa domination. Quoi qu'il en soit, aujourd'hui, en présence
des graves accusations qui pèsent sur M. de Vandannes, je
ne puis garder plus longtemps le silence. Ma conscience
m'oblige à vous éclairer sur le caractère et la moralité de
ce Rabani. C'est cet homme qui a été l'organisateur véritable
de la Société actuellement poursuivie. C'est à lui que les fondateurs de cette Société doivent les premiers capitaux, car
c'est sur ses indications que MM. de Lordac et de l'Osnoy
sont venus trouver M. de Vandannes. Ce dernier m'a alors
parlé des propositions qui lui étaient faites, j'ai eu l'imprudence de les appuyer, ne supposant pas que ces messieurs
pussent être les émissaires de Rabani. Si j'avais soupçonné
que Rabani avait la main dans cette affaire, j'aurais
tout tenté pour dissuader M. de Vandannes de la participa-
tion qu'il voulait y prendre. Si ma bonne foi avait besoin
d'être prouvée, il me suffirait d'établir que je me suis trouvée ruinée en même temps que M. de Vandannes. Je par-
tageais à tel point sa confiance dans la nouvelle entreprise
que je n'avais pas hésité à y engager les quelques fonds qui
constituaient ma modeste fortune.

» Lorsque j'eus connaissance des bruits alarmants qui couraient sur la Société du Gaz atmosphérique, je voulus sauver mes deniers; il était trop tard. Les administrateurs de la
Société avaient été arrêtés et mes actions, qui faisaient prime
huit jours auparavant, ne pouvaient plus se vendre qu'au
poids du papier. Je me trouvai pour ainsi dire sans ressources;
il ne me restait plus que mes bijoux, mes toilettes et mes
meubles que je vendis pour me rendre à Bruxelles où j'espérais contracter un engagement théâtral. A peine étais-je
arrivée à Bruxelles que j'y fus rejointe par Rabani. J'ai
appris depuis peu que cet homme fait partie de la police
de sûreté. Ses relations policières lui avaient permis
de retrouver mes traces. Depuis longtemps, du reste,

je savais, par expérience, qu'il m'était impossible d'échapper aux poursuites de ce misérable. Quand je le revis, il m'apprit qu'il possédait quatre cent mille francs et me révéla les moyens par lesquels il se les était procurés, c'est-à dire qu'il me rendit compte du rôle joué par lui dans l'affaire de la Société d'éclairage. Puis il osa me proposer de le suivre et m'offrit une part de la fortune qu'il avait si odieusement acquise. Indignée, je le fis jeter hors de chez moi et je pris la résolution de vous écrire immédiatement.

» Je termine cette lettre déjà longue en me mettant à votre entière disposition pour le cas où vous auriez besoin de plus amples renseignements.

» Agréez, monsieur, mes respectueuses salutations.

» ESTHER FLORVAL,
» Hôtel du Nord, Bruxelles ».

Il fallait que de bien graves événements se fussent produits pour que la Florval en arrivât à dénoncer aussi résolument son complice.

Peu de jours après l'arrestation des administrateurs de la Société d'éclairage, Rabani avait filé sur Bruxelles. La Florval n'avait pas tardé, d'après ses instructions, à le rejoindre. Rabani était descendu à l'hôtel d'Anvers, la Florval à l'hôtel du Nord. Il était indispensable que les deux complices n'habitassent pas dans le même quartier.

Rabani ne manqua pas d'aller chez la Florval. Il y avait longtemps qu'il caressait l'espoir de redevenir l'amant d'Esther, et par conséquent, de faire main basse sur l'argent qu'elle possédait. Tant qu'ils avaient été pauvres, la nécessité les avait séparés et leur association avait été toute commerciale. Il avait aidé la comédienne dans ses combinaisons galantes, il avait touché sa part des bénéfices qui en étaient résultés. Leurs relations étaient, à vrai dire, des relations d'affaires. Leurs opérations n'avaient commencé à être réellement fructueuses qu'à partir du jour où de Vandannes était devenu leur proie. La situation était nette maintenant : Ils étaient riches tous deux ; mais Rabani ne se tenait pas pour satisfait : il convoitait à son unique profit les capitaux de la Florval. A cet effet, il s'efforçait de dorer aux yeux de sa complice l'existence fortunée qu'ils mèneraient ensemble si elle consentait à joindre ses fonds aux siens. « Un seul cœur, la même bourse, voilà le bonheur qui nous attend », disait-il. La Florval, qui avait de fortes raisons pour ne pas entrer dans les vues de son ancien amant, faisait la sourde oreille.

Quant à lui, il n'ignorait pas que de Vandannes avait donné à sa maîtresse cinq cent mille francs ; il savait, en outre, qu'elle s'était empressée de convertir cette somme en titres de rente sur l'Etat, au porteur. Depuis qu'il était devenu capitaliste, son ambition avait pris des ailes. Il lui fallait son million à lui aussi, et il avait compté, pour réaliser son rêve, sur l'appoint que lui fournirait la Florval. Il ne négligea donc aucun moyen de séduction pour rallumer dans le cœur de son ancienne maîtresse les flammes éteintes de leurs défuntes amours. Il eut beau souffler, le feu était mort : il ne put raviver aucune étincelle et ne parvint qu'à disperser les cendres froides du foyer.

Quand il fut bien convaincu que la Florval lui échappait, il n'eut plus qu'un but, qu'une idée fixe : s'emparer de ce qu'elle possédait. Il dressa ses batteries. Contrairement à ses habitudes, il vint presque tous les jours rendre visite à Esther, sous prétexte de la tenir au courant des affaires de la Société d'éclairage, ainsi que de la situation dans laquelle se trouvait de Vandannes. Il assurait avoir conservé des intelligences à Paris et tenir de source certaine les divers renseignements qu'il lui communiquait.

La Florval, qui n'avait pas de raisons immédiates de soupçonner ses projets, l'écoutait. Il lui avait persuadé qu'elle pouvait être compromise ; aussi exploitait-il ses craintes pour avoir la liberté de se présenter à toute heure chez elle. On s'était habitué dans l'hôtel à le considérer comme un intime de la Florval.

Un jour, il se présenta à l'hôtel du Nord, pendant que la Florval était absente.

Il glissa un louis dans la main du garçon et demanda la permission d'attendre la Florval chez elle. Le garçon lui confia immédiatement la clef du petit apppartement qu'elle occupait. Rabani y resta à peine un quart d'heure et redescendit en laissant au bureau de l'hôtel un mot pour la Florval.

Lorsque la Florval rentra, on lui remit la lettre de Rabani. Elle était ainsi conçue :

« Je n'ai pu t'attendre. Viens *sans retard* chez moi, j'ai à te parler *de suite*.

» THÉODORE. »

Elle pensa que Rabani avait une communication grave à lui faire et revenant aussitôt sur ses pas, elle se rendit à l'hôtel d'Anvers.

Rabani en était sorti depuis plus d'une demi-heure, en disant qu'il serait bientôt de retour et priait la personne qui viendrait de l'attendre. La Florval attendit près d'une heure en pure perte. Rabani ne revint pas. Elle se décida à rentrer chez elle, se demandant ce que tout cela signifiait et ne pouvant se défendre d'une vague inquiétude. Elle avait comme le pressentiment d'un malheur.

Ce pressentiment ne la trompait pas. Ses meubles avaient été forcés pendant son absence, et ses tiroirs ouverts.

Tous ses titres avaient été enlevés, le voleur ne lui avait laissé que les bijoux qu'elle possédait. Elle poussa un cri et descendit affolée jusqu'au bureau de l'hôtel. Le garçon qui avait remis la clef de l'appartement à Rabani se garda bien de souffler mot de son imprudence ; quant au propriétaire de l'hôtel, il se retrancha derrière la teneur de l'avis qui était apposé dans toutes les chambres, avis recommandant aux voyageurs de déposer au bureau de l'hôtel tous les papiers ou objets de valeur, et déclara qu'il n'était en aucune façon responsable du vol commis au préjudice de sa locataire.

La Florval n'en pouvait douter. Rabani s'était introduit chez elle pendant son absence, c'était lui qui était le voleur. Il avait dû pénétrer chez elle au moyen d'une fausse clef.

18.

Quant au rendez-vous qu'il avait indiqué, il n'avait eu évidemment d'autre but que de permettre au voleur de gagner du temps et de prendre le train avant que l'éveil fût donné.

La première idée de la Florval fut d'aller porter plainte à la police, mais elle y renonça bientôt en réfléchissant aux conséquences que cette dénonciation pourrait entraîner. Il lui faudrait faire connaître la provenance des titres volés et justifier de leur possession, ce qu'elle ne pouvait faire sans nommer de Vandannes, sans avouer qu'elle avait menti en déclarant qu'elle avait été ruinée par suite de ses achats d'actions du Gaz atmosphérique. Revenir sur cette déclaration, ce serait plus qu'avouer, ce serait prouver qu'elle avait été complice des escroqueries commises au préjudice de de Vandannes. Du reste, Rabani avait dû prendre ses précautions pour défier les poursuites. Elle voulut néanmoins se venger de lui, tout en conservant le vague espoir de ressaisir de Vandannes, qu'elle croyait encore riche. « S'il me doit son acquittement, pensait-elle, si j'arrive à lui donner le change sur le rôle que j'ai joué, il n'aura aucune raison de ne pas renouer avec moi. Quant à son affaire avec Gaston Desroches, je me charge de l'arranger, dussé-je lui révéler que Gaston est le fils de Valérie. Ses soupçons perdront alors toute vraisemblance et il faudra qu'il convienne que sa jalousie a fait fausse route. »

La Florval, malgré l'imprévu du coup qui la frappait, n'était pas femme à perdre son sang-froid. Elle se décida à écrire à M. Dormeuil, le juge d'instruction chargé de l'affaire de la *Société d'éclairage par le gaz atmosphérique.* Qu'avait-elle à craindre, d'ailleurs ? Ses titres ayant disparu, ne se trouvait-elle pas à l'abri de toutes les accusations dont Rabani pourrait la charger à son tour? Comment pourrait-il établir qu'elle avait été sa complice, puisqu'elle était désormais à même de prouver qu'elle n'avait participé à aucun des bénéfices de l'affaire ? Pour cela il fallait qu'elle renonçât à dénoncer le vol dont elle avait été victime ? Elle s'y résigna d'autant plus facilement que cette dénonciation était à tous égards impossible, et c'est ce que Rabani avait mer-

veilleusement compris. Ses valeurs étaient perdues, irrémis-
siblement perdues pour elle. La situation était sans issue.
Rabani le savait bien, et c'est pourquoi il n'avait pas hésité
à jouer du rossignol et de la pince-monseigneur, dans les
appartememts de son ex-associée.

La Florval, en écrivant au juge d'instruction la lettre que
l'on sait, se donnait donc très gratuitement les apparences
de la générosité et du désintéressement les plus sincères et,
d'un autre côté, elle espérait recueillir bientôt les fruits du
service qu'elle semblait rendre à de Vandannes.

Loin d'éclairer l'affaire, les lettres de Richon et de la Florval en augmentèrent les obscurités. Le juge d'instruction
commençait à perdre le fil dans ce labyrinthe de complications nouvelles. Les renseignements qu'il obtint de la préfecture lui démontrèrent que la comédienne avait dit la vérité
en ce qui touchait Rabani. Celui-ci émargeait, en effet, à
la préfecture.

M. Dormeuil s'étonna d'abord de trouver dans son dossier des notes de police, concernant l'affaire du Gaz, rédigées
par ce Rabani. Dans quel intérêt, cet agent avait-il dénoncé
les agissements des administrateurs, alors qu'il se trouvait
être leur complice ? A quel mobile avait-il obéi en réclamant
l'arrestation des administrateurs ? C'est ce que se demandait
vainement le magistrat. A vrai dire, la conduite de Rabani
n'était pas aisément explicable.

La surprise et la perplexité de M. Dormeuil redoublèrent
lorsqu'il apprit par un nouveau rapport de police que la
Florval s'appelait de son véritable nom madame Richon
et qu'elle était la femme de l'expert-comptable chargé par
le tribunal de dresser un rapport sur la Société mise en
faillite.

Il eut un sentiment de défiance. Habitué par métier à
vivre au milieu des ruses et des mensonges, son premier
mouvement le portait sans cesse à traiter les prévenus
en coupables et les témoins en suspects. C'était un juge
de la bonne école. Il ne pouvait croire ni au hasard ni
à la coïncidence des faits ; pour lui, rien de fortuit, tout

événement cachait une préméditation. En apprenant que
M. Richon était le mari de la Florval, il se rappela qu'il avait
reçu de chacun d'eux une lettre contenant à peu de chose
près les mêmes renseignements. Il en conclut que ces lettres
avaient été écrites sous la même inspiration et qu'un intérêt
commun avait dû réunir, en cette occurrence, les époux
séparés.

La probité de M. Richon était cependant si bien établie
qu'il hésitait à le soupçonner. Pour en avoir le cœur net,
il résolut de le confronter avec la Florval, se réservant de
récuser comme expert M. Richon, dans le cas où l'impar-
tialité de celui-ci aurait pu être diminuée par des considérations de famille quelconques.

La Florval fut immédiatement mandée à Paris. M. Richon
fut invité à se rendre chez le juge d'instruction.

Au jour et à l'heure indiqués, M. Richon et sa femme se
trouvèrent face à face dans le cabinet d'attente du magistrat.
Ils tressaillirent en se reconnaissant. C'était la première fois
qu'ils se revoyaient depuis plus de quinze ans.

M. Richon, en proie à une vive émotion, fit passer sa carte
au juge d'instruction.

On l'introduisit de suite chez M. Dormeuil.

— Qu'avez-vous donc, monsieur l'expert ? demanda le
juge en apercevant le visage bouleversé de M. Richon.

— Ce que j'ai ? fit M. Richon. Je viens de rencontrer là,
dans votre antichambre, une femme que je n'avais pas vue
depuis de longues années.

— Madame Florval?

— Précisément. Mais ce nom de Florval n'est pas le sien.
C'est un nom de guerre. Cette femme s'appelle madame Richon. Je suppose, puisqu'elle est dans votre cabinet, que
vous êtes renseigné sur son état-civil.

— En effet, je sais qu'elle est votre femme, et je n'ignore
pas non plus que vous vivez séparé d'elle depuis très longtemps. Si je l'ai mandée à Paris, car elle arrive de Bruxelles,
c'est qu'elle m'a écrit une lettre dont la teneur concorde
singulièrement avec les renseignements que vous m'avez

transmis vous-même. Mais il reste quelques points obscurs, et pour les éclaircir j'ai besoin des explications que vous pourrez l'un et l'autre me fournir. Pour arriver à faire la lumière complète dans l'affaire qui m'occupe, il m'a paru indispensable de vous mettre tous deux en présence.

— Ah! monsieur, par grâce, s'écria M. Richon, ne m'imposez pas ce supplice. Depuis le jour où j'ai dû me séparer de cette femme, je ne l'avais pas revue. Tout à l'heure, j'ai eu peine à contenir la colère qui grondait en moi. Je viens de la revoir, c'en est assez; s'il me fallait l'entendre, je crois que je ne serais plus maître de moi. Cette femme m'a trompé si odieusement, elle a si indignement abusé de ma confiance... Pardonnez-moi, monsieur, mais mon émotion, en la retrouvant là tout à l'heure...

M. Richon s'arrêta. Il ne pouvait continuer.

Le juge d'instruction lut sur le visage de cet honnête homme toutes les souffrances qu'il endurait.

— Calmez-vous, lui dit-il, avec un accent de réel intérêt, et veuillez m'indiquer seulement la source où vous avez puisé les renseignements que vous m'avez communiqués.

— Il me faut pour cela vous raconter un chapitre de mon histoire, reprit péniblement M. Richon. Je m'étais marié très jeune à la femme dont je viens de vous parler. Je constatai bientôt qu'elle avait des goûts de luxe que mes modestes ressources ne me permettaient pas de satisfaire ; son effrénée coquetterie faisait taire en elle tout sentiment du devoir, et je vis, mais trop tard, qu'elle n'était née, ni pour être épouse, ni pour être mère. J'en fus affecté; néanmoins je ne désespérai point de l'attacher à mon foyer et pour cela je redoublai auprès d'elle de soins et d'attentions. Tous mes efforts furent vains. Je ne tardai pas à reconnaître que j'avais introduit une ennemie dans ma maison. Sa trahison se révéla bientôt à mes yeux de la façon la plus brutale. Elle était devenue la maîtresse d'un misérable que j'avais toujours traité en ami et que j'avais admis dans mon intimité. Je la surpris un jour chez moi ainsi que son amant. Le délit était flagrant. J'y vis rouge tout d'abord, mais je n'avais

aucune arme et je me contentai de chasser cette coquine,
estimant que son amant ne tarderait pas lui-même à me
venger d'elle. Son amant, monsieur, n'était autre que ce
Rabani dont le hasard m'a amené à vous dénoncer le rôle
dans l'affaire du Gaz. Quant à celle qui fut ma femme, depuis
quinze ans que je n'avais entendu parler d'elle, je l'avais
presque oubliée... Je savais qu'elle cabotinait en province et
que son amant tirait profit de ses relations galantes. Que
m'importaient les exploits de ce drôle et de cette drôlesse?
Je m'estimais heureux qu'elle eût changé de nom et je me
trouvais suffisamment payé de mes tortures passées par le
bonheur que j'éprouvais auprès de ma fille dont j'ai fait,
je puis le dire, un tel modèle d'honnêteté et de vertu qu'elle
a pu me faire oublier son odieuse mère...

— Je vous crois, mais cela ne m'apprend pas...

— Quand les livres m'ont dénoncé la présence de Rabani
dans l'affaire qui m'occupait, poursuivit M. Richou, j'ai
immédiatement cherché la femme qui se cachait derrière lui,
c'est-à-dire la Florval, et j'ai bientôt acquis la preuve qu'elle
n'était pas restée étrangère à toutes les filouteries commises.
Malheureusement cette preuve n'est que morale. La Florval
était la maîtresse de M. de Vandannes; c'est elle qui lui a
suggéré la malencontreuse idée de se lancer dans les spécu-
lations financières, venant ainsi à la rescousse des de Lordac
et de l'Osnoy que Rabani avait dépêchés auprès du naïf spé-
culateur. Ma conviction est très nettement établie à cet
égard. M. de Vandannes n'a été qu'imprudent et ne saurait
être accusé d'aucune des malversations que vous poursuivez.
Elles ont pour véritables auteurs Rabani et ses dignes acoly-
tes du conseil d'administration. Quant à la maîtresse de
M. de Vandannes, j'ai l'intime croyance qu'elle était dans le
jeu de Rabani, mais je dois avouer que je n'ai pu trouver
aucune pièce qui me permette de l'incriminer directement.

— C'est bien, monsieur l'expert, fit M. Dormeuil, je vous
remercie de vos explications. Avant de vous retirer, je vous
demanderai d'attendre quelques instants dans cette pièce.

Il lui désigna un bureau attenant à son cabinet.

— Je vais faire entrer madame Richon, et je lui poserais certaines questions. Il se peut que ses réponses m'obligent à vous demander quelques éclaircissements et je vous serai par conséquent très obligé de vouloir bien vous tenir quelques instants encore à ma disposition. Je comprends votre répugnance à vous retrouver en présence de cette femme et je ferai tout mon possible pour qu'un débat contradictoire n'intervienne pas avec vous.

— Je vous remercie, fit M. Richon en s'inclinant et en se dirigeant vers le bureau que lui avait désigné M. Dormeuil.

Le juge fit immédiatement entrer la Florval.

— Madame, commença-t-il, je vous ai fait venir pour vous demander quelques explications sur la lettre que vous m'avez écrite.

— Veuillez m'interroger, monsieur, je suis prête à répondre.

— Madame, reprit M. Dormeuil, je n'entends pas suspecter votre bonne foi, et je suis convaincu que vos déclarations sont sincères, cependant j'ai besoin d'être éclairé sur deux points qui me paraissent encore obscurs. Je vous demanderai d'abord comment il se fait que vos révélations se produisent aussi tardivement, et pourquoi vous avez quitté Paris quelques jours après l'arrestation de M. de Vandannes.

— Je vous l'ai dit, monsieur, j'étais ruinée, on m'avait parlé d'un engagement possible à Bruxelles ; je m'y suis rendue, comptant pouvoir y exercer ma profession d'artiste dramatique. M. Rabani m'a rejointe dans cette ville et comme j'ai eu l'honneur de vous l'écrire, c'est alors seulement qu'il m'a mise au courant de ses agissements, espérant que l'appât de jouir avec lui d'une fortune si odieusement acquise me déterminerait à accepter ses propositions.

— Madame, ceci est possible, mais ce qui est inexact, c'est que vous ayez précédé Rabani à Bruxelles. Il était déjà dans cette ville depuis plusieurs jours quand vous y êtes arrivée.

— Mais, monsieur...

— N'insistez pas, madame, j'en ai la preuve.

— Eh bien, monsieur, s'il était à Bruxelles avant que j'y fusse, croyez bien que je l'ignorais.

— C'est ce que nous aurons à examiner tout à l'heure, reprit le magistrat en fixant la Florval.

La comédienne un peu décontenancée baissa les yeux.

— Maintenant, madame, passons à un autre ordre de faits qui me paraissent des plus graves pour vous, je ne vous le cacherai pas. Veuillez me dire pourquoi ce Rabani, qui était votre amant, si je suis bien informé, s'est fait passer à diverses reprises pour votre mari. Dans cette comédie montée pour duper vos naïfs adorateurs, êtes-vous bien sûre de n'avoir pas joué un rôle ?

— Oh ! monsieur !...

— Allons, avouez-le, vous plumiez les pigeons, tandis qu'il les faisait chanter.

— Il se peut, monsieur, que j'aie eu des torts en ne démasquant pas ce misérable coquin, mais vous ne m'accuserez plus de complicité quand vous saurez dans quelle situation je me trouvais. Vous parlez de chantage, mais voilà quinze ans que ce Rabani me fait chanter...

— Allons, madame, vous me ferez difficilement admettre qu'intelligente comme vous l'êtes, vous ayez subi si longtemps la tyrannie de ce drôle, sans trouver le moyen de vous y soustraire.

— C'est cependant la vérité, monsieur, et puisqu'il me faut combattre les injurieux et injustes soupçons dont vous m'accablez en ce moment; puisque, au lieu d'être appelée comme témoin, ainsi que je le croyais, c'est en qualité de prévenue que je comparais devant vous, je vais vous dire les raisons qui m'empêchaient d'échapper à l'absolue domination de ce Rabani.

— Parlez, madame.

— Eh bien ! monsieur, je ne vous apprendrai rien en vous disant que je suis mariée. Mon mari qui, tout à l'heure était ici, a dû vous le dire...

— Je le sais, madame. .

— Vous savez sans doute que mon mari m'a chassée de

chez lui... Oh! j'étais coupable et j'avais mérité sa colère...
Je ne le nie pas. Mais ce que vous ignorez, c'est que, pendant que je vivais avec mon mari, j'avais eu une enfant,
une petite fille...

— Qu'est-elle devenue?

— M. Richon l'a gardée.

— Eh bien?

— Eh bien! ajouta-t-elle avec effort, je vous fais ici un
pénible aveu, mais il est nécessaire... Ce n'est pas M. Richon,
c'est Rabani qui est le père de cette enfant. J'ai voulu emmener ma fille avec moi. M. Richon ne me l'a pas permis. Je
n'avais qu'un mot à dire pour qu'il me l'abandonnât. Si je
me suis tue, c'est que je ne voulais pas faire partager à
mon enfant les hasards de mon existence aventureuse. Je
savais d'ailleurs qu'il ferait de ma fille ce que je n'ai
pu être moi-même: une femme irréprochable. Ah! que
de fois, monsieur, je me suis reproché ma première faute,
surtout quand j'appris à mieux connaître l'homme qui
avait causé ma perte. Hélas! il n'était plus temps! Vous
me demandiez tout à l'heure pourquoi je n'ai pas rompu
alors les liens qui m'unissaient à ce misérable. C'est que je
ne pouvais le faire sans perdre ma fille.

— Comment cela?

— Rabani possède une lettre que je lui ai écrite au commencement de ma grossesse et dans laquelle je lui révélais
qu'il est le père d'Emmeline. Chaque fois que j'ai voulu
rompre avec lui, il m'a menacée d'adresser cette lettre à
mon mari. Ah! monsieur, comprenez-vous mes angoisses?
C'est devant cette menace, devant cette menace seule, je vous
le jure, que j'ai toujours reculé. Je me suis immolée pour
ma fille, j'ai vaincu pour elle tous mes dégoûts, et c'est ainsi
que je suis devenue l'esclave d'un lâche qui, je ne le savais
que trop, n'aurait pas hésité à mettre à exécution sa
menace. Si vous pouviez savoir ce que j'ai souffert, oh!
j'en suis sûre, vous auriez pitié de moi. Je m'étais donnée et je ne pouvais plus me reprendre. J'avais commis une
faute, je voulais être seule à l'expier. Ce que je devais évi-

ter, c'est que ma fille innocente eût une part dans mon châtiment. Elle me croit morte. Quelque douloureuse que soit
pour moi cette pensée, j'ai tenu à ce qu'elle conservât cette
croyance. Si jamais elle avait appris que j'étais vivante, ah !
n'en doutez pas, je me serais tuée pour qu'elle n'eût point à
rougir de sa mère.

— Voilà des sentiments tout à fait louables, fit M. Dormeuil et dont je vous félicite... si vous les avez eus. Ils
ne vous absolvent pas, il est vrai, mais je n'ai pas à juger ce cas intime. Permettez-moi de vous dire cependant
que vous connaissiez assez la probité et la générosité de
votre mari pour être certaine qu'il n'abadonnerait pas
l'enfant qui porte son nom. Les raisons que vous venez
de me donner ne m'ont donc pas convaincu. Il est au moins
présumable qu'il existait entre Rabani et vous des intérêts
inavouables et que vous vous étiez associés tous deux en vue
d'entreprises communes que je ne veux pas qualifier pour
le moment. Tant que vos affaires ont prospéré, vous avez
marché d'accord, vous ne vous êtes disjoints qu'à l'heure de
la débâcle. Et je crois qu'en m'informant des agissements
de votre ami Rabani, vous avez simplement voulu prendre
les devants, espérant ainsi vous laver les mains de tout ce
qui s'est fait soit avec votre aide, soit avec votre assentiment
et vous dégager, par conséquent, de toute responsabilité.
Dans votre intérêt, continua M. Dormeuil, je vous engage à
renoncer à tous subterfuges. MM. de Lordac et de l'Osnoy ont
été plus sincères que vous ; ils ne m'ont pas caché les services que vous leur avez rendus. Ils m'ont déclaré que sans
vous, jamais M. de Vandannes n'aurait consenti à souscrire.

M. Dormeuil, fidèle à ses procédés en matière d'instruction
judiciaire, usait volontiers du mensonge pour découvrir
la vérité.

— C'est faux ! s'écria la Florval; d'ailleurs, je ne connais
pas ces messieurs je sais seulement qu'ils sont venus chez
M. de Vandannes et c'est par lui seul que j'ai appris leurs
noms.

M. Dormeuil comprit qu'il était inutile d'insister.

— Madame, dit-il simplement, il va vous être donné lecture de votre déposition et vous pourrez vous retirer après l'avoir signée. Vous voudrez bien revenir demain à la même heure.

— Je n'ai rien d'autre à vous dire, répondit la Florval et je n'ai rien non plus à rétracter. Il se peut que MM. de Lordac et de l'Osnoy, pour les besoins de leur défense, m'aient attribué un rôle que je n'ai pas joué ; mais ce que je vous affirme, c'est qu'ils ont menti. Je ne comprends pas, d'ailleurs, comment ils ont pu prononcer mon nom, puisqu'ils ne me connaissent pas, et je les mets au défi de prouver leurs assertions.

La Florval signa sa déposition et se retira.

M. Dormeuil fit aussitôt rentrer M. Richon.

— Monsieur l'expert, fit le juge, je viens d'interroger votre femme. Ses réponses m'ont donné la mesure de sa perverse habileté. Elle prétend que si elle est restée aussi longtemps au pouvoir de Rabani, c'est que celui-ci possédait un secret terrible qu'il la menaçait de vous livrer.

— Hélas! fit M. Richon d'une voix sourde, je crois deviner de quel secret elle a voulu parler.

— Comment cela?

— Elle vous a dit, n'est-ce pas, que je ne suis pas le père de l'enfant qui porte mon nom?

— Oui.

— Je le savais!

— Vous le saviez?

— Oui, monsieur.

— Alors, c'est donc vrai? Elle n'a pas menti, tout à l'heure, en me disant...

— Non, monsieur, pour cette fois, elle n'a pas menti.

Le juge d'instruction regarda M. Richon.

— Cette enfant portait mon nom, reprit l'expert. La mère l'avait traîné dans la boue, je ne voulais pas que la fille en fît un jour autant. D'ailleurs, j'aimais cette enfant. Quand j'appris qu'elle n'était pas ma fille, pouvais-je lui retirer mon affection et la rendre responsable d'un crime dont elle était innocente ? Non, je considérai comme un devoir de l'arracher à sa destinée et je voulus, bien qu'elle fût née dans la honte, qu'elle vécût dans l'honneur.

— Vous êtes un homme de cœur, dit M. Dormeuil.

— Ne vous hâtez pas de me couronner, monsieur, reprit M. Richon. Ma conduite n'a pas été tout à fait désintéressée. En retenant cette enfant auprès de moi, j'ai obéi également à un autre sentiment, à un sentiment de vengeance. J'ai usé de mes droits d'époux outragé en enlevant au père réel et à la mère leur enfant. J'ai commis une sorte de rapt légal. S'ils n'en ont pas souffert, tant pis pour eux ! c'est qu'ils n'y a dans le cœur de ces monstres aucune fibre humaine. Quant à moi, je me console de ma vengeance avortée par la tendresse d'Emmeline, qui m'aime comme si j'étais son père et que j'aime comme si elle était vraiment ma fille. Rabani m'avait volé ma femme, à son tour je lui ai pris sa fille. Aujourd'hui, le hasard me livre cet homme, mais ne craignez rien, monsieur. Je suis incapable d'oublier mon devoir pour ne me souvenir que de mon ressentiment. Tout ce que je vous ai révélé sur ce misérable est rigoureusement exact et je vous prie de croire que je ne me suis pas inspiré de mes rancunes en rédigeant mon rapport.

— Je vous remercie, dit M. Dormeuil. Laissez-moi vous serrer la main et vous exprimer mon estime et toute ma sympathie.

— Merci, monsieur. L'approbation de ma conscience et l'estime des honnêtes gens sont les seules récompenses que j'aie jamais recherchées dans l'accomplissement de mon devoir.

— Aujourd'hui même, reprit M. Dormeuil, je vais lancer des mandats d'amener contre Laforest et Rabani. Si j'arrive à mettre la main sur ce dernier surtout, l'affaire ira bon train, je vous le promets.

— A tous les points de vue, ce sera une excellente capture que vous aurez faite, dit M. Richon en s'inclinant.

— A bientôt, fit M. Dormeuil en accompagnant jusqu'à la porte M. Richon.

La Florval, en sortant du Palais, avait longuement délibéré sur la conduite qu'elle devait tenir en présence des menaces du juge d'instruction. Sa première pensée avait été de fuir et de passer à l'étranger. Mais après mûres réflexions, elle comprit qu'elle ne courait aucun danger. Le système d'intimidation dont le magistrat avait essayé d'user envers elle n'avait rien qui pût l'effrayer. Que pouvait-elle craindre? Elle n'avait donné aucun reçu des sommes qu'elle avait touchées. Le montant de sa commission lui avait été payé sur une quittance signée de Rabani, quittance qu'elle s'était fait remettre au préalable par celui-ci. Il n'existait donc aucune trace de son nom sur les livres de la Société du gaz atmosphérique. D'autre part, dans ses lettres à Rabani, elle s'était toujours gardée de faire la moindre allusion à leurs opérations financières. Si elle avait fait agir Rabani, du moins s'était-elle constamment tenue dans l'ombre. Sous le coup de l'interrogatoire qu'elle venait de subir, elle avait éprouvé tout d'abord cette frayeur instinctive dont ne peuvent se défendre les consciences troublées ; mais en reprenant son sang-froid, elle examina de plus près sa situation et ne tarda pas à se convaincre qu'elle n'avait rien à perdre dans ce procès. Elle se promit donc de poursuivre jusqu'au bout ses projets de vengeance contre Rabani.

Il lui restait une autre partie à gagner. Il s'agissait de prouver à de Vandannes qu'elle n'avait jamais démérité de son amour et de reconquérir ce cœur qu'elle avait jusque-là gouverné à sa guise. La tâche était plus ardue. Il ne lui sembla pas possible cependant que son amant, dont elle connaissait bien les côtés faibles, résistât aux témoignages de sincérité et de désintéressement qu'elle allait mettre sous ses yeux. Il lui avait donné tant de preuves de sa docilité et de sa crédulité qu'elle ne douta point du succès.

Avec le ferme espoir que de Vandannes accepterait comme argent comptant la fausse monnaie de ses protestations, elle se rendit chez lui.

De Vandannes avait changé de domicile. Il demeurait depuis deux mois dans un hôtel de la rue Caumartin. La Florval découvrit aisément son adresse. Au moment où elle se présenta chez lui, de Vandannes se disposait à sortir.

— Vous ! fit-il en la reconnaissant.

— Moi-même.

— Vous avez osé...

— Vous m'avez condamnée, je le sais ; mais vous ne pouvez refuser de m'entendre... Il existe entre nous un horrible malentendu que je veux faire cesser. Je ne suis pas venue pour autre chose.

— Vous vous y prenez un peu tard, ce me semble...

— Que dites-vous ?...

— Ce n'est pas moi qui vous ai condamnée, mais vous-même... Votre fuite à Bruxelles...

— Vous étiez arrêté... Après l'épouvantable catastrophe qui venait de vous frapper, Paris me faisait horreur... Pouvais-je y rester, d'ailleurs ?... Mes ressources étaient épuisées, vous le savez bien...; comme vous j'étais ruinée et...

— Et c'est seulement aujourd'hui que vous cherchez à vous disculper... Je vous ai cherchée longtemps pour vous procurer cette occasion, madame...

— Il n'y a pas plus de huit jours que j'ai appris votre mise en liberté...

— Vraiment ?

— Vous avez le droit de douter de ma parole ; car, j'en conviens, les apparences sont contre moi, mais si vous daignez m'écouter, je suis certaine que tout à l'heure vous me tendrez de vous-même cette main que vous me refusez maintenant.

— Asseyez-vous, madame, et parlez.

— Aussitôt que j'eus appris votre arrestation, commença la Florval, je m'empressai de demander au directeur de la prison la permission de vous voir. Cette autorisation ne me fut pas accordée. Vous étiez au secret et le Parquet avait donné l'ordre qu'on ne vous laissât communiquer avec personne. Je vous écrivis alors que, me trouvant ruinée comme vous et sans ressources, il m'était impossible, comme je viens de vous le dire, de rester à Paris et que

j'allais me mettre en quête d'un engagement. Ma lettre resta
sans réponse. Comment pouvais-je interpréter votre silence?
De deux choses l'une, ou ma lettre avait été interceptée au
greffe et ne vous était pas parvenue, ou elle vous avait été
remise et vous n'aviez pas cru devoir y répondre. Ma lettre
étant d'un caractère tout intime, je ne crus pas qu'elle avait
pu être retenue, et je m'arrêtai à la seconde supposition. Ce
fut pour moi une grande douleur qui vint s'ajouter à celle
que j'avais ressentie en apprenant le malheur qui vous
frappait et me frappait moi-même, et c'est alors que, déses-
pérée, je partis pour Bruxelles.

— Mais vous n'étiez pas, à ce qu'il me semble, aussi dé-
nuée de ressources que vous le dites.

— Si vous voulez parler de mes bijoux, je vous répondrai
que je ne pouvais m'en séparer, surtout au moment où je
me disposais à remonter sur les planches; quant à mes
meubles, il est vrai que je les ai vendus et que j'en ai tiré
quelques milliers de francs sur lesquels je vis encore. Il me
restait bien, en outre, huit cents actions du gaz atmosphérique que j'avais achetées, grâce à vos libéralités, au cours
de 625 fr.; mais ces actions étaient invendables le lendemain
de l'arrestation des administrateurs.

— Vous les avez encore ? demanda de Vandannes.

— Non, je les ai vendues, il y a quelque temps, à raison
de 5 francs l'une. L'entreprise étant irrémédiablement ruinée, je ne pouvais espérer mieux.

— Je vous félicite, fit de Vandannes.

— Ne me raillez pas, dit la Florval, j'ai perdu plus que
vous dans la catastrophe qui vous frappe. Vous en sortirez
le front haut, aux trois quarts ruiné, il est vrai, mais il
vous reste des amis, toutes les mains se tendront vers vous
pour vous aider à vous relever. Tandis que moi, je n'ai
d'autre ressource que de reprendre ma besace de cabotine
et de continuer mes pérégrinations à travers les théâtres,
exposée à tous les hasards et à toutes les avanies d'une vie
errante. Si encore je m'en allais avec la consolante pensée
que j'ai pu me réhabiliter à vos yeux...

— Je vous en prie, madame, ne faisons point de sentiment. Vous prétendiez tout à l'heure qu'il y a un malentendu entre nous. Je vous en prie, arrivez au fait.

— M'y voici. Je suis partie pour Bruxelles, comme je vous
l'ai dit tout à l'heure, et quelques jours après, un homme
que vous connaissez est venu m'y rejoindre. Comment
avait-il appris mon départ, comment avait-il découvert ma
nouvelle retraite ? je l'ignore.

— En vérité, interrompit violemment de Vandannes,
j'admire votre audace. Il faut que vous ayez perdu toute pu-
deur pour oser me parler d'un misérable qui, non content
d'être votre amant de cœur — je crois que c'est bien le nom
que les femmes de votre espèce donnent à ces messieurs-là —
se faisait encore passer auprès de vos amants pour votre
mari, à seule fin de les exploiter et de les voler !

— Monsieur, !... fit la Florval.

— Ah ! ce maître fripon jouait bien son personnage,
poursuivit de Vandannes, et vous lui donniez superbement
la réplique. Mais il paraît que ce rôle de mari ne lui suffisait pas. Il en a joué un autre à mon préjudice. La recette
a été belle, je suppose, et vous avez dû toucher pour votre
part un beau cachet !

— Monsieur ! s'écria la Florval en se levant, cessez vos
outrages ou je me retire. La femme que vous insultez n'a
rien à se reprocher, entendez-vous. Elle est venue ici pour
se disculper sans doute, mais aussi, sachez-le, pour vous
rendre un service dont vous la remercierez peut-être tout à
l'heure. Vous plaît-il que je continue?

— Continuez, madame, dit de Vandannes en s'efforçant
de paraître calme.

— Rabani m'a rejointe à Bruxelles, reprit-elle d'un ton
légèrement saccadé. Là, il m'a révélé sans ambages tous
ses agissements et m'a offert, à la condition de renouer
avec lui, une part de la fortune qui a été le prix de ses multiples escroqueries. Si j'étais la femme que vous dites, monsieur, j'aurais accepté. Eh bien, non seulement j'ai repoussé
cette proposition avec horreur, mais encore j'ai dénoncé

immédiatement ce voleur au parquet de Paris. Et j'ai apporté à la justice de tels renseignements que la preuve de votre innocence est maintenant faite, grâce à moi. Je sors du cabinet de M. Dormeuil, qui m'avait mandée à Paris pour me questionner et obtenir de moi de nouveaux renseignements. Ces renseignements. je les lui ai fournis complets et sans restriction. On m'a reproché comme vous d'avoir laissé prendre à ce coquin un faux nom et une qualité d'emprunt, comme vous on a pensé qu'il était mon complice et que, s'il se faisait passer pour mon mari, c'était avec mon assentiment. Eh bien, c'est faux ! J'ai fait connaître à M. Dormeuil le motif grave qui m'a obligée à me taire et à subir les fourberies de ce coquin. Ce motif, je l'avais caché jusqu'ici. C'est un secret de famille, mais j'ai dû le révéler, pour prouver ma parfaite bonne foi et mon innocence.

— Et ce secret, quel est-il ?

— Vous le saurez un jour.

— Soit ; mais, d'ici là, permettez-moi de ne pas croire un mot de toute cette fable.

— Monsieur, reprit la Florval, j'ai dû, pour répondre à d'odieuses accusations, donner à un magistrat certaines explications qui étaient devenues nécessaires. Je ne suis venue à Paris que pour éclairer la justice sur l'homme qui vous a ruiné et prouver en même temps votre innocence au sujet des tripotages auxquels on vous reproche d'avoir participé. Il vous plaît, au lieu de me remercier des efforts que je fais pour vous sauver, de m'insulter de vos soupçons. Vous ne me croyez pas, libre à vous. L'avenir me vengera. Pour la dernière fois, je vous répète qu'il m'était impossible d'empêcher Rabani de se faire passer pour mon mari.

— Vraiment ? Il me semble, cependant, en admettant que vous n'ayez pu briser la chaîne qui vous rivait à cet homme comme à un boulet, qu'il vous était facile d'avertir du danger qui les menaçait ceux qui, comme moi, ont été sa dupe.

— Je ne le pouvais pas.

— Non ? J'en suis fâché pour vous, mais l'entretien que

19.

nous venons d'avoir ensemble n'a en rien modifié mon opinion. J'estime que vous comptez trop sur votre habileté ou
sur ma naïveté, si vous pensez qu'une réconciliation entre
nous est possible. Mes yeux se sont ouverts et mon cœur
s'est fermé. Je vous connais maintenant. Vous m'avez ruiné
et vous avez essayé de me déshonorer, voilà la vérité. Vous
oubliez, en outre, qu'il reste un différend à régler entre
M. Gaston Desroches et moi...

— M. Gaston Desroches !... je vous jure qu'il n'est pas et
n'a jamais été mon amant !

— Allons donc !

— Vous voulez la vérité. C'est un secret qu'il ne m'appartenait pas de dévoiler; mais puisque vous m'y forcez...
sachez que Gaston Desroches est le fils de la comtesse Schuloff.

— Au théâtre cette révélation ferait sans doute beaucoup
d'effet ; mais, entre nous, je dois vous dire qu'elle n'a aucune
chance de succès.

— Vous ne me croyez pas... c'est bien, monsieur, dit la
Florval, en faisant un mouvement pour sortir, je m'en vais...
je sais maintenant ce qu'il me reste à faire.

— Des menaces ?

— Non, monsieur, je suis vaincue. Au milieu des malheurs
qui m'accablent, j'avais conservé un espoir, je pensais que
si vous aviez pu vous méprendre sur mon compte, il me
serait possible de vous ramener à d'autres sentiments, en
faisant appel à votre bon sens. Je me suis trompée. Vous ne
voulez pas m'entendre. Vous cherchez le mensonge sous mes
paroles et la trahison sous chacun de mes actes. Je n'insiste
pas. Adieu, monsieur ! Puisse le ciel vous pardonner vos
cruautés ! Vous ne me reverrez plus et vous regretterez bientôt
de m'avoir méconnue.

D'un geste dramatique, la Florval ouvrit la porte.

— Je suis tranquille, fit de Vandannes en haussant les
épaules, je vous sais incapable d'une mauvaise action... contre
vous-même. Adieu, madame.

— Vous regretterez ces paroles demain. Adieu, monsieur !

Deux heures après, de Vandannes recevait la lettre suivante :

« Monsieur,

» Quand vous lirez ces lignes, j'en aurai fini avec la vie. J'aurai quitté ce monde sans regret et sans remords. J'espère que ma mort vous ouvrira les yeux et vous décidera à rendre justice à celle que vous avez méconnue. J'espère aussi que vous aurez pour ma mémoire plus d'égards que vous n'en avez eu pour ma personne.

» Cependant je ne veux pas que votre conscience soit importunée par mon souvenir. Ma résolution de mourir était prise depuis longtemps ; elle était irrévocable et je n'en ai retardé l'exécution que pour avoir le temps de vous aider à triompher des accusations auxquelles vous êtes en butte. J'ai rempli ce devoir maintenant ; j'espérais qu'avant de vous quitter pour jamais vous me tendriez la main et qu'après une loyale explication vous me rendriez l'estime que d'odieuses calomnies m'avaient fait perdre. Cette suprême consolation, vous me l'avez refusée. Vous avez tué sous votre mépris l'amour dont mon cœur vous apportait la dernière preuve, je vous le pardonne. Peut-être me ferez-vous l'aumône d'une larme en apprenant que ce cœur qui s'était donné tout entier à vous a cessé de battre. Quoi qu'il en soit, je vous souhaite l'existence heureuse qui m'a été refusée à moi. Adieu, Henri !

                    » ESTHER FLORVAL. »

P. S. — Je me suis empoisonnée. Je viens de me regarder dans la glace. Ah ! vous pouvez m'en croire, je vous assure qu'en ce moment je ferais beaucoup d'effet au théâtre, comme vous dites si bien. Applaudissez, monsieur, la pièce est jouée et le rideau baisse.

De Vandannes en lisant cette lettre ne put se défendre d'une vive émotion.

— Si c'était vrai pourtant ! s'écria-t-il. Si, comme moi,

elle avait été la victime d'apparences mensongères? Si je l'a
vais accusée à tort, si elle n'était pas coupable, oh! je ne me
pardonnerais pas sa mort. Courons chez elle; peut-être ar-
riverai-je encore à temps pour prévenir un horrible malheur.

La lettre de la Florval était écrite sur du papier à en-tête
de l'hôtel qu'elle habitait. De Vandannes sauta dans une
voiture et se rendit à l'hôtel indiqué.

Quand il arriva chez la Florval, il la trouva couchée :
elle était entourée des gens de la maison et assistée d'un
médecin.

Un râle sourd sortait de sa poitrine. Elle écumait.

— Eh bien, demanda de Vandannes au docteur, avez-
vous quelque espoir de la sauver?

— Je n'en puis répondre, fit le docteur. Elle s'est empoisonnée avec du laudanum. Voici la fiole. Si cette fiole était
pleine et si elle en avalé tout le contenu, je la sauverai.
Dans ce cas, l'excès même de quantité de poison absorbé
s'opposant à l'intoxication, elle en sera quitte pour quelques
jours de souffrance. Si, au contraire, la fiole n'était qu'à
demi pleine, tous mes efforts seront vains. Avant deux
heures, du reste, je serai fixé sur ce point.

De Vandannes ne put supporter le spectacle qu'il avait
sous les yeux. Il sortit précipitamment en se promettant de
revenir dans la soirée.

IV

M. Dormeuil avait achevé l'instruction de l'affaire du Gaz atmosphérique et remis le dossier entre les mains du procureur général. Le jour du procès était arrivé. Les prévenus étaient cités en police correctionnelle devant la neuvième chambre.

Le ministère public ne trouva en face de lui que MM. de Villegueuse, de Vandannes, Marlotte et de Roseaucourt. MM. de Lordac, Levy-Gœrke, de l'Osnoy et Laforest n'avaient pas cru devoir se présenter à l'audience et attendaient tranquillement à Londres l'issue du procès.

Quant à Rabani que l'instruction avait fait passer au rang d'accusé principal, il faisait défaut également. Le parquet avait décerné contre lui un mandat d'arrêt, mais la police, chargée de l'exécuter, n'avait pu réussir à mettre la main sur le fugitif. Peut-être les recherches avaient-elles été mal dirigées, c'est un point qu'auraient pu établir certains agents de la sûreté, ex-copains de Rabani.

Le bruit qu'avait fait dans la presse cette banqueroute financière et la notoriété des prévenus avaient attiré un nombreux public à la neuvième chambre. Les journalistes étaient tous à leur banc. Une affluence considérable dans laquelle on remarquait un certain nombre de financiers et d'hommes politiques se pressait dans le prétoire.

Le président procéda à l'interrogatoire des prévenus.

De Villegueuse, Marlotte et de Roseaucourt, interrogés les premiers, répondirent avec beaucoup d'habileté et ne tombèrent dans aucun des pièges que le président leur tendit. Leur système de défense était des plus simples. Ils prétendaient avoir été indignement trompés par le directeur de la Société, M. de Lordac.

— Jusqu'au dernier moment, disaient-ils, nous avons cru que le capital social avait été intégralement souscrit et que les versements exigibles avaient été effectués. Si les souscriptions ont été pour la plupart fictives, nous l'avons toujours ignoré et si les versements n'ont pas été réels, nous n'avons pu le savoir. M. de Lordac s'est livré, paraît-il, à des manœuvres frauduleuses, c'est possible, mais nous ne pouvions les soupçonner.

Le président interrogea ensuite de Vandannes.

— Quelle somme avez-vous versée à la Société d'éclairage par le gaz atmosphérique?

— Un million deux cent cinquante mille francs.

— C'était le quart de votre souscription?

— Oui, monsieur, mais quand je suis entré dans cette Société, j'étais tout à fait ignorant en matière de finances et mon ignorance n'avait d'égale que ma confiance dans les hommes qui me poussaient à souscrire. Ils m'assuraient que je n'aurais rien de plus à verser que le quart de ma souscription. Je les ai crus. Si j'avais pu penser qu'on exigerait de moi d'autres versements, je ne me serais pas engagé pour une aussi forte somme. D'ailleurs, je puis prouver mon entière bonne foi par ce simple fait : il me restait des capitaux, je les ai tous placés dans les actions du Gaz atmosphérique. Aujourd'hui, il ne me reste plus rien, je suis entièrement ruiné. On me reproche d'avoir signé les délibérations du conseil d'administration. J'ai commis là, je la reconnais, une grave imprudence, une lourde faute. Je n'ai assisté qu'à trois des réunions du conseil, je m'en rapportais au compte-rendu verbal que m'en faisaient M. de Lordac ou M. de l'Osnoy, et je signais tout sans lire, aveuglément.

Voilà, monsieur le président, la part que j'ai prise à l'administration de la Société.

— Mais vous avez touché des jetons de présence? Comment pouviez-vous admettre qu'on vous rémunérât d'un concours que vous ne prêtiez pas? Il y a dans ce fait quelque chose d'irrégulier qui aurait dû vous donner à réfléchir.

— C'est vrai, monsieur, aussi ai-je refusé tout d'abord de toucher ces jetons; mais M. de Lordac a tant insisté que j'ai fini par accepter. D'ailleurs, j'ai touché de ce chef, c'est-à-dire comme administrateur, deux mille francs et je perds comme actionnaire plus de quatre millions. Je crois qu'en comparant ces chiffres, on ne peut conclure que j'ai fait bon marché de mon mandat au profit de mon intérêt personnel.

L'interrogatoire terminé, on passa à l'audition des témoins.

M. Richon appelé à la barre commenta son rapport et donna d'amples explications sur les manœuvres employées par Rabani.

On entendit aussitôt après madame Herbelot citée par le défenseur de de Vandannes.

Elle éclaira le tribunal sur les opérations de chantage auxquelles se livrait habituellement Rabani auprès des adorateurs de la Florval.

Dans son réquisitoire, le ministère public exposa l'affaire, mais abandonna l'accusation en ce qui touchait de Vandannes, reconnaissant qu'il avait joué plutôt le rôle de dupe que celui de complice et ne le retenant qu'au point de vue civil. Il dévoila ensuite tous les agissements de Rabani et des administrateurs. La Florval fut mise hors de cause, aucune présomption sérieuse ne pouvant être élevée contre elle.

Les plaidoiries commencèrent ensuite.

Enfin le tribunal rendit son jugement.

Rabani et Lordac furent condamnés à cinq ans de prison; Levy-Gœrke, de l'Osnoy, Laforest et de Villegueuse, à deux ans de la même peine; Marlotte et de Roseaucourt, ainsi que de Vandannes renvoyés des fins de la prévention, en furent quittes pour être condamnés à payer solidairement avec les autres administrateurs de la Société la somme de douze cent mille francs à la partie civile.

Le lendemain du procès, de Vandannes se rendit chez M. Richon pour le remercier du précieux appui qu'il lui avait prêté. Il le trouva sur le point de partir et en train de fermer ses malles.

— Où allez-vous? demanda-t-il?

— Je vais à Nice, répondit M. Richon. Ma fille est malade et les médecins lui ordonnent de passer l'hiver dans le Midi. Notre voyage était arrêté depuis plusieurs semaines, et je ne l'ai retardé qu'à cause du procès.

— Permettez-moi de vous remercier de ce que vous avez fait pour moi, dit de Vandannes, et de vous en exprimer ma sincère reconnaissance; soyez certain que je fais des vœux pour votre bonheur et que je souhaite ardemment que mademoiselle votre fille se rétablisse bientôt.

Le soir même, M. Richon et sa fille partirent pour Nice. Ils s'installèrent le lendemain de leur arrivée dans une petite maisonnette que loua M. Richon et qui se trouvait à proximité de la baie des Anges.

Emmeline ignorait que Gaston fût à Nice, mais elle savait qu'il était parti pour l'Italie et si elle n'allait pas jusqu'à l'espérance de le revoir, la pensée qu'elle se rapprochait de lui dissipait par instants sa tristesse habituelle.

Depuis le départ du jeune peintre, elle avait bien changé. Sa figure s'était amaigrie, ses joues décolorées avaient des pâleurs de cire, ses yeux semblaient s'être agrandis et brillaient d'une flamme intense. On eût dit que toute la vie qui lui restait s'était réfugiée dans son regard. Sa bouche avait comme désappris le doux sourire de ses seize ans. De temps à autre, un soupir s'échappait de ses lèvres et quand M. Richon la questionnait sur la cause de son chagrin, elle refusait de répondre.

Le brave homme ne savait que trop bien, hélas! à quoi s'en tenir sur ce point. Elle faisait vraiment peine à voir. Souvent M. Richon la quittait brusquement dans la crainte de manifester la douleur que la situation d'Emmeline lui

causait et s'en allait loin d'elle essuyer les larmes qui mouil-
laient sa paupière.

Cependant, après quelque temps de séjour à Nice, l'état
de la jeune fille parut devenir plus satisfaisant. A vrai dire,
son mal persistait, mais elle était moins triste. L'abattement
dans lequel elle s'était trouvée plongée à Paris avait presque disparu. Elle se réveillait maintenant et sortait parfois
de ses rêveries pour causer longuement avec M. Richon.
Celui-ci se reprenait à espérer. Il redoublait de soins auprès
d'Emmeline et babillait auprès d'elle comme une mère qui
veut distraire son enfant malade. Il se reprochait souvent
de n'être pas venu plus tôt à Nice. Peut-être serait-elle déjà
guérie, pensait-il quelquefois, s'il n'avait retardé son départ.
M. Richon et Emmeline faisaient de longues promenades tous
les jours ; la jeune fille se disait forte et se montrait infatigable. Il fallait que son père lui fît violence pour l'obliger à
monter en voiture quand ils partaient pour de lointaines
excursions. Elle affectait une très grande gaieté et sautillait
comme une écolière en vacances. M. Richon ne s'inquiétait
plus que des accès de toux sèche qui venaient couper parfois
ses éclats de rire. Elle s'extasiait sur tout ce qu'elle voyait. Au
milieu des paysages luxuriants de la campagne de Nice, elle
laissait vagabonder son imagination. Elle ne se lassait point
de parcourir ces bois d'orangers et de citronniers, ces forêts
aux branches d'or. Lorsqu'elle s'était rassasiée de soleil, elle
allait se reposer des lauriers-roses, des violettes, des géra-
niums et des clématites qui poussent là dans les champs
comme l'ortie sur nos chemins, en se réfugiant à l'ombre des
oliviers. Elle y méditait et se reportait aux rêves de son en-
fance : c'était un pays féerique, le paradis fabuleux qu'elle
avait entrevu aux douces heures d'antan.

Hélas ! la félicité parfaite n'est point de ce monde. Ce paradis eût été divin, s'il lui avait été donné d'apercevoir au détour d'un buisson l'être aimé dont le souvenir n'avait pas
quitté son cœur et dont l'image était toujours présente à ses
yeux. Où qu'elle fût, elle le cherchait. Chaque matin, lorsqu'elle se mettait en route avec son père, elle emportait avec

elle l'espérance folle de rencontrer Gaston Desroches ; le soir,
elle revenait avec une déception de plus. M. Richon n'avait
pas été sans remarquer qu'Emmeline, gaie au départ, était
triste au retour. Il en avait conclu que ces promenades pro-
longées la fatiguaient et il insistait pour les abréger. Bien
des fois il avait essayé de borner ces sorties à une promenade au bord de la mer. Mais Emmeline n'aimait pas la mer.
Des idées sombres lui traversaient l'esprit quand son regard
se perdait dans l'infini et la bataille des vagues soulevait en
elle comme une tempête de noirs pressentiments. Il semblait
que le spectacle des tourmentes physiques qu'elle avait sous
les yeux répondît au trouble de son cœur et en accrût la violence. Elle quittait la baie des Anges toujours nerveuse et
dans un état de surexcitation qui inquiétait gravement
M. Richon.

Au bout d'un mois d'excursions, quand Emmeline eut par-
couru Nice et ses environs dans leurs moindres recoins et
qu'il lui fut bien démontré que Gaston Desroches était décidément invisible pour elle, elle fut prise d'une cruelle déses-
pérance. A partir de ce moment, et malgré les instances de
M. Richon, elle s'enferma dans sa chambre et ne voulut
plus sortir. Elle passait une partie de ses journées, accoudée à sa fenêtre, regardant les promeneurs. Du temps en
temps, quand elle était fatiguée de voir ces figures inconnues
et indifférentes qui défilaient devant elle, elle jetait vers le
ciel un douloureux regard.

Un jour enfin qu'elle se tenait comme de coutume à sa
fenêtre, elle poussa tout à coup un cri et faillit s'évanouir.
Elle venait d'apercevoir Gaston Desroches, qui passait.

Au cri de la jeune fille, celui-ci leva la tête et reconnut
Emmeline. Il s'arrêta un instant et la salua. La jeune fille,
les yeux fixés sur lui, lui rendit machinalement son salut.
Il s'éloigna lentement et se retourna plusieurs fois; quand
il eut atteint l'extrémité de la rue, il lui fit un dernier signe
et disparut.

Emmeline l'avait suivi du regard. D'abondantes larmes
vinrent mouiller son visage quand elle ne le vit plus.

— Hélas ! c'en est fait, dit-elle en sanglotant, il ne m'aime plus.

Quelques instants après, M. Richon rentra. Il devina qu'Emmeline avait pleuré.

— Qu'as-tu donc ? lui demanda-t-il tout tremblant.

— Je l'ai vu, répondit-elle, il est ici.

— M. Gaston Desroches ?

— Oui, père. Je t'en prie, va le voir, il n'a pas osé se présenter chez nous.

— Mais je ne sais où il demeure, fit timidement M. Richon.

— Oh ! tu le trouveras facilement, si tu veux t'en donner la peine. Je t'en supplie, père, dis-lui que je suis bien malade et que je ne veux pas mourir avant de l'avoir revu. M. Richon essuya une larme.

— Tu veux donc que je meure, moi ! fit le pauvre homme ; je suis certain, moi, que tu guériras, et si M. Gaston Desroches peut aider à ta guérison, tu peux compter sur moi. Je te l'amènerai ici, dès demain.

— Oh ! merci, père, tu es bon, fit Emmeline, en sautant au cou de M. Richon. Et puisque tu es si gentil pour moi, ajouta-t-elle d'un ton enjoué, je vais te récompenser tout de suite. Nous allons sortir et nous ferons une bonne promenade du côté du château. Tu verras que j'ai encore des jambes et que je ne pense pas un mot de tout ce que je dis, quand je parle de mourir.

— Eh bien ! c'est ça, fillette, sortons.

En un instant Emmeline fut habillée. Jamais elle n'avait été plus joyeuse.

— Allons, monsieur Richon, fit-elle gaiement, allons nous amuser. Veux-tu m'emmener dîner au restaurant ?

M. Richon ne demandait qu'à satisfaire les caprices d'Emmeline. Il lui fit faire un petit dîner fin dans un des meilleurs hôtels de la ville et la conduisit ensuite au théâtre. Pendant toute la soirée, Emmeline parut prendre beaucoup de plaisir et s'intéresser fort à la pièce que les acteurs représentaient devant elle. En réalité, elle n'en écouta pas un mot. Elle ne voyait rien de ce qui se passait sur la scène. En dépit des changements de décors, il y avait un tableau qu'elle avait toujours devant les yeux, celui de la rue où elle avait vu passer dans la journée Gaston Desroches. Les personnages qui s'agitaient sur le théâtre et la foule qui applaudissait autour d'elle lui étaient bien indifférents. Elle n'entendait que le dialogue de ses pensées et ne souriait qu'au héros du roman de son cœur.

Le lendemain, M. Richon sortit de grand matin pour se mettre à la recherche du jeune peintre. Il avait promis à Emmeline de ne revenir qu'avec lui.

Il finit par découvrir la maison qu'habitait Gaston Desroches. Le jeune peintre était en train de travailler, lorsque M. Richon entra dans son atelier.

— Vous ici! s'écria-t-il en apercevant le visiteur. Je me disposais à aller vous voir.

— Vraiment?

— Oui, pourquoi ne m'avoir pas dit à Paris que vous deviez venir à Nice? Il a fallu que le hasard me fit passer sous vos fenêtres et que je visse mademoiselle Emmeline pour apprendre que vous étiez ici. Vous m'avez fait promettre à Paris de cesser mes visites jusqu'à ce que mon père eût consenti à mon mariage avec mademoiselle Emmeline, j'ai respecté vos légitimes scrupules et j'ai tenu ma promesse; mais maintenant que vous êtes loin des médisances, ne m'autoriserez-vous pas à aller présenter au moins une fois mes hommages à mademoiselle Emmeline? Mes sentiments pour elle n'ont pas changé, je vous le jure, et l'éloignement n'a fait qu'accroître si c'est possible, l'amour qu'elle m'a inspiré.

— Je suis heureux, cher monsieur, de vous retrouver dans ces dispositions. Si je n'ai pas hésité aujourd'hui à venir chez vous, c'est que je n'ai jamais douté de votre loyauté et de votre sincérité. Il faut que vous le sachiez, ma fille est très gravement malade. Depuis le jour où vous avez quitté Paris, son mal s'est aggravé, et j'ai dû l'amener à Nice pour me conformer aux prescriptions du médecin. Je ne crois pas que l'affection dont elle souffre soit incurable, mais je sais

que sa vie ne tient qu'à un fil et que la moindre secousse
morale suffirait à le briser. Hier elle vous a vu, et quand
je lui ai demandé la cause des larmes qu'elle avait versées
elle m'a répondu qu'elle voulait à tout prix vous voir. Je
n'ai fait aucune objection à ce désir ; ma tendresse de père
a fait taire en moi toutes autres considérations, et je viens
aujourd'hui vous dire ces simples mots : Ma fille mourra
si vous ne m'accompagnez auprès d'elle.... Il est dangereux, vous le voyez, de jouer avec le cœur des jeunes filles...
Emmeline vous aime, vous le savez, et vous n'en avez pas
moins quitté Paris, sans que M. Desroches nous eût fait
l'honneur de nous octroyer une réponse définitive.

— Je vous en prie, monsieur Richon, ne parlons point de
cela... J'ai assez souffert moi-même du motif tout à fait inattendu qui a obligé mon père à ajourner la réponse qu'il
vous avait promise. Croyez que j'aime toujours mademoiselle
Emmeline, et que tout ce qu'il faudra faire pour la sauver
je le ferai. Je suis à vos ordres, partons tout de suite.

— Merci, fit M. Richon en tendant la main au jeune
homme.

— J'ai pu jusqu'à présent obéir à mon père, par respect
pour des considérations graves, il est vrai, mais non absolument dirimantes, reprit Gaston. Aujourd'hui, dans la situation où se trouve celle que je regarde toujours comme ma
fiancée, je commettrais une lâcheté si je me laissais plus
longtemps arrêter par des raisons qui ne valent plus rien
pour moi, si bonnes qu'elles aient pu me paraître il y a
quelque temps. J'ai l'honneur de vous demander pour la
seconde fois la main de mademoiselle votre fille, et je vous
jure sur l'honneur qu'avant huit jours j'aurai vaincu tous
les obstacles qui se sont dressés jusqu'à présent devant
moi.

— Puissiez-vous dire vrai! fit tristement M. Richon. Pour
l'instant, je ne vous demande que la guérison de ma fille.
Si, grâce à vous, ce miracle s'opère, que vous deveniez ou ne
deveniez pas mon gendre, je ne vous en considérerai pas
moins comme mon fils.

— Je serai votre gendre et votre fils, car elle guérira et je l'épouserai. Partons, monsieur !

Ils sortirent.

Quand ils arrivèrent devant la maison de M. Richon, ils virent Emmeline qui se retira vivement de la fenêtre aussitôt qu'elle les aperçut.

La jeune malade, dans l'attente de Gaston avait fait toilette. La coquetterie ne perd jamais ses droits. Vêtue d'une robe bleu ciel garnie de dentelles, un ruban bleu dans ses cheveux qui retombaient en tresses sur ses épaules, elle était vraiment charmante malgré sa pâleur maladive. Ses yeux bistrés par la souffrance brillaient d'un éclat vif, tandis qu'un sourire joyeux refleurissait sur ses lèvres.

Aussitôt que Gaston entra, elle alla à lui et lui tendit la main. Elle semblait avoir perdu toute timidité. Elle le regarda fixement.

Le jeune homme s'inclina, lui prit la main et y déposa un respectueux baiser.

— Pardonnez-moi, fit-il. J'ignorais que vous fussiez à Nice. Votre père m'a dit que vous étiez malade. J'espère que le climat niçois aura vite raison de votre mal et qu'avant peu vous serez tout à fait rétablie.

— Je vais déjà mieux, répondit Emmeline avec une conviction naïve. Je compte comme vous, pour me guérir tout à fait, sur le bon soleil de ce pays et sur l'air vivifiant qu'on y respire. Mais ce qu'il me faut surtout, ce sont des distractions. J'espère, monsieur Desroches, que vous aurez pitié de l'isolement où nous vivons, mon père et moi, et que vous viendrez souvent nous rendre visite.

— N'en doutez pas, mademoiselle, maintenant que je vous ai retrouvée, soyez sûre que je ne vous quitterai plus. Nous ferons de charmantes excursions, tous trois, si cela vous plaît, toutefois.

— Oh! quel bonheur! s'écria ingénument Emmeline. Nous marcherons toute la journée, et le soir nous ferons de la musique. Figurez-vous que depuis plusieurs mois je n'ai pas ouvert mon piano. Les mélodies que j'aimais le mieux autrefois m'étaient devenues insupportables. Elles me rendaient toute triste, je ne sais pourquoi. Les morceaux gais m'irritaient les nerfs et me faisaient pleurer. Je suis bien sûre, maintenant que vous êtes là, que je vais reprendre goût à la musique.

— A la bonne heure, fit Gaston. Nous nous remettrons à l'étude de ce fameux duo de *Mignon* que je n'ai jamais pu apprendre à Paris. Maintenant que nous sommes dans le pays où fleurit l'oranger, il doit m'être poussé une voix de ténor pour le moins.

M. Richon écoutait ce dialogue sans y prendre part, heureux de la joie qui se manifestait sur le visage d'Emmeline. Il s'était mis un peu à l'écart.

— Vous savez qu'il faut que je vous gronde, fit Emmeline en entraînant Gaston près de la fenêtre.

— Moi!

— Oui, vous avez demandé ma main à mon père. Mon père vous l'a accordée et deux jours après, sous un prétexte quelconque, vous êtes parti pour l'Italie...

— Mademoiselle...

— Si j'ai tenu à vous voir et si j'ai prié mon père d'aller vous chercher, c'est que je voulais avoir une explication très nette avec vous. J'étais très jeune, il y a quelques mois, mais les chagrins m'ont vieillie; je ne suis plus une petite fille, et je viens vous prier de répondre en toute franchise à la question que je vais vous poser.

— J'y répondrai en toute sincérité, je vous le jure.

— M'aimez-vous toujours?

— Oui, plus que jamais.

— Alors, pourquoi ne m'épousez-vous pas?

— Vous serez ma femme, ma chère Emmeline. Si notre mariage a été retardé, croyez bien que des raisons sérieuses...

— Quelles sont ces raisons?

— Je ne puis vous les dire; mais ne vous en inquiétez pas. Sur l'honneur, je vous le jure, vous serez ma femme.

— C'est bien, monsieur Gaston, je vous crois. Je n'ai

plus qu'une chose à faire, c'est de guérir au plus vite.
Pourvu que je vous voie souvent...

— Tous les jours.

— Je n'aurai pas grand'peine à retrouver mes couleurs
d'autrefois. Le soleil rend la vie aux fleurs, et le bonheur, la
santé aux âmes.

Gaston avait pris la main de la jeune fille et la pressait
tendrement.

— Rendez-moi ma main, monsieur, fit-elle en riant, elle
ne vous appartient pas encore.

M. Richon en entendant le rire clair d'Emmeline avait
levé la tête. Il s'approcha des deux jeunes gens et regarda
sa montre.

— Déjà onze heures! dit-il en s'adressant à Emmeline.
As-tu songé au déjeuner? Tu sais qu'il nous faut trois couverts, car M. Gaston est des nôtres, n'est-ce pas?

Gaston s'inclina.

— Je vais prévenir la bonne, s'écria Emmeline que le
signe d'acquiescement de Gaston rendait plus joyeuse encore.

Elle sortit en courant.

— Vous voyez, dit M. Richon au jeune homme, comme
votre présence la rend heureuse!... Avais-je raison quand
je vous disais que sa vie est entre vos mains?

— Monsieur Richon, répondit Gaston, je ne puis que vous
répéter ceci : Emmeline sera ma femme, vous pouvez croire
à ma parole. Aujourd'hui même j'écrirai à mon père...

Le déjeuner fut des plus gais.

Lorsque Gaston quitta M. Richon et Emmeline, celle-ci
lui fit promettre de revenir le lendemain.

Quelques instants après, le jeune peintre sonnait à la porte
d'une somptueuse villa.

Il demanda la comtesse Schuloff et fut introduit.

La comtesse habitait Nice depuis quinze jours à peu près.
Elle s'était décidée et avait décidé le comte à déserter Paris
pendant l'hiver. Habitué depuis longtemps aux caprices de
Valérie, le vieux Schuloff, qui ne se réveillait plus qu'à de
rares intervalles de son apathie, n'avait fait aucune objection

au désir de la comtesse et avait acheté une villa à Nice. C'est
là qu'il somnolait maintenant du matin au soir. On pouvait
le voir de la plage à certaines heures de la journée, assis
dans un fauteuil qu'il avait fait rouler près de la fenêtre de
sa chambre, immobile, le visage tourné vers la mer, la tête
inclinée sur l'épaule et s'endormant au bruit des flots. La
comtesse ne se rencontrait plus guère avec lui qu'aux heures des repas. Elle sortait fréquemment, faisait en voiture
des excursions dans les environs, poussait parfois jusqu'à
Monaco, où elle jetait quelques louis sur le tapis de la roulette et, une fois rentrée, se retirait dans ses appartements.

Elle était bien changée depuis quelques mois. Ses yeux
avaient perdu cet éclat qui, malgré les quarante ans qu'elle
allait atteindre, avait conservé jusque-là à son visage un
air de jeunesse: ses joues poupines et encore fraîches s'é-
taient affaissées et de nombreux fils d'argent striaient ses
tempes. Valérie, qui l'eût cru? souffrait réellement de ne
plus voir son fils.

Pierre Desroches avait été cruel. Il s'était montré hautain,
impitoyable le jour où se présentant brusquement à l'hôtel
Schuloff, il avait signifié ses volontés à la comtesse. Elle était
demeurée écrasée sous l'accablant mépris de son ancien
amant et n'avait pas trouvé la force de se révolter contre
l'odieux ultimatum qui lui était posé. Pierre Desroches sorti,
elle avait pleuré, puis elle avait écrit à Gaston la lettre qu'on
se rappelle. Consciente de son indignité, elle crut qu'elle
pourrait se résigner au châtiment. Elle éprouva même sur
le moment une sorte de joie âpre à s'y soumettre. Pour la
première fois de sa vie, elle connut le remords. Cependant
au bout de quelques jours, elle vit bien que le sacrifice
qu'on lui demandait était au-dessus de ses forces. Elle s'in-
digna alors contre la cruauté de Pierre Desroches et se dit
qu'après tout personne n'avait le droit de voler un fils à sa
mère. Elle eut la pensée d'aller trouver Gaston et de lui tout
avouer.

— Si misérable que j'aie été, il ne me chassera pas, se
disait-elle, et quand il me verra pleurant à ses pieds, car je

m'y traînerai, s'il le faut, il aura pitié, il me relèvera et me pardonnera... Mais non, il est trop noble pour juger sa mère... Il ne voudra même pas m'entendre, et avant que j'aie prononcé une parole, il me serrera dans ses bras.

Elle se rendit chez Gaston, et là, elle apprit qu'il était parti pour Nice. C'est alors qu'elle se résolut à quitter Paris pour rejoindre son fils.

Elle le rencontra un jour au Casino, et bien qu'elle fût en compagnie de madame Parneff, elle lui fit un signe de la main. Gaston s'approcha ; elle le pria de la venir voir. Gaston n'y manqua point, et à dater de ce jour, il ne se passait guère de semaine sans qu'il se présentât au moins une fois à la villa du comte Schuloff.

Pierre Desroches apprit par une lettre de son fils que Valérie était à Nice et qu'il lui rendait de fréquentes visites. Il ne se méprit pas sur le but que son ex-maîtresse s'était proposé en quittant Paris, mais loin de s'en irriter, il eut presque un sourire de joie.

— Ce serait donc vrai ? se dit-il, elle s'est enfin souvenue qu'elle était mère.

C'était, en effet, une épreuve qu'il avait voulu tenter lorsqu'il s'était rendu chez Valérie pour lui interdire de revoir son fils.

— Si elle l'aime réellement pensait-il, elle ne tiendra aucun compte de mon interdiction et, coûte que coûte, elle le reverra. Je fermerai les yeux et j'aurai l'air d'ignorer ce qui se passe.

Le pardon était entré dans le cœur de Pierres Desroches.

Valérie s'était empressée de se rendre dans le petit salon où l'attendait Gaston. Après un échange de banales politesses, celui-ci lui dit :

— Vous m'avez témoigné tant d'intérêt, madame, que c'est pour moi un devoir en même temps qu'un plaisir de vous annoncer une grosse nouvelle...

— Laquelle ?

— Je vais me marier.

— Quand ?

— Dans un mois, au plus tard, je l'espère.

— Je vous félicite, dit Valérie avec une expression d'affectueuse franchise. Vous savez que personne plus que moi ne s'intéresse à votre bonheur. Et qui épousez-vous?

— Une jeune fille que j'ai connue à Paris et que le hasard m'a fait retrouver à Nice, mademoiselle Emmeline Richon.

Valérie tressaillit.

— Mademoiselle Emmeline Richon? dit-elle. N'est-elle pas la fille d'un expert-comptable dont le nom a figuré dans un procès qui a fait récemment beaucoup de bruit à Paris?

— Parfaitement. Il s'agit du procès dans lequel s'est compromis M. de Vandannes... La connaîtriez-vous?

— Du tout... Vous savez qu'Esther, qui est de vos amies, a figuré au cours de ce procès. Elle connaît beaucoup ce M. Richon ; c'est du moins ce qu'elle m'a appris, car, voyez le hasard, Esther se trouve ici depuis trois jours.

— Ici?

— Oui. A la suite de cette fâcheuse affaire, elle a rompu à tout jamais avec M. de Vandannes et a contracté un engagement théâtral en Italie. Dans huit jours, elle doit débuter à Florence. En passant, elle s'est arrêtée à Nice. Elle est venue me voir aujourd'hui et justement elle est chez moi en ce moment. Je vais l'appeler.

Gaston voulut l'arrêter, mais déjà Valérie entrait dans une pièce voisine.

Elle revint avec la Florval qui, à la vue de Gaston, se troubla légèrement. Au même instant, la porte du salon s'ouvrit et le comte Schuloff apparut. En apercevant Gaston, il s'arrêta sur le seuil.

— Je vous dérange? fit-il d'un air singulier.

— Par exemple! fit Valérie... Monsieur venait m'annoncer son prochain mariage...

— Ah! fit le comte, en avançant de quelques pas. Monsieur venait vous annoncer... Mes félicitations, jeune homme, ajouta-t-il en lui tendant la main.

— Qu'a donc ce vieux fou? se demanda Gaston en remarquant le sourire sardonique qui plissait les lèvres du vieillard.

Le comte Schuloff s'assit.

— Continuez donc votre conversation, je vous prie, reprit-il d'un air bourru... Voyons, la mariée est-elle jolie?

— Monsieur... interrompit Valérie.

— Ma question est indiscrète? Je la retire... Au fait, vous avez raison, cela ne me regarde pas... Causons d'autre chose, je le veux bien...

Gaston comprit à l'attitude du comte que sa présence lui était importune. Il se disposa à sortir.

— Madame la comtesse dit-il, en s'adressant à Valérie, permettez-moi de prendre congé de vous.

— Eh quoi! jeune homme, déjà quitter ces dames? fit le comte, d'un ton sarcastique.

— Ces dames m'excuseront, monsieur, fit Gaston en cherchant à se contenir, mais je suis attendu...

— En ce cas, dit la Florval, je risque fort d'être indiscrète, j'allais vous prier de me reconduire jusqu'à mon hôtel.

— Qu'à cela ne tienne, madame, répondit Gaston, je suis prêt à vous accompagner.

Ils sortirent.

Valérie regarda son mari, cherchant à comprendre la cause de l'accueil étrange qu'il avait fait à Gaston Desroches.

— Il paraît qu'aujourd'hui j'ai le don de faire fuir vos amis, dit le comte en fermant à demi la paupière.

— Que vous a fait ce jeune homme pour que vous le traitiez ainsi? demanda-t-elle.

— Rien, fit le comte qui déjà semblait sur le point de s'assoupir, mais il me déplaît.

— Et c'est pour cela que vous n'avez pas craint de lui faire cette injure?...

— Bon, bon... ronchonna le vieillard, nous recauserons de cela plus tard... Pour l'instant, qu'il vous suffise de savoir que la présence de ce jeune peintre m'est désagréable et que vous me ferez plaisir en vous abstenant désormais de le recevoir.

— Vous êtes fou ! s'écria Valérie...

Le comte n'entendit pas cette exclamation ou dédaigna d'y répondre et s'endormit paisiblement.

Pendant ce temps, Gaston accompagnait la Florval jusqu'à l'hôtel où elle était descendue.

Elle essaya chemin faisant d'amener la conversation sur le futur mariage de Gaston.

—Peut-être, se disait-elle, ce mariage n'est-il qu'une invention forgée par Valérie, pour endormir les défiances du comte.

Gaston, à toutes les questions d'Esther répondit évasivement et la quitta sans lui avoir dit le nom de sa fiancée.

La présence de la Florval à Nice prouvait surabondamment que sa tentative de suicide n'avait pas réussi. Ainsi qu'il était facile de le prévoir, la dose de laudanum absorbé par la comédienne s'était trouvée trop forte pour déterminer l'empoisonnement. La pseudo-suicidée en avait été quitte pour quelques jours de repos; une semaine après sa tentative avortée elle était complètement rétablie.

Ce brusque retour à la vie avait définitivement ouvert les yeux à de Vandannes. Cette fois, il ne fut pas dupe de la comédie et se refusa à revoir son ex-maîtresse. Celle-ci, comprenant alors qu'elle ne devait plus compter que sur elle-même, se décida à signer un engagement pour l'Italie.

De son côté, de Vandannes, après son acquittement, partit pour Clermont-Ferrand.

Tant qu'il s'était trouvé sous le coup d'une condamnation possible, il s'était déterminé à ne pas quitter Paris; mais, une fois acquitté, il voulut avoir le cœur net des soupçons que lui avait suggérés madame Herbelot au sujet des relations de sa femme avec le docteur Ancelin. On lui apprit à Clermont-Ferrand que M. Pasdieu était mort et que, peu de temps après, la comtesse de Vandannes, dont la santé avait été de nouveau ébranlée à la suite de ce dernier mal-

heur, était partie pour Nice, accompagnée du docteur Ancelin.

Il fut pris d'une sorte d'accès de rage et, convaincu désormais de la trahison de son ami, il résolut de se venger
et partit subitement pour le rejoindre.

Le jour même de son arrivée à Nice, il se rendit à l'adresse
d'Ancelin.

— Toi! fit Ancelin, en reconnaissant de Vandannes.

— Oui, moi! fit celui-ci. Tu ne t'attendais pas à ma visite?

— Non, je l'avoue. Il y a si longtemps que tu n'as donné
signe de vie...

— Que tu m'as cru mort...

— Non, mon cher, je suis de ceux qui n'enterrent pas
leurs amis, quoique médecin, ajouta-t-il en souriant. Malheureusement, tu n'as jamais jugé à propos de me donner
de tes nouvelles. De mon côté, j'ignorais ton adresse à Paris
et malgré mon désir de t'écrire...

— Je me reproche d'avoir méconnu si longtemps ton
grand cœur, fit de Vandannes d'un ton railleur.

— Crois-moi, mon cher, ne ris point, les amis sincères et
dévoués sont rares, et si tu me rendais justice, tu en comp-
terais...

— Au moins deux, n'est-ce pas? ma femme et toi. Je
me suis laissé dire que vous vous étiez associés pour m'aimer.

— Je ne sais pas ce que tu veux dire. En tout cas, permets-moi de te faire observer qu'il ne te convient pas,
dans la situation où tu t'es volontairement placé vis-à-vis
de ta femme et de moi, de tenir le langage que tu me fais
entendre en ce moment.

— Ah! vraiment! tu me refuses le droit de railler. Me
reconnaîtrais-tu, par hasard, celui de me fâcher?

— Raille ou fâche-toi, peu m'importe! Cependant, il est
une attitude qui te siérait mieux.

— Comment cela ?

— Je me vois forcé de te rappeler certains faits que tu
parais avoir entièrement oubliés. Est-ce ta femme qui t'a

abandonné, ou bien est-ce toi qui l'as quittée? Est-ce ta femme qui a trahi ses devoirs, ou toi qui t'es moqué des tiens? T'a-t-elle déshonoré ou fait subir le moindre affront? Non, elle t'aimait, et ne t'aurait-elle pas aimé, qu'elle avait assez de fermeté d'âme et de probité dans le cœur, pour ne pas manquer à la foi jurée. Oserais-tu soutenir que tu as agi de même vis-à-vis d'elle?

— Admirable ami! Ma femme est une veuve inconsolable, n'est-ce pas? Et vous avez tous deux battu des ailes autour de mon honneur comme deux anges que vous êtes!

— Trêve d'épigrammes! Tu crois que je suis l'amant de ta femme? Si cela était vrai, sais-tu ce que je te répondrais?

— Voyons!

— Eh bien, je te répondrais que tu n'as que ce que tu mérites et que tu n'as pas le droit de demander compte de ses actes à une femme que tu as outrageusement abandonnée et à laquelle tu n'as épargné aucune injure. J'ajouterais que tu lui as rendu la liberté de disposer de son cœur à son gré, et qu'en invoquant, comme tu sembles le faire en ce moment, les prérogatives que t'accorde la loi pour tyranniser de nouveau ta femme, tu commets une lâcheté.

— Monsieur!... fit de Vandannes.

— Oh! tu m'entendras jusqu'au bout, poursuivit Ancelin. Madame de Vandannes ne t'appartient plus; si elle garde ton nom, c'est qu'elle n'a pu le quitter. Dans tous les cas, elle en a eu plus de souci que toi-même, car elle ne l'a compromis dans aucune des aventures où tu l'as engagé et d'où il a failli sortir flétri. Tu accuses, malheureux, une femme, sainte entre toutes, qui a souffert mille tortures pendant tout le temps qu'a duré ton procès, qui t'a plaint sincèrement, qui n'a pas cru un instant à la culpabilité et qui n'a cessé de souhaiter ton acquittement. Mais ne parlons pas de cela. Encore une fois, tu crois que je suis l'amant de ta femme? Tu te trompes. Il est vrai que je suis resté auprès d'elle et que j'ai cherché par tous les moyens à lui faire oublier ton absence. L'ami a succédé au mari, mais il ne l'a pas remplacé. Comme médecin, j'avais le devoir de lutter contre le

mal dont elle a ressenti les atteintes dès les premiers jours
de son mariage et qui s'est aggravé depuis votre séparation.
C'est sur mon conseil qu'elle est venue à Nice. Je l'y ai
accompagnée. C'était, je le répète, mon devoir de médecin
et d'ami. Oses-tu bien me le reprocher ?

— Je n'ai rien à reprocher à ma femme, soit ; quant à
toi, c'est autre chose. Tu étais mon ami, c'est à ce titre
que j'ai le droit de te demander compte de la trahison dont
tout le monde t'accuse...

— Encore ! fit Ancelin. Je vais te répondre nettement,
puisque tu le désires. Je suis ton ami, dis-tu, t'es-tu montré le mien ? C'est un point que je pourrais discuter, je pré-
fère le laisser de côté. Je t'ai affirmé tout à l'heure que **ta
femme t'est restée fidèle**, j'espérais que cette déclaration suffirait pour établir que, de mon côté, je m'étais souvenu
de notre ancienne amitié. Il n'en est rien, je précise donc.
Je professe pour madame de Vandannes le plus profond
respect et, sache-le bien, jamais devant elle une parole d'a-
mour n'est sortie de ma bouche. Je veux croire que tu ne
douteras pas de ma parole. Je sais bien que tu as vécu dans
un monde de coquins et de coquines, où le mensonge prend
aisément les apparences de la vérité et fait fortune à
force d'audace. Tu as eu affaire à de tels fourbes et à de
tels hypocrites, qu'à présent tu crois voir un masque sur
tous les visages. Tu viens de faire une rude école qui t'a
aigri le cœur ; aussi te pardonné-je d'avoir soupçonné un
instant ma loyauté. Tu aurais dû, cependant, te souvenir
que le docteur Ancelin était un honnête homme, avant d'a-
jouter foi aux billevesées qui hantent ton esprit.

De Vandannes resta un moment sans répondre, puis regardant Ancelin avec une sorte d'accablement :

— Pardonne-moi, dit-il d'une voix sourde et en lui tendant la main, pardonne-moi, tu dis vrai, je le sens ; j'ai été
trompé par d'odieuses insinuations. Je crois à ta parole car
elle est celle d'un honnête homme... Ah ! vous êtes meilleurs
que moi tous deux, et je ne mérite pas même d'être plaint. Ne
lui dis pas que je suis venu, c'est tout ce que je te demande.
Adieu, Ancelin.

— Ne te reverrai-je pas ?

— Non.

— Que comptes-tu faire ?

— Je vais partir.

— Où cela ?

— Je l'ignore ; aussi loin que je le pourrai. Je veux mettre un océan entre ma vie passée et celle qui m'attend. Je vais essayer de revivre sur un autre continent, à moins que je ne meure de suite sur celui-ci.

— Allons donc ! Tu as mieux à faire qu'à mourir. Laisse le suicide aux fous ou aux criminels. Dieu merci ! ton honneur est sauf ; tu es ruiné, qu'importe ? A ton âge, avec un peu de courage, on peut toujours se refaire. Tu avais une fortune, tu l'as perdue, eh bien ! tâche de la regagner. Si tu y parviens, je te promets que tu sauras en jouir, cette fois.

— Hélas ! tu prêches le courage à un cœur épuisé. J'ai perdu depuis longtemps tout espoir, comment pourrais-je avoir encore quelque force pour lutter ?

— Travaille... là est le salut.

— A quoi bon ! Je suis vaincu d'avance.

De Vandannes serra une dernière fois la main d'Ancelin.

— Au revoir ! fit celui-ci.

— Non, adieu ! fit de Vandannes.

Aussitôt après le départ de de Vandannes, Ancelin se rendit chez la comtesse qui habitait une maison voisine de la sienne. Il la trouva dans son jardin, occupée à lire les journaux.

Madame de Vandannes, grâce aux soins infatigables du docteur, était en pleine convalescence. Depuis un mois qu'elle était à Nice, elle marchait rapidement à la guérison.

— Comment vous portez-vous ce matin ? demanda Ancelin à la comtesse.

— Très bien, merci. Lisez donc cet article.

Elle lui tendit un journal où le docteur lut ceci :

« Madame Esther Florval, l'artiste dramatique dont nous

avons annoncé il y a quelques semaines la tentative de suicide, est maintenant complètement rétablie. C'est le cas de
répéter avec la chanson : On ne meurt pas d'amour. Elle
vient, nous dit-on, de signer un engagement pour l'Italie ».

— C'est charmant ! fit Ancelin en jetant le journal. Quand
j'ai appris que cette femme s'était empoisonnée, je n'ai pas
douté, un seul instant, de son prompt rétablissement. Bien
que je ne l'aie vue que trois ou quatre fois à Clermont, j'ai
appris à la connaître...

— M. de Vandannes doit faire partie de son escorte.

— Vous vous trompez, fit Ancelin, votre mari a rompu
définitivement avec elle.

— Comment savez-vous cela ?

— Je l'ai revu.

— Vous l'avez revu ?

— Tout à l'heure, chez moi. Je m'étais promis de ne
pas vous faire part de sa visite, mais je ne veux pas que
vous l'accusiez injustement et j'ai le devoir de vous dire
qu'il m'a paru éprouver de très vifs et très sincères regrets,
au souvenir de ses torts envers vous.

— Peu m'importe ! Vous parlez de ses regrets : je n'y
crois pas. Sa conduite envers moi ne me permet pas d'ajouter foi à ses protestations, quelles qu'elles puissent être.
Je l'ai jugé depuis longtemps, et, si vous voulez toute ma
pensée, je ne suis pas éloignée de croire que sa présence à
Nice cache quelque obscur calcul.

— Que voulez-vous dire ?

— Que jamais, quoi qu'il arrive, je ne redeviendrai sa
femme.

— Cependant vous vous êtes intéressée à son sort pendant
toute la durée de son procès, et vous ne m'avez pas caché
que vous souhaitiez qu'il en sortît innocenté.

— C'est vrai ! Quels qu'aient été ses torts envers moi, je
n'ai jamais supposé un instant qu'il pût s'oublier jusqu'à
descendre jusqu'au crime. J'ai désiré que son honneur
triomphât dans cette affaire. Ne porté-je pas son nom ? Eh

bien ! je suis heureuse que ce nom que j'ai respecté soit sorti sans tache de ce procès scandaleux.

— Alors, vous n'aimez plus votre mari?

— Non. Il m'a fait trop souffrir. Il a été lâche... je serais la dernière des créatures s'il m'était possible de lui pardonner. Il y a un an, quand il est parti comme vous savez, j'ai cru que mon cœur était mortellement frappé ; j'avais compté sans vous, mon ami. Vous m'avez donné les preuves d'une telle affection, d'un tel dévouement et d'un tel désintéressement que mes blessures se sont peu à peu fermées. Je ne crains plus maintenant qu'elles se rouvrent. M. de Vandannes m'est devenu indifférent. Le seul désir que j'aie, c'est de n'entendre plus parler de lui et de conserver votre amitié. N'est-ce pas elle qui m'a fait vivre jusqu'à présent? Ah ! tenez, mon ami, je serais heureuse, tout à fait heureuse, si parfois un nuage ne venait traverser mon esprit...

— Un nuage ?

— Oui, je redoute que vous me quittiez ; je me dis qu'un jour vous rencontrerez celle qui doit être aimée de vous, que vous l'épouserez et qu'alors vous m'abandonnerez. Cette pensée, pourquoi vous le cacherais-je? me fait peur.

— Ne craignez rien, dit Ancelin d'une voix tremblante, je n'ai jamais aimé qu'une seule femme : je l'ai aimée jeune fille, je l'ai aimée mariée, je l'aime encore, mais comme cet amour est sans espoir, je me suis depuis longtemps résigné et, à défaut d'amour, mon cœur s'est tout entier donné à l'amitié que j'ai... pour vous.

— Avez-vous jamais dit à cette femme que vous l'aimiez ?

Jamais.

— Mais peut-être a-t-elle deviné votre amour ?

— Je l'ignore. Je la connais trop pour espérer qu'elle me sacrifie les devoirs qui l'enchaînent ; et si je me savais aimé, je souffrirais doublement car elle souffrirait ce que je souffre. Je vous en prie, madame, laissons cela, et permettez-moi de demander à votre amitié l'oubli d'un amour que je me suis habitué à regarder comme un rêve irréalisable.

— C'est bien, mon ami, dit madame de Vandannes. Je respecte votre secret.

Elle baissa la tête et resta un instant pensive.

Ancelin vit deux larmes couler le long de ses joues.

Alors, éperdu, tremblant, il se jeta à ses genoux, saisit une de ses mains et la couvrit de baisers.

— Eh bien, oui, dit-il, d'une voix presque éteinte, je vous aime. Pardonnez-moi si je n'ai pu contenir plus longtemps cet aveu ; pardonnez-moi, je vous jure que je m'étais fait le serment de vous aimer toujours sans jamais vous le dire. Jusqu'à présent, j'avais eu assez de force pour me résister à moi-même. Je me croyais capable de supporter toutes les tortures plutôt que de trahir mon secret. Je serais mort certainement avant de le livrer. Mais le supplice que je n'avais pas prévu, c'est celui que j'ai souffert, il y a un instant, quand je vous ai vue pleurer. Toute mon énergie s'est évanouie alors, tout mon courage m'a quitté, je n'ai plus été maître de moi : avec une larme, vous m'avez vaincu. Pardonnez-moi.

— Je n'ai rien à vous pardonner, mon ami, dit madame de Vandannes d'une voix grave. Croyez-vous donc que je ne vous avais pas deviné depuis longtemps ? N'est-ce pas la meilleure façon d'avouer son amour que de le prouver ? Ne regrettez point vos paroles. Vous m'aimez, je le savais ; je vous aime, sachez-le. Je n'hésite pas à vous le déclarer : j'ai confiance dans votre loyauté et je suis certaine que vous n'êtes pas homme à vous autoriser de cet aveu pour...

— Oh ! vous avez raison de ne pas douter de moi. Quelle que soit la force de mon amour, je vous jure que je n'oublierai jamais le respect que je vous dois !

— Merci ! J'ai juré fidélité à un homme : je tiendrai mon serment. Tant qu'il vivra, je n'appartiendrai à personne. Mais sa conduite m'a donné le droit de disposer de mon cœur. Ce cœur est à vous tout entier. Je ne sais ce que l'avenir me réserve, et je ne veux pas former de souhait impie ; mais, si jamais je redeviens libre, je vous jure que je n'appartiendrai pas à d'autre qu'à vous. Maintenant, promettez-

moi de ne plus me parler de M. de Vandannes, et continuez
de m'aimer, cher Maxime, sans me le dire, car j'ai besoin,
moi aussi, d'être forte contre moi-même.

— Je vous le promets, dit simplement Ancelin.

Madame de Vandannes se leva.

— Votre bras, cher docteur? dit-elle. Voulez-vous m'accompagner jusqu'à la plage?

— Volontiers.

Ils sortirent.

Pendant ce temps-là, de Vandannes, en proie à une sombre agitation, reprenait le chemin de son hôtel.

— Je suis un misérable et un sot, pensait-il, et je me suis
interdit le droit de me révolter contre tout ce qui peut m'arriver. J'ai dédaigné l'amour de la femme qui porte mon
nom pour mendier celui d'une catin qui n'avait d'yeux que
pour mon argent. J'avais un ami, je m'en suis séparé pour
m'associer à des coquins. Je pouvais être heureux, je n'ai
pas su apprécier le bonheur dont il m'était facile de jouir.
Tant pis pour moi! Que faire maintenant? Je ne puis revoir
Ancelin... non, c'est assez d'avoir une fois rougi devant lui...
Quant à elle... elle aurait le droit de me faire chasser...
Travailler? A quoi? Je ne suis bon à rien. Vivre des miettes
de ma fortune, c'est-à-dire accepter la misère? Je n'ai pas
ce courage. Allons! puisque je n'ai ni force, ni courage, et
que je ne suis plus capable que de mourir, eh bien! je
mourrai.

Il s'arrêta un instant à cette pensée, puis un éclair de
colère traversa tout à coup ses yeux.

— Oui, je mourrai, dit-il, mais non pas avant de m'être
vengé de la créature qui m'a perdu. Son amant est ici, je le
sais, j'irai le trouver. Maintenant que j'ai reconquis mon
honneur, il ne pourra plus refuser de se battre avec moi.
Oh! je veux le tuer. Après... nous verrons...

Cette résolution prise, il revint brusquement sur ses pas
et se rendit chez Gaston Desroches dont l'adresse lui avait
été donnée à Paris.

Gaston n'était pas chez lui. De Vandannes lui laissa un

mot pour l'informer de son arrivée. Il alla ensuite trouver un ancien camarade de régiment qui était en garnison à Nice pour le prier de lui servir de second et l'aider à trouver un autre témoin.

Tandis que de Vandannes faisait ces démarches, Gaston était chez M. Richon. Depuis quelques jours il passait la plus grande partie de ses journées en compagnie d'Emmeline et de l'honnête expert. Le mariage des deux jeunes gens était imminent; Pierre Desroches s'était rendu aux motifs impérieux invoqués par son fils, et lui avait enfin envoyé son autorisation écrite. Gaston n'était donc que rarement chez lui.

La Florval s'était présentée plusieurs fois à son hôtel ; mais soit qu'il ne s'y trouvât pas, soit qu'il ne voulût pas la recevoir, elle ne l'avait pas revu depuis le jour où ils s'étaient rencontrés chez la comtesse.

La veille de son départ pour Florence, où elle devait débuter, elle alla faire ses adieux à Valérie.

— Je n'ai pu revoir M. Desroches, lui dit-elle. J'aurais voulu lui serrer la main avant de quitter Nice ; mais puisqu'il est introuvable, je te prie de lui faire part de mes amitiés et de lui adresser mes meilleurs souhaits à propos de son prochain mariage.

— Je n'y manquerai pas, fit Valérie.

— Connais-tu le nom de la jeune fille qu'il épouse?

— Oui, j'avais eu tout d'abord la pensée de te le cacher ; mais comme tôt ou tard tu dois l'apprendre, autant vaut que je te le dise aujourd'hui.

— Eh bien ?

— Eh bien, mon fils Gaston Desroches va épouser ta fille Emmeline.

— Ma fille ? s'écria la Florval, comment sais-tu?...

— Tu oublies le procès auquel tu as été mêlée... Depuis ton arrivée à Nice, tu m'en as dit assez, pour qu'il m'ait été facile de deviner ce que tu chercherais en vain à me cacher à présent.

— Ce mariage est impossible! fit la Florval en se levant brusquement.

— Impossible? Pourquoi ? demanda Valérie.

— Pourquoi?

Elle s'arrêta, puis d'une voix sourde et en se laissant retomber sur son fauteuil :

— Parce que ton fils, reprit-elle, a été mon amant.

— Malheureuse ! tu l'avoues enfin.

— J'empêcherai ce mariage ! reprit la Florval. J'irai trouver Gaston, je lui révélerai tout.

— Que lui apprendras-tu ? Ne sait-il pas que tu es la femme de M. Richon et par conséquent qu'Emmeline est ta fille ? Il ne t'a rien dit, je le vois, mais le pouvait-il ? Voyons, réfléchis... Gaston adore Emmeline et Emmeline l'aime. Elle l'aime au point d'en mourir, entends-tu ? si Gaston l'abandonnait. Tu n'as qu'un parti à prendre ; celui de disparaître et de ne jamais te retrouver en présence de Gaston. Si cette séparation t'est douloureuse, elle est nécessaire, c'est la conséquence de ta vie : tu as abandonné ta fille, tu expieras cet abandon. Hélas! ne suis-je pas condamnée au même supplice ? Crois-tu donc que je sois plus heureuse que toi ? Si tu savais ce que je souffre quand je me retrouve devant lui ! Que de fois j'ai été sur le point de tomber dans ses bras et de l'appeler mon fils ! Je me suis tue pourtant, parce que de mon silence dépendent et son bonheur et son avenir... Une fois marié, il s'éloignera et peut-être ne le reverrai-je plus !... La voilà, l'expiation... Il a été ton amant, me dis-tu... Ah! je m'en doutais, et tu ne sais pas combien de tortures cette pensée m'a fait endurer... ¡ La fatalité nous a frappées toutes deux... elle nous frappe encore puisqu'après l'aveu que tu viens de me faire, elle nous sépare à jamais... Crois-moi, fuis au plus tôt sans regarder derrière toi, je crains un malheur pour lui et pour elle... ta fille, oui, un malheur... Que veux-tu ? il est des pressentiments dont on ne peut se défendre...

— C'est-à-dire que tu me chasses ?

— Je ne te chasse pas, mais je te le répète, ta présence

me fait redouter je ne sais quel danger... Encore une fois, j'ai peur... Je t'en conjure, pars sans tarder ; je te le demande au nom du bonheur de mon fils, au nom de la vie de ta fille...

— Je t'ai comprise, fit la Florval en se levant. Adieu !

Valérie la laissa sortir sans ajouter un mot.

La Florval se rendit aussitôt chez Gaston Desroches.

Il était absent.

Elle revint sur ses pas.

— Je ne partirai pas sans le revoir, sans lui parler, se dit-elle... Je reviendrai ce soir, et, s'il le faut, je l'attendrai devant sa porte jusqu'à ce qu'il rentre.

Elle était arrivée sur la promenade des Anglais.

Tout à coup elle aperçut Gaston qui, sans la voir, s'avançait de son côté.

Elle courut à lui.

— Gaston, lui dit-elle d'une voix altérée, est-il vrai que vous devez épouser mademoiselle Emmeline Richon, ma fille ?

Gaston, muet de surprise, resta un instant sans répondre.

— Vous vous taisez ? reprit la Florval dont l'agitation allait croissant.

— C'est vrai, se décida à répondre Gaston, j'épouse mademoiselle Emmeline Richon.

— Et vous saviez qu'elle était ma fille ?

— Je le savais !

— Et vous ne m'en avez rien dit ?

— Pourquoi vous l'aurais-je dit ? Lorsque j'ai appris que vous étiez sa mère, je l'avais déjà demandée en mariage.

A ce moment, il sembla à Gaston qu'on marchait précipitamment derrière lui.

Il se retourna, et se trouva en face de de Vandannes qui, l'ayant vu de loin, avait hâté le pas pour le rejoindre.

La Florval poussa un cri en reconnaissant le gentilhomme clermontois.

A la vue de son ancienne maîtresse, celui-ci sentit un afflux de sang lui monter au cerveau...

Il eut une sorte de rugissement.

— Vous battrez-vous cette fois, misérable ? hurla-t-il en assénant un violent coup de canne sur la tête de Gaston.

Une voiture dans laquelle se trouvaient deux personnes, un vieillard et une jeune fille, passait en ce moment sur la chaussée.

Un cri retentit.

Etourdi par le coup qui l'avait frappé, Gaston revint subitement à lui, en entendant ce cri qui lui avait traversé le cœur comme une flèche.

Il jeta sa carte au visage de de Vandannes, tandis que la Florval s'enfuyait, comme prise de terreur, et il courut à la voiture qui s'était arrêtée.

Il aperçut Emmeline évanouie entre les bras de M. Richon.

Gaston monta dans la voiture qui repartit au galop et, quelques minutes après, le jeune peintre et M. Richon transportaient Emmeline dans sa chambre et la déposaient sur un canapé.

La jeune fille ne tarda pas à revenir à elle.

Elle allait parler quand M. Richon, lui mettant un doigt sur la bouche :

— Plus tard, ce soir, lui dit-il, nous t'expliquerons tout. Pour l'instant, tu as besoin de calme. Il faut rester ici et te reposer.

Puis, faisant un signe à Gaston, il passa avec lui dans une pièce voisine.

— Nous sommes seuls, dit M. Richon à Gaston, nous pouvons causer. Voyons, mon cher ami, répondez-moi avec franchise... que s'est-il passé ?

— J'ai été frappé, vous l'avez vu, commença Gaston.

— Sans doute, le hasard a voulu que notre voiture passât à ce moment, mais le motif de cette querelle vient de... la femme qui était avec vous, n'est-ce pas ?

— Oui.

— Vous la connaissez donc ?

— Je l'ai connue à Paris.

— Comment se fait-il qu'elle se trouve à Nice ?

— Elle a quitté Paris pour se rendre à Florence... Elle s'est arrêtée à Nice pour y passer quelques jours auprès de la comtesse Schuloff qui est de ses amies... Vous savez que je rends de fréquentes visites à la comtesse qui, à Paris, m'a témoigné beaucoup d'intérêt...

— Et c'est chez elle que vous avez rencontré cette femme ?

— Oui.

— Cela ne m'explique pas le motif de l'altercation.

— C'est très simple, l'homme qui m'a frappé...

— M. de Vandannes.

— Vous savez son nom ?

— Certainement. Rappelez-vous que j'ai été mêlé à titre d'expert-comptable, au procès dans lequel il a été compromis.

— C'est juste. Je l'oubliais. Alors vous savez que cet homme a été l'amant de cette femme...

— Dont le nom de guerre est la Florval, je sais cela aussi ! mais connaissez-vous son nom véritable ?

Gaston baissa la tête sans répondre.

— Vous savez qu'elle s'appelle Esther Richon, dit le vieillard d'une voix grave et qu'elle est ma femme...

— Oui, murmura Gaston.

— Je devine maintenant la cause de la scène de violence à laquelle ma fille et moi nous avons assisté... M. de Vandannes vous a rencontré, ayant à votre bras ma... cette femme, et pris d'un mouvement de fureur...

— Cet homme est fou, s'écria Gaston. Quoi qu'il en soit, il m'a frappé, un duel est devenu inévitable entre nous...

— Vous ne me laissez pas achever, reprit M. Richon. Il vous a frappé... mais permettez-moi une question, fit-il en s'interrompant tout à coup. Cette question est devenue nécessaire aujourd'hui et c'est à votre loyauté que je m'adresse pour vous prier de me répondre avec une absolue sincérité... Vous ne m'avez jamais fait connaître les motifs, j'entends les motifs réels, qui ont amené la rupture des premiers pourparlers engagés entre votre père et moi au sujet de votre mariage avec Emmeline... J'ai dit à votre père que j'étais marié et que ma femme dont j'étais séparé courait les théâtres et le demi-monde sous le nom de la Florval. A cet aveu, il n'a répondu que par des phrases évasives, et c'est de ce moment que date la rupture dont je vous parlais tout à l'heure... Eh bien, mon cher Gaston, dites-moi la vérité. Vous comprenez qu'il est impossible aujourd'hui que vous me la cachiez plus longtemps... Cette révélation que je fis à votre père n'a-t-elle pas été la cause de votre éloignement et de votre départ pour Nice?

— Vous avez fait appel à ma loyauté, répondit Gaston... je ne saurais mentir. C'est vrai, monsieur. Mon père, obéissant à des scrupules qui ne sauraient prévaloir aujourd'hui, mon père a pensé qu'il convenait sinon de rompre, du moins d'ajourner mon mariage... Oh! croyez bien qu'en agissant ainsi, il était loin de croire que mon départ pût entraîner de graves conséquences; autrement...

— M. Pierre Desroches est trop intelligent, interrompit M. Richon, pour avoir cédé à un vulgaire préjugé, en concevant à la suite de ma confidence les scrupules dont vous parlez... Il faut donc qu'une autre raison, une raison grave...

— Que voulez-vous dire?

— Vous le savez bien... mais l'aveu vous coûte et je le comprends... Vous avez été l'amant de la mère d'Emmeline...

— Monsieur...

— Le nierez-vous?... Songez qu'au point où nous en sommes, vous n'avez pas le droit de me rien cacher.

— C'est vrai, monsieur, fit Gaston.

A ce moment le bruit d'un meuble tombant sur le parquet se fit entendre dans la chambre où reposait Emmeline.

M. Richon et Gaston se levèrent en même temps.

— Nous aurait-elle entendus? fit M. Richon avec anxiété.

Il ouvrit la porte et pénétra avec Gaston dans la chambre de la jeune fille.

Emmeline, très pâle, était debout près d'une chaise renversée.

— Eh bien ! qu'as-tu donc ? s'écria M. Richon, pourquoi
t'es-tu levée ?

La jeune fille avait les yeux fixes. Elle semblait regarder
sans voir.

— Je n'ai rien... fit-elle comme si elle n'avait pas conscience de ses paroles, non, rien... rien...

Elle tomba assise tout d'une pièce sur le canapé, les mains
croisées sur ses genoux et les yeux toujours fixés dans le
vide.

— Emmeline ! s'écria Gaston en se jetant à ses genoux...
M'entendez-vous ! Répondez-moi. Vous souffrez ? Qu'avez-
vous ?

A la vue du jeune homme, elle sembla revenir à elle ; inclinant la tête, elle le regarda un instant, puis soudain sa
poitrine se gonfla et un flot de larmes jaillit de ses yeux.

M. Richon fit un geste de désespoir. Il n'y avait pas à en
douter, elle avait tout entendu.

Il appela sa domestique et l'envoya chercher un médecin...

Il était fort tard lorsque Gaston quitta la maison de M. Richon. Le médecin avait ordonné qu'Emmeline s'alitât. Dans
la soirée, une fièvre intense s'était emparée d'elle et elle
commençait à délirer.

— Retirez-vous, dit M. Richon à Gaston, je crains que
votre vue ne lui fasse mal. En ce moment la moindre émotion pourrait aggraver son état.

Le jeune homme était sorti en promettant de revenir le
lendemain dès la première heure.

En rentrant chez lui, il écrivit à deux jeunes peintres
qu'il avait connus à Paris et retrouvés à Nice pour les prier
de lui servir de témoins.

Le lendemain, qui était un mercredi, eut lieu l'entrevue
des témoins de de Vandannes et de Gaston.

Les conditions du combat furent ainsi réglées :

L'arme choisie par Gaston était l'épée ; le combat devait
durer jusqu'à ce qu'un des adversaires fût dans l'impossibilité absolue de se défendre.

Le duel devait avoir lieu le jeudi au petit jour.

21.

Ces conventions adoptées, les amis de Gaston vinrent lui rendre compte du résultat de leur mission et voulurent l'emmener à la salle d'armes.

— A quoi bon? dit Gaston, je sais que mon adversaire est de première force à l'épée comme au pistolet ; une leçon de plus ou de moins ne saurait rien m'apprendre. Il n'y a qu'un hasard heureux qui puisse me tirer de cette aventure.

— Vous êtes fataliste? lui dit un des jeunes gens.

— Oui, répondit en souriant Gaston... quand je ne puis faire autrement.

Gaston, plus préoccupé d'Emmeline que de son duel, quitta ses amis après leur avoir donné rendez-vous pour le lendemain et prit immédiatement le chemin de la maison de M. Richon.

L'état de la jeune fille s'était aggravé. Le médecin craignait une fièvre cérébrale.

A cette nouvelle, Gaston ne put contenir son émotion. Il eut une sorte de spasme convulsif et pleura comme un enfant sans pouvoir articuler une parole.

M. Richon lui serra la main.

— Ne restez pas ici, lui dit-il, nous avons besoin tous deux de courage. Il faut que je défende ma fille contre la mort et vous aurez demain à disputer votre vie contre un adversaire redoutable.

— Que m'importe! fit Gaston. Mais elle!... pour la sauver, je donnerais mon sang.

— Je le sais, mon ami; mais nous ne pouvons rien ni l'un ni l'autre. Attendons et espérons. Revenez demain après votre duel, car j'espère qu'il n'aura pas d'issue fâcheuse pour vous; d'ici là, j'aurai tenté l'impossible pour sauver Emmeline!

— M'éloigner, quand je la sais là... mourante.

— Il le faut. D'ailleurs, je vous ferai prévenir s'il survient quelque grave complication.

— C'est bien, fit Gaston, je rentre chez moi et je ne sortirai pas de la journée. Je compte sur votre promesse.

— Comptez-y, mais j'espère n'avoir pas besoin de vous appeler.

Gaston se retira.

Ausitôt àprès la scène qui s'était passée sur la Promenade des Anglais, la Florval, effrayée, avait couru chez Valérie et l'avait instruite de ce qui venait d'arriver.

Valérie entra dans une violente colère.

— C'est toi, s'écria-t-elle, qui es cause de tout ce qui arrive. Qu'espérais-tu de Gaston? Ah! malheureuse! Les pressentiments que j'avais hier ne me trompaient pas. Ton de Vandannes est un bretteur de profession; il va me tuer mon fils. Je t'avais défendu de revoir Gaston; pourquoi l'a-tu revu? Tu voulais donc sa mort et celle de ta fille. Misérable! misérable! ah! va-t'en, va-t'en!

La Florval essaya vainement de se défendre: aux premiers mots qu'elle prononça, la comtesse, folle d'indignation et de désespoir, l'interrompit brusquement. Au fur et à mesure qu'elle parlait, son exaltation allait croissant. Elle était debout, écrasant la Florval du regard.

— Va-t'en, vipère, criait-elle, va-t'en! Ne vois-tu pas que tu me fais horreur?

La Florval comprit qu'elle avait commis une lourde bévue et qu'il était inutile d'insister.

Elle sortit brusquement.

Madame Parneff qui, sur l'ordre du comte Schuloff, redoublait depuis quelque temps de surveillance auprès de la comtesse, s'était mise aux aguets. D'une pièce voisine, elle avait écouté la discussion qui s'était élevée entre la comtesse et la Florval. Les épaisses tentures qui tapissaient les portes l'avaient empêchée d'entendre distinctement ce qui se disait, mais le nom de Gaston était arrivé plusieurs fois à ses oreilles. Elle en avait conclu que le jeune peintre était l'objet de la querelle survenue entre les deux femmes, que la jalousie seule pouvait armer l'une contre l'autre ces deux amies jusque-là inséparables, et aussitôt elle se rendit auprès du comte pour l'informer de ce qui venait de se passer.

Madame Parneff haïssait depuis longtemps Valérie. Elle

allait donc pouvoir satisfaire sa haine. Elle fit part au comte de ce qu'elle venait d'observer, en termes tels que celui-ci ne douta plus que Gaston Desroches fût l'amant de sa femme. Il pria madame Parneff de ne plus perdre de vue la comtesse et de venir l'informer de ses moindres gestes.

Quand Gaston rentra chez lui, il y trouva une lettre de la comtesse dans laquelle elle le priait de venir le soir même à son hôtel : « N'y manquez pas, lui recommandait-elle, il faut que je vous voie absolument ce soir. Je vous attendrai à partir de neuf heures. Demain peut-être, il serait trop tard. »

Gaston hésita longtemps.

— Que peut-elle me vouloir ? se demandait-il. L'attitude insolente du comte Schuloff m'interdit de retourner chez lui.

Il s'était déjà décidé à ne pas répondre à l'appel de la comtesse, quand le souvenir de son duel lui revint.

— Elle a raison, se dit-il, il sera peut-être trop tard demain. Si ce qu'elle a à me dire est grave, il est nécessaire que je l'entende dès aujourd'hui.

Il attendit jusqu'à neuf heures du soir. M. Richon ne l'ayant encore informé de rien, il sortit un peu rassuré sur l'état d'Emmeline et se rendit chez la comtesse.

Quand il se présenta, ce fut la comtesse qui alla lui ouvrir elle-même, une lampe à la main. Tout semblait dormir dans la maison silencieuse.

Elle le fit entrer dans sa chambre.

— Je m'étais promis, dit Gaston, de ne plus me présenter chez vous, madame, M. le comte m'ayant fait comprendre, lors de ma dernière visite, que ma présence lui était désagréable ; mais votre lettre était si pressante que j'ai cru devoir me rendre à votre invitation.

— Je vous remercie, fit Valérie. Asseyons-nous.

Gaston prit place sur le fauteuil que lui avança la comtesse.

— J'ai appris, reprit-elle, que vous aviez été frappé par M. de Vandannes et qu'une rencontre entre vous et lui était décidée.

— C'est vrai.

— Quand cette rencontre doit-elle avoir lieu?

— Demain.

— Mais vous ne devez pas, vous ne pouvez pas vous battre avec cet homme ?

— Pourquoi cela ?

— Parce qu'il a tout dernièrement comparu en police correctionnelle. Les honnêtes gens ne se battent pas avec les coquins !

— Vous vous trompez, madame, répondit Gaston. Vous n'avez pas plus que moi le droit de suspecter son honorabilité, puisque ses juges n'ont pu s'empêcher de la reconnaître.

— Mais enfin, la lutte est inégale entre vous. C'est un pilier de salle d'armes, il doit manier l'épée comme vous le pinceau. Quelle réparation d'ailleurs lui devez-vous? Quel tort lui avez-vous causé ? Qu'il se venge de la Florval s'il croit devoir le faire, mais pourquoi...

— Madame, vous avez raison, je ne lui dois aucune réparation, mais vous oubliez qu'il m'en doit une. S'il n'était venu à Nice, c'est moi qui aurais été obligé de me rendre à Paris pour lui envoyer mes témoins, car il m'a déjà provoqué une fois, vous le savez...

— C'est juste ; mais si je raisonne faux, mon cœur parle juste. Je n'entends rien à l'honneur, comme vous le comprenez vous autres hommes. Comment! parce que vous avez été injurié, frappé, il s'ensuit que vous devez courir le risque d'être tué ? Allons, convenez-en, c'est de la folie.

— Non, madame, et je vous prie, au nom de l'intérêt que vous m'avez toujours témoigné, de ne pas insister plus longtemps sur ce point. Le monde a des exigences auxquelles personne ne peut se soustraire, sous peine de se vouer à l'injure publique, sous peine de passer pour un lâche. J'espère, madame, puisque vous voulez bien m'honorer de votre amitié, que vous ne seriez pas très aise qu'on prononçât désormais mon nom devant vous avec un sourire de mépris.

— Je sais tout cela, mais au nom de l'amitié que je vous porte, je vous en supplie...

— De grâce, n'insistez plus, madame. Vous m'avez écrit que vous aviez quelque chose d'important à me confier, je vous écoute.

— Pardonnez-moi, mon ami, si j'ai usé d'un subterfuge pour vous décider à venir chez moi, mais j'espérais que vous céderiez à mes prières et que vous ne vous battriez pas. Voyons, si votre femme se jetait à vos genoux et vous suppliait de renoncer à ce duel, persisteriez-vous dans votre projet ?

— Oui.

— Et si c'était votre mère ?

Gaston regarda fixement Valérie, qui baissa les yeux.

— Je n'ai pas de mère, murmura Gaston.

— Gaston ! fit Valérie dans un sanglot convulsif...

Elle allait continuer, quand soudain la porte s'ouvrit et le comte Schuloff, pâle, terrible, apparut sur le seuil.

Il avait un revolver à la main.

A cette vue, la comtesse bondit comme pour faire au jeune homme un rempart de son corps, mais il était trop tard : la détonation avait retenti et Gaston, frappé au cœur, tombait foudroyé sur le parquet.

Valérie poussa un cri terrible.

— Mon fils ! s'écria-t-elle, vous avez tué mon fils !

ÉPILOGUE

Une année s'est écoulée depuis les événements que nous venons de rapporter.

Emmeline n'a survécu que quelques jours à Gaston. La pauvre enfant est morte, emportée par la fièvre et en appelant avec des cris désespérés son fiancé qu'elle ne devait pas revoir.

Pierre Desroches, accouru en toute hâte à Nice, à la nouvelle de la mort de son fils, a ramené à Paris, avec M. Richon, les cadavres de Gaston et d'Emmeline, qui ont été ensevelis dans la même tombe, comme pour consacrer dans la mort l'union de ces deux êtres qui n'avaient pu s'appartenir dans la vie.

La comtesse Schuloff est devenue folle. Il avait fallu l'arracher de force du cadavre de son fils qu'elle étreignait convulsivement et couvrait de ses baisers et de ses larmes.

A la vue du comte qui était resté debout dans une sorte d'hébêtement près du cadavre de sa victime, elle s'était précipitée sur lui et avait voulu l'étrangler. Les domestiques accourus aux cris du vieillard avaient eu grand'peine à se rendre maîtres de la comtesse. Elle poussait des cris incohérents suivis d'éclats de rire stridents. Elle tomba ensuite dans une sorte d'affaissement et d'hébétude où sa raison finit par sombrer.

A la suite du meurtre de Gaston, une instruction judiciaire fut ouverte. Les médecins appelés constatèrent l'affaiblissement des facultés mentales du comte et conclurent à l'irresponsabilité. Le vieillard ne tarda pas à tomber en plein gâtisme, ce qui motiva une ordonnance de non-lieu.

Il est aujourd'hui complètement paralytique. C'est à peine s'il peut émettre quelques sons inarticulés. L'œil regarde sans voir, les membres refusent tout service ; il passe ses journées dans un fauteuil.

Madame Parneff s'est constituée sa gardienne, et c'est elle qui gère à son gré l'immense fortune du comte.

C'était là le but que s'était proposé depuis longtemps l'astucieuse gouvernante. Elle avait toujours convoité l'héritage du comte, qu'elle servait depuis plus de vingt ans. Le mariage de son maître avec Valérie avait contrarié ses rêves ambitieux, mais elle n'en avait pas moins conservé l'espoir de supplanter un jour, au moins sur le testament du comte, celle qu'elle regardait comme une rivale. Les événements ne devaient que trop bien servir ses projets.

A force d'obséquiosité et de dévouement simulé, elle avait su capter l'entière confiance du comte ; à force d'insinuations et de perfidies, elle était parvenue à faire entrer le soupçon dans son esprit. Elle recueillait maintenant le fruit de ses intrigues. Aujourd'hui, la comtesse était internée dans une maison de santé, quant au comte il l'avait instituée sa légataire universelle.

De Vandannes, à qui il n'était resté qu'une centaine de mille francs pour toute fortune, a essayé de se refaire. Pendant un mois, il n'a pas quitté la roulette de Monaco et s'est ruiné jusqu'au dernier louis. Le lendemain, on l'a trouvé mort dans sa chambre. Il s'était fait sauter la cervelle.

Plus heureux que sa victime, Rabani, depuis son départ de Bruxelles, a beaucoup voyagé. Il a successivement visité l'Angleterre, l'Allemagne et la Russie. A Londres, il s'est retrouvé avec de Lordac, qui n'avait pas renoncé aux aventures financières et venait de créer une compagnie d'assurances sur la vie.

Rabani, dont l'ambition était loin d'être satisfaite, et qui croyait en de Lordac, engagea une grosse partie de ces capitaux dans l'entreprise de son ex-associé.

L'entreprise ne tarda pas à sombrer, et Rabani laissa dans le naufrage presque tout ce qu'il possédait. Ce qui lui resta ne lui suffisant plus pour vivre, il fit valoir ses états de service en France et obtint un poste important dans la police anglaise.

Il poursuit aujourd'hui en Irlande le cours de ses exploits.

La Florval a repris son métier de comédienne de province. L'Italie ne lui a pas réussi. Ses cheveux ont grisonné et l'âge a mis sa griffe sur son visage. Elle ne peut plus spéculer sur ses propres charmes, mais elle a retrouvé la petite Miette qui est tout à fait lancée aujourd'hui, et les bonnes camarades prétendent qu'elle vit aux crochets de son ex-protégée.

Quant à Claire de Vandannes, elle s'appelle aujourd'hui madame Ancelin.

FIN

TABLE

Imprimerie Générale de Châtillon-sur-Seine. — Jeanne Robert.

EN VENTE CHEZ LE MÊME ÉDITEUR

FORMAT IN-18 JÉSUS

Paris. — Imprimerie de l'ÉTOILE, BOUDET, directeur, rue Cassette, 1.

www.ingramcontent.com/pod-product-compliance
Lightning Source LLC
Chambersburg PA
CBHW050311030726
47505CB00003B/653